Özdogan   Zwischen zwei Träumen

Selim Özdogan
Zwischen zwei Träumen

Roman

editionLübbe

Dieses Buch erscheint auch als Hörbuch bei Lübbe Audio.

editionLübbe
in der Verlagsgruppe Lübbe

Copyright © 2009 by Verlagsgruppe Lübbe GmbH & Co. KG,
Bergisch Gladbach
Lektorat: Ann-Kathrin Schwarz

Satz: Kremerdruck GmbH, Lindlar-Hartegasse
Gesetzt aus der DTL Documenta
Druck und Einband: Friedrich Pustet, Regensburg

Alle Rechte, auch die der fotomechanischen
und elektronischen Wiedergabe, vorbehalten.

Printed in Germany

ISBN 978-3-7857-1624-3

Sie finden uns im Internet unter: www.luebbe.de
Bitte beachten Sie auch: www.lesejury.de

5   4   3   2   1

Doch es gibt ein Morgen, und es werden Träume sein.

Hubert Selby Jr.

Träume sind schon seltsame Fotzen, aber echt. Ich habe
viel darüber gelesen, von Pop-Psychologie bis Freud, aber
keiner weiß was Genaues. Das ist es, was ich am meisten
auf dieser Welt hasse. Zu viele Idioten sagen, es wäre so
und so. So und so ist es *für sie*, meinen sie.

Irvine Welsh

I

Die Kunst der Nacht ist in die Kunst des Tages
eingedrungen.

Jorge Luis Borges

Flackern. Wie früher versuchten wir noch möglichst lange, die Augen offen zu halten. Seit drei Jahren hatte ich Tedeisha nicht gesehen, drei Jahre lang nicht mit ihr geträumt, und jetzt flackerten unsere Lider, und ich sah in ihre grünen Augen, lächelte das kleine braune Dreieck darin an. Es war wie nach Hause kommen, und vielleicht ist mir eine Träne heruntergelaufen, bevor die Tropfen uns die Lider zudrückten.

Der Traum begann ganz klassisch, zumindest glaubte ich das zunächst.

Wir sind in einem Wald, die Sonne scheint durch das Blätterdach, irgendwo plätschert ein Bach, und an den Bäumen sind Automaten.

Tedeisha und ich sehen uns an. Einen Moment lang bin ich verwirrt. Was macht Tedeisha hier?

– Hast du Geld?, fragt sie.

Ich stecke die Hände in die Hosentaschen, doch die sind leer, nicht mal meinen Haustürschlüssel finde ich. Wie soll ich später in die Wohnung kommen?

– Was glaubst du, was ist in diesen Automaten?, frage ich.

– Traumtropfen, sagt Tedeisha und schlägt mit der Unterseite ihrer Faust gegen einen der Metallkästen.

– Glaubst du, es sind auch deine dabei?

– Hoffentlich nicht. Nesta, hast du nicht mal eine Münze?

Ich hebe entschuldigend die Hände.

Tedeisha tritt wütend gegen den Automaten. So kenne ich sie gar nicht.

– Wir haben so lange nicht mehr zusammen geträumt, sagt sie.

– Drei Jahre, sage ich, drei Jahre haben wir uns nicht mehr gesehen.

Wieder bin ich irritiert. Hier stimmt irgendetwas nicht. Fast falle ich aus dem Traum raus. Für den Bruchteil einer Sekunde blitzt in meinem Bewusstsein das Bild auf, wie Tedeisha und ich zuvor gemeinsam getropft haben. Wir sollten nicht zusammen in diesem Traum vorkommen ...

– Wir müssen einen aufbrechen, sagt sie, hier im Wald erwischt uns keiner.

Ich gehe an einen leuchtend gelben Automaten und streichle über den Geldschlitz. Daneben ist einer für Karten.

– Hast du keine Karte?, frage ich.

– Nein.

Elia. Elia fällt mir ein, der hat immer alle möglichen geklauten Karten gehabt. Doch Elia ist nicht hier.

Unter einem Pilz sehe ich etwas schimmern und deute mit den Augen hin. Tedeisha kniet nieder. Es ist ein Fläschchen Traumtropfen.

– Nehmen wir sie, sagen wir wie aus einem Mund.

Zuerst tropft Tedeisha sich mit der Pipette einen Tropfen ins linke Auge und dann einen ins rechte, das mit dem braunen Dreieck. Dann gibt sie mir die Pipette, und auch ich lege den Kopf zurück und tropfe nacheinander in beide Augen. Wir sehen uns an. Unsere Lider flackern. Dann drücken die Tropfen uns die Augen zu, und wir sind – Moment, hier stimmt was nicht – in einem Traum.

Wir liegen zusammen in einem Bett, die Sonne taucht den Himmel in Blut. Tedeisha ist nackt, und ich denke: So sieht sie also nackt aus. Wie oft habe ich mir schon gewünscht, das zu sehen? Da erst wird mir bewusst, dass auch ich nackt bin. Was haben wir getan?

Tedeisha steht auf. Ich will ihr nicht auf die Brüste und zwischen die Beine schauen, ich will es nicht, aber mein Blick tut, was er will, und ich schäme mich.

– Ich werde gehen, sagt Tedeisha, ich werde jetzt gehen, und wir werden uns sehr lange nicht sehen. Du musst mich zurückholen, wenn es an der Zeit ist.

– Nein, sage ich, bitte nicht. Bitte geh nicht, bleib.

Doch sie ist schon aus der Tür. Ich will aufstehen, aber ich schaffe es nicht, meine Glieder zu bewegen. Mein Mund öffnet sich zu einem Schrei, aber es kommt kein Ton.

Ich kann fühlen, dass Tedeisha vor der Tür steht. Vielleicht würde sie gerne zurückkommen und ist genauso gelähmt wie ich.

Wenn ich bloß weinen könnte. Wenn ich aufhören könnte zu existieren. Tedeisha und ich schon wieder getrennt. Ich will das nicht erleben, bitte …

Ich öffnete die Augen, und in den ersten Sekunden wusste ich nicht, wo ich war, was echt war und was nicht. Geträumt. Ich hatte nur geträumt. Eine große Last wich von mir. Tedeisha war noch da, neben mir, das Leben war nicht so schrecklich, wie es sich gerade angefühlt hatte.

Auch Tedeisha hatte die Augen geöffnet, und ich erkannte ihre Erleichterung, wieder in der wirklichen Welt zu sein.

– Großer Gott, was war das?, fragte ich.

– Ich weiß es nicht.

– Woher hast du diese Tropfen?

– Osmonds heißen sie, es soll eine ganz neue Sorte sein.

– STs?

– STs.

– Was sehen die anderen, wenn sie die nehmen?

Tedeisha hob die Schultern.

– Du hast aber auch uns gesehen?

– Ja.

– Sind wir ganz raus, sind wir jetzt ganz wach, oder müssen wir noch mal erwachen, weil wir im Traum getropft haben?, wollte ich wissen.

– Wir sind wach. Wir sitzen hier auf deinem Sofa, ich bin vorhin vorbeigekommen, habe die Tropfen mitgebracht...

– Ja, wir sind wach... Ich habe dich vermisst, Tedeisha.

– Ich habe dich auch vermisst, Nesta.

107

Vielleicht sollte ich am Anfang beginnen. Aber ich weiß nicht, wo der Anfang dieser Geschichte ist. Und ich habe auch noch nie versucht, eine zu erzählen. Alles, was ich bisher aufgeschrieben habe, waren Träume, Seite um Seite, Kladde um Kladde.

Träume aufzuschreiben ist nicht so schwer. Du siehst etwas, du versuchst dich genau zu erinnern und schreibst es einfach auf. Fertig. Doch jetzt versuche ich, das Leben festzuhalten.

Ich glaube, dass es schwerer ist, aus dem Leben eine Geschichte zu machen, als Träume aufzuschreiben. Die Träume sind deine eigene Welt, du weißt, dass du sie richtig siehst. Die Wirklichkeit gehört allen, jeder betrachtet sie anders, und jeder glaubt, er würde etwas verstehen. Dabei gehorcht die Realität wahrscheinlich Gesetzen, die uns genauso unverständlich sind wie die im Traum.

Wenn du das Leben aufschreiben willst, musst du manche Dinge weglassen und andere verknüpfen, damit sich eine Geschichte ergibt. Du musst entscheiden, um erzählen zu können. Träume aufzuschreiben ist leichter, da ist alles schon entschieden. Träume sind Geschichten, nur eben solche, bei denen man nicht weiß, wer sie erzählt.

Der Anfang. Es beginnt möglicherweise mit dem ersten Traum eines Menschen, doch so weit kann ich nicht zurück.

Zwölf Jahre alt war ich, als das mit den Traumtropfen anfing. Innerhalb weniger Monate nahm sie fast jeder. Ich wusste, dass meine Eltern abends im Wohnzimmer Träume tropften, wenn ich zu Bett gegangen war, denn ich stand heimlich auf und sah sie mir an, wie sie nebeneinander auf der Couch saßen, ihre Augen bewegten sich unter den geschlossenen Lidern, und ich konnte mir nicht erklären, warum sie freiwillig verfolgt und gejagt werden wollten, wieso sie eine Lähmung in ihren Beinen und Armen spüren wollten, warum sie weinen wollten ohne Tränen, schreien ohne Stimme und fallen, ohne aufzuprallen.

Das kannte ich nämlich aus meinen eigenen Träumen. Vor wenigen Jahren noch hatte mich häufig ein schwarzer Ritter verfolgt, vor dem ich Angst hatte. Ich wusste, er würde mich mit seiner Lanze aufspießen, wenn er mich erwischte. Um ihm zu entkommen, hatte ich mich jedes Mal vor ein fahrendes Auto geworfen und war gestorben. Wenn ich im Traum starb, wachte ich auf. Ich hatte kaum genug Mut, um zu atmen, aber ich wachte auf und war befreit.

Wieso wollten meine Eltern so etwas erleben?

– Warum tropft ihr Träume?, fragte ich sie damals, und mein Vater sagte: Das wirst du verstehen, wenn du älter wirst.

Meine Mutter sagte: Weil sie uns verbinden.

Ich dachte, dass ich das wahrscheinlich auch dann nicht verstehen würde, wenn ich älter wäre.

Ich begriff nicht, was sie so faszinierte, aber ich wollte auch Träume tropfen. Es musste etwas dran sein, wenn alle Erwachsenen es taten, doch krieg mal in einem Laden Tropfen, wenn du noch keine sechzehn bist. Die einzigen Tropfen, die du kriegen konntest, waren die verbotenen, die es in keiner Traumbar gab. Traumbars und Traumatheken durftest du als Jugendlicher nicht mal betreten, aber auf der Straße wurden Tropfen gedealt, das wusste ich, auch wenn ich mich nicht getraut hätte, welche zu kaufen.

Salomon war mutiger als ich. Als wir vierzehn waren, fingen wir an, uns regelmäßig bei den drei Häusern herumzutreiben. Es waren drei Hochhäuser, die nebeneinanderstanden und in denen viele Menschen wohnten, von denen meine Eltern sagten, sie seien kriminell. Man brauchte zwar keine Angst zu haben, verprügelt oder ausgeraubt zu werden, aber ich fühlte mich dort anfangs nicht wohl. Die Leute, die dort wohnten, waren anders, sie bewegten sich anders, sie sprachen anders, sie kleideten sich anders, und ich kam mir dort immer vor wie ein Aussätziger. Salomon verstand sich mit den Menschen aus den drei Häusern, er war in der Nachbarschaft groß geworden, hatte mit den Kindern Murmeln und Verstecken gespielt, war mit ihnen Fahrrad gefahren und hatte an den Basketballturnieren teilgenommen, wohingegen meine Mutter mir verbot, mich in dieser Gegend herumzutreiben, obwohl ihre eigene Schwester dort wohnte.

Doch je älter ich wurde, desto mehr versprachen mir die drei Häuser Abenteuer, für die ich mit Salomon an meiner Seite mutig genug war. Unsere Lehrerin hatte mich neben Salomon gesetzt, damit ich einen guten Einfluss auf ihn und seine Noten ausübte. Sie hatte wohl nicht geahnt, wie sehr ich mich nach einer aufregenderen Welt sehnte, einer Welt, die sich nicht zwischen Schule, Hausaufgaben und auf der Couch träumenden Eltern abspielte. Meine Zensuren würden ohnehin keine Türen öffnen, da es kaum Arbeit gab für Menschen wie uns.

Eines Tages holte Salomon im Unterricht eine kleine braune Flasche aus der Hosentasche, zeigte sie mir und fragte:
– Wollen wir?
– Ja, sagte ich, ohne zu zögern. Hätte er mir Gras angeboten, Bassstaub, Kokain, Trips, Pillen und was es sonst noch alles bei den drei Häusern zu kaufen gab, hätte ich vielleicht nein gesagt. Damals. Aber Tropfen waren etwas anderes. Und ich hatte keine Lust, noch zwei Jahre zu warten.

Beim stillgelegten Eisenbahnwerk waren einige Schuppen, von denen wir einen in Besitz genommen hatten. Wir hatten eine alte Matratze hingeschleppt und zwei Sessel, aus denen die Füllung rausquoll. Das war unsere kleine Welt, in der wir Comics lasen, Balsam tranken, über die Mädchen in unserer Klasse fantasierten, Musik hörten und uns eine Zukunft ausmalten, wie sie besser kaum sein konnte.

Dort waren wir fast jeden Nachmittag.

– Ich zuerst, sagte Sal, öffnete die Flasche, grinste, legte den Kopf zurück und tropfte sich mit der Pipette einen Tropfen ins linke und dann einen ins rechte Auge. Ich wusste, dass es nicht sein erstes Mal war.

Er gab mir die Flasche, und ich machte es ihm nach. Meine Lider wurden augenblicklich schwer. Ich blickte zu Sal hinüber, der schon träumte. Aus irgendeinem Grund kämpfte ich dagegen an, versuchte die Augen mit Gewalt offen zu halten. Dann nahm ich dieses Flackern wahr, als würde die Welt, die ich sah, immer wieder für Sekundenbruchteile ausgeschaltet – für ganze Sekunden.

Dann bin ich weg.

Ich bin ein schwarzer Mann mit Dreadlocks, der mit einer schwarzen Frau und einem weißen Jungen in einer Holzhütte sitzt. Wir haben Drogen genommen, und ich bin geil auf die Frau.

– Dreh dich gerade mal mit dem Gesicht zur Wand, sage ich zu dem Jungen, den ich nicht rausschicken will. Außerhalb der Hütte würde er Schwierigkeiten bekommen, weil er weiß ist.

Sobald er sich umgedreht hat, kommt die Frau zu mir, zieht das Kleid über ihren Kopf, hebt ihre großen Brüste mit beiden Händen an und schiebt mir eine Brustwarze in den Mund. So also fühlt sich das an, denke ich, und ich habe einen Moment lang das Gefühl umzukippen, irgendwo rauszufallen. Eine Irritation, die schnell vergeht.

Und wiederkommt, als ich mit meiner Hand zwischen ihre Beine fahre, ihre krausen Haare spüre, die dicken Lippen, das fleischige Nass. Endlich weiß ich, wie sich eine Möse anfühlt, denke ich, endlich. Das Loch ist weiter unten, als ich es mir vorgestellt habe. Aber zu meinem Erstaunen finde ich es sofort. Mein Schwanz drückt gegen meine Hose und ich habe wieder das Gefühl umzukippen, ich will mich noch irgendwo festhalten, an der Möse, an den Brüsten, irgendwo, aber es flackert. Ich kenne dieses Flackern irgendwoher.

Als Nächstes hatte ich die Augen wieder offen und beobachtete Sal, der im Sessel saß, den Kopf angelehnt, seine Pupillen bewegten sich wie rasend unter den Lidern, sein Atem ging unregelmäßig, und sein Schwanz zeichnete sich unter der Hose ab.

Nach einigen Minuten öffnete er mit einem Grinsen die Augen.

– Na, wie haben wir die genudelt?

Als ich nichts sagte, sah er mich prüfend an.

– Du bist rausgefallen?

Ich nickte. Gerne hätte ich gesehen, wie es weiterging.

– Das kann am Anfang passieren. Oder bei Tropfen, die nicht richtig knallen. Da kommen deine eigenen Gedanken durch, und die reißen dich raus. Mit ein bisschen Übung klappt es aber meistens. Wollen wir gleich noch mal? Da ist noch genug in der Flasche.

Beim nächsten Mal fiel ich raus, kurz nachdem ich ihn reingesteckt hatte. Ich hatte schon Bücher gelesen, in denen Menschen beschrieben, wie das war, ich hatte Filme gesehen mit Sal, Pornos, ich hatte beim Masturbieren Vaseline benutzt, aber jetzt konnte ich es richtig fühlen. Ich war ein Schwarzer mit Dreadlocks, der seinen Schwanz in einer Möse versenkte.

Beim dritten Mal konnte ich den Traum fast zu Ende träumen. Es kam mir in die Hose. Die Flasche war leer.

Du kennst diese seltenen Träume, nach denen du glücklich und zufrieden aufwachst und die dich noch den ganzen Tag begleiten. Nach meinen ersten Tropfen lief ich fast eine Woche grinsend durch die Gegend. Ich würde regelmäßig tropfen, so viel war mal klar.

So wie wir fingen viele an, weil man STs, die illegalen Träume, an jeder Straßenecke bekommen konnte.

106

An den Wochenenden fanden bei den drei Häusern immer Straßenpartys statt. Riesige Bassboxen wurden aufgestellt, und alle, die dort wohnten, strömten hinaus, junge Menschen, alte, Ehepaare, alleinstehende Männer, die ihre mickrige Rente in selbst gebranntem Rum anlegten, Familien mit Schulkindern, Frauen, die sitzen gelassen worden waren, Russen, die dem Wodka abgeschworen hatten, alte Rastas, Inder mit Turban, Türken, die ihre Muttersprache bis auf ein paar Flüche verlernt hatten, Dealer, erfolglose Künstler, die die billigen Mieten hergelockt hatten. Aus den umliegenden Vierteln kamen Teenager wie wir, auf der Suche nach Spaß, Abenteuer, Musik, Drogen, Sex und süßen Träumen.

Fast niemand in den drei Häusern hatte eine geregelte Arbeit, und bis auf die Dealer hatte kaum jemand mehr Geld, als zum Überleben notwendig war. Man klaute vielleicht mal dies oder das und verhökerte es, aber die paar Scheine machten keinen Unterschied: Nichts machte mehr einen großen Unterschied, wenn du hier wohntest. Mit dieser Adresse konntest du bestenfalls Kurierfahrer werden, woanders nahmen sie dich gar nicht, wenn sie sahen, dass du aus einem der drei Häuser kamst. Doch wenn du alles hast, vergeht dir vielleicht der Sinn fürs Feiern.

STs, Gras und Bassstaub waren die Drogen dieser Partys, die an den Samstagen spätnachmittags anfingen und manchmal bis zum Sonntagmittag andauerten.

Sal und ich waren meistens so gegen sechs da. Gegen sieben ungefähr war Sal mit seiner Begrüßungsrunde durch, so vielen Leuten schüttelte er die Hand, umarmte sie und ratschte kurz mit ihnen. Ich war immer nur der Junge, der mit Sal herumhing, fast niemand kannte meinen Namen, und wenn jemand mich fragte, war es mir peinlich, Nesta zu heißen. Ich war die Witze leid, die vor allem die Jamaikaner darüber machten.

Zur Einstimmung rauchten wir auf diesen Partys meistens Bassstaub, und nachdem die Musik uns ins Mark gedrungen war, kauften wir einen ST und verzogen uns in eine Ecke. Überall waren Menschen, die mit dem Rücken an eine Box, eine Wand oder einen Stromkasten gelehnt dasaßen, die Lider geschlossen, die Augen bewegten sich mit den Träumen. Manchmal wusste man, dass sie alle das

Gleiche träumten, weil gerade ein bestimmter Traum besonders angesagt war. Sal liebte es, sich mit Wildfremden über den Traum des Abends zu unterhalten.

Du konntest dich hinsetzen, tropfen, dich wegträumen, und du kamst wieder zu dir auf einer Party, die in vollem Gange war, zusammen mit dem Gefühl der Liebe, der Erleichterung, der Weite, der Geilheit oder auch nur mit dem Grinsen und der Tanzenergie, die du aus dem Traum mitgenommen hattest.

Alle tropften hier, von den humpelnden Mütterchen, die sich auf einen Holzstock stützten, bis hin zu den Jungs, die auf der Wiese Fußball spielten und sich noch nicht richtig für Mädchen interessierten.

Alle, bis auf die Rastafaris. Die rauchten ihr Gras und hielten lange Vorträge darüber, dass wir uns von Babylons Träumen verderben ließen, dass diese Träume unser Untergang sein würden, weil sie ursprünglich geträumt worden waren von Männern und Frauen, die vom rechten Pfad abgekommen waren, von Menschen, die sich egoistischen Vergnügen hingaben und ihre Seele an das System verkauften. Doch die Rastafaris waren nur ein kleines Grüppchen Männer mit krausen Bärten und verfilzten Haaren, deren Augen ständig rot waren und die man kaum ohne Jointstummel im Mundwinkel antreffen konnte.

Sie faszinierten mich, sei es, weil der Mann in meinen ersten Tropfen auch schwarz gewesen war und Dreadlocks gehabt hatte, sei es, weil ich ahnte, dass sie Recht haben könnten.

Montags fing ich schon an, mich auf die nächste Party zu freuen, doch schon bald tropfte ich auch unter der Woche regelmäßig, oft mit Sal im Schuppen, manchmal aber auch allein. An einem dieser Nachmittage, an dem ich allein tropfte, hatte ich den ersten Traum, aus dem ich wie erleuchtet erwachte.

Ich bin ein siebzehnjähriger Junge, der in dem Rohbau eines Hochhauses die Treppen hochsteigt, um sich die nächtliche Stadt vom Dach aus anzusehen. Auf einmal steht vor mir eine Gruppe Männer. Sie fragen mich, wohin ich will. Nach oben, sage ich, aufs Dach. Hast du denn eine Erlaubnis dafür?, wollen sie wissen. Sie sind genauso unerlaubt hier wie ich, ich bin ihnen keine Rechenschaft schuldig, und ich sage mit fast versagender Stimme: Ich brauche keine Erlaubnis.
Ich fühle mich klein und machtlos. So winzig, dass es mir peinlich ist, gesehen zu werden, und dass ich am liebsten aufhören möchte zu existieren. Fast falle ich aus dem Traum heraus, weil ich das Gefühl so gut kenne.
Der Anführer der Gruppe versetzt mir einen Schlag gegen die Schulter, ich taumle einen halben Schritt zurück. Ich muss mich wehren, sonst verlieren sie jeglichen Respekt vor mir, ich muss mich wehren, bevor sie merken, dass man alles mit mir machen kann. Ich muss mich wehren, auch wenn ich dann richtig Prügel beziehe, auch wenn sie mich dann die Treppen hinunterschmeißen, an denen noch kein Geländer ist, und ich sechs oder sieben Stockwerke tief stürze. Ich muss mich wehren, sonst wird alles noch schlimmer.
Ich will brüllen, ich mache den Mund auf, aber es kommt kein Ton, ich schreie lauter und lauter, doch man hört nichts. Ich versuche, das Letzte aus meinen Lungen herauszuholen, aber nicht einmal ein Hauchen kriege ich hin.

Verzweifelt packe ich den Anführer am Kragen, hole aus, aber ich kann nicht zuschlagen, meine Faust ist wie gelähmt. Nein, sie ist nicht gelähmt, sie bewegt sich nur in Zeitlupe, und mein Gegner lacht mich aus. Ich kann ihn nicht hören, ich sehe nur seinen geöffneten Mund mit den nach oben gezogenen Mundwinkeln, der mir sagt, dass ich klein bin, schwach und unfähig.

In die Hilflosigkeit und die Wut, die sich keinen Weg bahnen kann, mischt sich eine Erleichterung, die mich fast erneut aus dem Traum fallen lässt: Andere Menschen haben auch solche Träume. Ich bin nicht allein.

Dann packe ich den Typ mit beiden Händen am Kragen und schleudere ihn tatsächlich zu Boden. Ich setze mich auf seinen Brustkorb, greife seine Haare und schlage seinen Kopf hart auf den Beton, wieder und wieder.

Ein paar von seinen Jungs wollen mich von ihm fortreißen, doch ich bin schnell wieder auf den Beinen und verpasse ihnen Schläge, dass sie hinfallen oder zumindest von mir abrücken. Mein Gott, denke ich, siehst du, es geht doch. Es geht, du kannst dich wehren.

Nun will ich aufs Dach steigen, doch die Treppen nehmen kein Ende, ich gehe und gehe und gehe, und plötzlich hört die Treppe auf, und ich falle ins leere, namenlose Schwarz. Mein Magen zieht sich zusammen. Ich werde unten aufprallen und sterben.

Gleichzeitig ist es ein faszinierendes Gefühl, so zu fallen. Diesen Traum habe ich nicht mehr gehabt, seit ich fünf oder sechs war. Mir wird nichts passieren, ist der letzte Gedanke, bevor ich die Augen wieder öffne. Mir wird nichts passieren.

Ich kann mich nicht mehr an meinen ersten Gedanken

mit geöffneten Augen erinnern, aber an dieses Gefühl:
Du bist nicht allein.
Das habe ich nicht gedacht, nicht erkannt, wahrscheinlich
nicht mal wirklich verstanden.

Manchmal betrittst du einen Raum, und du fühlst etwas,
das du nicht begreifen kannst. Dass da noch jemand ist,
obwohl du niemanden siehst. Dass hier etwas Schlimmes
passiert sein muss. Dass du Angst hast, ohne sagen zu
können, warum. Irgendetwas.
So ähnlich war es nach diesen Tropfen. Da war etwas.
Noch jemand. Jemand, der so ähnlich war wie ich. Klein,
mutlos, schwach. Und er hatte den Wunsch, nach oben zu
kommen.
Es gab noch mehr Menschen wie mich. Andere, die gelähmt, verzweifelt, mutlos, resigniert, verliebt, erlöst
waren. Andere, die flogen, denen die Zähne ausfielen, die
Freunde quälten und ihre Eltern verrieten. Auch sie ver-
liefen sich, ohne je geahnt zu haben, wo das Ziel war.
Tropfen konnten Menschen miteinander verbinden. Halt
geben. Trost spenden. Erleichterung.
Vielleicht war es Größenwahn, aber nach diesen STs wollte ich auch Träumer werden.

105

Sal und ich gingen auf jene Partys, und wie viele andere
fanden wir dort etwas, das uns nicht mehr losließ. Bei mir
waren es die Träume, bei anderen waren es die Drogen, die
endlosen Vorträge der Rastafaris, die Aussicht auf Sex, die

Musik, die Geschichten, die die Alten manchmal erzählten.

In einer Ecke, in der die Musik nur noch ein Nachhall war, versammelten sich Leute und hörten Georgie zu, der von der Liebe seines Lebens erzählte, davon, was er in achtzig Jahren über die Sehnsucht gelernt hatte, über das Scheitern, über die Milde des Alters und das Wohlwollen.

Georgie war Jamaikaner und einer jener Männer, die wie Jungen wirken und bei denen man sich fragt, ob es je eine Zeit gab, in der sie erwachsen aussahen. Er hatte graubraune Locken und Augen, deren Farbe mich an Nougat erinnerte. Wir saßen immer auf dem Boden zu seinen Füßen, und er hatte auf seinem Hocker ein Bein untergeschlagen und gab mit seiner hellen Stimme den Wörtern einen Klang, der mich aus irgendeinem Grund aufs Träumen einstimmte. Es wurde fast zu einem Ritual, dass ich Georgie an diesen Samstagen zuhörte, bevor ich mich verzog, um zu tropfen.

Wenn man zuhörte, wurde von einem zumindest nicht erwartet, dass man redete.

Manche begeisterte das Tanzen, andere waren nur damit beschäftigt, jemanden abzuschleppen, einige traten auf und sangen zu Instrumentals, wieder andere gründeten Bands. Es gab Menschen, die wollten unbedingt hinter der Bar arbeiten oder die Stimmung der Party auf Fotos einfangen. Auf die eine oder andere Art war wohl jeder der Jüngeren von irgendetwas besessen.

Bei Sal war es die Musik. Er wollte auflegen, er wollte an den Plattenspielern auf der Ladefläche des Pick-ups stehen und mit seinen Händen die Beine, Hüften und Arme der Menschen bewegen. Das war sein Traum.

Mittlerweile waren wir sechzehn und konnten viele der legalen Träume kaufen, die sich in der Qualität nicht sonderlich von den STs auf der Straße unterschieden. Langweiliger waren sie, aber das lag womöglich daran, dass wir immer noch keine legalen Träume mit Sex oder Gewalt oder Drogen kaufen durften.

Mit den legalen Träumen fingen wir an, auf Träumereien zu gehen. Die Träumer bekannter Tropfen traten in Clubs auf, lasen aus ihren Traumtagebüchern vor, erzählten, was demnächst erscheinen würde, und beantworteten Fragen. Oft wurden Promotropfen verteilt, und es hatte etwas Heiliges, diese zwei-, dreihundert Menschen, die auf ihren Stühlen saßen und gleichzeitig tropften, die Augen öffneten und der Person gegenübersaßen, die diesen Traum ursprünglich gehabt hatte.

Jeder der Träumer erzählte etwas anderes, der eine glaubte an Freud, der nächste war Jungianer, einer lernte viel, weil er glaubte, dass im Traum Gedächtnisspuren eingeschliffen wurden, einer glaubte an Gott, einer sehnte sich eigentlich nach traumlosem Schlaf, um kein Karma mehr zu erzeugen. Viele der erfolgreicheren Träumer reisten viel und waren überzeugt, dass das die Seele bewegte und dazu führte, dass man beeindruckendere Träume produzierte.

Ich las damals alles über Träumer und Träume, was ich in die Finger kriegen konnte. In der Bücherhalle gab es ein ganzes Regal voll zu dem Thema, hinzu kamen die Biografien der großen Stars. Es gab kaum zwei Bücher, die dieselbe Meinung vertraten, aber alle glaubten, ihre Theorie sei die richtige, weil sie ja funktionierte. Das Schlimmste war, dass mir viele der Theorien einleuchteten, auch wenn sie sich gegenseitig ausschlossen. Ich las und las, bis ich begriff, dass ich immer weniger verstand anstatt mehr, und dann hörte ich auf. Es schien egal zu sein, welchen Weg man ging, Hauptsache, man wählte einen.

Auf den Träumereien wurde nach dem Tropfen immer Musik gespielt, fast jeder Träumer hatte einen DJ dabei. Sal stand immer mit leuchten Augen da und konnte nicht tanzen. Er sah beim Auflegen zu, als könnte er etwas verpassen, wenn er kurz wegblickte. Fast immer blieb er bis zum Ende, fast immer kam er mit dem DJ ins Gespräch, und jedes zweite oder dritte Mal ging er mit ihm und einigen anderen ins Hotel. Häufig waren junge Frauen dabei, und oft genug schleppte Sal mich einfach mit. Zumindest so oft, dass ich nicht neidisch wurde.

Ich konnte keinen der Träumer ansprechen, es ging einfach nicht, ich wusste nicht, was ich sagen sollte, und selbst wenn ich es gewusst hätte, hätte ich mich nicht getraut.

Eines Abends waren wir auf einer Träumerei von Donna, sie war damals eine der zehn oder fünfzehn Träumer, die jeder kannte. Sie mochte schon Mitte dreißig sein, hatte schwarze Haare und eine leise, samtweiche Stimme. Ihre Träume endeten oft in einem Licht, von dem wir alle nicht genug kriegen konnten. Du wurdest gejagt, gehetzt, gepeinigt, und am Ende eines viel zu langen Flurs machtest du ein Fenster auf, und das Licht strahlte dich mit Erlösungsgefühlen aus dem Traum hinaus. Oder das Licht explodierte in ihren Orgasmus hinein. Wenn du wach wurdest, fragtest du dich, warum du nicht in der Lage warst, solche Orgasmen zu erleben, die dir das Gefühl gaben, dauerhaft aus der Erdatmosphäre auszutreten, Orgasmen, als würdest du eintauchen in eine Welt, in der es nichts gab außer Weite und Wonne und Licht, eine Welt, die nie mehr verging.

Diese Träume waren frei ab achtzehn, und du bekamst sie nur, wenn du jemanden kanntest, der dir legale Träume besorgen konnte, für die du noch zu jung warst. Ich kannte niemanden, aber ich kannte Sal, und das reichte.

Donna wurde gefragt, ob sie einen Freund hätte, ob sie einige der Sachen, die sie träumte, wirklich erlebt hatte, ob sie eine reale Grundlage besaßen, ob sie Kinder hatte oder welche bekommen wollte, was ihre Lieblingsfarbe war, wo sie am liebsten schlief, und woher das Licht in ihren Träumen kam.

Fragen, die mich langweilten, aber sie gaben mir Gelegenheit zu sehen, wie Donna ihre Hände bewegte, während sie redete, wie sie die Worte wählte, bei welchen Fragen sie still in sich hineinzulächeln schien, bevor sie antwortete, und bei welchen Fragen sie auswich.

Das waren die Momente, die ich am liebsten mochte, in denen die Träumer ohne Text auf der Bühne saßen, wo sie frei reden mussten, und ich mir den Menschen dahinter ausmalen konnte.

An jenem Abend verteilten sie einen Promotraum, in dem wir in eine Räuberhöhle traten, die uns an das Märchen von Ali Baba erinnerte, doch statt Gold und Edelsteinen blendete uns das Licht, das uns größer erschien als alle Schätze der Welt. Mir war, als würde der ganze Club leuchten, als schließlich dreihundert Menschen fast synchron die Augen aufmachten und Donna ansahen, die verlegen auf ihre Hände starrte und lange brauchte, bevor sie den Blick wieder heben konnte.

Nur kurze Zeit später legte der DJ auf, die Musik schien in uns hinein, und als ich auf die Toilette musste, stand Sal auf einmal neben mir.

– Nesta, sagte er, Nesta, wenn du mal ein Träumer bist, darf ich dann dein DJ sein?

– Ja, sagte ich, und ich war gerührt. Das war das erste Mal, dass mir das jemand zutraute.

– Versprochen, Nesta?

– Versprochen, Sal, du und kein anderer.

Sal und ich.

104

In der Schule dealte Sal mit Bassstaub und illegalen Träumen. Mittlerweile tropften fast alle STs, und es gab nur wenige, die keinen Bassstaub rauchten. Als Sal und ich damit angefangen hatten, hatten wir zu den Ersten gehört, aber nun war es sogar in den unteren Klassen weit verbreitet. Es war leicht für Sal, auf dem Schulhof ein paar Scheine zu machen, die er sofort in den Plattenladen trug.

Sals Vater hatte seine Mutter geschlagen, solange er zurückdenken konnte, meist mit der flachen Hand, doch er wusste sie zu gebrauchen. Vor drei Jahren, ohne dass Sal begriff, was anders war, war sein Vater eines Abends ausgerastet. Er hatte Sals Mutter fast eine Viertelstunde lang verprügelt, mit Fäusten und Tritten traktiert, mit dem Kopf gegen einen Schrank gestoßen, es waren hinterher sogar Blutspritzer in der Schublade. Danach hatte er sich die Schuhe angezogen und war gegangen. Und nicht mehr wiedergekommen. Vielleicht vor Scham. Vielleicht aus Angst, dass er dieses Mal zu weit gegangen war.

Rippen, Kiefer, Nase und Jochbein seiner Frau waren gebrochen. Es war alles ganz schief zusammengewachsen, weil Sals Mutter kein Geld gehabt hatte für einen Arzt. Die Männer sahen weg, wenn sie sie auf der Straße erblickten, also ging Frau Cennet nicht mehr raus, sondern saß am Küchentisch und erfand neue Flüche.

Ein einziges Mal hatte Sal mich mit zu sich nach Hause genommen. Niemand, der seine Mutter sah, wäre auf die Idee gekommen, dass sie einmal attraktiv gewesen war. Sal hatte noch drei Schwestern, denen die Männer sehr wohl hinterherstarrten, die ich aber fast nie sah und nicht auseinanderhalten konnte.

Zum Geburtstag schickte sein Vater Sal jedes Mal eine Karte. Auf einer konnte man eine Frau im Bikini am Strand sehen. Wärmte sich die Karte auf, indem man zum Beispiel die Hand drauflegte, verschwand der Bikini.

– Was glaubt der eigentlich? Dass er mir damit eine Freude macht? Dass ich noch nie eine nackte Frau gesehen habe? Mir ist scheißegal, dass er abgehauen ist. Eigentlich ist es mir sogar recht. Früher gab es jeden Tag Streit.

Wir saßen im Schuppen. Sal hatte gerade eine Bassstaubtüte gedreht, war aber offensichtlich nicht in der Stimmung, sie auch anzuzünden. Das passierte häufig, wir hatten den Joint oder die Pipette in der Hand, aber was wir sagen wollten, war im Moment dringlicher.

– Und jetzt schickt er mir Scheißkarten. Ich verstehe nicht, warum. Was soll ich mit dieser Kinderkacke? Hat der keine Ahnung, wie wir leben? Hier gibt es nichts zu holen für uns, rein gar nichts. Wenn wir nicht verdammt Glück haben, werden wir hier auf ewig festhängen und alles Mögliche tun, nur um nicht zu spüren, wie dieses Leben uns ankotzt. Für ihn gab es hier ja auch nichts, scheiße, der muss doch wissen, wie es ist, oder?

Wir waren siebzehn, und Sal konnte nichts finden, das so ausgesehen hätte, als wäre es die Mühe wert. Nichts, außer der Musik.

Mir ging es ja nicht anders. Wohin ich auch sah, nichts gefiel mir. Nach der Schule hattest du die Möglichkeit, arbeitslos zu werden oder acht Stunden am Tag vor einem Bildschirm zu hocken und etwas zu machen, das dich nicht nur nicht interessierte, sondern das du nicht mal begreifen konntest. Oder du machtest dich darauf gefasst, jahrelang in einer Kabine zu sitzen und nervraubende Telefonate entgegenzunehmen von unzufriedenen Kunden, die jemanden brauchten, den sie beschimpfen konnten.

Du konntest studieren, wenn du Geld hattest, aber wir hatten keines. Und selbst wenn du es dir leisten konntest, bliebst du danach entweder an der Uni, umgeben von Fachidioten, oder du warst am Ende wieder arbeitslos.

Das Leben nach der Schule schien kein Spiel zu sein, hatte aber feste Regeln. Entweder du warst schön leise, fügtest dich, gingst einen Weg, der schon vorgezeichnet war, oder du musstest lügen, betrügen, hintergehen und dich damit abfinden, dass du nie Geld haben würdest.

Oder du warst wie meine Eltern. Mein Vater bekam alle halbe Jahre Geld, da mein verstorbener Großvater ein paar Bücher geschrieben hatte, die sich ganz gut verkauft hatten, bevor die Tropfen auf den Markt kamen. Nun fuhr mein Vater wieder mehr Taxi. Früher hatten ein, zwei Tage die Woche gereicht, jetzt waren es vier oder fünf. Aber was fingen meine Eltern mit ihrer Zeit an? Was bewegte sie?

Meine Mutter rannte jeden Tag ins Fitnessstudio, stellte alle acht Wochen ihre Ernährung um, ging zusätzlich noch schwimmen und in die Sauna und praktizierte ansonsten Schausitzen in Cafés, wo sie sich stundenlang an einem Wasser ohne Zitrone festhielt und sich möglicherweise, Gipfel des Genusses, in den Blicken fremder Männer sonnte.

Mein Vater zockte in seiner freien Zeit an der Spielkonsole oder saß vor dem Sportkanal. Er kannte die Namen aller Fußballer, Basketballer und Golfer auf der ganzen Welt auswendig.

Meine Eltern füllten ihre Stunden, aber sie schienen nie von irgendetwas begeistert zu sein. Meine Mutter hielt nur die Sorge um ihre Hülle zusammen, meinen Vater sein außergewöhnliches Gedächtnis. Wen scherte es, wer vor fünfundzwanzig Jahren im Viertelfinale einer Weltmeisterschaft einen entscheidenden Dreier geworfen hatte? Ich hatte das Gefühl, sie existierten nur, sie wollten nichts und merkten es nicht mal.

Ich wollte leben. Etwas teilen mit anderen Menschen, etwas, das von Belang war.

Jeden Morgen schrieb ich meine Träume auf, meine Traumerinnerung verbesserte sich, und ich war fasziniert von dieser anderen Welt, die in mir war.

Achtzehn waren wir, als wir endlich die Schule abschlossen. Eine Zeitlang kümmerten wir uns um nichts, weil wir genau wussten, was wir wollten. Sal dealte, und ich half ihm dabei. So hatten wir zwar nie genug, aber immerhin etwas Geld.

Drei Monate taten wir nichts anderes, als Bassstaub zu rauchen oder Gras. Wir hörten Musik, wir tropften, was das Zeug hielt, lockten mit begehrten sts Mädchen in die Gebüsche hinter den drei Häusern, tanzten, nahmen Pillen oder legten uns Pappen auf die Zunge, hingen in unserem Schuppen herum. Drei Monate lang stellten wir uns den Wecker auf kurz vor drei nachmittags, weil um drei auf dem Musiksender die neuesten Tropfen angekündigt wurden, zusammmen mit Interviews mit den Träumern.

Eines Tages sagte Sal:

– Ich habe mich eingeschrieben.

– Wo?

– An der Uni.

– Wofür?

– Musikwissenschaften.

– Nein, ich meine, warum?

– Die brauchen da doch eine gute Quelle für Bassstaub, sagte er und lachte.

Drei Wochen später hatte ich einen Job als Kurierfahrer. Keine bezahlten Überstunden, kein Urlaub, keine Arbeitslosenversicherung, kein Geld, wenn du krank bist, aber du musst dich wenigstens nicht den ganzen Tag vollquasseln lassen wie dein Vater, dachte ich mir. Und du kannst Geld verdienen und endlich zu Hause ausziehen. Mein Vorgänger war die Tour angeblich in sieben statt acht Stunden gefahren. Ich kam in den ersten Wochen nicht unter elf, und es leuchtete mir auch nicht ein, warum er den Job hingeschmissen haben sollte, wenn er sieben Stunden fuhr und für acht bezahlt wurde. Ohne die Partys an den Wochenenden und den Wunsch zu leben wäre ich durchgedreht.

Einen weiteren Monat später zogen Sal und ich in Einzimmerapartments ins erste der drei Häuser. Ich wohnte im zehnten Stock und er im dreizehnten.

103

Ich bin in Japan, und jemand erzählt mir, ich hätte noch reichlich Zeit, bis der Flieger geht. Ich treibe mich herum und lande in einer großen Halle, wie die Abfertigungshalle eines Flughafens, nur viel dunkler. Dort sind Menschen aus aller Welt, Albaner, Schotten, Serben, Amerikaner, Neuseeländer, Marokkaner, Jamaikaner, Chinesen – alles Reggaefans, die sich zu einem Großereignis in Nagoya getroffen haben. Sie stehen in Gruppen herum oder gehen in der Halle auf und ab, als sei sie eine Strandpromenade. Eine große Freude erfasst mich, hier sind alle zusammen, und ich bin mittendrin.

Dann verlasse ich die Halle und nehme mir ein Taxi zum Flughafen. Es ist spät, viel zu spät, merke ich, als ich die Uhr im Taxi sehe. Wer hat mir gesagt, ich hätte noch reichlich Zeit? Und ich habe ihm vertraut und nicht selbst nachgesehen.

Der Taxifahrer spricht meine Sprache, sogar sehr gut, aber das Flugzeug werde ich verpassen. Ich habe nicht genug Geld, um mein Ticket umzubuchen. Was wird jetzt passieren? Muss ich in Japan bleiben? Ich kenne hier niemanden. Ich will nach Hause. Wer könnte mir helfen, wenn ich den Flug verpasse? Nach Hause. Wir rasen auf eine Kreuzung zu, wir haben Grün, doch von links kommt ein Lastwagen. Halt, brülle ich, halt, aber der Fahrer scheint es nicht zu hören, das Taxi gerät unter die Räder des Lasters.

Nur ein Blinzeln später sitze ich in einem Seelenlager. Dort befinden sich viele kürzlich Verstorbene in ihrer letzten menschlichen Gestalt. Wir warten auf unsere Wiedergeburt. Alle sind wir gespannt auf unser neues Leben. Wir wissen, dass wir dort glücklich sein könnten, weil wir nun den Kosmos gesehen und verstanden haben, weil wir in diesem Seelenlager ohne Sorgen sind.

Das Lager hat weder Boden noch Wände, es ist einfach wie eine endlose schwarze Leinwand, die sich in alle Richtungen ausdehnt und auf der wir uns nach Belieben bewegen können.

Irgendwann stehe ich gleichzeitig mit einem alten Mann auf, wir müssen pinkeln und gehen einfach ein paar Schritte in dieses Dunkel hinaus, bis wir etwas abseits von den anderen Seelen sind.

Als der Druck in meiner Blase trotz des Strahls nicht nachlässt, wache ich auf.

Solche Dinge schrieb ich morgens nach dem Aufwachen in mein Traumbuch. Eine Tasse Tee neben mir, schaute ich ab und zu aus dem Fenster und hatte das Gefühl, ich könnte der ganzen Stadt beim Aufwachen zusehen.

Aber dazu hätte sie ja schlafen müssen, und das tat sie nicht, nie. An jeder Ecke leuchtete und blinkte es, rot, grün, orange, blau, gelb, Neonröhren, beleuchtete Reklametafeln: *Träum nicht dein Leben – träum den Traum.* Oder auch: *Der Tag fängt gut an mit Tropfen von Traumfang.*

Nachdem ich die Träume der Nacht in meine Kladde geschrieben hatte, fuhr ich mit dem Fahrrad zum Lager des

Kurierdienstes. Dort belud ich den Transporter, legte eine CD ein und fuhr diese endlose Tour. Mittlerweile schaffte ich es manchmal in neun Stunden.

Mittags machte ich eine kurze Pause, in der ich tropfte und manchmal ein Sandwich aß. Wenn ich danach weiterfuhr, dachte ich immer lange über die Träume nach und darüber, warum manche erfolgreicher waren als andere, aber zu verstehen war es eigentlich nicht.

Eine Zeitlang kamen lustige Träume gut an, und alle Firmen warfen lustige Tropfen auf den Markt. Vier Monate später waren spirituelle Inhalte gefragt.

Abends saß ich im zehnten Stock und tippte die Träume der Nacht in einen alten Laptop. Ich schönte hier und da, fügte winzige Details hinzu, versuchte eine eigene Melodie für die Sätze zu finden, bemühte mich, die Worte fließen zu lassen, die Tiefe wiederzugeben, die ich gespürt hatte, die Kraft der Farben, die Faszination der Töne, die überwältigenden Gefühle. Ich wollte, dass es so lebendig würde, als hätte man es getropft.

Schließlich schickte ich fast jeden Abend einen Traum raus an die Firmen, die sie veröffentlichten, in der Hoffnung, einer der Talentsucher würde glauben, ich hätte das Zeug dazu, ein guter Träumer zu werden.

Es dauerte ein halbes Jahr, ein halbes Jahr Tee am Morgen, Traumbuch, Stunden am Steuer, Staus, Tropfen, Musik, Bassstaub am Wochenende und Partys, die dich alles vergessen ließen. Ein halbes Jahr der Blick aus dem zehnten Stock, ein halbes Jahr, das eine Ewigkeit war. Die drei Monate vor diesem halben Jahr, die drei Monate, in denen wir nichts taten außer schlafen, tropfen, Musik hören und rauchen, waren vergangen, bevor ich hätte *schön* sagen können. Manchmal glaubte ich, mein Wunsch und die Träume könnten mich nicht mehr zusammenhalten, ich würde in tausend Teile zerfallen, einfach zerbersten. Ein halbes Jahr voller Mühsal, Verzweiflung und Frustrationen, mit zu wenig Schlaf, Fahrten im Smog, neidvollen Besuchen auf Träumereien, ein halbes Jahr voll Hoffnung, jedes Mal wenn ich meine E-Mails abrief, ein halbes Jahr und bestimmt dreihundert Träume, ein halbes Jahr, das länger war, als die Langeweile es je hätte dehnen können. Dann wurde ich zu meinem ersten Vorträumen eingeladen.

102

Acht Monate hatte es gedauert, bis Sal von einem der angesagten Clubs der Stadt für einen Freitagabend gebucht wurde. Bis dahin hatte er schon überall aufgelegt, in kleinen Kneipen, wo das Publikum höchstens mit dem Kopf nickte, auf privaten Partys, wo die Leute mehr mit Balsam und Kartoffelsalat beschäftigt waren als mit der Musik, auf Unifeten, bei denen es ihm nur um die Gage ging. Seit er sich für Musikwissenschaften eingeschrieben hatte, war seine Abneigung gegen Studenten noch gewachsen, obwohl sie seine besten Kunden waren, die ohne zu murren die überteuerten Preise zahlten und ihm damit ermöglichten, seine Studiengebühren zu begleichen. Schwafler nannte Sal die Studenten nur noch, Schwafler, die sogar bei einer Überdosis Bassstaub hüftsteif Theorien diskutieren.
Sal hatte ein Gefühl für die Musik und ein Gefühl fürs Pu-

blikum, er konnte dich in seine Musik einhüllen, als wäre sie dein Lieblingsmantel, und die Schuhe, die dich von alleine forttrugen, schenkte er dir gleich dazu. Er hatte auch einige Male auf den Partys vor unserem Haus aufgelegt, und sein Name hatte sich rumgesprochen in den letzten Monaten.

So stand er an diesem Abend am DJ-Pult im Bass&Klang, die erste Platte seines Sets in der Hand, auf seinen Lippen dieses arrogante Lächeln, als wisse er schon, dass sie ihn lieben würden. Ich war nervös. Ich war nervös, weil ich so sehr wünschte, dass der Abend ein Erfolg für ihn würde, und weil ich nichts tun konnte, außer zuzusehen.

In der Luft lag der Geruch von Bassstaub, der mich immer ein wenig an abgebrannte Feuerwerkskörper erinnerte. Die Menge wusste wahrscheinlich nichts davon, dass ein Neuling den zweiten Set des Abends spielen würde. Es war gegen Mitternacht, und das Bass&Klang war voll. Die Leute hatten die ganze Woche keine oder nur miese Jobs gehabt, sie wollten vergessen, sie wollten die Welt für ein paar Stunden ausschalten in dieser ehemaligen Lagerhalle.

Sal holte sie ab, er holte sie ab mit einem Funkbasslauf. Nur ein einsamer Basslauf, der ihnen sofort in die Knochen fuhr, so hoffte ich wenigstens, ihnen in die Knochen fuhr, aber noch nicht reichte, um richtig in die Beine zu gehen. Ein monotoner Bass, der eine Spannung aufbaute. Auf der Tanzfläche hielten sie inne, warteten. Die gleiche Figur, wieder und wieder und wieder, bis ich merkte, wie meine Handflächen feucht wurden. Nun mach schon, dachte ich, nun mach, gib ihnen den Beat, beweg sie, bevor die Spannung weicht.

Doch Sal hielt die Hand auf den zweiten Plattenteller, so dass er sich nicht drehen konnte, die Kopfhörer hatte er im Nacken, seine Ohren waren frei und seine Augen geschlossen. Mach auf, flehte ich innerlich, öffne die Augen, sieh runter, sie stehen dort und warten. Warten auf etwas, das sie zum Tanzen bringt. Mach die Augen auf, Sal, bitte. Wenn du sie verlierst, wirst du sie vielleicht den ganzen Abend nicht mehr wiederkriegen.

Und jetzt machte er endlich die Augen auf, pitchte den Basslauf runter, runter, immer weiter runter, verlangsamte ihn, bis er fast stillstand. Man hörte das Gemurmel auf der Tanzfläche, das missmutige Gemurmel, und ich glaubte, mir würde der Schweiß von den Fingern tropfen.

Und dann: Klang.

Ich vermute, es passierte nicht alles gleichzeitig, doch nachher schien es, als habe Sal den Raum in einem einzigen flackernden Moment mit Musik gefüllt. Der Basslauf, die Hihats, ein Rimclick und dann der Beat. Bässe so tief und frisch, als hätte er sie eben vom Meeresgrund geholt.

Zuerst schien die Menge nur zu wogen, dann tanzte sie, und dann setzte die Frauenstimme ein, die Melodie ein süßes Gift für deine Ohren, das du nie wieder herausbekommst.

In den nächsten zwei Stunden war es eine Freude, Sal zuzusehen. Er schien nicht mehr nachzudenken, auch das arrogante Lächeln verschwand, jeder Griff in die Plattenkiste war der richtige, es lief, es rollte, es floss.

Es gibt DJs, die können deinen Hintern bewegen oder gar Wärme in dein Mark schicken. Aber Sal konnte die Strahlen der Sonne bündeln und über seine Hände auf den Plattenteller lenken, wo die Nadel sie aufnahm. Und die

Boxen verteilten sie dann in der Menge, als gäbe es mehr als genug davon.

Warum kann ich nicht so eine Arbeit haben, dachte ich, eine, bei der man seinen Geist fokussiert, seine gesamte Energie auf die Spitze der Nadel konzentriert und dann ausstrahlen lässt. Eine Arbeit, die man richtig fühlen kann, bei der man alles vergisst.

Ich träumte, und ich konnte nichts dafür, dass in den Träumen alles von selbst geschah. Das war bei jedem so. Doch nicht jeder konnte die Musik so weitergeben wie Sal, nicht jeder konnte sich darin so verlieren und gleichzeitig wiederfinden. Die Träumerei schien mir dagegen erbärmlich.

Ich vergaß diesen Gedanken, als ich mit all den anderen auf der Tanzfläche war.

Der Tanz ist der Funke der Lust. Dazu kamen die Tropfen, die sie an diesem Abend im Angebot hatten. Als ich genug vom Tanzen hatte und etwas verschnaufen wollte, holte ich mir an der Theke ein Balsam und die Tropfen des Abends, ohne zu wissen, was mich erwartete. Mit dem Glas in der einen Hand und der Einmalpipette in der anderen ging ich in die Traumecke, wo gerade einige Leute mit einem seligen Lächeln erwachten. Es war voll, und ich wartete, bis eine Frau mit braunen Locken aufstand und einen Platz auf dem Sofa freimachte. Im Vorübergehen warf sie mir einen Blick zu, der so offen, verletzlich und so voller Begehren zu sein schien, dass ich dachte, sie könne unmöglich mich damit gemeint haben.

Als ich mich aufs Sofa setzte, versank ich fast bis zum Hals. Ohne eine Erwartung legte ich den Kopf zurück, tropfte mir wie immer zuerst einen Tropfen ins linke Auge, dann einen ins rechte. Meine Lider flackerten, fielen runter und ich fand mich in Donnas Körper wieder. Noch war ich nicht ganz drin und dachte: Oh, wie schön, einer von Donna.

Ich bin in einem Tanzclub, und einen Moment lang fühlt es sich so an, als würde ich aus den Tropfen rausfallen. Ich bin doch wirklich in einem Club. Aber nein, das hier ist der Traumclub. Ich stehe am Rand der Tanzfläche, wo ein Mann in einem roten kurzärmligen Hemd tanzt. Unter seinen Armen sind Schweißflecken, einige Strähnen seiner schwarzen Haare sind schon nass, und seine Augen sind so dunkel wie Oliven. Wenn ich hineinblicke, fühle ich ein Begehren, das größer werden könnte als ich. Also drehe ich mich um zur Theke, wo meine Freundin Emilia sitzt und sich mit zwei Männern unterhält, die ich aus irgendeinem Grund für Matrosen halte. Ich möchte mich zu ihnen gesellen und ein Balsam trinken, doch da merke ich, dass meine Schuhe am Boden festgeschraubt sind. Ich komme nicht vom Fleck. Ich müsste die Schuhe ausziehen, um mich bewegen zu können, doch ich schäme mich, unter so vielen Menschen auf Socken rumzulaufen. Gleichzeitig möchte ich mir diese Scham nicht eingestehen. Was wäre schon dabei? Einfach mal so frei sein und die Schuhe ausziehen. Doch wir sind in einem Club, hier liegen bestimmt Scherben herum. Ich bin erleichtert, denn das heißt, ich brauche die Schuhe nicht auszuziehen. Doch ich komme auch nicht vorwärts, ich werde die Theke nie erreichen. Ich versuche Emilia, die gerade herzlich lacht, telepathisch dazu zu bewegen, dass sie mich ansieht. Vielleicht kann sie mir helfen. Doch Emilia sieht nicht zu mir herüber, egal, wie viele Gedanken ich ihr schicke. Hoffentlich sieht der Mann in dem roten Hemd nicht, wie ich hier rumstehe, und versuche mir nicht anmerken zu lassen, was los ist.

Kaum habe ich das gedacht, taucht er vor mir auf..

– Bin ich eigentlich öfter hier?, fragt er.

Ich fühle mich ertappt, eine heiße Welle der Peinlichkeit läuft durch meinen Körper. Gleichzeitig möchte ich ihm eine pampige Antwort geben für seinen Satz, der mich nicht im Geringsten belustigt. Wie kann ich ihn loswerden, bevor er merkt, dass ich mich nicht bewegen kann?

Als ich ihn anblicke, fühle ich wieder das Begehren, und ich spüre auch, wie ich so voll davon werde, dass es aus meinen Augen quillt. In seinen erkenne ich ebenfalls Verlangen, und ein Gefühl sagt mir, dass dieser Mann mir Glück bringen wird. Währendes Glück. Ich beuge mich etwas vor, er kommt mir entgegen, und wir küssen uns. So müssten Küsse sich immer anfühlen, denke ich. Denkt Donna. Denke ich. Es spült mich fast raus aus dem Traum, so stark ist das Gefühl. Doch dann bin ich wieder drin und denke, nein fühle: Das war so groß, ab jetzt wird alles gut, nach so einem Kuss muss einfach alles gut werden. Alle Sehnsucht ist vergessen.

– Ich muss mir andere Schuhe anziehen, sage ich, Moment, ich bin gleich wieder da.

Auf einmal bin ich zu Hause und stehe vor hunderten einzelner Schuhe, und sosehr ich auch suche, da ist kein Paar dabei. Oder vielleicht doch? Ich komme mir vor, als würde ich Memory spielen, obwohl mein Gedächtnis nicht mehr funktioniert. Sah der schwarze Stiefel von vorhin nicht genauso aus wie der hier? Wo ist er jetzt wieder hin? Habe ich ihn wirklich in der Hand gehabt? Ergibt das ein Paar, oder hatte ich vorhin auch nur den Linken? Ich finde in diesem riesigen Haufen keine zwei Schuhe, die zusammenpassen, und ich verzweifle fast. Ich muss zurück zu meinem Mann, wenn ich mich nicht beeile, wird er verschwunden sein, und ich werde ihn nie wiedersehen.

Hastig, fahrig, mit Tränen in den Augen suche ich weiter, aber ich ahne, dass es aussichtslos ist, hier passt nichts zusammen. Als es an der Tür klingelt, ein Kanarienvogelgezwitscher, ist es das schönste Geräusch auf der Welt. Ich weiß, dass er es ist. Ich weiß es einfach. Er ist zu mir gekommen. Wir werden uns noch mal so küssen. Flackern.

Langsam, lächelnd, öffnete ich die Augen. Mir war, als würde ich das Klingeln an der Tür, dieses abebbende Kanarienvogelgezwitscher, auch in der Musik hören. Ich fing den Blick einer Frau in einem glänzenden blauen Männerhemd auf, die auch gerade aus dem Traum erwachte. Ihr Lächeln ging durch meinen ganzen Körper. Wieder hörte ich das Gezwitscher. Sal. Sal hatte es in sein Set eingebaut. Ich stand auf und ging Richtung Tanzfläche, die Menge feierte, die Kanarienvögel schienen ihnen Flügel zu verleihen, die Menschen schienen vor Freude zu bersten. Ich rannte hoch zu Sal, der eher zufrieden aussah als glücklich.

– Ich habe es gewusst, Nesta, ich habe gewusst, dass ich das kann. Sieh dir das an.

Er deutete auf die Tanzfläche.

– Ja, sagte ich, du kannst es. Woher hast du diesen Kanarienvogel?

– Hatte ich halt. Ich verstehe auch gar nicht, warum die Leute so darauf abgehen.

– Der ist in den Tropfen.

Sals Augen leuchteten auf.

– Die Götter müssen mich lieben.

Er setzte sich den rechten Hörer aufs Ohr und hielt ihn mit der Schulter fest, suchte eine Stelle auf der nächsten Platte. Danach schaute er mich lächelnd an.

– Ich habe ein Angebot: Veranda.

Die Veranda war der bekannteste Club der ganzen Stadt, DJs rissen sich darum, dort aufzulegen. Wir grinsten.

Sals Ablösung kam gerade die Stufen hoch und gratulierte ihm zu diesem großartigen Set, aber der Neid stand ihm im Gesicht geschrieben.

– Komm, sagte Sal, ich will den Sound auch mal in den Tropfen hören.

Doch als wir unten standen, war er sofort von so vielen Menschen umringt, von Jungs, die ein, zwei Jahre jünger waren als wir und die seine Nähe suchten, weil sie auch mal DJs werden wollten. So wie Sal vor kurzer Zeit noch am Pult jedes DJs gestanden hatte, der in unserer Stadt auflegte. Nun wurde er selbst umringt von Mädchen, die wussten, dass, wer so gute Musik auflegte, kein schlechter Mensch sein konnte oder schon gar kein schlechter Liebhaber. In dem Gedränge wurde ich von ihm getrennt, ging einfach zur Theke und kaufte noch eine Einmalpipette mit den Tropfen des Abends.

Die Traumecke war überfüllt, viele saßen einfach auf dem Boden, hatten den Kopf gegen die Wand gelehnt, und ihre Augen bewegten sich unter den Lidern. Sie wachten alle mit einem Lächeln aus Donnas neuestem Traum auf.

Ich lehnte mich an einer freien Stelle mit dem Rücken an die Wand und sank in die Hocke. Mir war klar, dass an diesem Abend etwas Besonderes passiert war und immer noch passierte. Nicht nur, dass Sal einen so grandiosen Einstand geliefert hatte, nicht nur, dass die Musik uns alle geeint hatte, der Traum tat es auch.

Ich hockte da, die Arme durchgestreckt, die Ellenbogen auf den Knien, die Pipette in der Hand, und sah den Leuten beim Aufwachen zu. Es war nicht nur das Lächeln, sie wachten auf in dem Bewusstsein, dass alle anderen um sie herum auch die Sehnsucht gesehen hatten und ihre Erfüllung. Und wahrscheinlich machte sie das mutig. Der Laden wurde jetzt schnell leerer, paarweise gingen die Menschen.

Bestimmt eine halbe Stunde werde ich so dort gesessen haben, es war schon wieder Platz auf dem Sofa, als ich sie sah. Ich schätzte sie auf Mitte dreißig, sie war eher dürr, hatte rotblonde schulterlange Haare, eine knochige Nase, und in ihrer aufrechten Haltung lag ein Stolz, den sie wahrscheinlich vergaß, wenn sie lange alleine war. Die Kette um ihren Hals, die war nicht echt, die war tätowiert. Wir sahen uns an. Sie kam und hockte sich neben mich. Unsere Oberschenkel und unsere Schultern berührten sich, doch wir blickten geradeaus.

– Sind wir eigentlich öfter hier?, fragte sie, und ich drehte meinen Kopf, um sie noch mal anzusehen.

Als wir uns küssten, ließ ich die Pipette einfach fallen.

101

– Hast du geträumt?, fragte Rahel.

Ich blickte auf ihre Brustwarzen, deren Farbe mich an Lachs erinnerte.

– Hm, machte ich und fragte mich, ob ich noch mal die Gelegenheit haben würde, sie in den Mund zu nehmen, bevor wir aufstanden.

– Ich träume nicht mehr, sagte sie, heute Nacht war das erste Mal seit zwei Jahren.

– Wahrscheinlich kannst du dich nur nicht erinnern.

Auf ihren Fußrücken waren Blumen in leuchtenden Farben tätowiert.

– Nein, ich kann nicht mehr träumen, vielleicht habe ich zu viel getropft.

Ich fuhr mit der Hand über ihren Rücken und ließ sie auf ihrem Hintern liegen.

– Das sind doch nur Märchen. Ich tropfe, seit ich vierzehn bin, und ich träume immer noch jede Nacht. Manchmal kann man sich eben nicht erinnern.

Die Laken waren weiß, die Bettwäsche war weiß, das Bett war riesig, die Fensterfront verschlug einem den Atem. Ich wohnte in einem mickrigen Hochhausapartment und Rahel in einem Penthousepalast über den Dächern der Stadt.

– Nein, sagte sie, ich träume nicht. Und ich tropfe schon ein paar Jahre länger als du.

– Höchstens zwei. Davor gab es noch keine Tropfen.

– Hast du 'ne Ahnung, sagte sie und drehte sich auf den Rücken.

– Jeder Mensch träumt, das ist doch erwiesen.

– Ich nicht.

Das Gespräch langweilte mich.

– Früher konnte ich es, sagte sie, vor zwei Jahren noch, aber jetzt kann ich nur noch tropfen. Ich dachte, dass ich mich bloß nicht erinnere, aber auch der Rüssel saugt bei mir nichts.

Es wurde interessant.

– Wolltest du auch mal Träumerin werden?

– Nein, ich habe mich erst an den Rüssel anschließen lassen, als ich nicht mehr träumen konnte.

– Aber du hast dich um ein Vorträumen beworben?

Sie gab keine Antwort, lächelte nur, vielleicht wissend, vielleicht geringschätzig.

– Kennst du jemanden, hast du Beziehungen?

– Kann sein ... Du willst Träumer werden?

– Ja, murmelte ich.

Wir hatten uns nackt gesehen, wir hatten alle möglichen Geräusche gemacht, ich hatte ihre Zehen im Mund gehabt und sie einen Finger in meinem Arsch, aber dieses Ja war mir peinlich.

Rahel lächelte wieder und stieß geräuschvoll Luft durch die Nase aus.

– Und du hast nicht mal Tropfen, um dich irgendwo damit vorzustellen.

– Hm.

Es gab Menschen, die nicht wie ich seitenweise ihre Träume aufschrieben, sondern illegal eingeträumte Demotropfen besaßen. Ich wohnte in einem der drei Häuser, dort gab es zwar alle Arten von Tropfen, es gab die ganze Palette verbotener Drogen, es gab Hehlerware, aber niemand schien jemanden zu kennen, der Zugang zu einem Rüssel hatte. Doch irgendwo mussten die Demotropfen und die ganzen STs ja herkommen.

– Was muss ich tun?, fragte ich.

– Bleib noch eine Nacht. Ich habe so ein Gefühl, als hätte es mit dir zu tun, dass ich wieder geträumt habe. Bleib noch eine Nacht, dann sehen wir weiter.

46

– Und das muss ausgerechnet heute Nacht sein?

Das schien Sal nicht zu passen.

– Es ist gar nicht so leicht, an einen Rüssel zu kommen, und Rahel hat etwas für heute Nacht klargemacht.

– Rahel, Rahel, Rahel, sagte Sal, seit drei Wochen höre ich nur diesen Namen. Ich lege das erste Mal in der Veranda auf, du weißt, was das heißt. Ich hätte dich gerne dabei, niemand sonst versteht, was mir das bedeutet.

Ich glaube nicht, dass er eifersüchtig war, weil ich so viel Zeit mit Rahel verbrachte, er wollte wahrscheinlich einfach nur jemanden an seiner Seite haben.

– Nesta, wenn ich heute Nacht gut bin, liegen mir alle zu Füßen, dann bin ich der King, dann finde ich dir einen Rüssel.

Und wenn er nicht gut war, wann würde ich dann das nächste Mal die Gelegenheit haben, Demotropfen einzuträumen?

Nein, ich zweifelte nicht an Sal. Natürlich würde er die Regler bedienen, als sei er ein Gott des Tanzes, aber vielleicht war die Menge nicht gut drauf, es wurden schlechte STs gedealt, die Anlage hatte einen Aussetzer, ein Psychopath lief Amok auf der Tanzfläche, irgendetwas, und ich konnte dem Rüssel Adieu sagen.

– Ich muss diese Chance nutzen.

Er holte tief Luft.

– Kann ich ja verstehen. Ich würde es wahrscheinlich genauso machen ... Viel Erfolg, und lass dir nicht die Kraft aus dem Hirn saugen.

Das war so ein Gerücht, dass die Rüssel dir Fähigkeiten

raubten, Gedächtnis, Koordination, Fantasie, Konzentrationsvermögen, aber Träumer wie Donna warfen seit Jahren Tropfen auf den Markt, und wenn sie live auftrat, wirkte sie gesund.

Und selbst wenn der Rüssel gefährlich war, selbst wenn ich gewusst hätte, dass jeder eingeträumte Tropfen mein Leben um sechs Monate verkürzen würde: Ich hatte nur diesen einen Wunsch im Leben.

Ich wünschte Sal auch viel Erfolg, und wir umarmten uns. Seinen Kuss hatte ich nicht erwartet, er traf mich kurz unterhalb des Ohrs. Ich glaube, Sal hatte Angst vor diesem Abend.

Als ich mit Rahel zu der Villa am Rande der Stadt fuhr, musste ich die ganze Zeit an ihn denken. Das Tor an der Auffahrt ging von alleine auf, als wir uns näherten, und wir fuhren mit unseren Fahrrädern hindurch. Über eine halbe Stunde hatten wir hier raus gebraucht.

– Nenn ihn nicht Sue, hatte Rahel mir eingeschärft, er mag es nicht, wenn Fremde ihn Sue nennen. Du kannst ihn duzen, aber sag einfach Mr. No.

Mr. No war ein alter graubärtiger Mann, der uns barfuß in einen Seidenkimono gehüllt begrüßte. Er gab zuerst Rahel, dann mir die Hand, und ich war erstaunt, wie weich seine Hände waren. Seine Lippen formten ein Lächeln, das sich nicht bis in seine blauen Augen fortsetzte.

– Wollt ihr noch mit mir zu Abend essen?, fragte er, und Rahel nickte.

Irgendetwas in der Art, wie er sie ansah, ließ mich glauben, die beiden hätten mal etwas miteinander gehabt. Ich wartete auf einen Anflug von Eifersucht, doch nichts geschah.

Es gab eine Fischsuppe, Miesmuscheln in Weißwein-Knoblauch-Sud, dazu Weißbrot und schließlich noch Tintenfisch in einer Zitronenschafskäsesauce mit Kartoffeln.

Während des Essens unterhielten sich Rahel und Mr. No über gemeinsame Bekannte, und ich schwieg die meiste Zeit.

– Ich hoffe, du kannst gut schlafen, wenn du gegessen hast, sagte Mr. No schließlich und leckte sich einen Tropfen Sauce von seinem Daumen.

Ich begnügte mich damit zu nicken. Da ich für die Kurierfahrten früh aufstehen musste, da ich oft tropfte, Bassstaub rauchte und samstagnachts nicht schlief, fühlte ich mich ständig müde, und wenn ich eine Viertelstunde nichts zu tun hatte, döste ich meistens ein. Auch bei meinem ersten Vorträumen hatte ich keine Schwierigkeiten gehabt, obwohl ich aufgeregt gewesen war.

Nach dem Essen verabschiedete Rahel sich, sie wollte mich am kommenden Morgen wieder abholen. Ich weiß nicht, warum sie nicht blieb.

Mr. No führte mich in den Keller der Villa, vorbei an einem großen Schwimmbecken und einer Sauna, in einen Raum hinein, in dem der Rüssel hing. Es war der zweite, den ich sah, und er glich dem beim Traumfang. Ein etwa fingerdicker Schlauch, der organisch wirkte und dessen Farben wie in Zeitlupe changierten, hing genau über dem Bett von der Decke. Ich glaubte sehen zu können, dass er sich bewegte, langsamer, als er die Farben änderte. Aus irgendeinem Grund musste ich an Rahels Brustwarzen denken.

Mr. No deutete auf eine weitere Tür in dem Zimmer.

– Das Bad. Ich werde dich jetzt allein lassen.

Er war schon fast aus der Tür, als er sich noch mal umdrehte.

– Träum was Schönes.

Es klang nicht so, als würde er mir etwas Gutes wünschen.

Ich zog mich aus, ging ins Bad, nahm den in Folie verschweißten Bürstenkopf und setzte ihn auf die elektrische Zahnbürste. Während ich mir die Zähne putzte, ging ich zurück ins Zimmer und berührte vorsichtig den Rüssel. Er fühlte sich so warm und weich an wie Haut. Ich glaubte, ein leichtes Pulsieren spüren zu können, aber ich hätte mich auch täuschen können.

Stell keine Fragen, hatte Rahel mich ermahnt, du wirst Sue nur die Laune verderben und keine Antworten erhalten.

Ich saß auf dem Bett, hielt den Rüssel in meiner Hand und gab ihm einen Kuss. Dann ließ ich ihn los und beobachtete, wie er sich leicht bewegte. Er sah nicht aus wie ein Tau, das nur lose hin und her schwang, sondern so, als hätte er Muskeln. Die Rüssel waren dazu da, den Traumrecordern eine etwas menschlichere Dimension zu geben, hieß es. Ich hatte den Recorder noch nie gesehen, aber ich stellte ihn mir wie eine Espressomaschine vor, nur dass Tropfen herauskamen statt Kaffee.

Als ich mich hinlegte, setzte ich das Ende des Rüssels auf den höchsten Punkt meines Kopfes, und er hielt sich dort irgendwie fest.

– Danke, murmelte ich, danke, mach Tropfen aus meinen Träumen.

Kurz darauf zuckte mein Bein, und ich bekam auch mit,

dass einige Worte, deren Bedeutung mir verschlossen blieb, in meinem Kopf durcheinanderpurzelten, dann holte mich der Schlaf.

99

– So was träumst du?, fragte Sal.
Ich nickte fast unmerklich.
Er wog die braune Glasflasche in der Hand, in der noch gut und gerne Tropfen für zwanzig Träume drin waren.
– Was willst du jetzt damit machen?
Ich zuckte mit den Schultern.
– Hat ihn sonst noch jemand gesehen?
– Rahel. Und Mr. No vielleicht, ich weiß es nicht.
Sal nickte bedächtig mit dem Kopf.
– Was ich nicht verstehe, Nesta, man hat doch mehrere Träume in einer Nacht, welchen zeichnet der Rüssel eigentlich auf?
– Ich weiß es nicht, vielleicht den intensivsten.
Ich glaube, es war Sal peinlich. Er wollte nicht über diesen Traum reden, und mir war das mehr als recht.
– Glaubst du, er lädt dich noch mal ein?
– Ich denke nicht.
Sal machte die Flasche auf und sah mich fragend an, als er ein paar Tropfen der Flüssigkeit auf den Boden goss. Als ich keine Reaktion zeigte, leerte er die ganze Flasche.
– Bist du jetzt eigentlich Resident DJ?, fragte ich, um das Thema zu wechseln.
Ich sah, wie Sal versuchte, ein Lächeln zu unterdrücken, aber es gelang ihm nicht ganz. Es war noch besser gelau-

fen als im Bass&Klang, das hatte er gleich erzählt, aber nicht, was das bedeutete.

– Ja. Ab nun jeden Freitag in der Veranda. Bist du nächste Woche dabei?

– Sicher.

Ich hatte gehofft, Demotropfen zu haben, und jetzt war da nur ein nasser Fleck auf dem Boden des Schuppens beim stillgelegten Eisenbahnwerk. Wir kamen nicht mehr oft dorthin, seit wir im Hochhaus wohnten.

– Es tut mir leid, sagte Sal und sah auf den Fleck. Aber ich bin jetzt Resident in der Veranda, ich werde dir noch das eine oder andere Vorträumen besorgen, glaub mir. Wir sind jetzt schon halb durch die Tür, wir haben nicht nur einen Fuß drin, ab jetzt kann uns nichts mehr aufhalten. Komm, lächle, lächle. Die nächste Gelegenheit wird kommen.

Ich versuchte es mit dem Lächeln, aber es klappte nicht ganz.

– Ich habe noch zwei gute STs, sagte Sal, möchtest du?

– Nee, sagte ich, ich habe gerade keine Lust. Ein andermal vielleicht.

Ich nahm die leere Flasche von der Sofalehne und wandte mich zum Gehen.

– Komm schon, sagte Sal, ein kleiner.

Ich ließ die Flasche in die Hosentasche gleiten und setzte mich wieder hin.

Die Tropfen waren nicht schlecht, aber ich fiel trotzdem raus. Das war mir schon lange nicht mehr passiert. Normalerweise gelang es mir mittlerweile, auch bei schlechten Tropfen bis zum Schluss drinzubleiben.

– Uuuooaah, sagte Sal, wie sich die Brüste im Wind anfühlen, wenn man so nackt über den Strand fliegt … Fandest du es nicht geil?

– Doch, schon. Ich muss heim.

– Es ist Sonntag, was hast du zu tun?

Ich zuckte mit den Achseln und sah ihn an. Er kam auf mich zu, und wieder traf sein Kuss mich unterhalb des Ohres.

– Kopf hoch, sagte er, wenn der Hals auch dreckig ist.

Zu Hause setzte ich mich ans Fenster und starrte raus auf die Stadt, als würde ich noch überlegen. Dabei wusste ich von Anfang an, dass ich es tun würde. Da war noch genug auf dem Boden der Flasche, ich würde mir meinen Traum nochmals tropfen.

An diesem Morgen, nachdem Rahel mich abgeholt hatte, hatten wir gemeinsam getropft. Obwohl ich ahnte, was kommen würde, hatte ich noch Hoffnung gehabt. Ich hatte mich sogar gefreut: das erste Mal, dass ich meinen eigenen Traum tropfen würde. Beim Vorträumen wusste man nicht mal, welchen Traum der Recorder aufnahm, morgens ging man einfach nach Hause, wenn sie kein Interesse hatten, hörte man nie wieder von ihnen.

Und nun wollte ich die Verlegenheit noch einmal spüren, den Schmerz, die Enttäuschung, die Scham. Ich wollte in dieser Wunde bohren, um mich zu vergewissern, dass sie echt war. Es konnte so demütigend sein, wenn jemand anders deine Träume sah, wie er Zeuge wurde, zu welcher Selbsterniedrigung du fähig warst.

Ich tropfte, wachte mit Tränen in den Augen auf und sah dann zu, wie es draußen dunkler wurde. Das Telefon klingelte irgendwann, und Rahel sprach mir aufs Band.

– Nesta? Nesta, geh bitte ran … Ich weiß, dass du da bist …

Ruf mich zurück, egal wann. Oder komm einfach vorbei, lass mich nicht noch eine Nacht allein. Hörst du, Nesta, verdammt noch mal, geh bitte ans Telefon.

In dieser Nacht fuhr ich nicht hin und rief auch nicht zurück. Ich versuchte, eine Entscheidung zu treffen. Ich stand auf meinem kleinen Balkon und atmete die schmutzige Luft ein.

Ich wollte nicht jahrelang mit einem Transporter durch die Gegend fahren. Ich wollte mich nicht von Rahel aushalten lassen. Ich wollte kein DJ werden. Ich wollte keinen Bassstaub dealen. Ich wollte nicht weg aus dieser Stadt. Ich wollte nicht einfach nur tropfen und alles vergessen.

In der vergangenen Nacht war es nicht gut gelaufen, aber ich hatte auch andere Träume, da lagen ganze Kladden voll auf der Fensterbank. Ich war schon mal zum Vorträumen eingeladen worden. Sal hatte gut daran getan, diese Tropfen wegzukippen, ich hätte es selbst nicht gekonnt, ich hätte festgehalten an dem Schmerz.

Womöglich hätte ich mich sogar mit so einem entwürdigenden Mist beworben, trotz allem.

Ich versuchte, eine Entscheidung zu treffen, aber ich hatte nicht wirklich die Wahl. Ich wollte Träumer werden. Auch wenn es mit diesen Tropfen so aussah, als würde sich ein Clown als Bestattungsunternehmer bewerben. So etwas wollte keiner sehen. Nicht mal ich. Man fühlte sich einfach nur schlecht, wenn man so etwas träumte.

Doch ich wollte Träumer werden. Das war alles. Es gab noch eine andere Möglichkeit für mich, eine einzige: von diesem Balkon zu springen. Doch dazu war es nie zu spät.

– Und?, fragte Rahel.

– Ganz gut.

– Ich kann gar nicht glauben, dass du zum ersten Mal im Theater warst. Ich denke, dein Großvater war Schriftsteller.

– Ja, aber der hat keine Theaterstücke geschrieben.

Ich war wahrscheinlich der Einzige, der in einem der drei Häuser wohnte, der jemals im Theater gewesen war. Und ich hatte mich seltsam gefühlt unter all diesen Menschen, die genau wie Rahel genug Geld hatten, um sich die Karten leisten zu können. Menschen, mit denen ich selten in Kontakt kam. Sie führten ein anderes Leben in anderen Vierteln, ihre Kinder gingen auf Schulen, vor deren Toren Wächter in Uniformen standen, sie fuhren teure Autos, und ihr rückenfreundlicher Schreibtischstuhl kostete mehr, als ich im Monat verdiente.

Aber selbst wenn ich so viel Geld gehabt hätte – für den Preis einer Theaterkarte konntest du dir einen halben Liter Tropfen kaufen.

– Ich fand es toll, sagte Rahel, ein Mann, der eine Frau mehr liebt als sein eigenes Leben. Wo kannst du das schon sehen außer im Theater oder im Kino? War das nicht fantastisch? Wie er über sich hinausgewachsen ist und wie Johnny Rourke gespielt hat, er ist der beste Schauspieler, den ich kenne. Was der alles in einen Blick hineinlegen kann.

– Hm, machte ich.

Johnny Rourke sah nicht so aus, als wäre er auf eine Schule gegangen, in die jeder Schüler sein eigenes Notebook mitbrachte. Er sah überhaupt nicht so aus, als hätte er irgendetwas mit seinem Publikum gemeinsam. Auf mich wirkte es, als würden sich da reiche, gebildete Leute jemanden ansehen, der einfach ein übersteigertes Aufmerksamkeitsbedürfnis hatte, und mit dem sie weiter nichts verband. Aber was wusste ich schon?

Rahel hakte sich bei mir ein, und es machte mich stolz, mit ihr so über die Straße zu gehen. Eine über zehn Jahre ältere Frau, die mal Gitarre gespielt hatte in einer Band, die ein Album herausgebracht hatte, eines, über das man immer noch sprach. Damals war Rahel so alt gewesen wie ich jetzt. Ich hätte nie gedacht, dass ich bei einer Frau wie Rahel landen konnte. Ohne die Tropfen hätte ich es nie gewagt, sie auch nur zu berühren.

– Tropfen sind doch auch Theater, sagte ich, nur dass du alles auf einmal bist: die Bühne, das Stück, die Schauspieler und die Zuschauer, alles gleichzeitig.

– Egal, worüber wir reden, Nesta, jedes Mal fängst du mit Tropfen und Träumen an. Du kannst an nichts anderes denken, oder?

– Doch, an dich, und wie ich ihn dir gleich reinschieben werde.

Auch nach sechs Monaten hatte ich noch nicht genug davon, ihren Hintern unter meinen Händen zu spüren, ihr rotes Schamhaar durch einen weißen Slip leuchten zu sehen, mit meiner Zunge über ihre tätowierte Kette zu lecken, morgens über den Dächern neben ihr aufzuwachen, mit ihr Kaffee zu trinken, ihr zuzusehen, wie sie, nachdem sie ihr Brot beschmiert hatte, die Klinge des Messers in ihren Toast hineinsteckte und dann sauber wieder herauszog, ich hatte noch nicht genug davon, sie auf der

Tastatur ihres Rechners tippen zu hören, wenn sie Musik-software programmierte, die eine absolute Neuheit auf dem Markt sein sollte.

– Es ist ein kreatives Programm, du brauchst nur eine Basis, einen Beat, eine Gesangslinie, einen Basslauf, ir-gendetwas, und das Programm bastelt einen ganzen Song daraus, hatte sie mir erklärt.

Mir leuchtete nicht ein, wozu so etwas gut sein sollte, aber Rahel verdiente Geld damit und musste dafür nicht mal die Wohnung verlassen.

Nun schob sie ihre Hand in meine hintere Hosentasche und sagte:

– Träume und Sex. Zu mehr reicht es nicht, oder? Ich habe neue Porno-STs gekauft.

– Dann lass uns heim, tropfen.

Mittlerweile sagte ich auch daheim oder zu Hause, wenn ich ihre Wohnung meinte. Ich schlief fast gar nicht mehr bei mir, entweder war ich bei Rahel, oder ich war zu einem Vorträumen eingeladen, was in letzter Zeit oft passierte. Anfangs hatte Sal mir noch gesagt, welches Vorträumen ich ihm zu verdanken hatte, doch seit einiger Zeit sagte er nichts mehr, und ich fragte nicht. Ich wusste nicht, ob es einfach besser für mich lief oder ob er seine Finger im Spiel hatte.

Anfangs hatte es mir noch Mut gemacht vorzuträumen, doch nach dem zwanzigsten oder dreißigsten Mal ging ich hin, ohne mir allzu viele Hoffnungen zu machen. Ich mochte den Rüssel, ich mochte es, mit den anderen auf dem Gang zu sitzen, bis jeder in ein winziges Zimmer ge-führt wurde, wo es nur ein Bett und ein Waschbecken gab, ich mochte die Abwechslung, und ich mochte das Gefühl, dass ich nie aufgeben würde, egal, wie aussichtslos es erschien.

Wenn Firmen mich das zweite oder dritte oder vierte Mal einluden, dann musste doch etwas an meinen Träumen sein, das taten sie doch nicht nur, um Sal einen Gefallen zu tun.

Daheim tropften Rahel und ich, aufgegeilt fielen wir übereinander her, und als ich kam, war es, als würde der Kosmos ausgelöscht und durch meinen Samen neu erschaffen werden. Und in diesem neuen Kosmos versank ich in einem behaglichen Dunkel.

– Ich habe schon wieder geträumt, sagte Rahel morgens, seit du bei mir schläfst, träume ich jede Nacht. Wir waren in einem Theaterstück, du und ich, wir waren die Schauspieler und gleichzeitig auch alle Zuschauer, und du hast mir einen Heiratsantrag gemacht.

Ich küsste sie auf den Hals, knapp oberhalb ihrer Kette. Rahel reagierte nicht.

– Bist du eigentlich in mich verliebt?, fragte sie nach einer Pause.

– Ja, antwortete ich, obwohl ich wusste, dass das möglicherweise nicht stimmte. Ich war mir nicht sicher.

Ich konnte mir schönere Sachen vorstellen, als neben ihr aufzuwachen. Ich konnte mir eine Frau vorstellen, die mir ein Gefühl von gleißendem Licht geben konnte, einem Licht wie in Donnas Träumen, ich konnte mir eine Erlösung vorstellen, eine von Sonnenlicht goldene Stadt voller Frieden.

Es gab immer noch etwas Größeres und Besseres. Manchmal will man alles und hängt dann doch nur in einem Sessel fest. Oder in einem Bett über den Dächern der Stadt.

Manchmal dachte ich aber auch gar nicht an diese Dinge, wenn ich mit Rahel zusammen war. Passen die Schuhe, vergisst man die Füße.

Manchmal dachte ich nur an das nächste Vorträumen.

Bist du eigentlich in mich verliebt? Das weiß man doch immer erst hinterher.

97

Neben mir saß eine große junge Frau, achtzehn, neunzehn, grüne Augen, dunkelrot gefärbte Haare. In kurzen Abständen trank sie winzige Schlucke aus einer Flasche Wasser.

– Nervös?, fragte ich sie.

– Hm, machte sie, ohne in meine Richtung zu sehen.

– Das erste Mal, dass du eingeladen wirst?

– Hm.

Normalerweise wäre ich zu schüchtern gewesen, um sie überhaupt anzusprechen, aber an diesem Tag war irgendetwas anders.

– Man gewöhnt sich dran.

– Ich hoffe nicht ... Hast du das schon öfter gemacht?

– Ja.

– Wie oft?

– Ich habe aufgehört zu zählen. So oft.

Jetzt sah sie mich an.

– Und du gibst nicht auf?

– Nein.

– Woran liegt es?

– Dass ich nicht aufgebe?

– Dass sie dich nicht nehmen.

– Ich weiß es nicht. Es ist auch Glückssache. Manchmal träumst du dir einfach einen Scheiß zusammen, kennst das doch. Und manchmal hast du etwas, bei dem du denkst: Das ist es, damit habe ich eine Chance, und trotzdem hörst du nie wieder von ihnen. Die haben doch selber keine Ahnung, wonach sie suchen.

– Du warst auch schon bei den anderen?

– Joysom, Trauma, Bilderfluten, Nachtbild, Luzid, fast überall.

– Und du gibst nicht auf.

– Nein.

Ich schüttelte den Kopf.

– Wieso?

– Ich weiß nicht, was ich sonst tun soll.

Da war eine winzige Veränderung in ihrem Gesicht, vielleicht zog sie die Augenbrauen kurz zusammen, vielleicht verengte sich ihr Blick, vielleicht änderte sich ihre Körperspannung, ich weiß es nicht, aber auf einmal hatte ich das Gefühl, ich könnte sie sehen. Sie wirklich sehen, ihr auf den Grund schauen.

Manchmal hat man eine einfache Erklärung dafür, warum man etwas geträumt hat. Am Tag zuvor hatten alle drei Kioske keine langen Blättchen mehr gehabt, deshalb hatte ich in jener Nacht von Zigarettenpapier geträumt.

Wenn ich in meinen Traumtagebüchern in alten Träumen blätterte, konnte ich mir vieles zusammenreimen. Ah, damals bin ich von zu Hause ausgezogen und habe erstes eigenes Geld verdient, ich hatte das Gefühl absoluter Freiheit, deshalb bin ich nachts so oft geflogen. Manchmal fand ich die Erklärung für einen Traum auch, während ich ihn aufschrieb. Und manche Träume standen einfach für sich allein, für die schien es keinen Grund und keine Erklärung zu geben. Die kommen von Gott, sagte Tedeisha später immer. Was ich sagen will, ist, dass man gewisse Dinge erst hinterher sieht. Man versteht es, lange nachdem man aufgewacht ist, doch da gibt es irgendetwas in einem drin, das es schon früher verstanden hat.

Jetzt kann ich sagen, dass ich vom ersten Moment an fühlte, dass Tedeisha und ich zusammen besser träumen konnten als jeder für sich allein. Jetzt kann ich das sagen, und es ist die Wahrheit, auch wenn ich es damals nicht hätte sagen können. Es gab diesen Moment des Erkennens, den Moment, in dem wir verstanden, was so ein Satz bedeuten konnte: Ich weiß nicht, was ich sonst tun soll.

Morgens trafen wir uns auf dem Gang wieder, und ich schlug vor, frühstücken zu gehen.

Es wird wohl ein Samstag oder Sonntag gewesen sein, am Nebentisch saßen fünf Leute, die offensichtlich die Nacht durchgemacht hatten. Ihre Pupillen waren riesig, ihre Augen gerötet und ihr einziges Thema, wie gut der DJ gewesen war.

Tedeisha und ich hörten kurz zu, boah, geil, abgefahren, krass fetter Sound, voll nachtigallenmäßig, axtgeil, Hammerbässe. Ihnen fehlten die Worte, wie immer, wenn man über Musik redet. Oder über Träume. Die Worte fehlen eigentlich überall, und wir reden in die Lücken hinein in der Hoffnung, dass uns jemand versteht.

– Hast du ihn mal gehört?, fragte Tedeisha mich. Man kommt ja kaum mehr rein in die Veranda, aber ich war schon zweimal da, als Sal aufgelegt hat.

– Ja, sagte ich und konnte ein Grinsen, das meinem Stolz entsprang, nicht unterdrücken. - Er ist ein guter Freund, wir sind zusammen zur Schule gegangen. Aber wart mal ab, bald wird er um die ganze Welt jetten, um hier und da und dort aufzulegen.

Und dann werden wir uns noch weniger sehen, dachte ich, dann werden noch mehr Frauen ihn anhimmeln, dann wird er noch öfter in Plattenläden herumhängen und an seinem Laptop an Sounds basteln. Dann wird er noch mehr Zeit im Netz verbringen auf der Suche nach Tüftlern, von denen er sich inspirieren lässt, dann wird er in Flugzeugen sitzen und in großen Hotels in exotischen Ländern wohnen. Dann wird er fast gar keine Zeit mehr haben.

Hätte ich die Chance bekommen, ich hätte genau das Gleiche getan.

– Was hast du eigentlich geträumt?, fragte Tedeisha.

– Völlig krudes Zeug, sagte ich, da lagen so rote Häute wie von Paprikas im Rinnstein, und ich hatte Blutergüsse unter den Armen, von denen ich wusste, dass sie das Zeichen der Todgeweihten sind. Ich wollte sie loswerden und dachte, ich kann sie abwaschen, und auf der Suche nach einer Dusche bin ich durch die ganze Stadt geirrt. Kein Haus hatte mehr ein Badezimmer, weil sie nicht wollten, dass die Todgeweihten sich reinwaschen. Na ja, mit so was werden sie mich wohl kaum nehmen.

Tedeisha biss in ihr Croissant, kaute, grinste und sagte dann:

– Weißt du noch die Fly Ladies, letztes Jahr im Sommer?

– Na klar, die hat ja jeder getropft.

– Ich konnte letzte Nacht noch schöner fliegen.

Ich nickte. Flugträume waren nicht mehr in Mode, soweit

ich wusste, aber ich sagte nichts, betrachtete nur verstohlen das braune Dreieck in ihrem rechten Auge. Als sie aufblickte, sah ich schnell weg, nahm meine Tasse und trank einen Schluck.

– Hast du schon von diesen neuen STs gehört?, fragte ich.

– Welche?

– Kinderträume.

– Nein. Hast du schon mal welche getropft?

– Nein, aber ich kenne jemanden, der heute eine neue Ladung Tropfen erwartet.

– Ich würde es gerne ausprobieren, aber ich bin später noch verabredet.

– Ich wohne vorne bei den drei Häusern, wir brauchen nicht lange.

Erst viel später erzählte mir Tedeisha, dass sie damals tagsüber eigentlich nicht tropfte.

Sie stand auf meinem Balkon und bewunderte die Aussicht, während ich Tee kochte. Neben meinem Bett stand ein kleines durchsichtiges Plastikfläschchen, das ich gerade bei Roy aus dem achtzehnten Stock geholt hatte. Ein Etikett mit Winnie Puuh klebte drauf, und der Verschluss war knallrot.

Bis auf die Rastafaris tropfte jeder, den ich kannte, und das lag nicht etwa daran, dass ich mich nur mit Tropfern umgab. Es war, wie es früher mit dem Alkohol gewesen sein musste, nahezu jeder tat es, der eine mehr, der andere weniger, doch es war mittlerweile gesellschaftlich akzeptiert. Es gab zwar Menschen, die grundsätzlich keine STs tropften, weil sie illegal waren, aber es gab auch Menschen, die nur STs tropften, da sie billiger waren: Die Traumsteuer fiel weg.

Im Laufe der letzten sechs Jahre hatte ich mit so vielen Leuten zum ersten Mal gemeinsam getropft, legale und auch STs, dass ich mich nicht mehr an jedes einzelne Mal erinnern konnte. Aber das erste Mal mit Tedeisha, das war anders.

Wir tranken noch in Ruhe den Gingkotee und redeten über die Träume der letzten Wochen. Ich mochte die Spannung, die entstand, dieses Hinauszögern des Augenblicks, in dem wir beide zum ersten Mal einen Kindertraum tropfen würden.

– Ich bin ganz aufgeregt, sagte Tedeisha, und ich reichte ihr die Flasche.

Ihre Lider flackerten, das braune Dreieck sagte einige Male Hallo, doch da hatte ich auch schon getropft, und das Letzte, was ich sah, bevor ich in den Traum glitt, war das Grün ihrer Augen.

Ich bin ein Mädchen, fünf, sechs Jahre alt, und laufe gehetzt durch eine enge Gasse. Etwas, jemand, ist hinter mir her, und als ich mich umdrehe, sehe ich den Teufel. Er hat einen schwarzen Umhang, und in seinem roten Gesicht ist das Grinsen so breit und böse, dass ich glaube, er könnte mich mit einem einzigen Biss verschlingen. Füße scheint er keine zu haben, er schwebt hinter mir her, und der Abstand ist jedes Mal, wenn ich mich umdrehe, noch kleiner. Auf dem Kopf des Teufels sind zwei kurze stummelige Hörner voller Warzen, aus denen gelber Schleim fließt, der ihm über die Wangen läuft. Ich höre ihn atmen oder lachen, ich kann es nicht auseinanderhalten. Meine Angst bewegt meine Beine noch schneller, obwohl ich schon längst keine Luft mehr kriege. Etwas

Klebriges, Warmes streift meinen Nacken. Das werden doch nicht schon seine Hörner sein? Vor lauter Ekel habe ich einen Kloß im Hals, aber ich renne weiter, biege links ab, biege rechts ab, überall sind nur enge Gassen, und ich weiß überhaupt nicht, wo ich bin. Der Teufel lacht böse und dunkel, da fällt mir plötzlich ein, wie ich entkommen kann. Ich erinnere mich an den Zeichentrickfilm, in dem Bugs Bunny vom Jäger verfolgt wird und schließlich in einer Sackgasse landet. Der Jäger grinst wie der Teufel, weil er glaubt, Bugs nun zu haben, der mit dem Rücken zur Wand steht. Aber die Wand ist gar keine Wand, sie ist ein Garagentor, das im allerletzten Moment aufgeht. Bugs Bunny verschwindet in der Garage, das Tor schließt sich wieder, und der Jäger mit der Flinte in der Hand macht ein dummes Gesicht.

Ich muss nur diese Sackgasse finden, dann bin ich gerettet, ich biege ab, links, rechts, rechts und dann bin ich auf einmal da. Sackgasse. Ich drehe mich um und sehe, wie der Teufel auf mich zuschwebt. Dann drehe ich den Kopf und sehe, dass ich nicht vor einem Garagentor, sondern vor einer Backsteinmauer stehe. Es ist die falsche Sackgasse. Der Teufel wird mich holen. Der Teufel. Wird mich holen.

Ich will schreien, aber aus meinem Mund kommt kein Ton und keine Luft, ich mache ihn nur ganz weit auf. Der Teufel wird langsamer, sein Grinsen wird noch breiter, seine Zähne sind riesig, manche gelb, manche schwarz, gleich wird er wieder so böse lachen. Schon streckt er die Hand nach mir aus, schwarz, behaart mit dicken krummen gelblichen Fingernägeln. Ich drücke mich noch fester an die Wand. Wenn er mich mit dieser Hand berührt, werde ich mich übergeben, sterben, verbrennen, zu Staub werden, irgendetwas Schreckliches wird passieren. Kurz bevor seine Hand mein Gesicht erreicht, geht die Mauer hoch wie ein Garagentor, und ich kann dahinter verschwinden.

Ich bin in einer Garage, in der lauter Puppenhäuser stehen, doch bevor ich mich darüber freuen kann, wache ich auf.

Ich spürte die Erleichterung, die Angst, die Verkrampfung in meinen Muskeln, als wir die Augen öffneten. Tedeisha fühlte sich wahrscheinlich so ähnlich, aber auf ihren Lippen war auch der Hauch eines Lächelns zu erkennen.

Es waren Tropfen, nach denen man einige Zeit brauchte, bis man wieder reden konnte. Ich erinnerte mich an das Gefühl aus meiner Kindheit, aufzuwachen und Angst zu haben, wieder einzuschlafen. Ich erinnerte mich an die Zeit in der Dunkelheit, wie sie sich dehnte, und daran, wie ich mich nicht traute, nach meiner Mutter zu rufen, weil ich fürchtete, wenn die Stille aus dem Gleichgewicht geriet, könnte alles zusammenstürzen und mich für immer in meiner Traumwelt begraben. Das sind Worte, die ich heute dafür finde. Damals lag ich in meinem Bett und wagte nicht zu atmen.

– Hast du ihren Gott gesehen?, fragte Tedeisha nach zwei, drei Minuten.

– Ihren ...?

Zuerst wusste ich nicht, was sie meinte, aber dann flackerte kurz dieses Bild auf.

Manchmal ging ich im Supermarkt einfach nur an den Spaghetti vorbei, und etwas blitzte in meinem Kopf auf. Spaghetti, ja, stimmt, ich habe in der Nacht von Spaghetti geträumt. Aber am Morgen konnte ich mich nicht daran erinnern.

So ähnlich war es jetzt auch, Tedeisha sagte Gott, und kurz darauf blitzte ein Bild auf. Das Mädchen hatte auch an Gott gedacht, während sie vor dem Teufel floh.

– Ja, sagte ich, ja, stimmt, ein blond gelockter, lächelnder Junge mit Sommersprossen. Er hatte so ein Nachthemd an, und ich glaube, auch er schwebte über dem Boden.

Tedeishas Augen waren immer größer geworden, während ich sprach, und nun hielt sie sich die Hand vor den Mund.

– Das kann nicht sein, sagte sie, das ist ... doch nicht möglich.

– Was?

Ihr Blick glitt zur Teetasse, sie schien nachzudenken. Ich wartete.

– Als du klein warst, hast du dir Gott immer als einen alten Mann mit himmelblauen Haaren und einem Bart in den Farben des Regenbogens vorgestellt?

Ich kniff die Augenbrauen zusammen. Woher wusste sie das? Langsam nickte ich.

– Du hast Gott gesehen, wie ich ihn mir vorgestellt habe, als ich noch klein war. Und ich habe dein Bild von Gott gesehen.

– Was hat dann das Mädchen gesehen?

– Ich weiß es nicht.

– Wie ist das möglich?

– Keine Ahnung.

– Lass uns noch mal tropfen.

Tedeisha streckte die Hand nach der Flasche aus.

Vielleicht habe ich mich nur nie genügend über die Tropfen unterhalten, dachte ich. Vielleicht stimmt es gar nicht, dass wir alle dasselbe sehen. Ich tropfte mit jedem, der mir über den Weg lief, und redete später lange darüber, ich tropfte mit Rahel, mit Sal, falls er mal Zeit hatte, mit seinen Groupies, ich tropfte in Traumbars, in der Veranda, mit Nachbarn, ich tropfte mit anderen Kurierfahrern, morgens, noch vor der Arbeit.

Wir sahen nicht alle dasselbe, die Träume unterschieden sich in Details. Oder vielleicht unterschieden sie sich auch nicht, sondern jeder erinnerte später andere Sachen, obwohl man sich die Tropfen in der Regel besser merken konnte als die eigenen Träume.

Wenn du selbst träumst, gleitest du vom Schlaf in den Traum hinüber und von dort wieder in den Schlaf. Wie sollst du dich dann an alles erinnern? Aber wenn du tropfst, dann kommst du aus dem Wachzustand in den Traum und direkt wieder zurück in den Wachzustand.

Und doch träumte jeder geringfügig anders. Sal hörte im Traum jeden Ton, selbst das leise Ticken einer Wanduhr. Wenn er mir das erzählt hatte und ich den Traum noch einmal tropfte, konnte ich es auch hören. Doch es gab außer Tedeisha und mir niemanden, der Dinge sah, die offensichtlich nicht in den Traum gehörten.

Fast jedes Mal, wenn wir aufwachten, hatte ich Bilder aus ihrem Kopf und sie welche aus meinem gesehen. Bilder, die außer mir noch nie jemand gesehen hatte. Wir verstanden nicht, was da geschah, aber wir begegneten uns in den Träumen, die wir gemeinsam tropften.

– Glaubst du, es gibt noch mehr Menschen, die so etwas erleben?, fragte ich Tedeisha.

– Ja, sagte sie, mit Sicherheit, aber es werden nicht viele sein.

Zwei- oder dreimal die Woche trafen wir uns, um gemeinsam zu tropfen und hinterher lange darüber zu reden. Ich freute mich auf diese Verabredungen, auch wenn sie manchmal lange dauerten und ich kaum Schlaf bekam. Aber wozu brauchte man Schlaf, wenn man träumen konnte? Tedeisha schien sich auch auf diese Abende zu freuen. Ich erzählte Rahel von Tedeisha, aber ich ließ sie im Unklaren darüber, wie oft wir uns trafen, erfand Ausreden und Menschen, mit denen ich auch Zeit verbrachte. Wir tropften ja nur, sonst lief da nichts, und die Häufigkeit brauchte niemanden zu beunruhigen. Dass wir uns im Traum begegneten, erzählte ich nicht.

Tedeisha hingegen wollte mich ihrem Freund vorstellen, ich weiß nicht genau, warum. Wir verabredeten uns in einer Traumbar, und ich war vor den beiden da. Während ich die Karte studierte, überlegte ich, ob wir wohl den neuen von Donna nehmen würden und ob ich Tedeisha in den Tropfen treffen würde. Als Sanjay und Tedeisha hereinkamen, blickte ich automatisch hoch.

Er mochte Mitte zwanzig sein, hatte pechschwarze Haare, dunkle Augen mit tief hängenden Lidern, die seinem Blick etwas Lüsternes und gleichzeitig Verschlafenes verliehen. Seine Haut hatte einen erdigen Farbton, und um seine Lippen beneideten ihn viele Frauen wahrscheinlich. Er trug ein weißes, tailliertes Hemd, und seine schmalen Hüften ließen sein Kreuz breiter wirken. Er hatte einen

Arm um Tedeishas Hüfte geschlungen und ließ erst los,
als wir uns die Hand gaben.

Als sie sich gesetzt hatte, ließ er seine Hand auf Tedeishas
Oberschenkel ruhen.

Ich sah zu ein paar Traumjunkies hinüber, die ihre Tage
in solchen Bars verbrachten. Ihre Realität war eine Karte,
auf der man sich Tropfen aussuchen konnte und vielleicht
ein Balsam oder Wasser. Nächtliche Raubzüge, Diebstäh-
le, Stütze, Schnorrerei, irgendwoher hatten sie das Geld,
das sie in Tropfen anlegten. Kaum einer war länger als eine
halbe Stunde am Stück wach.

Ich betrachtete sie nur, um Sanjay die Gelegenheit zu
geben, mich anzusehen. Ich stellte keine Gefahr für ihn
dar, ich war nicht scharf auf Tedeisha, und selbst wenn
ich es gewesen wäre, ich sah nicht annähernd so gut aus
wie er, war zwei Köpfe kleiner und hatte nicht sein selbst-
bewusstes Auftreten. Er sah aus wie jemand, der sich mit
jedem in dem Raum innerhalb kürzester Zeit anfreunden
konnte und das auch genau wusste.

Obwohl ich nun dort wohnte, war ich für viele in den drei
Häusern immer noch der Freund von Sal.

Sanjay war das Gegenteil von einem kleinen unscheinba-
ren Mann. Wenn du einen Film siehst, und der Held geht
durch eine Fußgängerzone, dann drehen sie das so, dass
er immer im Mittelpunkt ist, sie ziehen deine Aufmerksamkeit auf die Figur. Sanjay brauchte man nicht zu filmen,
um diese Wirkung zu erzielen.

– Nett, dich mal kennen zu lernen, Nesta, sagte er, ich
habe viel von dir gehört.

– Und ich von dir, sagte ich, obwohl das nicht ganz stimmte. Ich wusste, dass er Tedeishas Freund war und ein Res-

taurant betrieb. Aber wahrscheinlich wusste er ebenso wenig über mich.

– Du hast ja noch gar nichts zu trinken, sagte er, was möchtest du? Ein Balsam?

Er suchte Blickkontakt mit der Kellnerin, die auch gleich kam.

– Drei Balsam. Und was sind die Tropfen des Tages, bitte?

– Ein Reisetraum nach Kamaloka von Rebeca.

Er sah uns fragend an, wir nickten beide.

– Dann nehmen wir den gleich auch noch. Eine kleine Flasche und drei Pipetten.

Wir tropften gemeinsam. Langsam hatte ich raus, welche Bilder in den Traum gehörten und welche aus Tedeishas Kopf stammten, doch dieses Mal begegnete ich ihr nicht. Es war ein netter kleiner Traum, der in Indien und Kamaloka spielte und in dem sich Rebeca wohl fühlte in den Straßen der Städte, die ineinander übergingen, wie sie das nur im Traum können.

Tedeisha war immer wieder begeistert von fernen Ländern, den doppelt fremden Eindrücken und dem Gefühl der Weite. Ich stand nicht so sehr auf Reiseträume, auch wenn ich zugeben musste, dass sie oft Bilder boten, die sich bei mir festhakten. Bilder und eine Tiefe, die ich nicht erklären konnte.

Sanjay glaubte, die Tiefe käme dadurch zustande, dass man mehr auf sich selbst, seine Intuition und seine inneren Kräfte gestellt war, wenn man sich in einer komplett fremden Umgebung aufhielt. Ich hatte eine etwas andere Theorie, aber die behielt ich an diesem Abend für mich. Das Gespräch war weder angeregt noch stockend, wir redeten irgend so ein belangloses Zeug, das ich längst vergessen habe.

– Ich muss los, sagte ich, als es erst kurz nach zehn war, Rahel wartet sicher schon.

Ich war keine Gefahr für Sanjay, das war wohl nun klar. Doch ich hatte Tedeisha lieber für mich alleine.

95

Rahel saß am Rechner, als ich kam. Sie stand nicht auf, um mich zu begrüßen, wie sie es sonst oft tat. Ich lehnte im Türrahmen, sie drehte sich in ihrem Stuhl zu mir um.

Erst da konnte ich erkennen, dass sie unten rum nackt war. Sie gab die Knie auseinander und sagte:

– Ich habe auf dich gewartet.

Wir hatten von Anfang an viel Sex gehabt, aber in letzter Zeit überraschte sie mich, indem sie nach dem Essen einfach unter den Tisch langte und meine Hose aufknöpfte, beim Zähneputzen innehielt, sich den Slip herunterzog und sich abwartend auf dem Wannenrand aufstützte, mich während der Arbeit anrief und fragte, wo ich gerade war, um mir kurz darauf während der Fahrt einen zu blasen.

Und jetzt sagte sie einfach: Ich habe auf dich gewartet, und ich beeilte mich, die Hose auszuziehen.

Hinterher lagen wir auf dem Teppich, ich blickte an Rahels Körper herunter, bis zu den Blumen auf ihren Fußrücken.

– Wer ist eigentlich Paul?, fragte ich.

– Wer?, fragte sie ohne die geringste Verwunderung.

– Paul. Du hast letzte Nacht im Schlaf seinen Namen gemurmelt, log ich.

– Oh, habe ich, sagte sie, dabei habe ich von dir geträumt.

Sal hatte mir von Paul erzählt. Mittlerweile kannte er jede Menge Leute, die mit Musik zu tun hatten, und dazu all den Klatsch und Tratsch, wer mit wem, wo, wann und wie oft und welche Reste noch an wessen Nasenflügeln klebten. Rahel hatte mir nicht erzählt, dass der Schlagzeuger ihrer Band Paul hieß und dass sie ein Paar gewesen waren. Dass Paul nebenbei auch andere Mädchen gehabt hatte, was sie nicht zu stören schien. Eines Tages hatte er seine erste Freundin wiedergetroffen und war mit ihr angeblich nach Nepal abgehauen.

– Paul war unser Schlagzeuger, sagte Rahel nach einer Pause, wir waren zusammen, und ich habe gedacht, es wäre für immer ... Früher oder später gehen sie alle.

Sie drehte den Kopf weg.

– Jedes Mal denke ich: Dieses Mal ist es anders, murmelte sie. - Was will ich denn schon? Nur jemanden, der bleibt. Einmal jemanden, der bleibt. So wie Paul am Ende bei Maria geblieben ist. Weißt du, er hat seine erste Liebe wiedergetroffen.

Sie sah mich wieder an.

– Wer war eigentlich deine erste Liebe?

– Ich hatte keine. Ich habe versucht, es Sal nachzumachen, der mal die eine oder die andere hatte. Ich war mit keiner zusammen. Du bist die Erste.

– Ach, quatsch nicht, sagte Rahel und schlug mir mit der flachen Hand auf den Po. Sie versuchte zu verbergen, dass es ihr schmeichelte. Und ich versuchte zu verbergen, wie gut es mir tat, dass es ihr schmeichelte.

– Wenn ich deine Liebe wäre, würdest du doch auf die Idee kommen, zu mir zu ziehen, anstatt diese kleine Bude in den Hochhäusern zu behalten.

– Bei den drei Häusern, verbesserte ich sie.

– Siehst du, die drei Häuser bedeuten dir mehr als ich.

Sal würde bald dort ausziehen, er verdiente genug Geld, um sich ein Penthouse wie Rahel leisten zu können. Und ich war sowieso selten da, weil ich die meisten Nächte bei Rahel verbrachte.

– Ich kündige die Wohnung.

Wieder schlug Rahel mir auf den Po.

– Lüg nicht so unverschämt.

– Beim Gott der Träume, ich werde kündigen.

So sind wir zusammengezogen.

94

– Ich habe ein wenig gespart, sagte Rahel eines Abends, möchtest du noch mal zu Sue an den Rüssel?

– Ja, klar.

Seit ich öfter zum Vorträumen eingeladen wurde, dachte ich selten an Mr. No. Früher oder später musste es doch klappen, früher oder später würde eine dieser Traumfirmen mich unter Vertrag nehmen. Das glaubte ich. Das musste ich glauben, denn sonst war mein Leben nichts wert, zumindest mir nicht.

Doch der Gedanke, noch einmal eine Flasche mit meinem Traum zu haben, gefiel mir. Schlimmer als letztes Mal konnte es kaum werden. Und dieses Mal konnte ich meinen Traum wenigstens gemeinsam mit Tedeisha tropfen.

Ab und an wurden Tedeisha und ich gemeinsam zum Vorträumen eingeladen. Wir trafen uns dann schon, nachdem ich meine Tour zu Ende gefahren hatte. Tedeisha nahm sich von ihrem Job in der Traumbar frei, und an diesen Abenden tropften wir nicht.

– Du willst eigene Träume träumen heute Nacht, sagte Tedeisha, ich will mich heute nicht von Tropfen beeinflussen lassen.

Bereits damals hatte sie genaue Vorstellungen davon, wie man zu den besten Träumen kommt. Mich scherte das alles nicht, ich hatte meistens schon in der Mittagspause getropft.

Fast immer gingen wir zusammen essen, bevor wir abends bei Traumfang oder Joysom oder sonstwo im Bett lagen.

Wieder trug Mr. No einen Seidenkimono, wieder aßen wir zu dritt an seinem imposanten Holztisch, wieder gab es Muscheln und Tintenfisch, wieder redeten Rahel und Mr. No über gemeinsame Bekannte. Dieses Mal war ich mir sicher, dass die beiden mal etwas miteinander gehabt hatten. Mr. No sah Rahel manchmal so an, als gehörte sie ihm, und Rahel fühlte sich sichtlich unwohl. Ich konnte mir nicht erklären, was sie an ihm gefunden haben mochte, er war knapp dreißig Jahre älter als sie, weder attraktiv noch charmant.

Nach dem Essen fuhr Rahel wieder heim, und ich fragte, ob ich mal kurz telefonieren dürfe. Tedeisha hatte ein Vorträumen bei Atlantis. Ich rief sie auf ihrem Mobilen an, und wir wünschten uns gegenseitig schöne Träume.

Rahel hatte mir nochmals eingeschärft, keine Fragen zu den Träumen zu stellen, doch auf dem Weg in den Keller wollte ich von Mr. No wissen, ob ich die Maschine mal sehen könnte.

– Welche Maschine?

– Den Traumrecorder.

Mr. No blieb stehen und lachte schallend. Als er den Oberkörper zurückbeugte, rutschte der Kimono vorne etwas auseinander und ich konnte seine hagere Brust sehen, auf der grau gelockte Haare wuchsen. Er lachte, als würde er sich darüber freuen, dass ich der dümmste Mensch auf der Welt war. Dann ging er einfach weiter.

Alles, was ich über die Traumrecorder wusste, war, dass der Rüssel die Hirnströme in die Maschine übermittelte und dass diese Informationen ähnlich wie bei homöopathischen Mitteln in einer Trägerflüssigkeit gelöst wurden, die wir dann schließlich tropften. Ich hatte aber noch nie einen Recorder gesehen. Und selbst bei dem, was ich wusste, war ich mir nicht sicher, ob es der Wahrheit entsprach.

Obwohl es mir letztes Mal kein Glück gebracht hatte, küsste ich den Rüssel wieder, bevor ich mich hinlegte. Bei den Traumfirmen gab es Überwachungskameras, und es war verboten, den Rüssel zu berühren. Wir legten uns hin und warteten, bis er sich nach einiger Zeit von selbst auf unseren Schädel setzte.

Als der Rüssel auf meinem Scheitel ruhte, stand ich noch mal auf, machte das Licht wieder an und schaute hoch zu der Stelle, wo der Rüssel in der Decke verschwand.

Es sah aus, als wäre dort einfach nur ein Loch, das mit etwas Silikon gepolstert war. Wäre ein Stuhl im Zimmer gewesen, hätte ich mich darauf gestellt, um besser sehen zu können. Vorsichtig zog ich an dem Rüssel.

– Möchtest du dein Geld wiederhaben?, hörte ich Mr. Nos Stimme im Raum.

Ich ließ den Rüssel los und schüttelte den Kopf.

– Süße Träume.

Als ich mich umschaute, konnte ich weder eine Kamera noch Lautsprecher entdecken, also löschte ich das Licht und legte mich wieder hin. Es dauerte lange, bis ich einschlief.

93

Tedeisha zerlegt ein himmelblaues Auto, das sie sich gebraucht gekauft hat, und steckt die einzelnen Teile in eine Waschmaschine. Später holt sie sie heraus und hängt sie auf eine Wäscheleine, die Türen, den Kofferraumdeckel, die Fenster, das Lenkrad, den Motor, die Sitze. Im Wäschekorb bleiben bloß ein paar Schrauben zurück. Sie sitzt im Garten und sieht zu, wie das Wasser von den Autoteilen tropft.

Da erst tauche ich selbst auf. Wie in der Realität bin ich fast einen Kopf kleiner als Tedeisha.

– Nesta, sagte Tedeisha, als sie mich sieht, du hast ja die Schuhe verkehrt herum an.

– Das macht doch nichts, sage ich und füge zu meiner eigenen Überraschung hinzu: Das ist doch nur ein Traum.

– Nesta, sagt sie, Nesta, es wird der Tag kommen, an dem du nicht mehr zwischen Traum und Realität unterscheiden kannst, deshalb musst du dir angewöhnen, immer richtig zu handeln.

– Meine Füße tun weh, sage ich.

– Wenn ich das Auto wieder zusammengeschraubt habe, kann ich dich ein Stück mitnehmen.

Ich setze mich ins Gras, und während ich warte, möchte ich mir die Schuhe ausziehen, doch die Schnürsenkel sind total verknotet.

– Komm ins Haus, sagt Tedeisha, ich möchte dir etwas zeigen.

Die Eingangstür führt auf einen langen schwarzen Flur, an dessen Wänden geometrische Muster in leuchtenden Farben sind, die sich ständig verändern. Auf einmal ist Tedeisha weg, und ich bin barfuß. Jetzt kann ich die Schuhe wieder nicht richtig herum anziehen, denke ich.

Von dem Korridor gehen mehrere Gänge ab, von denen einer in ein helles Zimmer führen muss, aber ich weiß nicht, welcher. Ich weiß nur, dass im richtigen Gang Ratten in meine nackten Füße beißen werden.

Da fällt mir wieder ein, dass das hier ein Traum ist, und ich beschließe einfach zu schweben wie Tedeishas Gott, doch meine Fußsohlen kleben am Boden fest. Ich komme nicht vorwärts. Ich will Tedeisha rufen, aber ich kann den Mund nicht öffnen. Es ist wie Brennholz polieren, ist mein letzter Gedanke.

– Unglaublich, sagte Tedeisha, als sie die Augen aufmachte. Unglaublich. Denselben Dialog habe ich auch geträumt, nur mit meinem Vater.

– Welchen?

– Es wird der Tag kommen, an dem du Traum und Realität nicht mehr unterscheiden kannst. Genau dieselben Worte.

Tedeisha hatte einen Traum gehabt, in dem sie voller Vorfreude einen langen, gewundenen Weg zu einem Märchenschloss hochstieg und dabei Zwergen ohne Vollbart begegnete. Mit ihnen bewunderte sie die Schönheit der

Blumen. Sie sangen und tanzten gemeinsam, sie spielten Himmel und Hölle und lachten viel. Schließlich besuchte Tedeisha ihren Vater im Restaurant, und er sagte: Du hättest den Zwergen nichts von den Bärten erzählen dürfen. Sie sind traurig, nun, dass sie es wissen. Tedeisha hatte entgegnet:

– Aber Papa, es ist doch nur ein Traum.

Und Mahadev hatte gesagt, was Tedeisha in meinem Traum sagte.

Bereits morgens war sie zum Chef von Atlantis gerufen worden, einem groß gewachsenen Türken namens Murat, dessen Augen sie an einen Mongolen erinnerten. In der kommenden Woche sollten die Tropfen veröffentlicht werden. Weil der Dialog Murat so gefallen hatte.

Der Dialog, den auch ich geträumt hatte.

– Ich habe ihm von dir erzählt, du kannst heute Abend zum Vorträumen kommen, sie wollen in nächster Zeit einige neue Leute unter Vertrag nehmen.

Der Neid verschwand. Das war meine Gelegenheit.

– Vielleicht nimmst du die Tropfen einfach mit. Er wird sie nicht veröffentlichen, aber er weiß dann, dass du gut bist.

– Gut, wer ist schon gut? Wir können nichts dafür.

– Das hatten wir jetzt schon so oft, Nesta, du glaubst das wirklich, oder? Man kann etwas dafür. Sieh mal, all diese luziden Träumer, die ihre Träume lenken können, wie sie möchten, die müssten doch genau das träumen können, was sich verkauft, oder?

Aber als Tropfen war das eine völlige Pleite, weil man rausfiel oder sich langweilte, egal, was sie sich ausdachten.

– Und was beweist das?

– Dass da noch mehr ist, dass wir tief in uns etwas dafür können. Es reicht nicht aus, eine Technik zu beherrschen. Der Traum ist eine gespiegelte Welt. Wenn ich hier hinfalle und mir das Knie aufschlage, führt das dazu, dass ich Schmerz spüre. Aber im Traum ist der Schmerz zuerst da, du fühlst den Schmerz und deshalb erfindest du Bilder, um ihn zu begründen.

– Aber was kann ich für meine Gefühle?

– Das ist eine Sache, die mein Vater versucht hat mir beizubringen. Wenn du wach bist, wenn du wirklich aufmerksam bist, kannst du deine Gedanken lenken. Du bist, was du denkst. Und auch, was du fühlst, wird davon bestimmt, worauf du deine Gedanken konzentrierst. Abgesehen davon, Nesta, sind wir beide dazu begabt, schönen Bildern Raum zu geben.

Tedeisha erzählte viel von ihrem Vater, er schien mir einer der wenigen Menschen zu sein, der es geschafft hatte, in der Welt einen Platz zu finden, an dem er sich wohl fühlte, wirklich wohl fühlte. Und nun kam er auch in ihrem Debüttraum vor.

– Ich würde deinen Vater gerne mal kennen lernen, sagte ich.

– Wir gehen mal gemeinsam bei ihm essen.

92

Vier Nächte nacheinander durfte ich bei Atlantis träumen. Vier Nächte. Ich war froh, nicht nach Hause zu müssen. Seit sie meinen Traum getropft hatte, hatte Rahel schlechte Laune. Ich ahnte, dass sie eifersüchtig war, weil ich von

Tedeisha geträumt hatte, doch wir zogen es beide vor, nicht darüber zu reden.

Nach der Arbeit kam ich nach Hause, wir aßen gemeinsam, und wenn das Schweigen zu leer wurde, füllte ich es mit ein paar Worten, erzählte von dem Tag, den Kunden, den schweren Paketen, den Tropfenlieferungen an die Traumatheken und Traumbars, plapperte vor mich hin und war tatsächlich ganz entspannt, weil ich wusste, ich würde gleich weg sein, bei Atlantis.

Ich träumte nicht schlecht, so einiges, was ich in diesen vier Nächten schaute, hätte ich gerne in Flaschen und Pipetten gesehen, und am letzten Morgen sagte einer der Mitarbeiter:

– Nesta, Murat möchte mit dir sprechen.

Wir fuhren in den Keller des Gebäudes, wo an einer blauen Tür am Ende eines Ganges in Großbuchstaben MURAT stand. Der Mann, der mich hergeführt hatte, klopfte, wartete das Herein ab, machte dann die Tür auf und bat mich mit einer Handbewegung einzutreten.

Murat stand von seinem weißen Schreibtisch auf und kam auf mich zu. Er war bestimmt zwei Meter groß, hatte kurze schwarze Haare, und sein Schnurrbart erinnerte mich an eine Mondsichel, die umgekippt war, so dass ihre Enden gen Boden zeigten. Ich hörte, wie die Tür hinter uns geschlossen wurde.

Wir gaben uns die Hand und stellten uns vor. Er deutete auf ein Sofa, ich setzte mich an das eine Ende, er sich mit untergeschlagenen Beinen ans andere. Erst als er sich setzte, fiel mir auf, dass er barfuß war.

– Nesta, sagte er, ich habe mir deine Träume genau angesehen, mehrmals. Auch weil Tedeisha an dich glaubt. Und du ein guter Freund von Sal bist. Wir haben schon Tedeishas Folgetropfen ausgewählt, hat sie dir das erzählt? Ist ja auch egal. Ich habe mir auch deinen ST angesehen. Wo hast du den denn ziehen lassen? Bei Sue? Der ist gut, den hätten wir genommen, wenn nicht Tedeisha schon den gleichen Dialog geträumt hätte. Seltsamer Zufall, nicht? Und dann noch in derselben Nacht ... Ich habe mir also deine Träume angesehen ...

Er rieb seine Handflächen ganz langsam gegeneinander, als würde er sich in Zeitlupe die Hände waschen. Ich sah mich schon als neuen Träumer von Atlantis. Zusammen mit Tedeisha in derselben Firma. Meine Gedanken ließen sich nicht halten. Ich sah uns als Sterne am Traumhimmel. Ich sah uns auf einer Träumerei erzählen, wie wir uns begegnet waren, dass wir gegenseitig in unsere Köpfe gelangen konnten, und ich sah, dass das viel mehr Menschen konnten, wenn sie erst mal von der Möglichkeit wussten.

– ... und ich muss dir sagen, dass wir dich nicht als Träumer unter Vertrag nehmen werden. Es sind noch andere Ähnlichkeiten mit Tedeishas Träumen zu sehen, und es wäre vielleicht unklug, sich selber Konkurrenz zu machen. Aber ich habe einen anderen Job für dich, weil ich glaube, dass du genau der Richtige dafür bist. Du scheinst sensibel zu sein, du hast ein Gespür für diese Dinge, du könntest bei uns Traumtester werden. Du könntest morgens immer die Tropfen der Vorträumer nehmen und mitentscheiden, was wir als Nächstes auf den Markt bringen. Wäre das nichts für dich, fürs Tropfen bezahlt zu werden?

– Das könnte mir gefallen.

– Und es wird wesentlich besser bezahlt als der Job, den

du jetzt hast. Möglicherweise könnten wir auch dich eines Tages unter Vertrag nehmen, aber das kann ich nicht versprechen.

– Ich bin dabei.

– Die Sache hat einen kleinen Haken.

– Der wäre?

– Du arbeitest dann für Atlantis. Du kannst dann nicht mehr bei anderen Firmen vorträumen. Und wenn ich auf der Straße STs von dir in die Hände bekäme …

Er schüttelte den Kopf.

– Wenn du Traumtester bist, muss klar sein, auf welcher Seite du stehst. Wir wollen hier klare Linien.

Seine Hände ruhten jetzt in seinem Schoß und er sah mich mit einem breiten Lächeln an.

– Fürs Tropfen bezahlt werden, Nesta, überleg es dir gut. Drei Stunden Vergnügen am Tag und doppelt so viel, wie du jetzt verdienst.

– Könnte ich von zu Hause aus arbeiten?

– Nein, wir geben die Tropfen nicht raus.

Ich sah mich all diese Träume tropfen, alle ohne Tedeisha, alle, ohne jemandem im Traum zu begegnen. Ich sah, wie ich mich selbst verfluchte, weil ich es nie richtig versucht hatte.

– Danke, sagte ich, danke, aber ich glaube, das wäre doch nicht der richtige Job für mich.

– Du musst dich nicht sofort entscheiden, du kannst es dir in aller Ruhe überlegen. Hier ist meine Nummer, ruf mich einfach an.

Murat brachte mich zur Tür und wünschte mir noch einen schönen Tag. Ich hatte das Gefühl, dass seine Freundlichkeit zumindest bei diesem Wunsch aufrichtig war.

Es war dunkel, stockdunkel. Kein Bild, nicht ein einziges. Die ersten Minuten wartete ich darauf, dass meine Augen sich daran gewöhnten, wartete darauf, dass undeutliche Schemen auftauchten, Schatten oder Umrisse. Ich wartete darauf, dass ich eine Bewegung wahrnahm, doch es blieb dunkel. Völlig dunkel.

– Hier ist dein Stuhl.

Mahadev führte meine Hand an eine Stuhllehne, und ich setzte mich ungelenk hin. Wenn ich die Augen schloss, waren da wenigstens vage Lichtpunkte oder Farbflecken hinter meinen Lidern, aber sobald ich die Augen öffnete, sah ich nur schwarz.

Ich hörte Besteckgeklapper, Gläser, die abgesetzt wurden, Gesprächsfetzen. In meinem Kopf entstand unwillkürlich das Bild von einem Raum. Ich hatte bald eine genaue Vorstellung davon, wie das Lokal geschnitten war, wie die Tische standen, wo die Fenster waren, durch die natürlich kein Licht fiel, weil sie mit einer Spezialfolie abgeklebt waren. Vielleicht hat Tedeisha Recht, dachte ich, ich höre nur und erfinde die Bilder dazu. Genauso ist es vielleicht im Traum, man fühlt die Sachen und erfindet die Geschichten dazu. Vielleicht hatte aber auch Freud Recht. Die Konflikte hörten nicht auf, während man schlief, man war immer noch Teil der Welt, und weil man in der Welt immer Probleme hatte, fand man Bilder für diese Probleme. Vielleicht hatten auch die Indianer Recht, die glaubten, die Seele würde den Körper im Schlaf verlassen und in einer fremden Welt fremdartige Dinge erleben und unsere Träume wären nur Abbilder dieser anderen Welt.

– Alles in Ordnung bei dir?

– Es ist ein wenig ungewohnt.

– Es gibt Leute, die können das nicht, sagte Tedeisha, die kommen hier rein, und nach drei Minuten muss man sie rausführen, weil sie es nicht aushalten.

– Und du warst schon als Kind hier?

– Ja, nachdem meine Mutter gestorben ist, hat mein Vater mich öfter zur Arbeit mitgenommen. Er hat mich an einen Tisch gesetzt, mir Apfelsaft und Pudding gebracht und ich durfte auf meinem Walkman Hörspiele hören. Und er hatte immer etwas für mich, das ich befühlen konnte: Seide, glatte Steine, Muscheln, Holz, Hühnerknochen. Ich mochte es, so still dazusitzen und diese Fingerschmeichler in meinen Händen zu halten und der Stimme im Kopfhörer zuzuhören.

Tedeishas Vater hatte ich mir anders vorgestellt. Ich weiß nicht, wie, aber als ich dann vor ihm stand, war ich enttäuscht. Ein zartgliedriger Mann um die fünfzig mit rötlich blonden Haaren und einigen Sommersprossen um die Nase. Sein Händedruck war weder sanft noch freundlich noch fest, er hatte einen Händedruck, der mir nichts sagte. Aber erstaunlich weich waren seine Hände. Seine Stimme war hoch, aber dennoch dunkel. Ich sah ihn mir ohne Hemmungen genau an, besonders die Augen. Sie mochten mal braun gewesen sein, aber nun waren sie so trüb, dass man nicht genau erkennen konnte, wo die Iris aufhörte und das Weiße anfing.

Ich wusste, dass er aufgrund einer Erbkrankheit erblindet war, nach und nach im Laufe einiger Jahre. Er konnte schon nichts mehr sehen, als seine Frau gestorben war. Verblutet. Eine dieser Geschichten, die dir niemand glaubt, weil sie wirklich geschehen. Bei einem Autounfall war eine Spiegelscherbe mit solcher Wucht und in einem solchen Winkel gegen ihren Hals geflogen, dass sie die Schlagader durchtrennt hatte. Sie stand fünfzehn Meter von der Unfallstelle entfernt vor der Auslage eines Blumenladens.

Ich hatte erwartet, Mahadev würde sich außerordentlich gerade halten, seine Bewegungen oder sein Gesichtsausdruck oder etwas anderes würde mir verraten, dass er jahrelang als Yogalehrer gearbeitet hatte. Ich hatte ihn mir wie einen Heiligen vorgestellt, doch er wirkte wie jemand, nach dem man sich auf der Straße höchstens deshalb umgedreht hätte, weil seine Augen so ausdruckslos waren. Er besaß nicht mal halb so viel Ausstrahlung wie Sanjay.

– Die Suppen, sagte er, und ich lehnte mich in meinem Stuhl zurück und legte die Hände in den Schoß, um auf dem Tisch genug Platz für die Teller zu lassen. Dann hörte ich, wie er einschenkte, eins, zwei, drei Gläser.

– Auf deinen Traum, sagte er.

– Auf deinen Traum, sagte ich, dass er ein Erfolg werden möge.

– Auf meinen Traum, sagte Tedeisha.

Ich hob mein Glas in die Höhe, vielleicht taten die beiden das auch. Natürlich stießen wir nicht an, aber ich hörte uns gleichzeitig nippen und danach das Geräusch eines Stuhls, der herangezogen wurde.

– Bist du aufgeregt?, fragte Mahadev.

– Nein, sagte Tedeisha, komischerweise nicht. Jahrelang habe ich mir vorgestellt, wie es wäre, wenn man einen meiner Träume in der Traumathek bekommen könnte, aber jetzt, da es so weit ist, erscheint es mir völlig normal.

Die Suppe löffelte ich, das war einfach, aber die nächsten

Gänge aß ich mit den Fingern, obwohl ich hörte, dass Tedeisha Besteck benutzte und ihr Vater scherzte, beim Abräumen würde er nachsehen, ob ich meine Gabel gebraucht hätte. Er saß nur am Anfang mit uns zusammen und bediente dann, wie er es fast jeden Abend tat.

Die Kartoffeln, Möhren und Linsen erkannte ich, aber bei einem der Gemüse kam ich nicht darauf, was es war, auch wenn es mir auf der Zunge lag. Ich mochte Tedeisha nicht fragen.

Einmal streckte ich meine Hand in ihre Richtung aus, einfach so. Es wäre mir unangenehm gewesen, wenn ich sie berührt hätte. Ich hätte nicht erklären können, warum ich Gefallen daran fand, mit meinen Fingerspitzen nur wenige Zentimeter vor ihrem Gesicht zu sein. Ich verstand nicht mal, warum ich mich das überhaupt traute.

– Morgen feiere ich mein Debüt mit Sanjay, sagte Tedeisha, und ich konnte ihren Atem an meinen Fingern spüren. Langsam zog ich die Hand zurück.

– Vielleicht sollte man so etwas nicht laut aussprechen, aber ich habe das Gefühl, der Traum wird gut ankommen. Ich bin nicht aufgeregt, ich bin einfach froh, dass das Bangen ein Ende hat.

Als sie das sagte, klang ihre Stimme, als sei sie dafür gemacht, in stockdunklen Räumen Dinge zu sagen, die man mit heiterer Gelassenheit nehmen konnte. Ich freute mich für sie.

In meiner Erinnerung ist dieser Abend, bevor Tedeishas Traum rauskam, für eine lange Zeit der letzte, den wir gemeinsam verbracht haben. Wir saßen uns gegenüber, kauten, schluckten, redeten, lachten. Ich konnte sie fühlen. Ich konnte sie fühlen, als wäre ich ihr im Traum begegnet.

Es ist dunkel, stockdunkel. Kein Bild, nicht ein einziges. Einen Moment lang fühlt es sich an, als würde ich rausfallen. Das erste Mal seit langem. Dann fängt die Stimme an, zuerst ganz leise, und irgendwie bin ich noch nicht ganz drin, ich warte, dass mit der Stimme auch Bilder kommen oder zumindest Farben.

Sal hatte angekündigt, dass es schwarz bleiben würde, aber es ist wie beim Dunkelrestaurant, irgendetwas in mir wartet auf Formen, und dieses Etwas kippt mich fast aus den Tropfen heraus. Ich hatte gewusst, dass es nichts zu sehen gibt. Aber ich hatte es nicht geglaubt. Ich musste es erleben. Wer es fühlt, der weiß es. Wer es weiß, der fühlt es. Die Stimme wird langsam lauter, als würde jemand ganz sachte einen Regler hochziehen. Sie wird lauter, und ich fühle, dass ich gleich ganz drin sein werde. So wie man merkt, dass man gleich einschlafen wird.

Es ist eine dunkle, warme Männerstimme, die so mächtig klingt, dass sie das Dunkel komplett ausfüllt, eine unangestrengte, kräftige Stimme, die den Kosmos in Schwingungen versetzt. Sie singt ein Lied, das sich nur die Götter ausgedacht haben können. Ich höre Gesang, so schön, wie er nur im Traum sein kann. Immer noch keine Bilder, aber ich fühle mich von innen heraus leuchten. Ich brauche nur den Mund aufzumachen, und die Töne fliegen mir zu, die Töne und die Worte. Ich schraube meine Stimme in schwindelerregende Höhen, ich vertreibe alle bekannten Ohrwürmer mit meinen Melodien, ich singe Gift in die Ohren der Welt, süßes Gift, das kleben bleibt wie Honig. Ich singe die Freude, Trauer, Verzweiflung, Befreiung, den

Mut, und schließlich singe ich die Sonne. Ihre Strahlen sind in meiner Stimme und lassen mein Lied scheinen.

Wir öffneten gleichzeitig die Augen. Rahel und ich sahen uns an, noch ganz benommen von den Tropfen, während Sal grinste, als hätte er sie selbst eingeträumt.

– Diese Stimme auf einer Platte und ich bin ein gemachter Mann.

Er war schon ein gemachter Mann, flog um die halbe Welt, um aufzulegen, Tokio, Kairo, Reykjavik, Sao Paulo, Rabat, Helsinki, Kingston, Lima, Petersburg, Bombay, Delhi, Chennai, ich konnte mir gar nicht alles merken. Er war auf den Covern von Musikmagazinen und wurde gefeiert als jemand, der trotz des Erfolgs die Bodenhaftung nicht verloren hatte.

Möglicherweise hatte er Rahel und mich eingeladen, um sich genau das selbst zu beweisen. Ich hatte ihn schon seit einigen Monaten nicht mehr gesprochen, und als wir vorhin hereingekommen waren, hatte er mich nur kurz umarmt und schon bald diese Promotropfen von Atlantis ausgepackt.

– Die müssen wir unbedingt gemeinsam tropfen, so was hat's noch nicht gegeben, du siehst nichts, wirklich nichts, nur schwarz.

– Wenn wir diese Stimme in unser Programm einspielen könnten, dann könnten wir Platten auf den Markt werfen ..., setzte Rahel nun an, doch dann versagte wohl ihr Vorstellungsvermögen, was das bewirken würde.

– Das geht nicht. Alle DJs, die die Tropfen kennen, haben schon versucht, dieses Ding zu sampeln. Es ist nur ein Traum. Keiner kann so singen.

Das leuchtete mir ein. Manchmal kann man im Traum eine fremde Sprache, bei ausländischen Tropfen eigentlich immer, aber wenn man aufwacht, kann man die Sprache nicht mehr. Man kann auch nicht singen, was man gehört hat, weil es eben nicht von dieser Welt ist.

– Ist euer Programm schon fertig?, fragte Sal.

– Wir sind in der Endphase.

Das sagte sie nun schon, seit ich bei ihr eingezogen war. Das Programm, das die Musikwelt revolutionieren sollte, stand seit Monaten kurz vor der Fertigstellung.

– Diese Tropfen werden der Renner, ich sag's euch, prophezeite Sal.

Ich war mir da nicht so sicher, ein Traum ganz ohne Bilder. Atlantis gab Promotropfen heraus, auch in den Traummagazinen hatte ich schon Ankündigungen gesehen, aber irgendwie hatte ich nicht das Gefühl, dass sich so etwas verkaufen würde. Auch wenn ich noch nie jemanden so singen gehört hatte. Es war unirdisch.

– Wollen wir noch mal tropfen?, fragte ich.

– Ich habe nicht mehr so viel, sagte Sal, obwohl sicherlich noch genug für zehn, zwölf Träume in der Flasche war.

Er erzählte uns von seinem Leben, wo er gewesen war, wen er kennen gelernt hatte, welche Träumer kamen, wenn er auflegte.

– In Melbourne habe ich Tedeisha kennen gelernt. Die weiß noch gar nicht, wie ihr geschieht, glaube ich.

Drei Tage nach dem Abend bei ihrem Vater hatte Tedeisha unerwartet das erste Flugticket in der Tasche gehabt, nach Lulea, wo eine Gruppe Fanatiker seit genau drei Tagen nichts anderes tat, als ihren Traum zu tropfen. Und so war es dann weitergegangen, auf ihrem Mobilen war sie nicht zu erreichen, weil sie dauernd im Flieger saß. Von einem Tag auf den anderen hatte sich ihr Leben geändert, und ihr Traum war immer noch ganz oben in den Charts. Sie reiste von Träumerei zu Party zu Interview zu Termin.

Zweimal hatte sie mich aus Hotelzimmern angerufen, und beide Male war sie so übermüdet gewesen, dass sie mit dem Hörer in der Hand einschlief. Oder was konnte das sonst bedeuten, wenn ihre Stimme leiser wurde, ihre Sätze wirr und ich dann nichts mehr hörte bis auf ihre gleichmäßigen Atemzüge.

Ich hatte aufgelegt, das Licht gelöscht, mich mit dem Rücken zum Fenster gesetzt und die Reflexionen der Leuchtreklamen an der Wand betrachtet. Rahel war schon im Bett. Und ich saß im Sessel und wünschte mir, es wäre dunkel.

89

Sal behielt Recht, die Tropfen schlugen ein wie keine zuvor. Es wurde gerätselt, wer sie eingeträumt hatte, alle wollten Interviews und Hintergrundinformationen. Atlantis verbreitete, der Träumer sei ein blinder Mann, der unerkannt bleiben wollte und nannte ihn einfach Bim. Es kamen noch einige Folgeträume auf den Markt. Da war wieder die Schwärze und wieder die Stimme, die nun andere unirdische Lieder sang. Schon bald blockierten die Bims die oberen Chartpositionen.

Es tauchten STs mit derselben Stimme auf, die ebenfalls keine Bilder hatten. Das gab Anlass zu Theorien, da es bisher noch keinen Träumer gegeben hatte, der sowohl legale als auch illegale Tropfen auf dem Markt hatte. Es hieß, die Identität würde nur geheim gehalten, damit der Mann auch STs einträumen konnte. Es hieß, da seien verschiedene Menschen am Werk, die gelernt hatten, bilderlos in Musik zu träumen, eine ganze Sekte wolle so die Weltherrschaft übernehmen. Es hieß, Atlantis habe ihn um seine Tantiemen betrogen und Bim würde sich nun rächen. Doch letztlich schien niemand etwas zu wissen.

Wochenlang, monatelang tropfte jeder, wirklich jeder Bims. Auf der Straße, im Bus, in den Traumbars und Supermärkten, auf den Wiesen und in Hochhauskorridoren, überall summten und sangen die Menschen vor sich hin, natürlich ohne dieser Stimme und diesem Klang nahezukommen. Bands versuchten erfolglos die Songs zu covern, die Verkaufszahlen der CDs sanken, die Schlangen vor der Veranda wurden kürzer, selbst wenn Sal mal wieder dort auflegte.

Wenn du von Tonträgern umgeben wärst, hättest aber in Reichweite ein ganzes Universum des Schalls, wofür würdest du dein Geld ausgeben?

Rahel verbrachte nun noch mehr Zeit am Rechner, suchte einen Weg, die Stimme in das fast fertige Programm einzuspielen. DJs, Softwareentwickler, Plattenfirmen, alle arbeiteten fieberhaft daran, den Klang dieser Traumstimme anders zu konservieren als in Tropfen.

– Es kann nicht funktionieren, sagte ich zu Rahel, komm mal wieder runter; als Flugträume in Mode waren, ist doch auch niemand auf die Idee gekommen, man könnte hier mit der gleichen Leichtigkeit fliegen.

Ich stellte mich hinter sie, küsste ihren Nacken, ließ meine Hände über ihre Brüste gleiten und weiter runter in ihren Schoß, doch sie tippte unbeirrt weiter.

– Man müsste den Traumrecorder doch an einen Rechner anschließen können, sagte sie.

– Frag Mr. No, sagte ich.

– Haben wir schon, sagte sie, aber er hat nur gelacht.

Ich ließ meine Handfläche auf ihrem Schambein ruhen.

– Wer es als Erstes schafft, diese Stimme auf einen Tonträger zu kriegen, wird reich, richtig reich, verstehst du das, Nesta? Aber darum geht es nicht mal. Das wird eine Revolution, dann hieven wir das Spiel auf das nächste Level. Wir stehen kurz vor dem Durchbruch, es werden andere Zeiten anbrechen, und ich möchte dabei sein, ich möchte einfach nur dabei sein. Das ist etwas Bedeutendes, wann hatte ein Träumer schon mal so viel Erfolg? Donna war groß, ja, Tedeisha ist dabei, groß zu werden, da sind noch eine Handvoll Stars, aber das hier ist etwas Neues. Alle summen den ganzen Tag.

Sie blickte immer noch auf den Bildschirm.

Wer es als Erstes schafft, zu fliegen wie im Traum, wird auch eine Revolution auslösen, dachte ich. Dabei wusste ich, was es bewirken konnte, wenn alle das Gleiche träumten. So hatte ich Rahel kennen gelernt. An dem Abend hatten die Menschen das Bass&Klang paarweise verlassen, an dem Abend waren die Tropfen in die Realität gerutscht.

Ich küsste Rahel nochmal sanft in den Nacken, doch es war klar, dass ich nur störte. So lange war sie geil auf mich gewesen, hatte es mir auf fast jede erdenkliche Art besorgt, auch wenn sie selbst gerade keine Lust hatte, und nun hing sie seit Wochen an ihrem Monitor und schien jegliches Interesse an Sex verloren zu haben.

Vielleicht hätte ich sie zur Rede stellen müssen, aber das

erschien mir zu anstrengend. Ich wollte keine Probleme hören, weil ich keine sah. Es hatte sich doch eigentlich nichts geändert, oder?

Ich wandte mich ab und beschloss, zu den drei Häusern zu fahren und mir einen oder zwei Porno-STs zu besorgen. Die Frage war, ob ich die Bims vorher oder nachher tropfen wollte. Vorher und nachher, entschied ich.

Auf dem Gang zur Wohnung des Dealers traf ich einen Rasta:

– Oh, der Freund von Sal. Sei gegrüßt.

– Hallo.

– Du bist doch nicht auf dem Weg, um STs zu kaufen, oder? Mein Bruder, das ist gottloses Zeug, mit dem ihr euch da beschäftigt, das sind Trugbilder, die Babylon entwirft. Du solltest deine Bibel lesen, das Buch der Bücher. Dort steht geschrieben: Wenn sie nicht vom Höchsten gesandt sind, achte nicht auf deine Träume. Ihr lauft ins Verderben, ihr eilt in die Hölle, und ihr werdet brennen, und jedes Mal, wenn eure Haut verbrannt ist, wird Jah sie erneuern, damit ihr endlose Qualen leidet, ihr werdet brennen, brennen, brennen.

Er entzündete den erkalteten Jointstummel in seinem Mundwinkel mit einem Streichholz, nahm einen Zug, lachte mir ins Gesicht und ging weiter.

Ich tropfte gerne, aber ich bewunderte die Rastafaris, weil sie eine Überzeugung hatten, weil sie eine Vorstellung davon besaßen, was falsch und was richtig war, und weil sie Gott auf ihrer Seite wussten. Ich beneidete sie, weil sie keine Zweifel zu kennen schienen.

Das Einzige, was ich wusste, war, dass ich Träumer werden wollte. Das war manchmal sehr viel, aber oft auch zu wenig. Ich würde nie so träumen können wie Donna oder Bim. Aber was sollte ich sonst tun?

An diesem Abend hatte ich erneut ein Vorträumen.

Obwohl ich wusste, dass Tedeisha Recht hatte und die eigenen Träume dadurch wirrer und unklarer wurden, saß ich lange beim Dealer. Es war Sonntag, Rahel würde wieder bis spät in die Nacht an ihrem Rechner sitzen, bevor sie ins Bett fiel und innerhalb von vier Sekunden einschlief. Ich rauchte Bassstaub, tropfte STs mit Frauen, die dich kommen ließen, als würdest du Sternschnuppen in den Mund einer Göttin abspritzen, ich tropfte Bims, rauchte Joints, schmiss dann noch eine Pille. Menschen kamen und gingen, Geld und Drogen wechselten den Besitzer, der eine oder andere setzte sich an die Spielkonsole, die Bässe aus den Boxen entspannten die Eingeweide, fast jeder Satz wurde mit einem Kichern beendet, niemand verließ nüchtern die Wohnung und keiner ging, sobald er hatte, weswegen er gekommen war. Man blieb und palaverte und lachte. Meine Wahrnehmung verschwamm, ich hatte keinen Überblick, wer kam und wer ging, wer blieb und wer noch nicht da war. Ich nahm ein ganzes Arsenal an Substanzen, bis ich schließlich von meinem Baum fiel, dem Baum der Erkenntnis, bis ich nicht mehr wusste, wer ich war und wie ich hieß und wo der Ort und wann die Zeit. Ich zerfiel so weit, dass nicht mal die Träume mich zusammenhalten konnten. Sal, Tedeisha, Rahel, niemand war da, nur ich, der Dealer, die Leute, deren Namen ich nicht kannte, und der Blick auf die Stadt aus dem neunzehnten Stock. Ich zerfiel, und an den halben Nachmittag habe ich keine Erinnerung mehr.

Als ich wieder zu mir kam, lief Bob Marley: *One good thing about music, when it hits you, you feel no pain.*

Er muss es gewusst haben, dachte ich, er muss gewusst haben, was es heißt, einen Bim zu tropfen. Ich kaufte noch eine große Flasche Bim-ST und ging vorträumen.

Morgens wusste ich, dass ich nur Murks geträumt hatte, aber ich hatte ja die Bims. Ich tropfte noch vor dem Frühstück.

Die Welt ist aus Klang entstanden, und wenn du zurückgehst zum Ursprung, kannst du die Kraft spüren, die das Weltall zusammenhält. Ich tropfte, um nicht zu rauchen, ich tropfte, um nicht an Tedeisha zu denken, ich tropfte, um nicht an Sal zu denken, ich tropfte, um nicht an Rahel zu denken.

Ich tropfte und fühlte die Energie, und sobald dieses Gefühl nachließ, tropfte ich wieder. Vielleicht haben viele Menschen in dieser Zeit die Bims auf diese Weise getropft. Meistens grinsten wir, wenn wir nicht gerade summten oder pfiffen, unser Leben war zu einem Song geworden, und mir fiel gar nicht auf, dass ich wochenlang kein weiteres Vorträumen ergattern konnte.

Ich dachte nicht an die Sachen, die mir wehtaten. Es war eine gute Zeit. Wirklich. Die schlechten Zeiten sollten noch kommen. Doch die schlechten Zeiten brachten mir Elia. Vielleicht, um mich mit der Welt zu versöhnen.

88

Ich lernte ihn in einer Traumbar kennen, als nach fast einem halben Jahr die Bimwelle langsam abebbte. Tedeisha hatte einige neue Tropfen auf dem Markt, die ich mir alle gleich am Erscheinungstag gekauft hatte und die alle große Erfolge geworden waren. Die Träume gefielen mir, auch wenn ich Tedeisha darin nicht begegnen konnte, sie waren voller Farben und fremdartiger Landschaften und Tempel, die einem oft realer vorkamen als die wirkliche Welt, als könne die Träumerin mythische Orte bereisen, zu denen uns der Zugang verwehrt war.

Sie wusste, dass ihre Tropfen diesen Eindruck hinterließen. Das ständige Reisen verlieh ihren Träumen Tiefe, eine Eindringlichkeit und Emotion, die sie nicht gehabt hätten, wenn sie in der Stadt geblieben wäre. Sie reiste immer weiter, auch wenn sie nicht musste, sie reiste zu Orten, in denen Tropfen kaum verbreitet waren. Ab und zu rief sie zu unmöglichen Zeiten aus Hotelzimmern an, aus Taschkent, Karatschi, Lucea, Rurrenabaque, Kursk. Ich ahnte, dass das dazugehörte, ich ahnte, dass ich an ihrer Stelle genauso gereist wäre, ich wusste, dass es wichtig war, auf Träumereien aufzutreten, auch wenn Bim es ganz ohne geschafft hatte.

Ich wusste, das alles gehört eben dazu, wenn du ein erfolgreicher Träumer sein willst, du musst den Menschen häufig neue Bilder und Erlebnisse bieten können, aber nun hatte ich niemanden mehr, mit dem ich so träumen konnte wie mit Tedeisha, ich hatte niemanden mehr, mit dem ich verbunden war.

Wenn wir aufgelegt hatten, fühlte ich mich meistens so schlecht, dass ich mir wünschte, ich hätte nicht abgehoben. Nachdem sie nachts um drei aus Tabasco angerufen hatte, wusste ich, dass ich nicht mehr einschlafen würde. Sie hatte in einer kleinen schäbigen Bar Chicken Jambalaya gegessen und sich lange mit dem Barkeeper unterhalten, der seit fünfzig Jahren in dem Kaff festhing, unwahrscheinlich charmant war und weltmännisch wirkte. Es war heiß, doch es war ein Ort ohne Balsam. In den Tropfen, die sie als Nächstes herausbringen würde, aß sie Eis in einer großen Badewanne, die in einem Tempel hoch oben auf einem Hügel war, sie hatte den Schauspieler Andrey Lappa kennen gelernt, der alle ihre Träume getropft hatte, sie hatte einiges erzählt, und sie mochte dieses aufregende Leben, das war klar.

Und ich saß da, das letzte Vorträumen war Monate her, sie war weit weg, Rahel sprach manchmal tagelang nur das Nötigste mit mir, Sal war weg, und alle schienen ein Leben zu haben.

Anstatt mich den Rest der Nacht im Bett herumzuwälzen, beschloss ich rauszugehen. Als ich meine Kleider aus dem Schlafzimmer holte, wachte Rahel auf, brummte etwas, das ich nicht verstand, und drehte sich um.

– Ich bin bloß um den Block, flüsterte ich.

Direkt um die Ecke gab es eine 24-Stunden-Traumbar, vielleicht hatten die ja Tropfen, die mich interessierten. Oder Tropfen, die mich nicht interessierten, mich aber dennoch ablenkten.

Es waren nur eine dürre, blonde Bedienung in einer knappen roten Trainingsjacke und ein leicht übergewichtiger Schwarzer mit rundem Gesicht im Laden. Als ich den beiden nacheinander zunickte, lächelte der Schwarze so, dass ich glaubte, er sei auf Pille. Er saß an der Theke und hatte ein Balsam vor sich. Ich ließ einen Hocker Platz zwischen uns, und als ich mich setzte, fiel mir auf, dass die Fingernägel der Barkeeperin passend zu ihrer Jacke lackiert waren und dass ihre Finger ungewöhnlich lang und knochig waren. Ich nahm mir die Karte und schaute rein.

– Na, mein Freund, findest du keinen Schlaf und möchtest lieber träumen?, sagte der Schwarze und lachte, als habe er einen guten Witz gemacht.

Die Neuerscheinungen kannte ich alle schon.

– Ich schlafe nie, sagte der Mann, als ich von der Karte aufblickte. Und Tropfen funktionieren bei mir auch nicht. Deswegen halte ich mich an das hier.

Er hob sein Glas mit Balsam hoch, und ich muss etwas verwundert ausgesehen haben. Balsam hat keinerlei Eigenschaften, die einem die Zeit vertreiben könnten, es ist nur eine dunkle Limonade, aus Gingko, Ingwer und Aloe Vera, die angeblich blutreinigende und immunstimulierende Eigenschaften hat.

– Darf ich dir einen ausgeben, mein Freund?

Als ich nicht reagierte, nickte er der Barkeeperin zu und sie schenkte mir ein Glas ein. Es gab Menschen, bei denen die Tropfen nicht funktionierten, ich hatte davon gehört, aber noch nie einen getroffen. Doch es gab wohl niemanden, der nicht schlief.

– Du träumst also nie?, fragte ich, nur um überhaupt etwas zu sagen.

– Nein, ich habe noch nie geträumt.

Die ganze Zeit lag die Andeutung eines Lächelns in seinen Mundwinkeln. Was für ein Schwätzer, dachte ich, aber ich erhob mein Glas in seine Richtung. Er stand auf, nahm sein Glas, kam einen Schritt auf mich zu und stieß an. Nachdem wir einen Schluck getrunken hatten, setzte er sich auf den Hocker neben mich.

– Ich heiße Elia, sagte er.

– Nesta, sagte ich und bestellte dann einen alten Traum von Donna. Mit dem konnte ich mich aufs Sofa setzen und musste kein Gespräch führen. Die Bedienung gab mir die Pipette. Mit dem Glas in der einen Hand und der Pipette in der anderen entschied ich mich dann doch für einen der Sessel. Da konnte sich niemand neben mich setzen. Als ich den Kopf zurücklegte, sagte Elia:

– Viel Vergnügen, Nesta, süße Träume.

Es klang aufrichtig.

Ich hatte den Traum schon oft geträumt. Donna wurde verfolgt, bevor sie kopfüber in ein gelbes Meer sprang, das sie von allen Ängsten und Unzulänglichkeiten reinwusch, das ihr ein Gefühl von Freiheit und Erlösung gab. Ein Meer, das mich an all die Male erinnerte, die ich in Tedeishas Kopf gewesen war und mich selbst völlig vergessen hatte.

Doch die Tropfen waren unrein, im Hintergrund hörte ich die ganze Zeit eine Art Summen oder Gesang. Wie die Stimmen, die ich manchmal vor dem Einschlafen hörte, weit entfernt, diffus, Stimmen, bei denen ich immer kurz davor war, die Wörter verstehen zu können. Als ich die Augen wieder öffnete, fühlte ich mich nicht befreit. Dieses Summen hatte mir den Traum verdorben. Oder vielleicht war es das Telefonat mit Tedeisha gewesen.

– Du siehst nicht glücklich aus, Nesta, sagte Elia, komm lass dich ein wenig aufheitern.

Ich wusste nicht, was er mir anbieten wollte, all die Drogen und Getränke, die falschen Geschenke, ich war bereit, sie anzunehmen. Ich zerfaserte, ich löste mich auf, ich konnte mich nicht spüren, ich existierte kaum noch, und nicht mal die Träume hielten mich zusammen.

Manchmal spät in der Nacht, kurz vor dem Einschlafen, dachte ich an die Zeiten, in denen wir jedes Wochenende bei den drei Häusern gefeiert hatten. Wie ich mich montags schon auf den nächsten Samstag gefreut hatte, wie schnell dann die Stunden bis Sonntag vergingen, wie groß und offen die Welt ausgesehen hatte, wie wohl ich mich eigentlich gefühlt hatte, obwohl es mich störte, immer nur der Freund von Sal zu sein, keinen eigenen Namen zu haben.

Nun ging ich fast jeden Abend aus und fluchte morgens auf den Wecker. Drei, vier, fünf Mal die Woche war ich in einem Club. Manchmal mit Elia, manchmal mit Rahel, aber viel öfter alleine. Ich ging nicht feiern, ich wollte nur zwischen den Stimmen, dem Bassstaubgeruch, den Einmalpipetten und der Musik vergessen, dass ich nicht wusste, wohin. Kein Vorträumen mehr, endlose Kurierfahrten, Sal war weg, Tedeisha gegangen, meine Wünsche waren verblasst, ich fand keinen Ort, an dem ich Freude suchen konnte. Wenn um mich herum genügend los war, konnte ich alles einfach vergessen, bis ich dann im Bett lag und mir die Zeiten bei den drei Häusern einfielen. Rahel musste morgens nicht früh raus, sie saß meist noch am Rechner, ihre Augen gerötet, die Kaffeemaschine lief pausenlos. Ich hatte das Gefühl, dass sie keine Ahnung hatte, wie es mir ging, und dass es sie auch nicht weiter interessierte. Sie war abgemagert in letzter Zeit, ich konnte ihre Rippen erkennen unter der Haut, ich fühlte ihre spitzen Hüftknochen, ihr Hintern wurde kleiner, und bei den seltenen Gelegenheiten, bei denen wir miteinander schliefen, stieß ich zu, als wollte ich sie zerbrechen.

Die Tage glichen sich, die Stunden reihten sich aneinander, und ich lebte sie herunter, als würde ich eine unliebsame Arbeit erledigen. Morgens blieb ich so lange wie möglich im Bett, den Geruch von Bassstaub noch in der Nase. Es kam vor, dass ich wochenlang überhaupt nicht an mein Traumtagebuch dachte. Und wenn doch, dann konnte ich mich an keinen Traum erinnern, den ich hätte aufschreiben können.

Ich bekam die Tage herum, die kurzen Abende und die langen Nächte, und ich dachte so wenig wie möglich nach. Darüber, wie es weitergehen sollte, wo das alles hinführen sollte. Ich lebte nur für den Augenblick. Und lasst euch nichts erzählen, das kann schrecklich sein. Wer keine Zukunft hat, dem ist alles Gegenwart.

Tedeisha rief manchmal wochenlang nicht an. Ich sehnte ihre Anrufe herbei, obwohl es mir danach immer schlecht ging. Für einen kurzen Moment konnten wir uns nahe sein, und hinterher schmerzte die Entfernung umso mehr. Ich lebte von Anruf zu Traum zu Anruf zu Traum. Jeden ihrer Tropfen kaufte ich mir am Morgen des Erscheinungstages und tropfte sie noch vor der Arbeit.

Doch sie änderten nichts, weder die Tropfen noch die Anrufe.

Was etwas änderte, war die Nacht, in der ich Sanjay sah. Ich saß in der Veranda in der Sofaecke und kam gerade aus einem Traum zurück, einem der vielen, die ich zu jener Zeit tropfte und an die ich mich bald darauf nicht mehr erinnern konnte. Als ich die Augen öffnete, saß Sanjay auf dem gegenüberliegenden Sofa. Seine Augen bewegten sich unter den Lidern. Er war hier und nicht bei Tedeisha. Ich wusste, dass sie sich getrennt hatten, Tedeisha hatte es mir erzählt. Als sie erst sechs Wochen weg war, hatte er die Beziehung beendet, weil er eine Neue hatte. Vielleicht die Brünette mit den aufgemalten Augenbrauen neben ihm.

Sanjay war genauso weit weg von Tedeisha wie ich. Ich weiß nicht, warum, aber irgendwie beruhigte mich das.

Sanjay und die Brünette wachten gleichzeitig auf und grinsten sich lüstern an. Vielleicht hatten sie etwas mit erotischem Inhalt getropft. Als ihre Lippen sich trafen, musste ich lächeln.

Ich ging zu Elia, der an der Theke saß und Bassstaub rauchte.

– Wow, sagte er, das müssen aber gute Tropfen gewesen sein.

Es hatte einige Zeit gedauert, bis ich mich an dieses nur angedeutete Dauerlächeln gewöhnt hatte. Ich wusste nicht, was Elia an mir fand, aber in seiner Gegenwart fühlte ich mich nicht so allein, und die klingende Minze, die er in seiner Wohnung im dritten Hochhaus zog, schenkte mir die wenigen lichten Momente jener Zeit.

Ich fühlte mich besser als sonst und überlegte, was ich zur Feier des Abends bestellen sollte. Mir fiel nichts Besonderes ein. Alles, was man bestellen konnte, hatte ich in den letzten Monaten bestellt, es gab nichts Besonderes mehr.

– Nach Hause, sagte Elia, vielleicht solltest du einfach nach Hause gehen. Tritt ab, solange du noch den Gürtel hast. Ich geh auch, komm.

Ich hörte auf ihn. Wahrscheinlich wäre ich selbst dann gegangen, wenn ich gewusst hätte, was mich zu Hause erwartet. Ich wäre gegangen, wie ich mir meinen ersten Traum noch mal getropft hatte. Wie man einen Mückenstich aufkratzt wieder und wieder, obwohl man es besser weiß.

Dass das Licht brannte, wunderte mich nicht. Sie wird wohl noch am Rechner sitzen, dachte ich, als ich mir die Schuhe auszog. Die Tür zu ihrem Arbeitszimmer stand halb offen, und Rahel war wirklich noch am Schreibtisch. Doch sie saß nicht, sondern stand vorgebeugt da und stützte sich mit den Ellenbogen auf der Tischplatte ab. Ihr nackter Hintern verschwand in seinen Händen, und bei jedem Stoß erzitterte der Monitor.

Ich öffnete den Mund, doch es kam kein Laut. Er konnte mich nicht gesehen haben, doch der Mann hielt inne und drehte den Kopf. Ich hatte ihn noch nie gesehen. Dann drehte auch Rahel den Kopf. Die Zeit dehnte sich. Ich sah die beiden an, sie sahen mich an, es war völlig irreal. Als ich wusste, wo meine Füße waren, lief ich los. Es tat so weh, dass ich glaubte, ich würde sie lieben. Oder geliebt haben.

86

– Hoppla, wieso hast du denn keine Schuhe an?
Ich hatte es gar nicht gemerkt, ich hatte nur weggewollt, weg von der Wohnung, weg von Rahel, weg von diesem Typen, der noch jünger war als ich.
– Komm erst mal rein. Du siehst beschissen aus, was ist passiert?

– Rahel, sagte ich.

– Hatte sie einen Unfall?

– Ich habe sie erwischt, mit einem anderen.

Das Dauerlächeln schien aus seinem Gesicht zu verschwinden, wenn auch nur für wenige Momente. Er bugsierte mich zum Sofa. Dann ging er zur Fensterbank, auf der drei Blumentöpfe mit klingender Minze standen, kleine, grüne Sträucher, an denen eine Art Nuss wuchs, etwa doppelt so groß wie eine Erbse.

Elia pflückte eine Nuss und zerbrach sie zwischen Daumen und Zeigefinger. Der Raum war mit einem Mal erfüllt von Klang. Es war keine Stimme wie in den Bims, es war kein Instrument, es war Klang, am ehesten wie die Schwingungen eines riesigen Gongs. Ein Klang, der dich erfüllte, der dich heil fühlen ließ, ganz. Ein Klang wie das Licht in Donnas Träumen.

Nach fünfzehn, zwanzig Sekunden war diese Musik verklungen. Elia lächelte und hielt mir das Minzblatt unter die Nase, das in der Nuss gewesen war. Ich atmete den Duft ein, den schwingenden Duft der klingenden Minze, und wie beim Klang war es für einen Moment so, als hätte jemand eine Last von meinen Schultern genommen und den Schleier weggezogen, der den Quell ewiger Freude verborgen hatte.

Aber auch das verging.

– Und jetzt?, fragte Elia.

– Ich weiß es nicht.

– Gehst du zurück?

– Nein.

– Was willst du tun? Einen Traum über die Treulosigkeit der Frauen träumen?

Ich konnte ihm seine seltsamen Scherze nicht übel nehmen.

– Kann ich heute Nacht hier bleiben?

– Du kannst auf dem Sofa schlafen.

In Elias Wohnung stand kein Bett. Ich war immer davon ausgegangen, dass er selbst auf dem Sofa schlief.

– Und wo schläfst du dann?

– Du glaubst mir das nicht, aber ich schlafe nicht. Ich schlafe nicht, und ich träume nicht.

Hättest du ihm geglaubt?

Die nächste Stunde gehörte der klingenden Minze. Ich lag zusammengekauert auf dem Sofa, und alle paar Minuten pflückte Elia eine Nuss und entließ den Klang in den Raum. In den Pausen redete er, ich weiß nicht mehr, was, aber es war schön, eine Stimme zu hören, die mich ein wenig ablenkte.

Ich war froh, dass ich diesen merkwürdigen Menschen kennen gelernt hatte. Irgendwann müssen mir die Augen zugefallen sein.

Es war ein Albtraum, der mich weckte, es muss einer gewesen sein, aber ich hatte ihn vergessen, noch ehe ich die Augen öffnete. Er muss so schrecklich gewesen sein, dass meine Erinnerung ihn nicht haben wollte. Im Zimmer war es dunkel. Elia hatte mich zugedeckt, saß nun an seinem Schreibtisch und blickte auf die Stadt. Ich hatte den Eindruck, dass seine Zähne im Dunkeln leuchteten.

Und dann war sie wieder in meinem Kopf, Rahel. Lautlos flossen meine Tränen.

Damit die Träume in dich hineinkommen, tropfst du sie dir in die Augen. Wenn die Träume zerbrechen, tropfen sie aus deinen Augen ins Kissen. Aber wie sollte es auch anders sein? Wenn in deinem Kopf nur Wolken sind, regnet es aus den Augen.

Ich hoffte, Elia würde mich nicht hören. Warum hatte Rahel das getan? Warum konnte sie für jemand anderen sehr wohl von ihrem Rechner aufstehen? Warum hatte sie keine Lust mehr auf mich, und warum hatte sie mich hintergangen? Verdammt, warum hatte sie mir das angetan, und warum tat es so weh? Ich hatte doch immer geglaubt, dass es noch eine größere Liebe für mich gab. Und jetzt? Jetzt war alles kaputt. Ich schloss die Augen und weinte weiter, spürte die Tränen mein Nasenbein entlanglaufen.

– Weine nicht, sagte Elia, und ich musste aufschluchzen, und dann ließ ich mich einfach gehen, ich heulte, laut und hemmungslos.

Als ich vor lauter Erschöpfung aufhörte zu weinen, fing Elia an, leise zu singen. Er hatte sich nicht von seinem Platz bewegt, wofür ich ihm dankbar war.

– Weine nicht, mein Herz, weine nicht, auch das geht vorbei, und nach dem Winter kommt der Frühling herbei.

Ich hatte nicht geahnt, dass Elia so gut singen konnte. Etwas an seiner Stimme erinnerte mich an die Bims. Es war die einzige menschliche Stimme, die mich je an Bims erinnert hat. Ich tastete nach meinen schmutzigen Socken neben dem Sofa, schnäuzte hinein und ließ mich in den Schlaf singen.

Ein Laptop. Und eine Tüte Milch. Sonst nichts. Ich drehte mich um zu Elia, der immer noch oder schon wieder an seinem Schreibtisch saß, die Augen jetzt auf den Monitor gerichtet, die Finger auf der Tastatur.
– Hey, Elia, was ist das denn hier?
– Butter und Aufschnitt sind alle, sagte er, da ist nur noch Milch.
– Und ein Laptop.
– Ja, und ein Laptop.
– Warum hast du deinen Rechner im Kühlschrank, Elia?
– Der hatte dauernd Probleme wegen Überhitzung, sagte er, da habe ich ihn in den Kühlschrank gestellt und jetzt läuft er einwandfrei ...
– Was machst du da eigentlich?
– Ich schreibe ein Programm. Noch einen Tag oder so, dann bin ich fertig, du wirst Ohren machen, das verspreche ich dir.
– Kann ich noch eine Minze klingen, bevor ich losmuss? Wenn es schon kein Frühstück gibt.
– Wir haben nicht mehr so viele, sagte er.
Wir, er sagte wir, das entging mir nicht. Vorhin hatte er mich mit dem Klang der Minze geweckt. Wenn es Wecker mit so einem Klingeln gäbe, würde man morgens auf den Straßen viel mehr lächelnde Gesichter sehen.
– Hier, aber nicht alle auf einmal hören.
Elia legte fünf Nüsse in meine Hand.
– Warum verkaufst du die eigentlich nicht?
– Ich habe nur die drei Pflanzen. Ableger kann man keine ziehen, und ich schaffe es auch nicht, die Nüsse zum Kei-

men zu bringen. Ich gieße regelmäßig und singe ihnen etwas vor, und dafür geben sie mir in der Woche eine Handvoll Nüsse.

Vor Elias Einzug war in der Wohnung Gras gezüchtet worden, Natriumdampflampen hatten von der Decke gehangen, die Pflanzen waren über zwei Meter groß gewesen. Ein Teil des Grases, das in den drei Häusern verdealt wurde, musste aus dieser Wohnung gestammt haben.

Niemand wusste, woher die Bullen den Tipp erhalten hatten, doch nachdem sie die Wohnung gestürmt hatten, deren Mieter nur auf dem Papier existierte, zog Elia ein. Auf der Fensterbank hatten die drei Pflanzen gestanden, die die Polizei zurückgelassen hatte, weil sie eindeutig kein Hanf waren. Und Elia hatte eines Nachts herausgefunden, was es mit diesen Pflanzen auf sich hatte. So erzählte er es zumindest.

– Hast du Schuhe für mich?, fragte ich, nachdem die Minze verklungen war. Ich steckte sie in den Mund und kaute darauf herum.

– Was hältst du von denen hier?

Er hielt mir ein Paar weiße Turnschuhe entgegen, die ich an ihm noch nie gesehen hatte. Ich probierte sie an.

– Ich wette, die passen so gut, dass du deine Füße vergisst, sagte er.

– Wir haben die gleiche Größe.

– Nein, die sind mir etwas zu klein, aber ich habe sie trotzdem gekauft. Ich wusste, dass sie zu etwas gut sein würden.

Er lächelte ein bisschen breiter.

– Kann ich nach der Arbeit wiederkommen?

– Sei mein Gast, solange es dir beliebt. Nesta, du bist mein Freund.

– Und du hast die ganze Nacht nicht geschlafen?

Er schüttelte den Kopf. Dass die Tropfen bei ihm nicht wirkten, hatte er mir mal demonstriert. Er hatte getropft, ganz kurz nur hatten seine Lider geflackert, doch die Augen waren offen geblieben, und er hatte mich angestrahlt und gesagt: Siehst du?

Es gab Menschen, die nicht träumten, die gab es wirklich, und es gab auch einige wenige, bei denen die Tropfen nicht wirkten, ja. Trotzdem glaubte ich nicht, dass er nie schlief.

– Manchmal sitze ich nachts hier und lese Bücher über Schlafstörungen, sagte er. Es gibt Schreiber und Wissenschaftler, die machen diesen Kokser Thomas Edison verantwortlich für Einschlaf- und Durchschlafschwierigkeiten, weil er mit seiner Glühbirne den natürlichen Lebensrhythmus gestört hat. Als gäbe es Schlafstörungen erst seit 1879. Sie reden von mangelndem Tiefschlaf, von Alpha- und Tetra- und Deltawellen, von Hormonsekretionen und Wahrnehmungsstörungen, von Menschen, die nur glauben, sie würden schlecht oder gar nicht schlafen. Ich habe hunderte von Büchern zum Thema gelesen, aber die haben alle keine Ahnung. Die meisten wissen nicht mal, dass Joseph Wilson Swan die Glühbirne bereits 1860 erfunden hat. Ich wünschte, ich hätte die Probleme, von denen die reden. Ich habe noch nie auch nur eine Minute geschlafen, Nesta. Noch nie.

Sein Lächeln verschwand.

– Ich bin keiner von euch.

Dann lachte er.

– Aber ich habe Zeit, ich habe so viel Zeit, und ich weiß,

dass es Menschen gibt, die mit mir tauschen würden. Sie fühlen sich geknechtet. Der Schlaf ist Herr über euch alle, so gesehen bin ich frei. Aber glaube mir, ich würde mich gerne diesem sanften Tyrannen unterwerfen. Und da das nicht geht, mache ich das Beste daraus. Ich lese, lerne, lebe, ich rede, ich schließe Freundschaften und ich schreibe dieses Programm, ich tue einfach was.

– Hast du auch als Kind nie geschlafen?, wollte ich wissen, obwohl ich ihm immer noch nicht glaubte.

– Amnesie, sagte er, ich habe eine Amnesie, ich kann mich nicht an meine Kindheit erinnern, an nichts. Meine Erinnerung setzt ein ... vor ein paar Monaten, als ich hier eingezogen bin.

Er klang ernst, und da war nicht die geringste Andeutung eines Lächelns zu erkennen. Wer keine Vergangenheit hat, dem ist vielleicht auch alles Gegenwart.

Eine Weile sahen wir uns schweigend an.

– Ich darf nicht wieder zu spät kommen, sonst fliege ich, sagte ich.

– Geh nur, sagte er, geh, es ist nicht halb so schlimm, wie du glaubst.

So ging ich mit meinen neuen Turnschuhen zum Aufzug.

84

Ich legte mich hin, und kaum war ich eingeschlafen, fing ich auch schon an zu träumen.

Ich träume das Datum, an dem ich sterben werde. In zwei Wochen. Ich möchte noch von allen Abschied nehmen.

Zuerst gehe ich zu meinen Eltern. Mein Vater sitzt an der Spielkonsole, und als ich ihm sage, dass ich in zwei Wochen sterben werde, glaubt er mir sofort. Er nimmt mich in den Arm, und ich glaube, er weint, aber ich kann es nicht genau sagen. Meine Mutter kommt ins Zimmer, sie hat nur einen Slip und ein Unterhemd an, und ich kann ihre Brustwarzen durch den weißen Baumwollstoff schimmern sehen. Warum zieht sie sich nichts an? Es ist mir peinlich, doch sie scheint sich ihrer Aufmachung nicht bewusst zu sein.

– Es ist also so weit, stellt sie nüchtern fest.

Als Nächstes verabschiede ich mich von Sal, der mir verspricht, auf meiner Beerdigung die richtige Musik zu spielen. Dann sitze ich auf einer grünen Wiese mit ganz vielen Gänseblümchen. Neben mir liegt Tedeisha und blinzelt in die grelle Sonne. Ich sage nichts, ich beuge mich zu ihr hinunter und küsse sie auf die Wange. In diesem Kuss liegt so viel Gefühl – sie muss spüren, was er bedeutet. Sie muss es spüren. Ich bin versöhnt, nun kann ich in Ruhe gehen.

Auf einmal befinde ich mich in einer langen, dunklen Röhre und weiß, dass der Todestag nicht der richtige ist. Ich werde nicht sterben. Ich werde wieder zurückkehren. Trauer legt sich auf mich wie eine zweite Haut. Ich gehe ins Leben zurück, ich bin noch nicht reingewaschen von meinen Sünden, Wünschen und Verfehlungen.

Als ich aufwachte, lag ich rücklings auf einer Liege, die langsam geschoben wurde. Mir war nicht heiß oder kalt. Ich würde sterben oder war schon tot, das war mir egal. Die Lampen an der Decke flüchteten in den Raum und in die Zeit, oder sie wurden gedimmt, ich weiß es nicht, aber es schien dunkler zu werden. Nichts wunderte mich, nichts machte einen Unterschied. Decke und Wände glitten an mir vorbei, und ich wollte nur noch eins wissen. Ich drehte den Kopf nach links, drehte ihn nach rechts, suchte Spuren von Schatten an der Wand. Nichts. Es gelang mir nicht, mich aufzurichten, als wäre da ein Gewicht auf meiner Brust. Also versuchte ich im Liegen den Kopf so weit zu drehen wie möglich. Immer noch konnte ich nichts sehen. Ich lauschte auf Schritte oder die Rollen der Liege, doch ich konnte auch nichts hören. Und nichts riechen. Meine Zunge klebte an meinem ausgetrockneten Gaumen. Immer weiter glitten wir fußwärts, und ich brach mir jetzt fast den Hals. Ich wollte wissen, wer mich schob. Nur das.

Elias Stimme: - Jawoll, ja.

Ich machte die Augen auf und wusste nicht, wo ich mich befand. Elias Stimme, das schmuddelige Sofa, der Raum, der Ausblick auf die Stadt. Wo bin ich, fragte ich mich, was für ein Tag ist heute? Was ist passiert, bevor ich einschlief?

– Alles klar?

Wieder Elias Stimme. Ich war in seiner Wohnung. Ich war in der vergangenen Nacht gekommen, weil ich Rahel ... Und am Morgen war ich zur Arbeit gegangen, und als ich wiederkam, hatte ich mich aufs Sofa gelegt, weil ich müde war und mich ein wenig ausruhen wollte. Dabei musste ich eingeschlafen sein.

– Alles klar bei dir?

Als ich mich hingelegt hatte, war es noch hell gewesen, jetzt war alles dunkel.

– Ja. Wie lange habe ich geschlafen?

– Vielleicht eine Stunde.

– Ich habe geträumt, ich würde träumen. Als ich aufgewacht bin, dachte ich, ich wäre wirklich wach.

Ich setzte mich auf, Elia sah mich verständnislos an. Ich
erklärte es noch einmal.

– Im Traum habe ich geträumt, dass ich einschlafe und
träume. Als ich aus diesem Traum im Traum erwacht bin,
dachte ich, ich wäre wirklich wach.

– Ich habe davon gelesen.

Mit beiden Händen stützte ich mich an der Sofakante ab,
ließ den Kopf hängen und schüttelte ihn sanft. Um wach
zu werden. Um den Traum zu vertreiben.

Mit dem hätte ich sicherlich einen Vertrag bekommen,
dachte ich. Solche Tropfen hatte ich noch nie getropft.
Aber ich hatte auf Elias Sofa geträumt und nicht im Labor.
Vielleicht sollte ich ihn aufschreiben, ja, ich sollte anfangen, mich wieder häufiger zu bewerben. Meine Traumtagebücher waren noch bei Rahel.

Ich stand auf, ging zum Kühlschrank und trank einen
Schluck Milch aus der Tüte. Dann ging ich pinkeln, und
als ich wieder im Zimmer war, fragte ich: – Warst du
eigentlich mal bei einem Arzt?

– Weil ich nicht schlafe?

– Wegen der Amnesie.

– Ach was, die Ärzte haben doch auch keine Ahnung. Und
mir geht es ja gut, ich habe keinen Grund zum Klagen.

Er lächelte breiter.

– Stört dich das nicht?

– Was genau?

– Du weißt nicht, wo du herkommst, und du weißt nicht,
wer du bist.

Mit verstellter Stimme sagte Elia: - Identitätsproblem.
Er lachte.

– Weißt du denn, wer du bist? Bist du jeden Tag derselbe? Bist du der Gleiche wie vor zehn Jahren? Bist du alles, was du getan hast, oder alles, was du geträumt hast – bist du die Summe dessen? Oder bist du alles, was du getropft hast? Oder alles zusammen? Träumst du jede Nacht das Gleiche, fühlt sich dein Schlaf immer gleich an? Stirbst du nicht jede Nacht, vergisst alles und wirst morgens neugeboren? Warum sagt ihr, ich möchte eine Nacht darüber schlafen? Weil man am nächsten Tag jemand anders ist, die Dinge mit anderen Augen sieht.

Ich, ich, ich, meine Identität, meine Individualität, meine braunen Haare, mein Eigensinn, meine Vergesslichkeit, mein Drogenkonsum, meine Vorliebe für Fisch, meine Hilfsbereitschaft, mein Jähzorn, meine Schlangenlederjacke, meine Tätowierung, meine Andersartigkeit, mein, mein, mein.

Das ist ein Haufen von Illusionen. Das Ich wird völlig überbewertet, finde ich. Du bist jeden Tag jemand anders. Bist du derselbe Nesta, der noch nie die klingende Minze gehört hat? Was hast du mit dem Nesta gemein, der sieben Jahre alt ist und sein Federmäppchen zu Hause vergessen hat? Sei niemand, sei jeder. Es ist egal. Du weißt nicht, wer du wirklich bist, oder? Du merkst doch selbst gar nicht, dass irgendetwas an dir ist, das die Leute zum Träumen bringt, das ihnen eine andere Welt öffnen kann. Und dafür musst du nichts tun, sondern einfach nur *sein*. Du bist die Nähe zum Traum.

– Woher willst du das denn wissen?, fragte ich überrascht und geschmeichelt.

– Keine Ahnung. Ich spür es einfach.

Vielleicht hatte Rahel tatsächlich meinetwegen geträumt, wenn wir in einem Bett schliefen.

– Manchmal glaube ich, ich müsste nur genügend Zeit mit dir verbringen, dann würde ich träumen können, sagte Elia und schüttelte dann den Kopf, als sei es ihm doch nicht wichtig. – Fast niemand weiß, wer er ist, fuhr er nach einer Pause fort. Aber ich weiß, was ich gemacht habe. Und das ist echt die Axt. Das hat es noch nie gegeben. Pass auf, pass auf, pass auf.

Während der letzten Worte war er durchs Zimmer gegangen, während ich an der Balkontür stand, und jetzt wühlte er grinsend in einer Schublade in seinem Schreibtisch, holte ein Mikrofon hervor, stöpselte es in den Rechner ein, tippte etwas in die Tastatur und sagte:

– Gib mir ein Wort.

Er erinnerte mich an ein Kind, das seine Eltern voller Vorfreude Richtung Jahrmarkt zieht. Kommt, wir sind gleich da, kommt, warum seid ihr so langsam?

– Was für ein Wort?

– Irgendeins, egal.

– Atlantis.

– Atlantis, wenn du auf dem Festland bist, hast du nicht, wofür die Insel bekannt ist, ewige Jugend, Harmonie und niemals ein Anschiss, Atlantis, wenn du auf dem Festland bist, nicht den besten Kram kriegst und träumst von Zeiten, in denen kein Traum bekannt ist, die Menschen keine Wünsche haben und wissen, wo die Wand ist, gegen die man nicht rennt, weil kein Licht brennt auf der anderen Seite, und jetzt gib mir noch ein Wort, am besten noch heute...

– Liegewagen.

– ... und Leute, die am Festland sind, wollen einen Liegewagen, weil sie nie die Siege wagen, nie die Liebe tragen, nie die Schübe haben, auch mal an einen Traum zu glauben, es ist kaum zu glauben, dass niemand hier die Wunder sieht, wenn es auch über hundert gibt, ich bin kein guter Rapper, und wahrscheinlich stolpert der Beat, doch ich habe hunderte von Stunden programmiert, damit der Sound am Ende den Text garniert.

Ich sah ihn verständnislos an.

– Ich singe ja viel lieber, sagte er, aber ich wollte es auch so probieren. Jetzt hör dir das an.

Er legte das Mikrofon aus der Hand und tippte etwas in die Tastatur des Rechners.

Ein Beat erklang aus den Boxen, ein holpriger Beat, der klang, als hätte er Schluckauf, und dann hörte ich Elia: *Gib mir ein Wort, was für ein Wort, irgendeins, egal, Atlantis, Atlantis, wenn du auf dem Festland bist, hast du nicht, wofür die Insel bekannt ist ...*

Der Beat erholte sich, passte sich an Elias Stimme und Rhythmus an, die Bässe tropften aus Boxen, als wären sie zäher Honig, gingen in die Beine, machten den Kopf nicken und stolperten immer wieder mal, fielen aber nie hin.

– Hier und heute bin ich der Mann, der dieses Programm geschrieben hat. Wofür brauche ich da eine Vergangenheit?

Er schien mir nicht übermäßig stolz. Jetzt war er auf dem Jahrmarkt und überzeugt davon, dass die Vergnügungen nie enden würden, achtzehn Mal Achterbahn, vierundzwanzig Mal Autoscooter, bergeweise Zuckerwatte, geschossene Teddys und zurückgelassene Losverkäufer mit einer leeren Plastikschüssel. Der Jahrmarkt gehörte ihm. Er hatte das Programm geschrieben, an dem Rahel mit ihren Kollegen seit Monaten arbeitete.

– Das ist die Musikmaschine. Alles, was du brauchst, ist eine gute Stimme, ein guter Flow oder eine gute Melodie. Pass auf.

Er nahm wieder das Mikrofon, drückte eine Taste und fing an, eine Melodie zu singen, die letzte Melodie, die du noch singen kannst, wenn alles in Trauer versinkt. Wie in der vergangenen Nacht, als er mich in den Schlaf gesungen hatte, erinnerte mich seine Stimme an die Bims.

Als er die Aufnahme abspielte, konnte ich Tablas hören, ein gestreicheltes Schlagzeug, weinende Geigen, einen Basslauf, der dir das Herz rausreißt, weil du den Schmerz in deiner Brust nicht mehr ertragen kannst.

– Zum Arzt?, fragte er, soll ich wirklich zu einem Arzt gehen?

83

– Fatale familiäre Insomnie, sagte ich, und Elia lächelte und nickte dabei, als hätte er mich bei etwas ertappt.

Zwei Wochen wohnte ich nun schon bei ihm, und ich hatte ihn in dieser Zeit kein einziges Mal schlafen sehen oder auch nur bemerkt, dass er müde aussah.

Zwei Wochen, in denen ich weniger ausgegangen war, obwohl es mehr zu vergessen gab. Nach der Arbeit kam ich nach Hause, und Elia spielte mir den einen oder anderen Song vor, den er geschrieben hatte und für den sein Programm die perfekten Arrangements ausspuckte. So muss das sein, sagte er wieder und wieder, die Stimme steht im Vordergrund, sie war als Erstes da.

Manchmal rauchten wir Bassstaub, aber ich fand, dass er bei dieser Musik kaum wirkte. Ich konnte sie nicht noch mehr in meinen Eingeweiden und Adern fühlen, da konnten sich nicht noch mehr Härchen aufstellen, ich konnte die Bässe nicht noch stärker spüren, sie waren schon fetter als Oliven, die in der Sonne ihr Öl ausschwitzen. Der Sound wurde nicht mehr klarer, du musstest sowieso an einen Bergsee denken, wenn du diese Musik hörtest, an Konturen, die so scharf sind, dass du dich daran schneidest, an Basssaiten, die mit blutigen Fingern gespielt werden, weil es ums Leben geht, um den Schwung, das Feuer, den Groove, etwas, das dich zusammenhält.

Elia sang mit einer Stimme, die mich mehr denn je an die Bims erinnerte:

Ich glaube an die Sonne, auch wenn sie nicht scheint
Ich glaube an die Seelen, auch wenn ich nicht träume
Ich glaube an die Liebe, auch wenn ich sie nicht fühle
Ich glaube an Gott, auch wenn er schweigt

Elia sang, und ich versank im Klang.

Ich ging früh zu Bett, also aufs Sofa, Elia las oder programmierte etwas oder ging aus. Und ich schlief und träumte Träume, die ich schnell wieder vergaß. Meine Traumtagebücher waren immer noch bei Rahel. Einige Male hatte ich vor dem Telefon gesessen, doch ich hatte die Nummer nicht gewählt. Und sie hatte an keinem Morgen vor der Kurierzentrale auf mich gewartet. Und an keinem der Abende. Da konnte ich wünschen, so viel ich wollte.

Wahrscheinlich war es ihr recht, dass ich weg war, oder? Ich wollte nicht mehr zu ihr zurück. Jedes Mal, wenn ich sie anfasste, hätte ich diesen Mann mit dem großen Schwanz vor Augen gehabt, wie er sie in den Arsch fickte und wie ihr Gesicht dabei ausgesehen hatte.

Ich verbrachte also viel Zeit mit Elia, erzählte ihm von den Träumen, die ich in der Mittagspause getropft hatte, von dem Kunden, der in Unterhose und Armeestiefeln die Tür geöffnet hatte, um ein Paket entgegenzunehmen, von der Ampel in der Stadt, die seit einer Woche auf Grün stand. Und Elia packte seinen Laptop in eine Schutzhülle, füllte den Kühlschrank, kochte uns etwas, berichtete stolz, welchen Song er an welche Plattenfirma verkauft hatte. Ohne seine Stimme. Und von dem Programm wusste niemand außer mir.

– Fatale familiäre Insomnie, sagte ich also an jenem Tag, und Elia lächelte und nickte, als habe er mich bei etwas ertappt.
– Du bist also in der Bücherhalle gewesen. Oder beim Arzt.
– In der Bücherhalle.
– Ich habe alles gelesen, sagte er, fatale familiäre Insomnie, was für ein Name für eine Krankheit. Ich glaube nicht, dass ich das habe, es gibt keinerlei Anzeichen für eine Erbkrankheit, die zum Tod führt. Keine erhöhte Herzfrequenz, kein erhöhter Blutdruck, keine übermäßige Transpiration, keine Schwierigkeiten bei sozialen Kontakten.
– Aber es kann doch nicht sein, dass jemand nie schläft.
– Nein, das kann nicht sein.
Ich sah ihn erwartungsvoll an.

– Aber was soll's, ich bleibe einfach trotzdem wach. Was hast du noch gelesen, Nesta? Dass Schlaflosigkeit eine der Ursachen von Selbstmord sein kann? Dass der Schlaf notwendig ist, um die Bürde des Lebens zu tragen? Ich weiß auch nicht, was es ist, aber sieh mich an. Es geht mir oft gut, auch wenn ich schon mal traurige Lieder singe. Und selbst wenn es fatale familiäre Insomnie wäre – er spuckte die Worte aus wie eine unbekannte Frucht, die einem nicht schmeckt –, selbst wenn es diese Krankheit wäre, was sollte ich dagegen tun? Es gibt kein Mittel, also warum sollte ich mich dagegenstemmen? Für manche Dinge gibt es einfach keine Erklärung, so einfach ist das. Es gibt keinen Grund, sich das Leben schwer zu machen.

Der Gedanke kam mir genau in diesem Moment, und ich wusste, dass ich sofort aufstehen musste, weil ich mich anders entscheiden würde, wenn ich darüber nachdachte.

– Wohin so plötzlich?

– Etwas erledigen. Es dauert hoffentlich nicht lange.

– Ich warte, sagte er.

Als ich das Fahrrad abschloss, hatte ich Herzklopfen. Ich steckte den Schlüssel in die Haustür, und meine Hände zitterten, aber ich durfte nicht innehalten, um mich zu beruhigen, denn sonst hätte ich auch das kleinste bisschen Mut verloren.

Rahel stand im Flur, sie musste den Schlüssel gehört haben. Ein Slip und ein Unterhemd waren alles, was sie anhatte. Sie lehnte mit der Schulter gegen die Wand und hatte den Kopf schief gelegt. Um gelassen auszusehen? Ich sagte nichts, weil ich wusste, dass meine Stimme sich überschlagen würde, sobald ich den Mund aufmachte. Ich sah ihr in die Augen, geradeheraus, fest, wie ich glaubte, und sie wich meinem Blick nicht aus. Unter ihrem linken Schlüsselbein hatte sie eine neue Tätowierung, eine kleine Flamme.

Sie ist nicht dieselbe, sagte ich mir, sie ist jemand anders. Ich hielt die Luft an und ging an Rahel vorbei ins Schlafzimmer. Langsam atmete ich aus, es war niemand da. Rahel war mir gefolgt und lehnte nun am Türrahmen. Kein Wort. Ich holte meine Traumtagebücher aus der Kommode.

– Nesta, sagte Rahel, Nesta, es tut mir leid.

– Was?, fuhr ich sie an.

– Nesta...

Sie holt tief Luft, sagte aber nichts.

– Nesta, äffte ich sie nach. - Was tut dir leid? Dass er in deinen Arsch durfte? Dass ich zu früh nach Hause gekommen bin? Dass du danach nichts unternommen hast, um mich zu sehen? Dass du mich wochenlang gar nicht drangelassen hast? Dass du nur noch dein Scheißprogramm im Kopf hattest? Dass du dir eine neue Tätowierung machen lässt, sobald ich aus der Tür bin? Dass du diese Kladden nicht aus dem Fenster geschmissen hast? Was tut dir leid?

Die Worte kamen einfach so, aber anstatt Rahel zu treffen, entfernten sie sie von mir. Mit jeder Frage wurde ihr Blick härter und legte eine Distanz zwischen uns, die ich nie hätte überbrücken können.

Ich drückte mich an ihr vorbei aus dem Zimmer. Als ich die Klinke der Wohnungstür in der Hand hatte, sagte Rahel noch zwei Worte:

– Träum weiter.

Ich fuhr zu dem Schuppen, in dem Sal und ich so oft getropft hatten. Es musste nun Jahre her sein, seit ich zum letzten Mal dort gewesen war, und ich wollte auch nicht hinein. Bestimmt kamen jetzt andere Menschen dorthin und tropften, kifften, knutschten, was auch immer. Ich wollte nicht in ihren Bereich eindringen, in die Welt, die sie sich geschaffen hatten und die sie nicht würden verteidigen können.

Ich kletterte auf das Dach des Schuppens und legte die Kladden vor mich. Meine Träume der letzten fünf Jahre.

Einmal hatte Rahel sich ein grünes Kleid gekauft, das ihr nicht mehr gefiel, als wir zu Hause waren. Einige Tage hatte es im Schrank gehangen, dann hatte ich es im Müll entdeckt – zerschnitten.

Vielleicht wollte ich auch etwas loswerden. Vielleicht wollte ich mir das Leben leichter machen. Aber im Nachhinein glaube ich, das war es nicht. Ich wollte mir wehtun. Um mir zu beweisen, wie schlecht es mir ging.

Die Flammen konnten mich nicht wärmen.

82

– Hast du sie denn geliebt?

Es war die Frage, auf die auch Rahel eine Antwort gewollt hatte, aber sie hatte sie anders gestellt. Ich war versucht, wieder ja zu sagen. Ja sagen wäre einfach gewesen. Wenn ich ja sagte, musste Elia Verständnis haben. Aber das war wohl nicht die Wahrheit. *Das weiß man doch immer erst hinterher.* Und hinterher redet man es sich schön.

– Das ist schon eine Antwort, wenn du so lange brauchst.

– Das hat nicht mal was mit Liebe zu tun. Wir haben ein Jahr zusammengelebt. Das kann man nicht einfach so abhaken. Da bleibt ein Loch. ... Immer geht jemand, verstehst du? Sal, Tedeisha. Rahel in die Arme von jemand anderem.

– Du wärst auch gegangen, wenn du Sal oder Tedeisha gewesen wärst.

– Vielleicht.

– Nesta, seit Wochen redest du davon, dass du dir eine Wohnung suchen möchtest. Wir können auch gerne weiter zusammenwohnen, wenn du willst, aber dann sag das, und wir suchen etwas mit zwei Zimmern. Oder besser drei. Ich habe keine Lust mehr, dich jeden Abend so Trübsal pusten zu sehen oder vielmehr saugen. Es sagt ja niemand etwas, dass du die klingende Minze hörst, bis fast keine mehr da ist, *one good thing about music*, ich weiß. Aber du gehst arbeiten, träumst die Träume fremder Menschen und schläfst. Findest du das nicht ein bisschen wenig?

Was sollte ich tun, mir eine Spielkonsole anschaffen, wie mein Vater? Ganze Bibliotheken lesen und Songs schreiben wie Elia? Oder programmieren? Was sollte ich denn tun? Anfangen, Wasserball zu spielen, weil man einen schönen Rücken davon bekam? Sollte ich zu Atlantis gehen und Murat fragen, ob ich nicht doch Traumtester werden konnte? Sollte ich Alkohol trinken, wie es die Leute früher getan hatten, um ihre Probleme zu vergessen?

Warum musste jetzt auch noch Elia mir auf die Nerven gehen, warum konnten mich nicht einfach alle in Ruhe lassen? Ich wollte nur stumpf arbeiten und ein wenig tropfen.

Ich tropfte immer mehr und sprach weniger mit Elia. Auf dem Heimweg von der Arbeit fuhr ich in der Traumathek vorbei und deckte mich mit Tropfen ein. Dann haute ich mich aufs Sofa und tropfte, bis ich vor Erschöpfung einschlief.

Ich ruhe mich aus unter der Haut der Träume, das redete ich mir ein. Aber ich wusste, dass es nicht stimmte.

Ab und zu besorgte ich mir ein paar kranke STs. Eine Freundin rammte mir einen Schraubenzieher so brutal zwischen die Zähne, dass ich davon aufwachte. Von einem Hochhausdach erschoss ich wahllos Passanten auf der Straße, fand meinen Vater tot in der Badewanne, als ich nachts vom Feiern kam, mir fielen die Zähne aus, sobald ich mit der Zunge dagegenstieß, ich wurde von einem Affen gebissen, der sich gleich darauf in eine riesenhafte Spinne verwandelte, die mich in einem Netz gefangen hielt, aus dem ich mich nicht befreien konnte. Für jeden Traum gibt es einen Träumer.

Wenn ich schließlich die Augen aufmachte, kehrte ich erleichtert in die Realität zurück. Doch zu schnell wurde mir klar, dass mir die wirkliche Welt auch nicht behagte, und schon legte ich wieder den Kopf zurück, um zu tropfen: Die Träume fremder Menschen, ihre Ängste, Sorgen, Hoffnungen, ihre Albträume und nächtlichen Trugbilder. Ich tropfte, aber nicht, um mich darin wiederzufinden, nicht, um zu sehen, was wir gemein hatten. Ich tropfte, um mich zu verlieren.

– Es ist nichts über die Folgen von exzessivem Langzeitkonsum bekannt, sagte Elia, aber das hatte mich noch nie interessiert.

Doch ich bekam die Wirkungen des übermäßigen Tropfens zu spüren: Dauernd hatte ich Déjà-Vus. Wenn ich einen Kunden unterschreiben ließ, wenn ich an einer Ampel wartete, wenn ich mein Sandwich auspackte, wenn ich im Fahrstuhl stand. Jeden Tag gab es vier oder fünf Situationen, in denen ich dachte: Hier bin ich schon mal gewesen, das habe ich schon mal erlebt. Immer wieder wähnte ich mich ganz kurz davor, die Zukunft voraussagen zu können. Ich wusste, was gleich geschehen würde, ich musste es wissen, ich hatte es schon erlebt, wenn auch möglicherweise nur im Traum. Doch nie arbeitete mein Gedächtnis schnell genug.

Ich mochte diese Déjà-Vus, sie schienen mir zu beweisen, dass es keine Zeit gab, keinen Anfang und kein Ende, dass alles längst geschehen war, die Vergangenheit und die Zukunft.

Eines Tages – ich bestellte mir gerade ein Balsam an einer Trinkhalle – hörte ich hinter mir eine Stimme.

– Nesta?

Ich kannte die Stimme. Ich hatte schon einmal an dieser Trinkhalle gestanden und Balsam gekauft und diese Stimme gehört. Gleich würde ich mich umdrehen. Und dann? Ich versuchte mich zu erinnern, und noch während ich mich umdrehte, wusste ich, dass es Tedeishas Vater war, der hinter mir stand.

– Ja, ich bin's.

– Wie geht es dir, Nesta?

– Es geht. Und selbst?

Ich wusste, was er antworten würde, es fiel mir nur nicht mehr ein.

– Danke der Nachfrage. Gut. Sehr gut. Was machst du denn so?

– Das Gleiche wie immer, Pakete ausfahren. Da vorne steht der Transporter, ich wollte mir nur schnell ein Balsam kaufen.

– Bist du umgezogen? Tedeisha hat erzählt, sie könne dich nicht mehr erreichen. Mobiles hast du ja keins.

– Ja, mit mir und Rahel, das war nicht mehr so …

– Oh, das tut mir leid. Solche Dinge sind nie einfach.

– Ja.

– Hast du denn eine neue Nummer?

Ich wusste, dass ich lügen würde.

– Nein, sagte ich, nein. Im Moment wohne ich bei einem Freund, und der hat kein Telefon.

Ich wusste auch, dass Tedeishas Vater lächeln würde, ein Lächeln, das dem von Elia glich. Dann war das Déjà-Vu vorbei.

– Sobald du eine neue Nummer hast, gib sie mir doch bitte. Du kannst einfach im Laden anrufen. Tedeisha würde sich freuen.

– Wie geht es ihr?

– Gut, nehme ich an. Ich bekomme sie ja nicht oft zu sehen.

Er sagte das so und meinte es nicht mal als Scherz.

– Etwa einmal die Woche ruft sie an. Ihre Träume zu verkaufen kostet sie viel Zeit. Und du, gehst du immer noch zum Vorträumen?

– Ich hab's aufgegeben.

– Und nun?

Ich zuckte mit den Achseln.

– Ich bin Kurierfahrer. Das ist doch ein Job.

– Aha, sagte er.

Aha, als hätte auch ich meinen Traum verkauft.

Wenig später verabschiedeten wir uns, und den Rest des Tages fühlte ich mich noch beschissener als sonst.

81

Die Szenerie ist eine Mischung aus Mittelalter und apokalyptischer Zukunft. Ich stehe auf einem Holzpodest auf dem Marktplatz, um mich herum sind viele Menschen, doch ihr Lärm dringt nicht an meine Ohren. Meine Welt konzentriert sich auf drei Quadratmeter Plattform. Der Boden ist blutbeschmiert. Es ist der Tag meiner Hinrichtung.

Ich weiß, dass der Mann neben mir die Aufgabe hat, mir den Kopf abzuschlagen. Verzweifelt bitte ich ihn darum, mir hinterher den Kopf heimlich auf meinen Hals zurückzusetzen. Damit ich wenigstens eine kleine Chance habe. Er ist ein netter Henker, lächelnd nickt er. Ich lege den Kopf auf den Block, spüre die Wucht der Axt, und danach kann ich nichts mehr sehen. Doch das währt nur kurz, denn er setzt mir den Kopf wieder auf. Ich binde schnell einen Schal um die Wunde und renne los. Ich möchte den Bus zum nächsten Krankenhaus nehmen. Aber die Busse sind alle überfüllt, und ich habe kein Geld. Also renne ich weiter, und die ganze Zeit habe ich Angst, meinen Kopf zu verlieren. Die Straßen sind grau, schmutzig, die Luft ist voller Aggression. Wie kleine Bläschen in einem Glas abgestandenen Wassers stecken Zorn und Wut in der Luft fest.

Auf einmal gibt es keine Passanten mehr, und ich kann das Krankenhaus sehen. Es ist auf der anderen Seite einer

Schnellstraße, die ich nicht überqueren kann, so dicht befahren ist sie. Ein Taxifahrer bemerkt mein verzweifeltes Winken, hält an, nimmt mich mit und fährt mich bis vor die Tür, doch das Krankenhaus ist eine Ruine. Die ganze vordere Wand fehlt, und man kann kranke Leute mit metallenen Apparaten durch die Gänge und Zimmer irren sehen.

Es gibt einen alten Lastenaufzug, in den ich einsteige, aber ich weiß nicht, wo ich hinmuss. Die Kranken nehmen mich nicht wahr, reagieren nicht auf meine Fragen. Sie wirken auf mich wie Zombies.

Ich bin ein Notfall, jemand muss mir beistehen, denke ich, doch die Menschen, die ich kurz sehe, wenn ich im Fahrstuhl eine Etage passiere, sind noch schlimmer dran als ich.

Irgendwie finde ich einen Arzt und überrede ihn, mir zu helfen. Ich werde operiert, bin aber bei Bewusstsein. Sie verwenden Gold, um meinen Kopf wieder mit meinem Rumpf zu verbinden. Ich überlebe.

Als ich aufwachte, wusste ich nicht mehr, ob ich geschlafen oder getropft hatte. Ob es mein Traum gewesen war oder der eines anderen. Vor dem Sofa lagen auf dem Boden kleine Flaschen mit Traumtropfen, Einmalpipetten, leere Sushi-Boxen, Aschenbecher voller Stummel von Bassstaub- und Grastüten.

Ich richtete mich auf, draußen dämmerte es, Elia war nicht da. Ich hatte Kopfschmerzen, so als würde jemand versuchen, mit quietschenden Styroporplatten mein Hirn zu zerquetschen, in dem ohnehin zu wenig Blut war.

Wie lange war es her, dass ich Tedeishas Vater gesehen

hatte? Drei Tage? Zwei Wochen? Was für ein Tag ist heute?, fragte ich mich. Wie spät ist es? Muss ich zur Arbeit?

Mir war kalt. Ich schloss die Augen. Ich wusste, dass Elia im Schrank eine zweite Decke hatte, aber ich konnte nicht aufstehen. Ich schlief wieder ein. Oder tropfte ich mich weg? Ich weiß es nicht mehr.

Als ich wieder zu mir kam, hatte ich meinen Job verloren.

80

– Ich habe bei der Hausverwaltung gefragt, sagte Elia, direkt am Ende des Flurs ist noch eine Dreizimmerwohnung frei.

Ich setzte mich auf und fuhr mir mit Daumen und Zeigefinger über die Augenbrauen in Richtung Nasenwurzel. Mein Kopf war schwer. Meine Glieder schmerzten, mein Nacken war verspannt, und mein unterer Rücken fühlte sich an, als könnte er entzweibrechen. Wie so oft in letzter Zeit brauchte ich eine Weile, bis ich mich orientiert hatte, bis mir alles wieder eingefallen war. Ich war ein Mensch, einige Zeit war ich Sals Freund gewesen, ich hatte mit Rahel zusammengelebt und mit Tedeisha geträumt. Wir hatten uns ineinandergeträumt. Irgendwie. Ich hatte Elia kennen gelernt und mich so gehen lassen, dass ich meinen Job verloren hatte. Wie lange war das jetzt her?

Meistens fühlte ich mich schlecht, sobald ich die Augen aufschlug, aber ich brauchte immer mehrere Sekunden, bis mir wieder einfiel, warum das so war. Das Gefühl war stärker als meine Orientierung in der Welt, es überschattete alles.

– Ist das nicht unglaublich hart?, fragte ich.

– Umziehen, ohne das Stockwerk wechseln zu müssen?

– Nein, die ganze Zeit wach zu sein. Du hast keine Pause von dir selbst. Du kannst dich nicht verlassen, du kannst nicht in den Schlaf und in den Traum. Du musst immer hierbleiben. Es gibt einfach keine Ruhepause, in der du einfach mal alles vergisst.

– Sieh doch mal, was die Ruhepausen aus dir gemacht haben. Du gammelst auf dem Sofa herum und siehst immer unausgeschlafen aus.

Er zerdrückte eine klingende Minze zwischen Daumen und Zeigefinger. Wir lächelten.

– Das ist meine Art, Urlaub zu nehmen von der Welt, sagte er dann, ich verschwinde im Klang. Aber sieh dich doch um, du brauchst keinen Urlaub. Du hast einen jungen, gesunden Körper, mit dem du deine Seele auf der Erde spazieren führen kannst. Wir leben in einem hässlichen Hochhaus mit einer fantastischen Aussicht. Der einzige Krieg, der hier herrscht, ist der Krieg der Leuchtreklamen in der Nacht. Wir haben was im Kühlschrank …

– … einen Laptop.

– Versuch nicht, lustig zu sein. Was willst du überhaupt? Ich zuckte mit den Schultern.

– Das ist wohl das Problem.

Elia nahm die Gießkanne und gab der klingenden Minze Wasser.

– Willst du einen neuen Job?

– Bitte?

– Die suchen noch eine Bedienung in der Traumathek.

– Ich bin Konsument, kein Verkäufer.

– Nein? Vielleicht brauchst du ja deshalb so viel Schlaf.

Weil du immer nein sagst. Nein, ich will keine Träume testen, nein, ich will nicht, dass Tedeisha meine Nummer hat, nein, ich will kein Geld von meinen Eltern, nein, ich gehe nicht in die Veranda, wenn Sal auflegt. Ja, er hätte dich auf die Gästeliste setzen können, aber er hat's halt einmal vergessen. Die Welt ändert sich nicht, wenn du immer nur nein sagst, sie ändert sich nicht, wenn du sie immer nur auf Abstand hältst.

Er zündete sich einen halb gerauchten Joint aus dem Aschenbecher an.

– Ja, ich rauche gerne.

Er grinste.

– Wollen wir in diese Wohnung ziehen, du und ich?

– Ja, sagte ich.

Er stieß den Rauch aus und gab mir die Tüte.

– Willst du diesen Job?

– Vielleicht nehmen die mich ja nicht.

– Ich kenne den Besitzer.

– Gibt es irgendjemanden, den du nicht kennst?

– Ich habe einfach mehr Zeit, Menschen kennen zu lernen, das ist mein ganzes Geheimnis – Zeit.

– Ich überleg's mir.

Er schüttelte den Kopf.

– Umzug ist am Ersten.

Ich muss ein dummes Gesicht gemacht haben. Elia sah aus, als würde er gleich loslachen.

– Heute ist der Neunundzwanzigste ... Ich muss noch mal weg, habe einen Termin mit so einem Typen von 'ner Plattenfirma.

In der Tür drehte er sich noch mal um.

– Lange mache ich das nicht mehr mit. Und nicht, weil es

mich stört, glaub mir, das ist nicht der Grund. Der Grund ist, dass es dir nicht guttut.

Als er draußen war, stand ich auf. Insgeheim hatte ich wohl gehofft, Elia würde mich auch verlassen. Aber egal wie schlecht ich mich benahm, er machte mir nie Vorwürfe. Ich hatte nicht das Gefühl, dass er mich verurteilte. Er meinte es gut, er meinte es wirklich gut, und ich konnte ihn nicht dazu provozieren, sich von mir abzuwenden.

Ich schämte mich. Nicht so sehr vor mir selbst, ich schämte mich vor Elia. Und versuchte zu begreifen, warum er sich um mich kümmerte, als wäre ich sein Bruder. Ich hatte ihm nie etwas Gutes getan, ich hatte ihn nie unterstützt und war ihm nie eine Hilfe gewesen, wahrscheinlich nicht mal unwissentlich.

Konnte es wirklich sein, dass ich etwas an mir hatte, das mir selbst entging? Fühlte er sich in meiner Gegenwart möglicherweise genauso wohl wie ich in seiner? Und wenn ja, warum? Warum hatte Sal eigentlich so viel Zeit mit mir verbracht? Weil er das Gefühl hatte, ich würde ihn verstehen?

Aber wie konnte ich jemanden verstehen, der weder schlafen noch träumen konnte? Wie konnte ich jemanden verstehen, der aus einem Traum entwichen zu sein schien?

Ich stand auf, leerte den Aschenbecher, warf die Flaschen und Einmalpipetten weg, die leeren Sushi-Boxen. Dann zerdrückte ich eine klingende Minze. Zur Belohnung.

Ich spülte das Geschirr, trocknete es sorgfältig ab, säuberte das Spülbecken, putzte die Kacheln, saugte Staub und machte schließlich das Bad sauber. Dann stellte ich mich unter die Dusche.

Ein Umzug würde nicht lange dauern. Das Sofa, der Laptop, Schreibtisch und Stuhl, ein paar Kleidungsstücke, Töpfe und Pfannen. Es war meine Möglichkeit, neu anzufangen. Vielleicht sollte ich aufhören zu tropfen, dachte ich zum tausendsten Mal. Wenn du dir überlegst, deinen Konsum einzuschränken, ist das ein untrügliches Zeichen von Sucht.

Je öfter ich mich unter der Haut der Träume ausruhte, desto öfter verspürte ich das Bedürfnis nach dieser Ruhe. Ich wollte etwas ändern. Zwar wusste ich nicht genau, was das sein sollte, doch vielleicht würde es mir einfallen, wenn wir die neue Wohnung hatten, ich einen neuen Job und die Träume jemand anderen, der sie träumte.

79

In den ersten Wochen ließ ich die Gelegenheiten ungenutzt verstreichen. Doch mit der Zeit merkte ich, dass die Arbeit in der Traumathek mir den ganzen Tag die Möglichkeit bot, freundlich zu sein. Und dass es mir guttat, freundlich zu sein und nicht mehr an roten Ampeln zu stehen. Es tat mir auch gut, nicht mehr zu tropfen. In den ersten Wochen wachte ich morgens auf, und mein erster Gedanke war: Ich habe gestern wieder nicht getropft.

In der ersten Zeit hatte ich kaum Kraft. Ich wurde schnell müde, und wenn ich einschlief, manchmal mit dem Kopf auf der Ladentheke, konnte ich mich hinterher an keinen Traum mehr erinnern, genauso wenig wie morgens. Doch immer wieder erinnerte ich mich an Fetzen von Träumen, von denen ich nicht wusste, ob sie meine eigenen waren. Ich erinnerte mich an Gedanken, von denen ich wusste, dass sie nicht meine gewesen sein konnten: Ich habe einen Tauchschein, ich brauche keine Angst zu haben. Was werden die Kinder denken? Er sieht aus wie Martin.

Und ich wusste, dass mit Martin mein Exmann gemeint war. Ich war in den Köpfen so vieler Menschen gewesen, hatte mich an Bruchstücke von Filmen erinnert, die ich selbst nie gesehen hatte, hatte gefühlt, was andere gefühlt hatten, hatte mit ihnen Dinge geteilt, die einige Jahre zuvor noch nicht zu teilen gewesen waren, ich hatte das Gefühl gehabt, für einen Moment fremde Seelen berühren zu können, und es hatte mir gefallen. Doch am Ende hatte es mich nur noch verwirrt und abgelenkt.

Es dauerte etwa einen Monat, bis ich langsam wieder zu mir kam, bis ich keine zwölf Stunden Schlaf am Tag mehr brauchte und mich allmählich wieder an meine eigenen Träume erinnern konnte. Die Déjà-Vus wurden seltener und verschwanden zu meinem Bedauern schließlich ganz, und es kamen mir auch keine fremden Gedankenfetzen mehr in den Kopf. Zumindest fiel es mir nicht auf.

Es ging mir besser, ich nahm die Gelegenheiten wahr, begrüßte die Kunden freundlich, plauderte mit ihnen, empfahl dieses oder jenes, an das ich mich erinnern konnte, aber auch Träume, die ich nicht selbst getropft hatte, einfach, weil ich die Geschmäcker einschätzen konnte und regelmäßig alle Traummagazine las.

– Schönen guten Tag, suchen Sie etwas Bestimmtes?

– Meine Mutter liegt im Krankenhaus, sie bekommt eine künstliche Hüfte. Eigentlich tropft sie ja selten, aber ihr ist so langweilig. Hätten Sie da etwas?

– Hier ist der Traum einer Genesung. Sehr positiv, man

wacht mit einem guten Gefühl auf und kurzweilig ist er auch.

– Ich glaube, das ist trotzdem nicht das Richtige.

– Sie wollen gar nichts, was mit Krankheit zu tun hat, ja? Eher etwas Leichtes, Unterhaltendes?

– Genau.

– Hier, der hier ist sehr lustig, auch beim dritten oder vierten Mal noch. Eine Frau, die auf der Titanic ist und an der Bar trinkt. Sie bestellt einen Drink nach dem anderen und amüsiert sich köstlich, obwohl sie überhaupt kein Geld hat. Das Schiff wird ja eh untergehen, denkt sie, da brauche ich ja nicht zu bezahlen.

– Den nehme ich gerne. Aber für mich. Ich glaube, das trifft nicht den Humor meiner Mutter.

– In diesem hier schwimmt eine Frau nackt im offenen Meer, da sind so seltsam bunte Kreaturen, ein bisschen wie eine Kreuzung aus Delfinen und Zeichentrickfiguren, sie singen und spielen mit der Frau. Klingt nicht so spannend, aber fühlt sich toll an.

– Haben Sie den schon getropft?

– Ich tropfe nicht.

Sie sah mich verwundert an.

– Ich habe früher viel getropft, sehr viel. Und der mit den Delfinen ist von Donna, und die fühlen sich immer toll an.

– Donna, die vor drei, vier Jahren so berühmt war?

– Genau die. Die meisten haben sie schon längst vergessen, aber sie ist immer noch sehr gut.

– Dann nehme ich die beiden.

– Soll ich den von Donna als Geschenk einpacken?

– Ja, bitte.

Als sie ging, lächelte ich wie Elia und wünschte ihr noch einen schönen Tag. Sie erwiderte mein Lächeln und bedankte sich. Das waren meine Erfolge. Wenn ich sie abends Elia erzählte, konnte er sich mit mir darüber freuen.

– Siehst du, sagte er, sie ist zufrieden, du bist zufrieden, was willst du mehr?

Was wollte ich mehr? Ich arbeitete in einer Traumathek, nicht in einer Traumbar, wo die Menschen kamen, tropften und gingen. In der Traumathek unterhielt ich mich oft mit Stammkunden und versuchte einen Überblick zu behalten über das riesige Angebot, mit dem eine Traumbar nicht mithalten konnte, weil immer nur eine kleine Auswahl auf der Karte stand. Ich war freundlich zu jedem, der reinkam, und die meisten waren freundlich zu mir. Ich kannte mich aus mit Flugträumen, Angstträumen, Verfolgungsträumen, Träumen aus anderen Kulturen, in denen die gleichen Bilder auftauchten wie bei uns, ich kannte mich aus mit pornografischen und sadistischen Träumen. Ich wusste auch, dass Atlantis inzwischen den größten Marktanteil hatte. Ich wusste sogar, was für STs gerade auf der Straße gedealt wurden. Ich wohnte schließlich im zweiten der Hochhäuser, und außerdem kannte Elia jeden und wusste alles.

Immer noch gab es am Wochenende Partys, und ich war fast immer da, rauchte Bassstaub und tanzte zu Beats, von denen mittlerweile so einige von Elias Programm ausgespuckt worden waren. Er verkaufte die Stücke immer ohne seinen Gesang. Er mochte seine Stimme nicht verkaufen, weil es ihm auf die Nerven ging, dass sie alle an die Bims erinnerte, die nun schon lange aus der Mode waren.

– Meine Stimme ruft ihnen etwas ins Gedächtnis, das ich

nie werde hören können, und das gefällt mir nicht, sagte
er.

Er hatte mittlerweile einen neuen Rechner, und unser
Kühlschrank war immer randvoll. Es war ein angenehmes
Leben. Die Arbeit machte Spaß, der Schlaf erfrischte mich,
ich war nicht allein. Was wollte ich mehr?

78

Hätte ich mir vorgenommen, nie wieder zu tropfen, ich
hätte nicht aufhören können. Wenn ich wüsste, ich könnte nie wieder in meinem Leben Bassstaub rauchen oder
Pillen schmeißen, dann würde ich wohl kaum einen
weiteren Gedanken daran verschwenden. Aber ein Leben
ganz ohne fremde Träume war für mich nicht vorstell-
bar. Ich hatte nur eine Pause machen wollen, und irgendwann dauerte die Pause bereits ein halbes Jahr. Ich nahm
immer Tedeishas neueste Träume aus dem Laden mit nach
Hause, es waren mittlerweile sieben. Sieben kleine Flaschen, keine Einmalpipetten. Aus den Traummagazinen
wusste ich, was drin war: ein Traum, in dem sie nicht vom
Fleck kam, einer, in dem sie wieder in die Schule musste
und in dem auch die Schönheit des Schulwegs hinunter
in ein Tal ihre Beklemmung nicht mindern konnte, einer,
in dem sie in Indien flog, während Yogis sie fasziniert an-
starrten, einer, in dem sie jemand in den Arm nahm und
sie vollkommene Geborgenheit spürte, eine Geborgenheit, die man im Wachzustand nie spürt, die es aber auch
geben muss. Die Gefühle im Traum kommen ja auch aus
unserem Inneren. Das war der einzige ihrer Träume, der

sich richtig gut verkaufte. Ihre große Zeit schien vorüber, es war ein schnelllebiges Geschäft, es gab kaum jemanden, der sich über Jahre halten konnte.

Mich interessierte, wer es war, der sie so in den Arm nahm, aber ich tropfte auch diesen Traum nicht. Ein anderer war ein Porno, Tedeishas einziger, er hatte ausführliche Kritiken bekommen, war aber nicht in den Charts gelandet. Man war in einem halb fertig wirkenden Gebäude, dessen Räume nur durch hüfthohe Mauern voneinander getrennt waren. In den angedeuteten Zimmern lagen Matratzen, und viele Menschen vergnügten sich. Tedeisha spazierte durch dieses Haus, blieb mal hier und mal da stehen, fasziniert von den Ausschweifungen. Sie wurde von einem alten, hageren Mann mit langen grauen Haaren auf eine Matratze gezerrt und so gegen ihren Willen Teil der Orgie. Den möchte ich nicht sehen, dachte ich, als ich die Besprechungen las. Möglicherweise würde der Mann mich an Mr. No erinnern.

In einem weiteren Traum verbrachte Tedeisha einige Jahre in einer Höhle bei Fledermäusen, die ihr vorschlugen, eine von ihnen zu werden. Als sie sich dafür entschied, fühlte sie, wie ihr Flügel wuchsen. Dann war da noch einer, in dem sie mit ihrem Vater im Dunkelrestaurant essen ging, ihr größter Flop.

Und schließlich kam der Traum heraus, in dem sie im Schwimmbad einen alten Freund traf, mit dem sie in die Berge ging, wo sie Wesen begegneten, die sich rollend fortbewegten und singend unterhielten. Ein alter Freund. Ich hatte all diese Träume zu Hause in Flaschen, und ich wusste, ich würde sie eines Tages tropfen. Sie gaben mir ein Gefühl von Sicherheit, ein Gefühl von Fülle. Aber jetzt war da etwas von Tedeisha, da war die Möglichkeit, ihr nah zu sein, sie in ihrem Kopf zu besuchen.

Ein alter Freund. Früher hatte ich mir immer ausgemalt, dass ich mal bei einer Träumerei auftreten würde. Jetzt malte ich mir etwas anderes aus.

Wenn du zwei Menschen belauschst, die einen dritten gerade in den höchsten Tönen loben, wünschst du dir in deiner Eitelkeit, es möge sich um dich handeln.

Ein alter Freund. Ich nahm eine Einmalpipette und ging auf die Toilette. Der Traum war gerade mal zwei Stunden auf dem Markt, und ich war noch auf der Arbeit. Flackern.

Ich habe einen Bikini an und stehe auf dem Zehner. Ich weiß nicht, wie ich hierhergekommen bin, aber ich kann nicht herunterspringen, das traue ich mich nicht. Und runterklettern kann ich auch nicht, das ist mir zu peinlich. Da sehe ich Sanjay, der gerade die letzten Stufen der Leiter nimmt. Ich bin überrascht und erleichtert, ich werde mich einfach mit ihm unterhalten. Er fragt mich, was ich so mache, und ich erzähle, dass ich nichts zu tun habe und einen Tag im Freibad verbringe. Er erzählt, dass er sich jetzt auch manchmal in Männer verliebt.

Auf einmal sind wir in den Bergen, in einer Felswand ist eine Toilette, und von dieser Toilette geht eine Tür ab, die in ein Haus im Berg führt. Vielleicht ist das eine verbotene Tür, denke ich, doch dann sind wir schon in diesem Haus mit riesigen schwarzen Räumen, an deren Decken Sterne leuchten. In einem Zimmer sind rote Blechdosen, die auf uns zurollen und uns mit einem kurzen Lied begrüßen. Dann spielen sie ein Spiel miteinander, das ich nicht verstehe. Ich sehe Sanjay an, doch er ist auf einmal eine Frau,

Donna. Die Frau sieht nicht aus wie Donna, aber ich weiß, dass sie es ist. Warum kannst du so schön träumen?, frage ich sie. Weil die Dosen so schön singen, antwortet sie.

Als ich die Augen aufmachte, zog nebenan gerade jemand die Spülung. Doch es war ein angenehmes Erwachen. *Weil die Dosen so schön singen.* Mein erster Traum seit einem halben Jahr. Und es hatte nichts zu bedeuten, dass Sanjay sich in Donna verwandelte, oder? In Träumen verwandeln Menschen sich andauernd.

Ein angenehmes Erwachen. Ich war wieder in Tedeishas Kopf gewesen, und ich hatte dort etwas gesehen, was im Traum eigentlich nicht vorkam, ich hatte gesehen, wie sie in Budapest an der Donau saß und in die Sonne blinzelte. Ich hatte ein Bild gesehen, das in der Sammlung in ihrem Kopf als Glücksmoment gespeichert war: Die Sonne spiegelte sich auf dem Wasser, und in ihr war Frieden. Ich freute mich für sie. Es war ein angenehmes Erwachen, bis ich merkte, dass meine Hoffnung sich nicht erfüllt hatte.

– Hast du wieder getropft?, fragte Elia, als ich nach Hause kam.

– Ja, woran hast du das erkannt?

– Nur so ein Gefühl. Und wie war es?

– Schön.

Die eine Hälfte der Wahrheit, aber er erriet sicherlich auch die andere.

– Weißt du eigentlich noch, wie es früher war, bevor es Tropfen gab?

– Ja, so ungefähr, ich war zwölf, als es anfing.

– Vierzehn Jahre, murmelte Elia. Und wenn du tropfst,

siehst du genau das, was jemand anders auch gesehen hat, und fühlst und denkst das Gleiche, das verstehe ich doch richtig, ja?

Ich nickte.

– Und es gab früher auch schon Scheidungen, Beziehungsstress, Kinderfickerei, Egoismus, Lug, Betrug, Missverständnisse, verletzte Gefühle, Verrat, Streit, Untreue, Gier und all das?

– Was ist passiert?

– Einer von diesen Plattenbossen hat mich beschissen, hat sich das Band angehört, hat abgelehnt und jetzt ist das Stück draußen. Ich kann gegen ihn klagen und würde gewinnen, aber darum geht es nicht. Was ich nicht begreife: Wenn du fühlen kannst, was jemand anders fühlt, wenn du sehen kannst, was in seinem Kopf vorgeht, warum hat sich die Welt nicht verändert? Warum versteht ihr euch nicht besser?

Er lächelte.

– Ihr seid doch nicht alles Vollidioten, oder? Wofür sind diese Tropfen eigentlich gut?

– Du kannst Vollkommenheit fühlen, Erlösung erleben, du kannst dich darin verlieren und wiederfinden, sie können dir Glück schenken, sie können dich bewegen.

– Das kann die klingende Minze auch alles.

– Ohne die Tropfen hätten Rahel und ich uns nie kennen gelernt.

– Aber am Ende ändert sich nichts, oder? Sie sind nur Zeitvertreib. Manchmal verstehe ich euch nicht, sagte Elia, ihr seid seltsame Wesen, aber echt. Wenn Revolutionsträume modern sind, dann sind die Menschen auf einmal draußen und liefern sich Straßenschlachten mit der Polizei. Dann kommen die Träume aus der Mode, und alles ist beim Alten.

– Doch, es ändert sich was, ganz sicher.

– Was denn?

– Ich weiß nicht genau, was. Ich habe dir doch schon erzählt, ich war noch nie so mit einem Menschen verbunden wie mit Tedeisha. Ohne die Träume wüsste ich nicht, dass das geht.

Elia schüttelte den Kopf.

– Vielleicht wüsstest du es doch. Die Träume sind nur ein Beweis, für die, die es nicht glauben können oder wollen.

– Es ändert etwas. Die Dinge rutschen in die Realität.

Wir sahen uns an und lächelten. Ich ging in mein Zimmer. Nun, da ich damit angefangen hatte, wollte ich auch Tedeishas andere Träume tropfen.

77

Das ganze nächste Jahr erschienen keine Tropfen mehr von Tedeisha. In den Klatschspalten der Magazine stand nichts darüber. Ich ging davon aus, dass sie lebte. Wenn sie tot gewesen wäre, hätte ich mich anders gefühlt, da war ich sicher. Doch ich konnte mir nicht erklären, warum nichts mehr auf den Markt kam. Manchmal war ich versucht, bei Murat nachzufragen, was los sei, manchmal war ich versucht, Mahadev zu besuchen. Vielleicht hatte sie eine Pause einlegen wollen, hatte sich zurückgezogen in ihr Haus in Kamaloka, vielleicht hatte sie einen Mann und war schwanger, vielleicht war sie verliebt, und ihre Träume waren ihr zur Zeit zu intim. Ich wollte es nicht wissen. Je weniger ich daran dachte, desto besser ging es mir. Es war wie mit den Tropfen. Je weniger ich tropfte, desto seltener verspürte ich das Bedürfnis danach.

Nur wer eine Wunde hat, kratzt sich. Wenn ich mich nicht kratzte, war da auch keine Wunde, oder?

Wenn du nachts nicht rausgehst, wie sollst du dann wissen, dass es Sterne gibt?

Vielleicht hatte er zu viel Zeit, vielleicht brauchte er Entspannung, ich weiß es nicht, aber Elia fing an zu sinken, wie er es nannte. Immer öfter sah ich ihn im Lotussitz, der Rücken kerzengerade, die Hände im Schoß übereinandergelegt, die Augen geschlossen, der Atem ganz flach und das Dauerlächeln fast aus seinem Gesicht verschwunden. Manchmal saß er so da, wenn ich abends zu Bett ging, und wenn ich am nächsten Morgen erwachte, schien er sich nicht vom Fleck bewegt zu haben.

Zuerst dachte ich, das sei nur so eine Marotte, wie das mit dem Musikprogramm. Danach hatte er nichts mehr programmiert, er hatte die Lust daran verloren. Er hatte die Lust am Ausgehen verloren, lesen mochte er auch nicht mehr. Eine Zeitlang hatte er auf dem Freiplatz hinter den drei Häusern Basketball gespielt. Nächtelang hatte er im Dunkeln geübt, Crossovers, Dreier, Sprungwürfe, Spinmoves, Korbleger. Bis er der beste Mann auf dem Platz war, dann hatte er einfach wieder aufgehört.

Ich habe viel Zeit, sagte er immer, ich lebe mehr als ihr, und ich brauche eine Beschäftigung außer der Musik.

Manchmal saß er da und sang stundenlang: *Hare Rama, Hare Rama, Rama Rama, Hare Hare, Hare Krishna, Hare Krishna, Krishna Krishna, Hare Hare.* Immer wieder. Die

Sinkerei hörte im Gegensatz zu seinen anderen Beschäftigungen nicht auf, im Gegenteil, er verbrachte immer mehr Zeit damit.

– Brauchst du das als Ausgleich?, fragte ich.

– Als Ausgleich für die Schlaflosigkeit? Nee, ich habe einfach so damit angefangen, ich wollte es mal ausprobieren, aber es ist etwas Grenzenloses, etwas Unendliches, es gefällt mir.

– Grenzenlos, wie wach sein, sagte ich, und er lachte wie über jeden meiner schlechten Witze.

– Du kannst immer tiefer darin versinken. Am Anfang habe ich meine Atemzüge gezählt oder mich auf Energiepunkte konzentriert, ich habe Achtsamkeit geübt, den inneren Zeugen aktiviert, wie es in den Büchern heißt, ich habe mich beobachtet – aha, jetzt tut mein Knie weh, nun mein Rücken, aha, nun denke ich das, jetzt werde ich von jenem abgelenkt, jetzt steigen Gefühle auf, und nun ist mir also kalt. Aber jetzt sitze ich meistens einfach so da. Du musst nichts tun, einfach nur sein. Und vielleicht kann ich bald meinen Geist von meinem Körper trennen. Dann werde ich ihn in eure Träume schicken und mich dort mal umschauen.

Er lachte.

Manchmal dachte ich tagelang nicht an Tedeisha. Und ging regelmäßig mit Marlen ins Bett, einer übergewichtigen Supermarktkassiererin aus dem siebten Stock. Ich hatte sie im Aufzug kennen gelernt. Eines Tages fuhr ich herunter, als sie zustieg. Wir nickten uns zu, und sie sagte:

– Du bist doch Nesta, mit dem Sal früher immer auf den Partys war.

Ich sagte ja und versuchte mir meine Überraschung nicht anmerken zu lassen. Woher kannte sie meinen Namen?

Sie sagte, dass die Partys früher besser waren, und ich bestätigte das. Sie war der Meinung, Sal würde seine Seele im Musikgeschäft verlieren. Obwohl es mich insgeheim freute, dass sie das sagte, verteidigte ich ihn natürlich. Die Musik sei seine Seele, das sagte ich ihr. Und Geschäfte, Geschäfte hätten alle mit Geld zu tun, und das sei dreckig, weil es durch so viele Hände ging, das sei nun mal so.

Wir kamen unten an, aber da waren noch mehr Worte, sie vermehrten sich, als hätten sie Sex miteinander. Es wird an Marlen gelegen haben, ich war selten sonderlich gesprächig. Vielleicht lag es aber auch an meinen Wünschen, die mir die Worte in den Mund legten.

Am nächsten Tag saßen wir in einer Traumbar, rauchten Bassstaub und stellten fest, dass Pornotropfen auf der Karte standen. Seit Rahel hatte ich mit keiner Frau mehr geschlafen.

– Tropfst du so etwas?, fragte ich.

– Hin und wieder, sagte sie, und du?

– Früher sehr oft, aber in letzter Zeit habe ich insgesamt wenig getropft.

– Wie lange ist das letzte Mal denn her?

– Das letzte Mal Pornotropfen?

– Ja.

– Oh, lange. Fast ein Jahr wahrscheinlich. Und bei dir?

– Vorgestern.

– Allein?

Sie nickte.

– Leider, murmelte sie und sah mich an. Ein Blick, der

mich genauso überraschte wie die Tatsache, dass sie meinen Namen gewusst hatte.

– Bestellen wir, sagte ich, mutig geworden.

Wir tropften in der Traumbar. Ich wachte mit einem Ständer auf, und die Nachwirkungen des Traums gaben mir den Mut, sie zu fragen, ob sie nass war. Kurz darauf waren wir bei ihr. Und danach immer öfter.

Ihre Brüste hingen schwer herunter, ihr Hintern war riesig, eine Taille kaum erkennbar, das Fleisch an ihren Oberarmen hielt den Takt, wenn sie mich wichste, und ihr Bauch wölbte sich weich hervor.

Sie hielt sich selbst nicht für attraktiv und war freudig überrascht, dass ich sie immerzu ausziehen, ansehen und rannehmen wollte. Es machte mich wahnsinnig, überall, wo ich hinfasste, wurden meine Hände voll, meine Ohren waren erfüllt von ihrem Stöhnen. Es machte sie offensichtlich geil, so begehrt zu werden, und mir gefiel der Sex manchmal so gut, dass ich dachte, ich würde sterben.

Ich interessierte mich nicht für sie. Mehr noch, sie war mir so egal, dass ich völlig hemmungslos sein konnte. Und es war diese Hemmungslosigkeit, die mich an sie band. An sie? An den Sex? Die Hemmungslosigkeit an die Hemmungslosigkeit? Ich weiß es nicht.

Zumindest hielt es mich davon ab, mir allzu viele Gedanken zu machen. Wenn mir langweilig war, fuhr ich mit dem Fahrstuhl runter und klingelte, und wenn sie da war, fielen wir übereinander her. Hinterher, wenn ich wieder im Aufzug stand, dachte ich, dass ich damit aufhören musste, ihre Verliebtheit auszunutzen, denn verliebt schien sie zu sein, wenn ich auch nicht begriff, warum. Gleichzeitig hatte ich manchmal Lust, wieder runterzufahren, noch bevor ich oben angekommen war. Nur selten gab ich dieser Lust nach. Ich empfand es als Schwäche und fühlte mich hinterher noch leerer.

76

Elias Tür war nur angelehnt, wie so oft, und im Vorbeigehen sah ich zwei gerade Rücken. Verdutzt blieb ich stehen, ging zwei Schritte zurück und schaute noch einmal ins Zimmer. Da war Elias breites Kreuz, daneben der schmalere Rücken eines Mannes mit fast schulterlangen silbrig glänzenden Haaren. Vorsichtig schob ich die Tür auf und betrat das Zimmer, weil ich ihn von vorne sehen wollte, um mir sicher zu sein.

Er war es. Die Augen waren geschlossen, die Gesichtszüge entspannt, doch trotzdem wirkte es so, als würde er lächeln. Nichts verriet, dass die beiden mich gehört hatten. Ich sah sie abwechselnd an. Elias Atem war flach, doch Mahadev machte nach jedem Ein- und Ausatmen eine wahrnehmbare Pause, die seinen Rhythmus noch weiter verlangsamte.

Ich musste an Tedeisha denken, als ich ihren Vater sah. Auf einmal schmerzte es am ganzen Körper, so sehr vermisste ich sie. Wie heißt es noch? Der Tod ist Gottes Befehl, wenn nur die Trennung nicht wäre.

Leise verließ ich das Zimmer. Bei Elia brauchte einen gar nichts zu wundern. Wenn du genug Zeit hast, bist du immer für eine Überraschung gut. Ich setzte mich in meinem Zimmer auf den Boden, lehnte mich mit dem Rücken an die Wand und wartete, wartete in der Stille, bis die beiden wieder aus der Meditation auftauchten. Es dauerte über eine Stunde, bis ich hörte, wie sie beide Om sangen, mehrmals hintereinander, immer lauter.

Langsam stand ich auf. Ihre Stimmen waren mir fast wie die klingende Minze ins Mark gefahren und hatten meinen ganzen Körper vibrieren lassen.

– Hallo, sagte ich, als wir uns dann im Flur gegenüberstanden.

– Hallo, sagte Elia.

– Hallo, Nesta, was für eine Überraschung, du wohnst mit Elia zusammen?

– Ja.

– Er bringt mir bei, wie man den Geist vom Körper lösen kann, sagte Elia nun.

– Wenn er zu weit links geht, sage ich, dass er nach rechts soll und umgekehrt. Er bringt es sich selbst bei.

– Aha, sagte ich. Wie geht es dir?

– Gut, sagte er.

– Und Tedeisha, wie geht es ihr? Ich habe lange nichts mehr von ihr gehört.

Ich fühlte mich unwohl, weil ich nicht bei ihm im Laden gewesen war, um ihm meine Nummer zu geben. Mir war heiß, und wahrscheinlich hatte ich etwas zu viel Farbe im Gesicht. Er kann mich nicht sehen, beruhigte ich mich. Mit Mahadev zu sprechen war manchmal so einfach wie telefonieren. Es machte nichts, wenn man nicht wusste, wohin mit seiner freien Hand.

Ich musste wissen, wie es Tedeisha ging. Die letzte Stunde hatte ich in meinem Zimmer gesessen und nichts anderes getan, als sie zu vermissen. Nichts anderes getan, als meinen Körper diesem Schmerz zu überlassen.

– Sie kann nicht mehr träumen, sagte Mahadev.

Ich hätte gerne ein größeres Herz gehabt. Eins, das sich nicht gefreut hätte bei diesen Worten. Wenn sie nicht mehr träumen konnte, würde sie möglicherweise zurückkommen in ihr altes Leben.

Die Tür zu seinem Zimmer ließ Elia fast immer angelehnt, er schloss auch nicht die Badezimmertür, wenn er pinkelte, doch er verriegelte sie, wenn er sich rasierte. Am Anfang hatte ich gedacht, er säße auf dem Klo, wenn die Tür verschlossen war, doch dann kam er immer frisch rasiert heraus.

– Warum schließt du beim Rasieren eigentlich die Tür ab?

– Es ist sicherer, sagte er.

– Warum?

– Es ist eben sicherer.

Ich erhielt dieselbe Antwort, sooft ich auch fragte. So wie man sich in Träumen nicht wundert über Geschehnisse und Umstände, sondern ihnen ihre eigene Logik lässt, wunderte ich mich mit der Zeit kaum mehr über Elia.

Allerdings wunderte ich mich über Marlen. Sie stand nur mit einem T-Shirt bekleidet am Fenster, die Arme verschränkt, während ich mir gerade die Hose zuknöpfte. Ohne sich zu mir umzudrehen, sagte sie:

– Es war das letzte Mal, oder?

Ich versuchte, Zeit zu gewinnen.

– Wie kommst du darauf?

– Irgendetwas war anders.

Ich hatte die ganze Zeit an Tedeisha denken müssen. Aber

ich war nicht davon ausgegangen, dass man es merken konnte. Um ehrlich zu sein, dachte ich jedes Mal daran, dass ich damit aufhören wollte, mich von der nackten Gier lenken zu lassen. Sex mit Marlen war so etwas geworden wie das endlose Tropfen auf dem Sofa.

– Also?

– Kann sein.

Ich sah sie an. Ihre Haare waren offen, sie hatte ein hellgraues T-Shirt an, das ihren ausladenden Hintern nicht bedeckte, kräftige Schenkel und erstaunlich zarte Fesseln. Ich konnte keine Reaktion erkennen, sie schaute einfach nur aus dem Fenster. Ohne sich umzudrehen, sagte sie:

– Habe ich je etwas von dir verlangt? Habe ich um ein Versprechen gebeten, eine Zukunft, irgendetwas? Du musst doch gewusst haben, dass ich etwas anderes wollte, aber ich habe mich mit dem begnügt, was du mir gegeben hast. Ich habe hier alles mit dir gemacht, wozu du Lust hattest, und mir hat es auch Lust bereitet. Ich wollte mehr, das musst du doch gewusst haben, und du hast weitergemacht, immer weiter. Okay. Man muss doch etwas sagen, wenn es nicht mehr geht. Aber du hältst das nicht für nötig. Ein bisschen Respekt: Marlen, tut mir leid, aber ich fürchte, wir werden uns nicht mehr sehen – das hätte mir vollkommen gereicht.

Jetzt drehte sie sich um.

– Was für ein Mensch bist du, Nesta?

Die nächsten zehn Tage tropfte ich regelmäßig, um mir diese Frage nicht zu stellen. Zehn Tage, dann hörte ich wieder auf. Ich wollte mich sammeln, ich wollte nüchtern sein, ich wollte Tedeisha nicht verwirrt von zu vielen

Tropfen unter die Augen treten, wenn sie wieder in der Stadt war.

75

– Hallo, sagte Tedeisha.
– Hallo, brachte ich hervor und blieb wie erstarrt stehen.
Ich hatte es so verstanden, dass sie erst am nächsten Tag in der Stadt sein würde, und nun stand sie vor der Tür.
Ihre Haare hatten ihr natürliches Dunkelblond wieder, um ihre Augen waren leichte Andeutungen von Falten zu erkennen, und sie kam mir etwas blass vor. Seltsam fremd.
Vorsichtig beugte sie sich zu mir, und ich nahm sie behutsam in die Arme.
– Komm doch rein, sagte ich, noch bevor wir uns aus der nur angedeuteten Umarmung gelöst hatten.
Ich steckte die Hände in die Hosentaschen und drückte mich im Flur an die Wand, um ihr den Vortritt zu lassen.
Mir wäre es fast lieber gewesen, Elia wäre da, der fand immer Worte.
– Schön hast du es hier, sagte sie.
– Hm, machte ich.
Elia hatte die Wände in einem sanften Gelb gestrichen, er hatte das neue Sofa ausgesucht und den Spiegel mit dem verschnörkelten Rahmen aufgetrieben. Er hatte den Läufer gekauft, die Stehlampe, die weiches Licht in den Raum streute.
Und wie geht's, hätte ich am liebsten gefragt, aber es kam mir falsch vor. Ich wusste doch, wie es ging. Sie konnte nicht mehr träumen.

– Und?, fragte ich, als sie auf dem Sofa saß.

– Und was?

– Wie ist es, wieder in der Stadt zu sein?

– Komisch, alles ist so fremd und vertraut zugleich. Manchmal kommt es mir vor wie …

Sie sagte nicht, wie es ihr vorkam, und ich fragte nicht. Ich fragte, was sie trinken wolle, und als wir mit zwei Balsam dasaßen, wollte sie wissen:

– Und du? Du willst nicht mehr Träumer werden?

– Ich hab's aufgegeben.

– Hast du denn noch gute Träume?

– Hin und wieder.

– Darf ich sie mal lesen bei Gelegenheit?

– Ich schreibe sie nicht mehr auf.

– Oh.

Ich hatte mich ans andere Ende des Sofas gesetzt. Wir schwiegen lange genug, dass ich aufstehen musste, um ein wenig Musik aufzulegen. Allerhand Instrumentals aus Elias Programm.

– Du bist nicht mehr mit Rahel zusammen?

– Nein.

– Was ist passiert?

– Sie hat mich betrogen.

– Warum?

– Woher soll ich das wissen?

– Ich weiß nicht. Sie schien dich auf jeden Fall halten zu wollen.

– Ich habe keine Ahnung.

Und ich hatte auch nie versucht, es herauszukriegen.

– Seht ihr euch manchmal?

– Nein. Ich weiß nicht, was sie macht.

Rahels Firma hatte das Musikprogramm immer noch nicht herausgebracht, aber das war jetzt nicht wichtig.

– Mein Vater ist begeistert von Elia, er scheint ein disziplinierter Meditationsschüler zu sein.

– Elia schläft nicht, sagte ich, er hat sehr viel Zeit.

Tedeisha lachte.

– Ich mache mir Gedanken, weil ich nicht mehr träumen kann, und er kann nicht mal schlafen. Kann er tropfen?

– Nein, kann er nicht. Kannst du noch tropfen?

– Ja. Es ist meine einzige Möglichkeit, zu träumen.

Sie klang traurig.

Wir schwiegen. Ich schaute auf meine Fingernägel. Konnte sein, dass Tedeisha mich ansah. Ich verschränkte die Finger und löste sie wieder voneinander. Das nächste Stück fing an, es schien ein wenig gegen die Stille des Raums zu kämpfen. Ich wusste nichts zu sagen. Tedeisha atmete hörbar ein, dann fragte sie:

– Sollen wir gemeinsam tropfen?

Ich schaute auf, direkt in ihr Gesicht. Wie oft hatte ich mir gewünscht, wieder mit ihr zu träumen.

– Ich habe keine Tropfen da außer deinen.

– Aber ich.

Flackern. Wie früher versuchten wir noch möglichst lange, die Augen offen zu halten. Seit drei Jahren hatte ich Tedeisha nicht mehr gesehen, drei Jahre nicht mehr mit ihr geträumt, und jetzt flackerten unsere Lider, und ich sah in ihre grünen Augen, lächelte das kleine braune Dreieck darin an.

Wir sind in einem Wald, die Sonne scheint durch das Blätterdach, irgendwo plätschert ein Bach, und an den Bäumen sind Automaten.

Tedeisha und ich sehen uns an. Einen Moment bin ich verwirrt. Was macht Tedeisha hier?

– Hast du Geld?, fragt sie.

Ich stecke die Hände in die Hosentaschen, doch sie sind leer, nicht mal meinen Haustürschlüssel finde ich. Wie soll ich später in die Wohnung kommen?

– Was glaubst du, was ist in diesen Automaten?, frage ich.

– Traumtropfen, sagt Tedeisha und schlägt mit der Unterseite ihrer Faust gegen einen der Metallkästen.

– Glaubst du, es sind auch deine dabei?

– Hoffentlich nicht. Nesta, hast du nicht mal eine Münze?

Ich hebe entschuldigend die Hände. Tedeisha tritt wütend gegen den Automaten. So kenne ich sie gar nicht.

– Wir haben so lange nicht mehr zusammen geträumt, sagt sie.

– Drei Jahre, sage ich, drei Jahre haben wir uns nicht mehr gesehen.

Wieder bin ich irritiert. Hier stimmt irgendetwas nicht. Fast falle ich aus dem Traum raus. Für den Bruchteil einer Sekunde blitzt in meinem Bewusstsein das Bild auf, wie Tedeisha und ich zuvor gemeinsam getropft haben. Wir sollten nicht zusammen in diesem Traum vorkommen …

– Wir müssen einen aufbrechen, sagt sie, hier im Wald erwischt uns keiner.

Ich gehe an einen leuchtend gelben Automaten und streiche über den Geldschlitz. Daneben ist einer für Karten.

– Hast du keine Karte?, frage ich.

– Nein.

Elia. Elia fällt mir ein, der hat immer alle möglichen geklauten Karten gehabt. Doch Elia ist nicht da.

Unter einem Pilz sehe ich etwas schimmern und deute mit den Augen hin. Tedeisha kniet nieder. Es ist ein Fläschchen Traumtropfen.

– Nehmen wir sie, sagen wir wie aus einem Mund.

Zuerst tropft Tedeisha sich mit der Pipette einen Tropfen ins linke Auge und dann einen ins rechte, das mit dem braunen Dreieck. Dann gibt sie mir die Pipette, und auch ich lege den Kopf zurück und tropfe nacheinander in beide Augen. Wir sehen uns an. Unsere Lider flackern. Dann drücken die Tropfen uns die Augen zu, und wir sind – Moment, hier stimmt was nicht – in einem Traum.

Wir liegen zusammen in einem Bett, die Sonne taucht den Himmel in Blut. Tedeisha ist nackt, und ich denke: So sieht sie also nackt aus. Wie oft habe ich mir schon gewünscht, das zu sehen? Da erst fällt mir auf, dass auch ich nackt bin. Was haben wir getan?

Tedeisha steht auf, ich will ihr nicht auf die Brüste und zwischen die Beine schauen, ich will nicht, aber mein Blick tut, was er will, und ich schäme mich.

– Ich werde gehen, sagt Tedeisha, ich werde jetzt gehen, und wir werden uns sehr lange nicht sehen. Du musst mich zurückholen, wenn es an der Zeit ist.

– Nein, sage ich, bitte nicht, bitte geh nicht, bleib.

Doch sie ist schon aus der Tür. Ich will aufstehen, aber ich schaffe es nicht, meine Glieder zu bewegen. Mein Mund öffnet sich für einen Schrei, aber es kommt kein Ton.

Ich kann fühlen, dass Tedeisha vor der Tür steht, und vielleicht würde sie gerne zurück und ist genauso gelähmt wie ich.

Wenn ich bloß weinen könnte. Wenn ich aufhören könnte zu existieren. Tedeisha und ich schon wieder getrennt. Ich will das nicht erleben, bitte …

Ich öffnete die Augen, und während der ersten Sekunden wusste ich nicht, wo ich war, was echt war und was nicht. Geträumt. Ich hatte nur geträumt. Eine große Last wich von mir, Tedeisha war noch da, neben mir, das Leben war nicht so schrecklich, wie es sich gerade noch angefühlt hatte.

Auch Tedeisha hatte die Augen wieder geöffnet, und ich sah ihre Erleichterung, wieder in der wirklichen Welt zu sein.

– Großer Gott, was war das?, fragte ich.

– Ich weiß es nicht.

– Woher hast du diese Tropfen?

– Osmonds heißen sie, es soll eine ganz neue Sorte sein.

– STs?

– STs.

– Was sehen die anderen auf denen?

Tedeisha hob die Schultern.

– Du hast aber auch uns gesehen?

– Ja.

– Sind wir ganz raus, sind wir jetzt ganz wach, oder müssen wir noch mal erwachen, weil wir im Traum getropft haben?, wollte ich wissen.

– Wir sind wach. Wir sitzen hier auf deinem Sofa, ich bin vorhin vorbeigekommen, habe die Tropfen mitgebracht …

– Ja, wir sind wach. … Ich habe dich vermisst, Tedeisha.

– Ich habe dich auch vermisst, Nesta.

Die Osmonds waren illegale Träume und erst seit kurzem auf dem Markt. Es fing immer auf die gleiche Art an – man sah den Wald, man sah die Menschen, mit denen man gemeinsam getropft hatte, man sah die Automaten, und man fand die Flasche mit den Traumtropfen. Dann tropfte man im Traum, und danach war jeder Traum anders, bis man ganz rausfiel. Jeder wollte diese neuartigen Tropfen probieren, sie verbreiteten sich schnell.

Tedeisha und ich sahen uns nahezu jeden Tag, sie kam mich auf der Arbeit besuchen, setzte sich auf die Theke und wir redeten – über Traumtropfen, über Elia, über Sal, über all die Orte, an denen sie gewesen war. Und davon, wie der Rüssel von einem Morgen auf den anderen keine Träume mehr aufgezeichnet hatte. Tag für Tag, Woche für Woche, Monat für Monat. Sie war nicht mehr gereist, hatte alle Termine abgesagt und Nacht für Nacht in einer Atlantisfiliale in Thailand am Rüssel geschlafen.

– Ich habe mit Murat geredet. Er sagte, das käme manchmal vor, und niemand wüsste, woran es liegt. Eine Zeitlang, eine sehr lange Zeit, hat er mir immer wieder die Gelegenheit gegeben, am Rüssel zu schlafen, er hat zu mir gehalten, aber irgendwann sagte er, ich müsste nun leider gehen. ... Das war das Einzige, was ich je gut konnte – träumen. Und das Einzige, was ich je wollte. Und jetzt ist es weg. Ich kann nur noch tropfen und vielleicht auch das eines Tages nicht mehr. Weißt du, was für ein Gefühl das ist, nicht mehr träumen zu können?

Ich schüttelte den Kopf.

– Du kannst dich doch bestimmt noch an diesen Traum

von Donna erinnern, der mit der alten Indianerin, die sagt: Es ist nicht wahr. Es ist nicht wahr, dass wir auf diese Erde kommen, um zu leben. Wir kommen hierher, um zu schlafen und zu träumen.

Ich konnte mich sehr gut daran erinnern, wir hatten ihn unzählige Male gemeinsam getropft. Die Pflanzen dort hatten ein Bewusstsein und redeten leise durcheinander. Ich hatte hören können, wie sich der Spinat rühmte, von Tedeisha gemocht zu werden, und ihr hatte das Moos erzählt, wie gern ich es streichelte. Tedeisha und ich, wir waren uns einig gewesen, dass die alte Indianerin mit ihrer ledrigen, faltigen Haut aus Donnas Traum Recht hatte.

– Seit ich Elia kenne, bin ich mir nicht mehr sicher, sagte ich, er kann ja beides nicht, und dennoch lebt er und hat immer diese Andeutung eines Lächelns auf den Lippen. Als wüsste er etwas, das wir alle nicht wissen. Als hätte er irgendetwas verstanden oder angenommen.

– Er kann singen, sagte Tedeisha, als würde das irgendetwas erklären.

Ich sah sie fragend an.

– Hast du ihn dir mal angesehen, wenn er singt? Er ist völlig weg, es ist, als würde er die Klänge aus einer anderen Welt holen. Holen ist nicht das richtige Wort, als bräuchte er nur den Mund aufzumachen und diese andere Welt passieren zu lassen. Er kann einfach nur *sein*, wenn er singt, glaube ich, nur sein, nicht handeln und denken und tun, nicht mal singen. So, wie wir einfach nur sind, wenn wir schlafen. Ich meine, woher kommen ihm denn sonst all diese Melodien? So begabt kann kein Mensch sein. Ich glaube, das ist seine Art zu träumen. Bei ihm kommen keine Bilder, sondern Töne heraus.

– Hmm, machte ich.

– Ich habe doch auch keine Ahnung, sagte Tedeisha, aber so könnte es doch sein.

Aus Versehen zerdrückte sie eine klingende Minze, mit der sie gedankenverloren gespielt hatte, und wir hielten einige Sekunden inne. Als es wieder still war, war ich überzeugt, dass ihre Theorie stimmte.

– Ich würde alles dafür geben, wieder träumen zu können, sagte Tedeisha, ich war schon überall, bei Schamanen, bei Wunderheilern, bei Psychologen. Im letzten Jahr habe ich alles ausprobiert, Yoga, Meditation, Schweigewochen, Vitamine – nichts.

Ich dachte an Rahel, die angeblich nur dann geträumt hatte, wenn sie mit mir in einem Bett schlief. An Elia, der sagte, ich würde den Menschen helfen zu träumen. Vielleicht sollten Tedeisha und ich…

Doch ich hatte Hemmungen, sie auch nur anzufassen. Es konnte ja sein, dass es ihr nicht gefiel. Es konnte sein, dass sie es als Annäherungsversuch auffasste und mich abwies. Ich wollte Abstand zu ihr, rein körperlich. Weil ich sonst keinen Abstand mehr hatte. Wenn wir in einem Bett schliefen, würden wir eine Grenze überschreiten, dann gab es kein Zurück mehr. Und wenn sie dann ginge, würde von mir nichts übrig bleiben. Nichts. Nicht mal eine Tropfenkonsumiermaschine.

Marlen hatte ich gefickt, weil sie mir egal war. Mit Tedeisha konnte ich nicht mal in einem Bett liegen, weil sie das Gegenteil war. Weil sie der Mensch war, dem ich in Träumen begegnete. Der einzige Mensch.

– Manchmal denke ich, ich habe zu häufig am Rüssel geschlafen. Vielleicht habe ich alles falsch gemacht, vielleicht wäre es besser gewesen, sie hätten mich nie veröffentlicht. Weißt du, vielleicht hast du Glück gehabt.

Sie strich mit ihrem Zeigefinger über das Minzblatt, das sie vor sich auf den Tisch gelegt hatte. Ich hatte die Füße auf den Stuhl gezogen und massierte sie, sie taten weh, ich hatte den ganzen Tag im Laden gestanden.

Was ist besser: etwas zu verlieren, das man hatte, oder es nie erlangen zu können?

Ich sah es nicht, ich hörte nur das Geräusch, aber ich wusste sofort, was es war. Eine Träne auf der Tischplatte. Und noch eine. Noch eine. Ich hörte Tedeisha nicht mal atmen, ich hörte nur den Klang ihrer Tränen.

Langsam stand ich auf und ging um den Tisch herum auf sie zu. Sie ließ den Kopf hängen und bewegte sich nicht, als ich ihr von hinten die Hände auf die Schultern legte. Gerne hätte ich gewusst, wie viel Druck richtig gewesen wäre, gerne hätte ich die richtigen Worte gefunden, aber ich stand hinter ihr, spürte ihre Schlüsselbeine unter meinen Fingern und wünschte, ich hätte die Tränen nicht gehört.

Ihre Schultern zuckten einige Male unkontrolliert, dann beruhigte sie sich wieder. Nach einer Weile wischte sie sich erst die Tränen aus den Augen und drehte sich dann langsam zu mir um. Ich ließ die Hände sinken.

– Es wird schon wieder, sagte ich.

– Es wird sich fügen, sagte Tedeisha.

Sie stand auf. Sie musste sich ein wenig zu mir herunterbeugen, um beim Umarmen ihren Kopf an meine Schulter legen zu können. Hinterher hatte ich einen kleinen, nassen Fleck auf dem T-Shirt. Als ich es mir am nächsten Tag ansah, konnte ich einen winzigen Salzrand erkennen.

Die Tränen, die wir weinen, verdunsten vielleicht, aber sie verschwinden nicht.

73

An einem dieser Tage kamen viermal so viele Leute wie sonst in den Laden. Ich war die ganze Zeit beschäftigt, hatte kaum Zeit, die Stammkunden zu begrüßen. Ich verstand nicht, was los war, ich schnappte zwar auf, dass viele nun öfter kommen wollten, ich sah, dass Menschen reinkamen, die sonst sicher eher auf STs standen, ich hörte die Worte *hängen bleiben*, aber ich konnte sie nicht in einen Zusammenhang einordnen.

Als meine Ablösung für die Nachtschicht kam, war ich völlig erledigt. Ich ging nach Hause, legte die Füße hoch und wollte Tedeisha anrufen, um mich mit ihr zu treffen. Zwei Wochen waren vergangen, seit sie am Tisch geweint hatte, und seitdem hatten wir uns jeden Abend getroffen und es dabei vermieden, über ihre Zukunft oder Tränen zu reden. Wir tropften ein, zwei Träume und begegneten uns darin. Es schien mir viel intimer, als sie anzufassen, aber gleichzeitig auch ungefährlicher. Es war ja nur im Traum.

Es war ja nur im Traum, dass ich ein Zitroneneis schmeckte, das sie im Alter von fünf Jahren gegessen hatte, es war ja nur im Traum, dass ich über einen Witz lachte, den Sanjay ihr erzählt hatte, es war ja nur im Traum, dass ich verstand, wie schwer es ihr fiel, den Tagen jetzt einen Sinn zu geben, es war ja nur im Traum, dass ich spürte, wie sehr sie sich auf diese Abende mit mir freute, wie geborgen sie sich dann manchmal fühlte. Ich weißt nicht, wie oft sie mich im Traum sah und an welchen Stellen sie mich berührte. Oft erzählten wir uns, was wir gesehen hatten, doch einiges behielt ich für mich, und sie wird es auch so gehalten haben. Wir waren uns gegenseitig ausgeliefert, aber ich konnte ihr nicht verraten, dass ich wusste, wie sie eine ihrer dunklen Brustwarzen zwischen Daumen und Zeigefinger hielt, wenn sie masturbierte. Ich behielt für mich, dass sie sich oft in Hotelbetten nach mir gesehnt hatte, und sie wusste wahrscheinlich längst, warum ich nicht mehr mit ihr hatte telefonieren wollen.

Es war alles nur im Traum, aber uns war klar, wohin das führte, dass uns diese Träume einem Kuss näherbrachten, einem Kuss, der uns auf lange Zeit miteinander verbinden würde. Wir wussten, dass wir uns auch in der Realität begegnen mussten, berühren, erkennen.

Vielleicht passiert es ja heute, dachte ich fast jeden Tag, aber als ich eines Abends das Telefon in die Hand nahm, hatte ich so ein Gefühl, als würde etwas Gewaltiges bevorstehen. Elia kam rein, bevor ich die Nummer wählen konnte.

– Na, war es anstrengend?

– Frag nicht, heute waren so viele Leute im Laden …

– Kein Wunder.

– Wie – kein Wunder?

– Na ja, sie wollen auf Nummer sicher gehen.

– Wie?

– Du hast nichts mitbekommen? Das kann doch nicht sein. Alle Welt redet davon.

– Wovon?

– Manchmal träumst du echt mit offenen Augen. Es sind STs auf dem Markt, aus denen man nicht mehr aufwacht.

Als am Samstag in der Veranda die Lichter angingen, lagen noch Leute in der Sofaecke, und das Personal hat versucht, sie wach zu kriegen.

Es war immer ein blödes Gefühl, aus einem Traum gerüttelt zu werden, jene Welt so unsanft und plötzlich zu verlassen. Die Bilder bröckelten noch schneller als sonst.

– Es geht nicht. Du kannst machen, was du willst, sie wachen nicht mehr auf. In den Krankenhäusern liegen über zweihundert Träumer, die sie nicht mehr wach kriegen. Es ist eine Art Koma. Keine Ahnung, wann es angefangen hat, aber heute war es zum ersten Mal in den Nachrichten. Man soll keine STs mehr kaufen. Sie haben zurückverfolgt, dass alle, die nicht mehr aufwachen, vorher STs getropft hatten. Mit legalen Tropfen scheint es keine Probleme zu geben. Ich habe mir den ST besorgt, aber bei mir wirkt er nicht.

Ich brauchte einige Zeit, bis ich begriff, was er gesagt hatte.

– Du hast dir diese Tropfen besorgt, aus denen die Leute nicht mehr aufwachen?

– Ja.

– Und wenn du hängen geblieben wärst?

Er lächelte etwas breiter.

– Ich war jetzt so lange wach, sagte er, und du gönnst mir nicht mal einen kleinen Traum.

– Bist du bescheuert? Bist du völlig durchgedreht? Du hast sie doch nicht mehr alle. Tropfen ausprobieren, auf denen man hängen bleibt. Für wie lange überhaupt?

– Sie wissen es nicht, es ist noch niemand aufgewacht.

– Elia, was sollte ich ohne dich machen?

– Ich weiß, dass ich in jedem Fall aufgewacht wäre.

– Woher willst du das wissen?

– Ich weiß es eben.

– Aber du wusstest nicht, dass sie bei dir nicht wirken. Scheiße. Hast du sie weggeschüttet?

– Ja, entspann dich. Ich bin halt ein neugieriger Mensch.

– Träume, aus denen man nicht mehr aufwacht, murmelte ich vor mich hin.

Wäre das etwas für mich gewesen, als ich noch so viel getropft hatte? Wahrscheinlich schon. Und es gab sicher noch andere, die das ausprobieren wollten. Wusste Tedeisha von diesen Tropfen?

Noch bevor ich die erste Ziffer eintippen konnte, klingelte das Telefon. Erschrocken zuckte ich zusammen. Dann fiel mir die Vorahnung wieder ein. So fing es also an, sie kam mir um Sekunden zuvor. Ich lächelte und ließ es noch mal klingeln, bevor ich ranging. Der Tag war gekommen.

– Tedeisha?, sagte ich.

– Tedeisha wacht nicht mehr auf, sagte Mahadev.

II

Wer träumen und leiden kann, der kann auch sterben.

Friedrich Schlegel

Elia blieb stehen und sah mich an, während die schwere Metalltür der Waschküche sachte hinter uns zufiel. Die Luft war schwer von Waschpulver und Wasserdampf, das gleichmäßige Geräusch der Trommeln hallte gedämpft von den grauen Wänden wider. Mit dem Kinn deutete er ans andere Ende des Raumes.

Regelmäßig hatte ich hier Wäsche gewaschen, aber die Tür, die sich dort befand, war mir noch nie aufgefallen. Sie führte zu einem langen, halbdunklen Gang. Elia musste den Kopf einziehen, um nicht an die Rohre an der Decke zu stoßen.

Fünf Jahre hatte ich nun in dem Hochhaus gewohnt, ohne die Tür zu bemerken oder von dem Gang auch nur gehört zu haben. Als wir auf einen weiteren Gang stießen, bog Elia rechts ab.

– Die drei Häuser sind unterirdisch miteinander verbunden. Ich dachte, du weißt das, sagte er.

– Und warum sind es mehrere Gänge?

– Keine Ahnung.

– Da vorne ist jemand, flüsterte ich erschrocken, als ich eine Gestalt erblickte, die auf uns zukam.

– Entspann dich, sagte Elia, und als der Mann nah genug war, grüßte er.

– Hallo Georgie.

– Hallo Elia, und der Freund von Sal, äh … Nesta.

– Hallo, murmelte ich.

Wir gingen aneinander vorbei, und kurz darauf klopfte Elia an eine Tür, die ich wahrscheinlich übersehen hätte. Eine junge Frau mit blau gefärbten Haaren öffnete.

– Hallo Esther, sagte Elia und stellte uns dann einander vor.

Ich musste blinzeln, als wir das Zimmer betraten. Es war nicht nur hell, sondern auch noch in einem angenehm leuchtenden Grün gestrichen und ziemlich groß, auf dem Boden lagen bunte Sitzkissen. Es roch nach Räucherstäbchen und Gras, doch die Luft erschien mir trotzdem klar und sauber. Es lief leise Musik, und ich brauchte keine Sekunde, um zu erkennen, dass es Sals zweites Album war. Auf einer Liege saß ein Schwarzer mit Dreadlocks in einem Arztkittel. Der Joint in seinem Mundwinkel war ausgegangen, und er starrte fasziniert auf eine Lavalampe. In eine der Wände war ein Bildschirm eingelassen, davor saß ein Junge, der gerade ein Konsolenspiel spielte. Weder er noch der Rasta schenkten uns Beachtung.

– Setzt euch, sagte Esther, und wir nahmen auf den Kissen Platz.

Sie ging zu einem verchromten Kühlschrank, der so groß war, dass ich mich fragte, wie sie ihn hereinbekommen hatte. Durch die Tür konnte er nicht gepasst haben. Sie öffnete ihn, nahm eine Dose Balsam heraus und warf sie Elia zu.

– Darf ich dir auch ein Balsam anbieten, Nesta?

Ich nickte und fing die Dose. Sie nahm sich auch eine und setzte sich uns gegenüber auf ein Kissen.

– Sie haben nicht gewirkt, stellte sie fest.

– Nein, sagte Elia.

– Das hatte ich gehofft.

– Wo hattest du sie eigentlich her?

Esther lächelte und strich eine Falte in ihrer roten Hose glatt.

– Eine Freundin von uns hat sie genommen.

– Das tut mir leid.

– Weißt du, was wir tun können?

– Bisher ist noch niemand aufgewacht, sagte sie.

– Weißt du, woher die Tropfen kommen?, fragte ich.

Es erstaunte mich selbst, wie harsch meine Stimme klang.

– Keine Ahnung.

– Von wem hattest du sie?, wiederholte ich die Frage.

Esther zuckte mit den Schultern.

– Ich muss es wissen. Die Freundin, Tedeisha, ich muss sie da wieder rausholen.

Da war noch eine Falte, die glatt gestrichen werden wollte.

Elia legte mir eine Hand aufs Knie, aber das hielt mich nicht davon ab, aufzustehen, Esther am Kragen ihrer roten Bluse zu packen, auf die Füße zu reißen und gegen die Wand zu stoßen. Ich war selbst ganz erstaunt, dass ich mich das traute. Da waren keine Gedanken in meinem Kopf gewesen, ich hatte es einfach getan. Vielleicht hatte ihr sichtliches Desinteresse mich provoziert.

– Wo?, fragte ich atemlos.

– Lass los.

Ich fühlte erstaunlich warmes Metall in meinem Nacken und hörte ein Geräusch. So klang es, wenn in Filmen Pistolen entsichert wurden. Ich ließ meine Hände sinken.

– Und jetzt setz dich schön wieder hin.

Der Junge, er mochte zwölf, dreizehn sein, hielt den Lauf auf mich gerichtet. Ich war froh, dass er mir diesen Befehl gab, weil meine Knie sich plötzlich anfühlten, als könnten sie jeden Moment nachgeben.

Esther richtete den Kragen ihrer Bluse, während Elia sagte:

– Ich muss mich entschuldigen für Nesta. Wir haben es erst vor einer Viertelstunde erfahren, und er …

Elia sog die Lippen ein auf der Suche nach den richtigen Worten.

– … sie ist ihm sehr wichtig.

Er blickte zu dem Jungen und dann zu Esther.

Ich saß auf dem Kissen und versuchte, mir nicht anmerken zu lassen, dass ich kaum Luft bekam.

– Wer immer es ist: Er wird nie erfahren, woher wir es wissen.

– Vierzig Tracks, sagte der Junge und schob sich die Pistole hinten in den Hosenbund. Er warf Esther einen kurzen Blick zu, sie deutete ein Nicken an. Er setzte sich hin und nahm das Controlpad. Die beiden senkrechten Balken auf dem Bildschirm, die *Pause* signalisierten, verschwanden, und er spielte sein Spiel weiter.

Esther setzte sich wieder hin, sie hatte ihre Dose Balsam noch in der Hand. Elia stieß mich an.

– Entschuldigung, sagte ich mit einem Frosch im Hals. Man konnte mich kaum verstehen.

Esther lächelte.

– Es gibt Schlimmeres, als auf einem Traum hängen zu bleiben, sagte sie. Vierzig Instrumentals und du weißt nicht, wer ich bin. Du bist nie hier gewesen. Halt uns da raus.

Elia nickte.

– Vierzig Stücke, ich bringe sie heute Abend noch runter. Du hast mein Wort.

Es klopfte an der Tür, Esther erhob sich und machte auf. Drei Mädchen, die gerade mal siebzehn sein mochten, kamen herein, und als hätte er nur darauf gewartet, stand der Schwarze auf und grüßte freundlich. Eins der Mädchen zog sich die Hosen herunter und legte sich bäuchlings auf die Liege, während die anderen beiden stehen blieben. Kann sein, dass sie einen Tanga trug, ich konnte nur ihren Arsch sehen.

– Ein Schmetterling, sagte der Rasta, als er eine frische Nadel in sein Tätowiergerät spannte.

71

– Wer war das?, fragte ich auf dem Rückweg.

– Esther.

– Sie wohnt dort unten?

– Ja.

– Wie lange schon?

– Solange ich mich zurückerinnern kann.

Elia lachte.

– Woher weißt du von ihr und von diesen Gängen?

– Ich weiß es nicht, Nesta, ich weiß es wirklich nicht.

Wir waren wieder in der Waschküche, und es war, als würden die Farben aus Esthers Zimmer noch nachwirken.

– Und der Kleine?

– Ihr Sohn. Keine Ahnung, wer der Vater ist.

– Und woher hat sie die Tropfen nun?

Er flüsterte es mir ins Ohr, obwohl außer uns niemand in der Waschküche war.

– Lass uns hinfahren, sofort.

– Beruhige dich erst mal. Ich möchte nicht, dass du noch mal so ausflippst wie vorhin. Wir sollten einen Plan entwickeln.

– Was für einen Plan?

– Ich weiß es nicht. Lass uns doch zuerst zu Mahadev und Tedeisha fahren.

Wir standen nun vor den Aufzügen, und ich hätte gerne nein gesagt. Was ich vorhin am Telefon gehört hatte, reichte mir. Ich wollte nicht an Tedeishas Bett stehen und zusehen, wie sich ihre Augen unter den Lidern bewegten. Ich wollte nicht wissen, wie es aussah, wenn man seit über vierundzwanzig Stunden ununterbrochen träumte. Ich wollte nicht in ein Krankenhaus und mir Menschen ansehen, die am Tropf hingen, weil sie seit zwei Tagen nicht mehr aufgewacht waren. Ich wollte keine Ärzte und Schwestern sehen, kein Antiseptikum riechen, das Quietschen meiner Sohlen auf dem Linoleum hören und die steifen weißen Laken fühlen, wenn ich mich auf die Bettkante setzte. Ich wollte nicht. So wie ich eine Zeitlang nicht gewollt hatte, dass Tedeisha anrief. Wenn ich sie erst gesehen hatte, würden die Bilder mich verfolgen.

– Hast du einen anderen Vorschlag?

Ich schüttelte langsam den Kopf. Elia wandte sich zum Ausgang, und ich folgte ihm. Als wir die Räder aufschlossen, zitterten meine Hände immer noch.

Zu dritt saßen wir auf einer Parkbank, Mahadev in der Mitte.

– Die Ärzte wissen gar nichts, sagte er, sie haben siebenundvierzig Fälle allein in diesem Krankenhaus, der erste träumt schon seit vier Tagen. Sie reagieren nicht, nicht auf Rufen und Rütteln, nicht auf Schmerz, auf gar nichts, es scheint unmöglich, sie zu wecken. Keiner weiß, was zu tun ist. Die Körpertemperatur ist leicht erhöht, aber sonst sind alle Funktionen normal. Das ist alles, was sie sagen können.

Es war nicht so schlimm gewesen, wie ich mir vorgestellt hatte. Tedeisha lag in einem Krankenhausbett, hing an einer Nährlösung und träumte. Es war nicht verheerend. Sie war wieder aus meinem Leben verschwunden. Dieses Mal in eine andere Welt. Wenn ich diese Tropfen auch nähme und ewig träumte, würde ich dann auf immer mit ihr verbunden sein?

Die Idee kam mir erst, als ich mit Mahadev und Elia im Park des Krankenhauses saß, der etwas zu sauber, etwas zu gepflegt war. Der Rasen war ein bisschen zu kurz, die Blumen ein bisschen zu symmetrisch angeordnet, die Kanten der Betonkübel etwas zu scharf, die Bäume etwas zu sehr beschnitten. Konnte ich nicht einfach Tropfen nehmen und dieser seltsamen Welt entkommen? Und dabei Tedeisha begegnen?

– Warum hast du sie genommen, Elia?, fragte Mahadev.

– Ich wusste, ich würde wieder aufwachen, ich wusste es einfach.

– Dann hättest du auch wissen müssen, dass sie bei dir

nicht wirken. Nichts wusstest du. Wolltest du auch in ein Krankenhaus, an einen Tropf? Willst du gehen, willst du diese Welt hinter dir lassen? Glaubst du, es gibt ein Entkommen, wenn man in einem Traum gefangen ist? Glaubst du, ein Kerker ist besser als der andere? ... Und du, Nesta, was glaubt du?

– Ich weiß es nicht, log ich.

– Was, wenn es ein Albtraum ist, schlimmer als alles, was du bisher gesehen hast? Was, wenn die nächste Welt noch mehr Wirrnis bereithält? Anstatt zu versuchen zu erwachen, flüchtest du dich am liebsten in einen weiteren Traum.

Er wandte sich an Elia.

– Woher hattest du die Tropfen?

– Von einer Bekannten, und woher die sie hatte, wissen wir nun auch.

– Irgendjemand muss sie doch geträumt haben, oder? Irgendwoher müssen diese Tropfen doch kommen. Ich will alles wissen, was ihr herauskriegen könnt. Ich will Tedeisha da rausholen.

Mahadev machte eine Pause.

– Aber allein schaffe ich es wohl nicht. Ich bitte euch.

Er stand auf, wandte uns sein Gesicht zu, und ehe ich verstand, was er vorhatte, kniete er auch schon und legte seine Stirn zuerst auf meine Schuhe, dann auf Elias. Ich widerstand dem Drang, meine Füße wegzuziehen, doch es war mir entsetzlich peinlich. Im Gegensatz zu Elia, der aufstand, Mahadev hochhalf, ihn an den Schultern fasste und sagte:

– Ich verspreche, dass ich alles tun werde, um Tedeisha wieder aufzuwecken.

– Ich werde auch alles tun, sagte ich, blieb aber dabei sitzen.

Woher hätten wir wissen sollen, was dieses Versprechen bedeuten konnte? Woher hätten wir wissen sollen, dass einer von uns nicht fähig sein würde, dieses Versprechen zu halten?

69

Elia fuhr mit dem Rad an den Geldautomaten, und ohne abzusteigen, steckte er seine Karte in den Schlitz. Ich war nah genug dran, um zu hören, wie die Maschine Geld zählte. Sal hatte dieses Geräusch als Intro für eines seiner Stücke benutzt, und ich konnte mir das Rattern nicht mal mehr vorstellen, ohne gleich die Musik im Ohr zu haben, die kurz darauf folgte.

Was Elia anschließend in der Hand hielt, sah aus wie die Höchstsumme, die so ein Automat auf einmal ausspuckt. Er steckte eine zweite Karte in den Schlitz und wiederholte auf dem Sattel sitzend die Prozedur . Dann fischte er eine dritte Karte aus seiner Hose. Schließlich steckte er das Geld ein, rollte mit dem Rad ein gutes Stück vor, sah sich beiläufig um und ließ die Karten in den Gully fallen. Wir fuhren zu einem weiteren Automaten, er hatte noch vier weitere Karten.

– Du findest den Weg?, fragte er, nachdem er auch die weggeschmissen hatte.

Es war lange her, aber ich konnte mich gut erinnern.

Die Tore gingen dieses Mal nicht von allein auf. Wir stiegen ab, Elia klingelte und schaute dann hoch zur Kamera. Es verging eine ganze Minute, ohne dass etwas passierte. Ich ließ den Kies unter meinen Schuhen knirschen. Am liebsten hätte ich noch mal geklingelt, doch Elia stand unbeweglich da, als könnte er durch die Kamera ins Innere des Hauses sehen und die Menschen dort wie Marionetten bewegen.

– Bitte schön, hörten wir schließlich eine Stimme aus dem Lautsprecher. Es war Mr. No höchstselbst, wenn mich nicht alles täuschte.

– Einen schönen guten Tag, sagte Elia.

Er deutete auf mich und fuhr fort:

– Möglicherweise erinnern Sie sich an meinen Freund Nesta. Er war mal bei Ihnen am Rüssel, und er würde diese Nacht gerne noch einmal einträumen.

– Habt ihr einen Termin?

– Nein, aber er hat sich in den Kopf gesetzt, dass es heute sein muss, weil er so eine Vorahnung hat, er würde etwas Besonderes träumen.

Ich nickte und kam mir dabei vor wie ein schlechter Schauspieler, der weiß, dass er nur fürs Rumstehen bezahlt wird, einer, der ahnt, dass sein Erfolg nur auf seinem Aussehen beruht und nicht auf seinen Fähigkeiten.

– Der Rüssel ist heute schon belegt, kommt nächste Woche wieder.

– Wir würden unsere Dankbarkeit in Banknoten ausdrücken, sagte Elia.

– Das könnt ihr nächste Woche gerne tun.

Elia zog das Bündel aus seiner Hosentasche und hielt es kurz in die Kamera. Dann steckte er es wieder ein und senkte seinen Blick auf das Tor, als wüsste er, dass es aufschwingen würde.

Ich hätte auch gerne einmal im Leben diese Sicherheit ausgestrahlt. Der Kies knirschte, dieses Mal, ohne dass ich es beeinflussen konnte. Ich hatte nicht nur die Hände in den Hosentaschen, ich hatte auch noch die Schultern hochgezogen. Wäre es nicht um Tedeisha gegangen, ich wäre nach Hause gefahren.

– Komm, flüsterte ich, als das Tor sich nach einer halben Minute keinen Millimeter bewegt hatte. Was mich nicht wunderte, denn mit dem Geld in Elias Tasche hätten wir wahrscheinlich nicht mal dieses Tor bezahlen können.

– Vertrau mir, zischte Elia mir zu.

Ich sah auf meine Schuhe und zählte. Ich war bei neunundvierzig, als das Tor aufschwang. Wir setzten uns auf unsere Räder und fuhren schwer tretend das letzte Stück über den Kies.

Mr. No empfing uns an der Tür. Wieder trug er einen Seidenkimono, dieses Mal einen dunkelgrünen, wieder war er barfuß. Seine kurzen Haare wirkten etwas zerzaust. Er verzichtete darauf, uns die Hand zu geben, und nickte nur beiläufig.

Er führte uns in sein Kaminzimmer, wo ein kleines Feuer brannte, obwohl es draußen warm war. Elia und ich setzten uns auf das Sofa, während er sich in einen weichen Sessel sinken ließ und die grau behaarten Beine übereinanderschlug.

– Darf ich das Geld sehen?, fragte er ohne Umschweife, und Elia warf den Packen auf den Tisch. Mr. No nahm es und zählte mit unbewegter Miene.

– Tja, das ist nicht die Welt, aber ich kann dich vorziehen, wenn es unbedingt heute Nacht sein muss.

Elia holte noch einen großen Schein aus seiner Hosentasche, keine Ahnung, wo er den herhatte.

– Mr. No, wissen Sie, wie man Hemden faltet? Haben Sie sich je mit Origami beschäftigt?

Mr. No kniff die Augen zusammen, während Elia anfing, den Schein zu falten.

– Ach, ich würde mein letztes Hemd geben, um ein paar STS zu bekommen, sagte Elia und lachte. Es scherte ihn nicht, dass weder Mr. No noch ich belustigt wirkten. Er lachte, als habe jemand anders einen guten Witz gemacht.

– Sie haben nicht zufällig ein paar STS?, fragte er dann.

Der Schein hatte nun die Form eines Hemdes.

– Da bist du hier an der falschen Adresse. Aber zeig mal das Hemd her, sagte Mr. No, nahm den Schein entgegen und ließ ihn in der Tasche seines Kimonos verschwinden. Dann sah er mich an.

– Ich habe dir gesagt, du sollst niemandem davon erzählen, dass hier ein Rüssel ist.

– Ja, sagte ich, aber Elia hatte das Geld. Und ich wollte noch eine Chance. Und heute wird es passieren, ich kann es fühlen. Die Tropfen werden ein Erfolg, Sie werden sehen.

Die Worte kamen einfach so aus meinem Mund. Ich hatte mir das nicht vorher zurechtgelegt, und ich glaube, es klang wirklich überzeugend.

– Es sind kaum mehr STS auf dem Markt, sagte Elia und faltete noch ein Hemd, alle haben Angst davor, hängen zu bleiben. Die Preise purzeln, aber wie gesagt, ich würde mein letztes Hemd geben. Und ich weiß gar nicht, wie viele ich noch habe.

– Junger Mann, noch mal sage ich es nicht: Du bist hier falsch.

– Mir war, als hätte ich so etwas aufgeschnappt, als gäbe es hier gute Ware.

– Es wird viel geredet. Hier gibt es vor allem gutes Essen. Was ich anbieten kann, sind Riesengarnelen mit Ingwer-Tomatensauce an Basmatireis mit Limette.

– Hört sich verlockend an.

Als Mr. No aufstand, schaute er kurz verstohlen auf eine Tube, die halb hinter dem Fuß seines Sessels verborgen war. Haargel, Zahnpasta, Kleber, es konnte alles Mögliche sein.

Das Essen schmeckte wieder hervorragend, doch es wurde kaum geredet.

68

Ich saß auf dem Bett und sah zu, wie sich die Farben des Rüssels nahezu unmerklich änderten, und wie er leicht hin und her schlenkerte. Es kam mir wie eine heilige Handlung vor, dort zu sitzen und den Rüssel zu betrachten. Ich wurde das Gefühl nicht los, dass er ein lebendiges Wesen war. Wie lange war es jetzt her, dass ich das letzte Mal einen Rüssel gesehen hatte? Wie lange war es her, dass ich gehofft hatte, auch ein Träumer zu werden? Wann hatte ich meinen letzten Traum aufgeschrieben?

Ich saß auf der harten Matratze, wie Elia dasaß, wenn er sank, mit geradem Rücken und gekreuzten Beinen. Und ich spürte etwas, von dem ich gerne geglaubt hätte, es wäre Hoffnung, ein Licht in weiter Ferne. Vielleicht, dachte ich, werde ich heute tatsächlich etwas träumen, das einschlagen wird. Vielleicht werde ich diese Nacht den Traum haben, der bald in aller Augen sein wird. Ausgerechnet diese Nacht. Aber ich glaube, es war keine Hoffnung. Es war nur ein Wunsch, und der Wunsch entsprang wahrscheinlich meiner Eitelkeit.

Ich berührte den Rüssel mit Zeige- und Mittelfinger, legte die Finger dann erst auf meine Brust, dann auf meine Stirn. Bevor ich mich hinlegte, verbeugte ich mich vor dem Rüssel. Man kann nicht aufhören zu wünschen.

Als ich erwachte, dämmerte es gerade. Ich konnte mich nicht erinnern, nicht mal an einen Fetzen von einem Traum. Erst als ich einige Minuten mit offenen Augen dagelegen hatte, löste sich der Rüssel von meinem Kopf, und ich stand auf. Nachdem ich mich angezogen hatte, ging ich die Treppen hinauf in das Kaminzimmer. Auf dem Tisch stand eine Flasche, in der noch ein Rest Rotwein war. Mr. No schien Alkohol zu trinken. Und da war immer noch die Tube hinter dem Fuß des Sessels. Ich beugte mich hinunter und sah, dass es Gleitgel war. Ich ließ es liegen. Ich sah mir die Buchrücken im Regal an, doch die meisten Titel sagten mir nichts. Vorsichtig zog ich ein Buch heraus und blätterte darin herum. Als ich es zurückstellen wollte, schaute ich, ob hinter den Büchern möglicherweise etwas versteckt war. Ich konnte nichts entdecken. Gedankenlos blätterte ich in einigen anderen Bänden. Schließlich setzte ich mich mit einem Buch in der Hand in den Sessel und versuchte unauffällig zu erkennen, ob irgendwo Kameras versteckt waren. Aber ich hatte ja schon damals am Rüssel keine entdecken können. Ich legte die Wanze in das Buch, klappte es zu und stellte es an seinen Platz.

Zwei Türen, deren Klinke ich herunterdrückte, waren verschlossen, die dritte führte in die Küche. Ich ging an den Kühlschrank, der aussah wie der große Bruder von dem, der bei Esther gestanden hatte.

Als ich ihn aufmachte, fühlte ich mich einen Moment daran erinnert, wie ich zum ersten Mal bei Elia den Kühlschrank geöffnet hatte. Hier waren wir am anderen Ende der Skala. Ich hatte noch nie einen Kühlschrank gesehen, der so voll war. Wurst, Käse, Milch, Butter, Joghurt, Sahne, Pudding, Saft, Muscheln, Tiramisu, Pilze, Salat, Krabben, Fische, Frischkäse, Götterspeise, Weißwein, Sekt, Bier, alles, was man in einem Kühlschrank aufbewahren konnte, schien hier versammelt zu sein. Und Mr. No schien regelmäßig Alkohol zu trinken.

Erst nach einigen Sekunden registrierte ich die braunen Fläschchen in der Tür, die in Styroporleisten mit Vertiefungen standen, damit sie nicht aneinanderklirrten. Bestimmt hundert Fläschchen, die aussahen wie die, in denen STs meist verkauft wurden. Alle voll. Und keine etikettiert.

Mit angehaltenem Atem nahm ich mir wahllos zwei heraus, steckte sie ein, verharrte regungslos, den Blick wieder auf das Innere des Kühlschranks gerichtet. Ich wagte immer noch nicht, Luft zu holen, weil ich fürchtete, jeden Augenblick Mr. Nos Stimme aus einem unsichtbaren Lautsprecher zu hören. Ohne den Kopf zu wenden, schaute ich aus den Augenwinkeln zur Kühlschranktür. Es fiel überhaupt nicht auf, dass Fläschchen fehlten. Zumindest mir nicht.

Ich nahm mir eine angebrochene Tüte Milch und machte so leise wie möglich die Kühlschranktür wieder zu, ganz so, als würde eine normale Lautstärke verraten, dass ich etwas Heimliches getan hatte. Dabei war es doch genau umgekehrt.

Vorsichtig setzte ich mich an den Tisch. Als der Stuhl leicht knarrte, erschreckte ich, allerdings ohne zusammenzuzucken. Meine Hände zitterten, als ich mir Milch in eine Tasse goss, die auf dem Tisch stand und sauber aussah.

Für Tedeisha. Ich tue es für Tedeisha. Sie wird wieder aufwachen. Langsam trank ich einen Schluck. Und noch einen. Das ist der einzige Anhaltspunkt, den wir haben. Die Tropfen, auf denen man hängen bleibt, kommen von Mr. No. Es muss hier etwas geben, das mir weiterhilft. Tedeisha weiterhilft. Ich trank noch einen Schluck und noch einen, mein Magen fühlte sich kalt an.

Was macht man, wenn man morgens in einem fremden Haus sehr früh aufwacht? Sitzt man in der Küche und trinkt Milch? Die letzten beiden Male war der Tisch schon gedeckt gewesen, als ich aufstand. Mr. No musste Personal in der Villa beschäftigen, auch wenn ich noch nie jemanden gesehen hatte außer ihm.

Das Schwimmbecken fiel mir ein, ich konnte schwimmen gehen. Das war doch unverfänglich. Ich goss die Tasse wieder voll und nahm sie mit nach unten. Ich hatte halt Milch getrunken vor dem Frühsport.

Zunächst ging ich zurück ins Rüsselzimmer, nahm mir das Handtuch und ging dann zum Becken. Ich legte das Handtuch auf eine Liege, zog mich bis auf die Unterhose aus und sprang ins Wasser, das angenehm warm war. Es schmeckte salzig, aber nicht wie Meerwasser, ich konnte nicht sagen, woran es mich erinnerte.

Gemächlich schwamm ich ein paar Bahnen, das Wasser schluckte die Geräusche, und ich fühlte mich bald viel ruhiger.

Das müsste man jeden Morgen machen, dachte ich.

Kurz darauf, als ich mich am Beckenrand ausruhte, sah ich eine Frau im Bademantel die Stufen zum Pool herunterkommen. Vielleicht hatte das salzige Wasser meine Sicht getrübt. Vielleicht brauchte ich eine Brille. Ich erkannte sie erst, als nur noch wenige Meter zwischen uns waren.

– Guten Morgen, Nesta, sagte sie mit tonloser Stimme.

– Guten Morgen.

67

Erst als ich sie sah, fiel es mir wieder ein. Ich hatte in dieser Nacht von Rahel geträumt. Irgendetwas mit einem Mann, der die Jahreszeiten abschaffen wollte. Ich versuchte ein Bild aus dem Traum zu finden, das mir helfen würde, mich auch an den Rest zu erinnern, doch ich bekam keine Einzelheiten zu fassen.

– Du willst also immer noch Träumer werden, sagte sie.

– Nein. Ich meine, doch. Ich wollte es noch mal probieren.

Sie schüttelte den Kopf, zog ihren Bademantel aus, drehte sich um und legte ihn neben meine Kleider. Auf ihrer linken Wade hatte sie einen großen Schmetterling, den ich noch nicht kannte. Das letzte Mal, als wir uns gesehen hatten, hatte sie nur einen Slip und ein Unterhemd angehabt, und nun trug sie etwas, für das Bikini ein zu langes Wort war. Obwohl ich mich in ihrer Gegenwart unbehaglich fühlte, erregte mich der Anblick.

Die Art, wie sie mich ansah, als sie neben mir langsam ins Wasser glitt, ließ mich glauben, dass sie meine Geilheit bemerkt hatte.

Sie tauchte unter und schwamm von mir weg, während ich dastand und versuchte herauszubekommen, warum ich mich so unwohl fühlte. Ich liebte sie nicht. Hatte es wahrscheinlich nie getan. Ich hatte geahnt, dass etwas lief zwischen ihr und Mr. No. Ich war aus einem bestimmten Grund hier. Den Rahel nicht erfahren sollte. Ich brauchte mich nicht vor ihr zu fürchten. Dennoch kam es mir so vor, als sei sie eine erwachsene Frau und ich ein kleiner Junge. Rahel schwamm zurück, schlug an und schwamm noch eine Bahn. Wir hatten unsere Leben geteilt, oder nicht? Ich wusste, wie es sich anhörte, wenn sie nachts furzte, ich hatte ihr zugesehen, wie sie sich die Beine rasierte, wie sie einen Popel aus der Nase holte, sie hatte mich befreit aufstöhnen gehört, wenn ich mich zu einem Schiss aufs Klo setzte, sie hatte mir über die Schulter geblickt, wenn ich Traumtagebuch schrieb, sie hatte gesehen, wie ich mir mit Tränen in den Augen Haare aus der Nase zupfte, und nun waren wir so weit voneinander entfernt.

Und ausgerechnet diese Nacht hatte ich von ihr geträumt. Als hätte ich geahnt, dass wir uns sehen würden. Aber was für ein Traum war es gewesen?

Ich stützte mich mit den Händen hinter mir auf und zog mich hoch, um mich auf den Beckenrand zu setzen. Rahel schlug auf der anderen Seite an und kraulte langsam, aber kraftvoll zurück. Ich hatte sie nie schwimmen sehen, ihre Bewegungen waren elegant und effizient.

Sie blieb vor mir stehen. Vielleicht ist es nur ein Traum, dachte ich. Es hatte etwas Irreales, der luxuriöse Pool, den zu heizen sicher mehr kostete, als ich im Monat verdiente, der frühe Morgen, Rahel ausgerechnet hier zu treffen.

– Ich wusste gar nicht, dass du so gut schwimmen kannst.

– Als Kind war ich im Schwimmverein. Aber meine Mutter hat mich rausgenommen, weil sie Angst hatte, die Männer würden mir weglaufen, wenn meine Schultern breiter sind als ihre.

Sie schaute mich nicht an, sie schaute ins Wasser. Wahrscheinlich machte mich das mutiger.

– Was ist aus dem Programm geworden?

– Wir haben's geschrieben, es ist fertig. Sue hat die Rechte dafür gekauft, für viel Geld, aber er zögert noch, es herauszubringen. ... Und du arbeitest jetzt in einer Traumathek, habe ich gehört?

– Ja, richtig. Und was machst du, habt ihr ein neues Projekt?

– Nein, ich arbeite zurzeit nicht. Ich versuche mich daran zu gewöhnen, dass ich nicht träume.

Augenblicklich fühlte ich mich schuldig. Sie drehte sich zu mir um und sah mich an, ich wich ihrem Blick aus. Sie hatte mich betrogen, oder?

– Ich habe nicht noch mal jemanden wie dich getroffen, weißt du das? Ich habe keine Ahnung, warum, aber bei dir habe ich geträumt, Nesta. Du kannst nicht verstehen, was das für mich heißt. Es gibt Menschen, die können sich nie an ihre Träume erinnern, und sie vermissen auch nichts. Sie vermissen nichts, weil sie träumen. Es passiert irgendetwas mit dir, wenn du träumst. Es ist unmöglich zu sagen, was das ist, aber es passiert etwas. Etwas, das nicht ganz reicht zum Leben. Jeder will jemanden haben, der ihn liebt. ... Nesta, irgendetwas an dir ist besonders. Ich weiß nicht, was es ist. Manchmal wünsche ich, ich hätte dich nie kennen gelernt. Ich bin auf die Träume reingefallen, ich dachte, wenn er mich zum Träumen bringen kann, dann bedeutet das etwas. Vielleicht tut es das sogar. Ich bin dir eigentlich die ganze Zeit hinterhergelaufen. Ich habe alles versucht, ich habe dich gevögelt, bis wir wund waren, ich habe mit dir getropft, auch wenn es mir zu viel wurde, ich habe mit dir gebangt und gehofft, wenn du eingeträumt hast, obwohl ich dann allein war. Ich habe versucht, mit dir zu sprechen. Aber du hast dich nicht für mich interessiert, das stimmt doch, oder? Ich war halt da, es war bequem, und du warst nicht allein, nachdem Sal weg war. Das war alles. Du konntest nicht verstehen, warum ich immer länger am Rechner saß, du hast nicht mal versucht, es zu verstehen. Dass ich es leid war, dir hinterherzulaufen. Und irgendwann habe ich nur noch aus Trotz an den Tasten gehangen. Ich habe dir nie etwas bedeutet. Nie.

Einen Moment lang befürchtete ich, sie könnte anfangen zu weinen, doch als ich kurz aufsah, lächelte sie bitter.

– Wir hätten es gut haben können. Ich wollte träumen, sagte sie, einfach nur träumen und jemanden, der für mich da ist. Aber du, du träumst von etwas, das es gar nicht gibt.

Und sie vögelte mit Typen, die es sehr wohl gab.

Sie stieß sich ab und ließ mich allein dort sitzen. Am anderen Ende des Beckens stemmte sie sich hoch und stieg aus dem Wasser. Seit gestern schon der zweite unverhüllte Hintern, dachte ich.

Rahel kam zu Fuß zurück, nahm ihren Bademantel und sagte wieder diese beiden Wörter: Träum weiter. Und ging die Treppen hoch. Ich fröstelte und fühlte mich schuldig. Ertappt.

Doch konnte ich etwas dazu, dass sie bei mir geträumt hatte? Was hatte ich in der Nacht noch mal geträumt? Es lag mir auf den Augen, es fühlte sich so an, als könnten die Bilder jeden Moment auftauchen. Doch es passierte nichts.

Vielleicht würde Tedeisha auch wieder träumen, wenn wir ... wenn wir es geschafft hatten, sie aus diesem Traum zu holen.

66

– Derzeit gibt es über zweihundert dokumentierte Fälle, sagte Elia. Der erste Fall ist in der Schweiz aufgetreten – eine Frau, Paula Amanal, eine Träumerin, die gerade ihren ersten Traum veröffentlicht hatte. Sie haben es zunächst geheim gehalten, doch nun ist bekannt geworden, dass sie schon seit sieben Tagen nicht mehr aufgewacht ist, sie liegt in einem Sanatorium bei Basel. Alle Körperfunktionen sind weitgehend normal, aber sie reagiert auf keinerlei Außenreize. Es ist so gut wie sicher, dass der endlose Traum ein ST ist. Oder dass es mehrere verschiedene STs sind. Niemand weiß, woher sie stammen, sagte Elia.

– Gibt es Reste von STs, die man untersuchen könnte?, wollte Mahadev wissen.

– Darüber ist nichts bekannt. Es kursieren allerdings verschiedene Theorien, was diesen endlosen Traum auslöst. Die einen sagen, die Tropfen seien verunreinigt, und die Menschen würden deswegen ins Koma fallen. Es würde nur so aussehen, als träumten sie weiter. Die anderen sagen, dass es ein Traum ist, in dem man immer wieder träumt, man wache auf. Wieder andere sagen, dass es eine Folge von Langzeitkonsum ist, dass man zwangsläufig irgendwann hängen bleibt, weil das Gehirn nicht darauf programmiert ist, vom Wachzustand direkt in den Traum zu wechseln. Es ist wie immer – die einen sagen so, die anderen so, keiner scheint eine Ahnung zu haben. Es gilt nur als gesichert, dass noch niemand auf den offiziellen Tropfen hängen geblieben ist, was eigentlich gegen die Langzeitkonsumtheorie sprechen würde.

– Wenn es am Traum selbst liegt, dann müsste doch jemand diesen Traum geträumt haben, oder?, fragte ich.

– Ja, sagte Mahadev, aber dann müsste jemand spontan hängen geblieben sein, und ein solcher Fall ist in der Menschheitsgeschichte nicht bekannt.

– Hat schon mal jemand versucht, diese Träumer an einen Rüssel anzuschließen?, fragte ich.

– Nein, sagte Elia, nicht, dass ich wüsste. Hört sich aber nach einer guten Idee an.

Eine Weile sagte niemand etwas.

– Was machen wir nun mit denen?

Elia deutete auf die beiden Flaschen aus Mr. Nos Kühlschrank.

– Können wir sie nicht einem Tier tropfen und sehen, was passiert?, schlug Mahadev vor, als hätte er Elias Handbewegung gesehen.

– Nein, sagte ich, das sind Drogen, die nur bei Menschen wirken. Joysom soll damit experimentiert haben. Sie haben Tiere, vor allem Katzen, am Rüssel schlafen lassen. Sie dachten, sie könnten damit ein ganz neues Marktsegment eröffnen: Träumen Sie, was Ihre Katze träumt. Die Tiere produzieren am Rüssel tatsächlich Tropfen, aber sie wirken bei Menschen nicht. Unser Gehirn scheint die Informationen nicht verarbeiten zu können.

– Also muss es einer von uns versuchen, sagte Mahadev.

– Nein, sagte Elia, was soll das bringen?

– Wenn es die Tropfen sind, auf denen man hängen bleibt, müssen wir herausbekommen, woher sie stammen. Dann haben wir vielleicht einen Anhaltspunkt.

– Was sollen wir dann tun, fragte ich, mit einer Knarre bei Mr. No auflaufen?

– Wieso nicht?, sagte Elia. Wir gehen runter und leihen uns Matteos Pistole.

– Warum hat Sue Esther die Tropfen verkauft und dir nicht, Elia?, fragte Mahadev.

– Ihr vertraut er wahrscheinlich. Er ist auch gar nicht selbst da gewesen, er schickt immer jemanden.

– Vielleicht hat sie dich angelogen. Oder sie glaubt nur, dass die Tropfen von Mr. No kommen.

Elias Gesicht war anzusehen, dass er selbst nicht auf diese Idee gekommen war. Er ging zur Fensterbank, pflückte eine klingende Minze, zerdrückte sie aber nicht.

– Möglich, sagte er, möglich.

– Lasst uns herausfinden, was das für Tropfen sind. Dann sehen wir weiter.

– Und wie sollen wir das machen?, fragte ich.

Mahadev lächelte und sagte:

– Ich nehme sie.

– Nein, sagte ich.

– Du wirst einen Weg finden, Nesta, nicht wahr? Du liebst sie, du wirst in jedem Fall einen Weg finden, sie zurückzuholen.

– Ja.

Ich war bereit, dafür jeden Preis zu zahlen, aber ich wusste nicht, wie weit ich mir trauen konnte.

– Siehst du, sagte er nun, wenn du einen Weg gefunden hast, dann bringst du mich schlimmstenfalls auch auf diesem Weg heraus. Es gibt kein Risiko. Ich glaube an dich.

Mir stiegen die Tränen in die Augen. Man hätte glauben können, aus Rührung, aber es tat mir einfach nur weh, so überschätzt zu werden. Elia zerdrückte die klingende Minze. *One good thing about music.*

Und dann war die Musik zu Ende, und nichts hatte sich geändert. Die beiden Flaschen standen auf dem Tisch, Mahadev und ich saßen auf dem Sofa, Elia stand am Fenster, Tedeisha träumte in einem Krankenhaus einen endlosen Traum, und wir hatten nicht den geringsten Anhaltspunkt, was wir dagegen tun konnten.

– Was passiert eigentlich, wenn jemand die Tropfen hat und irgendwie auch in den Besitz der Trägerflüssigkeit kommt?, fragte Mahadev.

Die Tropfen aus dem Rüssel wurden in eine mysteriöse Trägerflüssigkeit gegeben, die die Informationen aufnahm. So konnte man aus einem Tropfen vom Rüssel ganze Hektoliter Traumtropfen machen.

Elia und ich schwiegen. Solange noch getropft wurde, war das ein Horrorszenario, derjenige konnte dann ganz bewusst tausende von Menschen in einen endlosen Traum schicken.

– Wir müssen es versuchen – im Interesse aller, sagte Mahadev. Ich setze mich jetzt hin, schaut auf die Uhr, nach zwei Stunden öffnet ihr vorsichtig meine Lider und tropft mir diese Tropfen. Vielleicht kann ich mir diesen Traum von außen anschauen, ohne an ihm zu haften.

Als wir nach zwei Stunden in Elias Zimmer gingen, saß Mahadev im Lotussitz auf dem Boden. Sein Atem war nicht mehr wahrnehmbar, wahrscheinlich war sein Puls reduziert, sein Stoffwechsel vollkommen heruntergefahren. Elia lächelte.

– In diesem Zustand könnte er jahrzehntelang von einem Reiskorn am Tag leben. Versuchen wir es, sagte er.

Elia kniete sich vor Mahadev, und ich sah zu, wie er ihm zuerst einen Tropfen ins rechte und dann einen ins linke Auge tropfte. Dabei murmelte er: Herr, gewähre ihm Schutz und Geleit.

65

– Das war eine Scheißidee.

– Er wacht wieder auf.

– Ach ja? Und wann, bitte? Er träumt seit einer Stunde. Elia, wir stümpern hier nur rum, wir wissen nichts, wir haben keinen Plan, und jetzt ist auch noch Mahadev in diesen Tropfen gefangen.

Ich hoffte, er würde etwas sagen, das mir einleuchtete. Er würde vorschlagen, zu Mr. No zu fahren und ihn zu zwingen, uns alles zu erzählen, was er über die Tropfen in sei-

nem Kühlschrank wusste. Ich wünschte, er würde eine Richtung vorgeben, doch er lächelte wie immer und sagte:
– Er wird wieder aufwachen. Du musst vertrauen, Nesta, vertrauen.
– Wann wird er aufwachen?
– Woher soll ich das wissen?
– Und was machen wir so lange?
– Keine Ahnung, tropf was, schlaf ein bisschen, sieh dir einen Film an, hör Musik, mach, worauf du Lust hast.
– Ich kann das nicht, ich kann hier nicht tatenlos herumsitzen. Lass uns zu Mr. No fahren.
– Und dann?
Ich zuckte mit den Schultern.
– Mahadev kommt zurück, und dann wissen wir, was das für ein Traum ist.
– Und dann?, fragte ich dieses Mal.
– Dann wissen wir mehr.
Ich hatte mir frei genommen, ich musste erst am kommenden Tag wieder zur Arbeit. Doch nach einer weiteren Stunde war Mahadev immer noch nicht aufgewacht. Elia faltete in aller Seelenruhe einen ganzen Zoo aus Papier. Krokodile, Schwäne, Hasen, Löwen, Affen, Fische nach Anleitung, und Elefanten, Eidechsen, Rehe, Frösche, Mücken und Nilpferde, Figuren, die er selbst entwickelt hatte. Origami war seine neueste Beschäftigung, er hatte es in einigen Nächten zur Meisterschaft gebracht.
Ich hielt es zu Hause nicht mehr aus. Ich glaubte auch nicht, dass Mahadev noch aufwachen würde. Als ich die Schuhe anzog, sagte Elia:
– Bis später.
Meine Unruhe schien ihn zu amüsieren.

Ich fuhr zu dem Schuppen im stillgelegten Eisenbahn-werk. Das letzte Mal war ich dort gewesen, als ich meine Traumtagebücher verbrannt hatte. Es war niemand da. Die Wände waren mit Postern aus Traummagazinen tapeziert. Es gab ein altes rotes Ledersofa, aus dem die Füllung noch nicht rausquoll, ich setzte mich drauf.

Auf dem Boden lagen Einwegpipetten, Kippen von Joints und Bassstaubtüten, Balsamdosen, gerissene Gitarrensai-ten, Zündhölzer und leere Teelichtbehälter.

Ich dachte daran zurück, wie es sich angefühlt hatte. Ein schäbiger Schuppen, versteckt zwischen Gestrüpp, die Tropfen, die Musik, Küsse von Mädchen, die fürchteten, es könne jeden Moment jemand hereinkommen.

Diese Welten, die uns offenstanden, die Versprechungen, unsere Gedanken, weiter als das Meer, und unsere Träume konnten wir fast greifen.

Damals war es mir häufig so vorgekommen, als würde ich auseinanderfallen, als würde nichts mich zusammen-halten außer den Träumen. Doch vielleicht war ich bloß überwältigt gewesen von den Möglichkeiten. Es hatte ein Leben gegeben in Reichweite, und wir hatten nicht geglaubt, dass wir scheitern könnten. Doch nur der eine oder andere hatte seinen Traum zu fassen gekriegt. Das wussten diejenigen, die sich nun in diesem Schuppen tra-fen, noch nicht. Ich beneidete sie.

Wie oft hatte ich mit Tedeisha dort gesessen und getropft. Dabei hätten wir auch zu ihr oder zu mir gehen können, doch im Schuppen war es irgendwie etwas anderes. Wie oft war ich in ihrem Kopf gewesen, ich hatte gelacht über den Witz mit dem Frosch, der Jim Beam trinkt, den San-jay ihr erzählt hatte, ich hatte ihn in ihrer Erinnerung entdeckt. Ich hatte gelacht, aus vollem Herzen, und mich ganz gefühlt. Tedeisha und ich, zusammen waren wir größer gewesen, als ich es mir hatte träumen lassen. Ja. Das hatte mich zusammengehalten. Ich wollte sie wiederhaben. In dieser Welt.

Als ich eine Stunde später zu Rahels Penthouse hochsah, hätte ich gerne eine klingende Minze gehabt. Oder etwas anderes, das mich einen Moment ablenkte. Am liebsten hätte ich in einer Traumbar die Karte hoch- und runtergetropft, bis ich meinen eigenen Namen vergaß. Meinen Namen, den sowieso kaum jemand kannte.

Ich klingelte und hoffte, dass sie nicht zu Hause war, vielleicht war sie ja noch bei Mr. No. Als ich das Geräusch des Summers hörte, drückte ich auf. Ihre Wohnungstür war angelehnt, und ich klopfte, bevor ich eintrat.

– Augenblick, hörte ich ihre Stimme aus der Küche, und kurz darauf trat sie in den Flur. Als sie mich sah, verschränkte sie die Arme vor der Brust.

– Oh, sagte sie, da sehen wir uns schon zum zweiten Mal heute. Was willst du hier?

Es klang nicht unfreundlich, aber auch nicht einladend.

Ich biss mir auf eine Seite der Unterlippe und sog Luft ein.

– Ich brauche deine Hilfe.

– Aha. Wofür? Du kommst doch auch ohne mich zu Sue.

– Ja…

Ich steckte die Hände in die Hosentaschen.

– Was?

Das klang jetzt unfreundlich.

– Hast du von den STs gehört, auf denen man hängen bleibt? Mr. No hat sie im Kühlschrank. Weißt du etwas darüber?

Sie legte den Kopf schief, kniff die Augen zusammen und sah mich prüfend an.

– Es ist wichtig. Bitte. Ich muss alles über Mr. No und diese Tropfen wissen. Bitte, Rahel.

Sie sagte zunächst nichts, aber nach ein, zwei Sekunden entspannten sich ihre Augen.

– Tedeisha ist hängen geblieben, stellte sie fest.

Ich nickte und fühlte Tränen aufsteigen. Ich kam mir nackt vor. Rahel sah auf den Boden und schüttelte den Kopf.

– Wieso sollte ich dir helfen?

Was hätte ich sagen können? Es gab keinen Grund. Ihre Frage hing in der Luft, und ich versuchte, wenigstens ein einzelnes Wort zu finden, das ich sagen konnte. Weil … weil ich mich wieder ganz fühlen möchte. Weil Tedeisha mir mehr wert ist als alles andere. Mehr als du. Darauf lief es hinaus, und das konnte ich nicht sagen.

– Weißt du, wie eifersüchtig ich immer auf sie war? Weißt du das überhaupt?

Ein Nicken wäre genauso eine Lüge gewesen wie ein Kopfschütteln. Ich biss mir nun von innen auf die Lippe, dass es schmerzte. Ich wollte in eine Traumbar, tropfen, bis ich vergaß, wer ich war. Ich war schon halb aus der Tür, als Rahel sagte:

– Komm rein.

64

– Ich hatte einen alten Amischlitten und bin spazieren gefahren. Einfach so, kreuz und quer durch die Stadt, im Radio spielten sie nacheinander alle meine Lieblingslieder. Den linken Fuß hatte ich auf die Ablage der Tür gestellt. Selbst als ich merkte, dass ich mich verfahren hatte, blieb ich ruhig und entspannt. Auf einmal sah ich eine Hütte, eine Holzhütte, über dem Eingang war mit Kreide das Wort *Traumvorführerin* geschrieben. Ich hielt an und ging, ohne zu klopfen, hinein. Drinnen herrschte großes Chaos. Überall lagen Filmspulen, an den Wänden standen Regale mit Filmdosen, und ich wusste, dass es in dem Haus nichts anderes gab.

Eine kleine alte Frau, die mich an eine Indianerin erinnerte, war damit beschäftigt, die Filme zu sortieren. Als sie mich sah, grüßte sie. Hallo, Rahel, sagte sie, sie kannte meinen Namen. Dann nahm sie ihre Arbeit wieder auf und dabei redete sie weiter: Rahel, ich habe die Rolle mit deinen Träumen verlegt, es ist so viel los in letzter Zeit, und ich bin schon alt. Ich komme schnell durcheinander, es tut mir leid. Ich weiß, es ist schwer für dich ohne die Rolle, aber ich suche schon seit Jahren.

Sie erklärte mir, dass jeder Mensch bei seiner Geburt eine Rolle bekäme und meine eigentlich auch hier irgendwo sein müsse. Aber vielleicht hat sie auch jemand geklaut, sagte sie, obwohl ich die Tür immer abschließe, wenn ich schlafe und träume. Es ist nämlich nicht wahr, was sie sagen. Wir sind nicht hier, um zu leben, wir sind hier, um zu schlafen und zu träumen.

Wir?, habe ich sie gefragt. Sie hatte ganz viele Runzeln im Gesicht. Ja, ich bin auch nur ein Mensch, hat sie geantwortet. Wir machen Fehler, ich bin auch nur ein Mensch, ich habe vielleicht deine Rolle verlegt. Es tut mir leid. Es tut mir so wahnsinnig leid, meine Liebe. Ich werde mich beeilen, sie wiederzufinden.

Und dann war ich auf einmal wieder im Auto, es liefen immer noch meine Lieblingslieder im Radio, eins nach dem anderen, aber ich war nicht mehr so ruhig. Ich bin durch die Stadt gefahren, weil ich dich finden wollte. Irgendwie dachte ich, wenn du die Traumvorführerin kennen lernst, dann wird sie auch meine Rolle wiederfinden. Es erschien mir ganz logisch. Und dann bin ich aufgewacht, ohne dich gefunden zu haben.

Mit geschlossenen Augen hatte ich zugehört, das Gesicht von Rahel abgewandt, und nun streckte ich mich, obwohl ich kein Bedürfnis danach verspürte.

– Hmm, machte ich.

– Danke, sagte Rahel, das war mein erster Traum, seit du weg bist.

– Bitte, sagte ich, schön, dass ich dir eine Freude machen konnte.

Ich streckte mich noch mal und stand auf. Es war das erste Mal, dass ich nicht nackt in ihrem Bett geschlafen hatte. Nachdem ich auf der Toilette gewesen war, rief ich zu Hause an. Mahadev war noch nicht aufgewacht.

Beim Frühstück sagte Rahel, nachdem sie ihr Messer in den Toast gesteckt und wieder herausgezogen hatte:

– Ich habe Sue kennen gelernt, als ich noch in der Band gespielt habe. Er war damals einer der größten Produzenten. Es hat in seiner Villa oft Partys gegeben, für geladene Gäste. Es gab alles, was du dir vorstellen kannst – da waren Salatschüsseln voller Kokain, Pilzpudding, LSD-Bowle, Spacecakes, Cocktails, Speed, Ecstasy, rauchbares DMT, jede Menge verrückte Leute. Es gab Orgien im Pool, manchmal sind wir nach dreißig Stunden aus diesem Haus gewankt und haben das für Spaß gehalten, obwohl wir hinterher nur verschwommene Erinnerungen hatten. Es standen immer zwei Sanitäter bereit, und ich habe hemmungslos alles genommen. Aber ich habe immer noch mitbekommen, dass Sue sich meistens nur einige Drinks Alkohol gegönnt hat. Er mochte diese drogengeschwängerte Atmosphäre, hat sich selbst aber nicht in Gefahr begeben. Er hat sich damit begnügt, dass der Rausch der anderen auf ihn abfärbte.

Nachdem Paul mich verlassen hat, habe ich mich eine Zeitlang so richtig gehen lassen. Ich bin auch mit Sue im Bett gelandet. Es war irgendwie sicherer mit ihm als mit diesen Durchgeknallten.

Noch bevor die ersten Tropfen herauskamen, hat Sue sich aus dem Musikgeschäft zurückgezogen. Es wurde damals viel darüber gemunkelt, was ihn dazu veranlasst haben könnte. Keine Ahnung. Er steht auf mich – ab und zu rief er an, und dann verbrachten wir eine Nacht gemeinsam. Bei ihm habe ich STs getropft, noch bevor sie so hießen, noch bevor irgendjemand irgendetwas von Traumtropfen gehört hatte.

Aber er hat mir nie erzählt, woher er sie hatte, oder woher er den Rüssel hat. Nie. Er hat immer nur gelacht, wenn ich ihn gefragt habe. Ehrlich, Nesta, sieh mich nicht so an, ich habe dir alles erzählt, was ich über ihn weiß. Er ist ein seltsamer Mensch, ich werde nicht schlau aus ihm.

Was hatte ich erwartet?

– Ach so, Murat, der von Atlantis, das ist sein Cousin.

– Mr. No ist doch kein Türke.

– Nein, er ist Spanier, soweit ich weiß. Frag mich nicht, wie das zusammenhängt, sie sind irgendwie Cousins.

– Und Mr. No hatte schon einen Rüssel, bevor die ersten Tropfen auf den Markt kamen?

– Ich glaub schon.

– Und was weißt du über diese Tropfen?

– Über die, die du aus seinem Kühlschrank hast? Nur, dass es sie gibt, sonst nichts.

Ich sah sie an.

– Ich lüge nicht, Nesta.

– Gibt es Kameras im Haus?

– Ja.

– Auch in der Küche?

– Kann sein, ich weiß es nicht.

– Es kann also sein, dass er weiß, dass ich die Tropfen habe?

– Kann sein.

– Kennst du eine Esther mit blauen Haaren?

Rahel schüttelte den Kopf.

– Wieso warst du eigentlich …?

Ich brach ab.

– Wieso ich da war? Es ist schwer, allein zu leben, Nesta, und es wird immer schwerer, je älter man wird. Vielleicht glaubst du mir das jetzt nicht, aber ich wünsche dir viel Glück, Nesta. Hol sie da wieder raus.

63

– Ist er immer noch nicht aufgewacht?

– Nein. Gegen Morgen sah es für mich einen Moment so aus, als würde er zurückkommen. Seine Augen haben aufgehört, sich zu bewegen, er hat einige Male tiefer geatmet, aber dann ist er zurück in den Traum.

– Das war eine Scheißidee, Elia.

– Du musst Vertrauen haben. Er wird zurückkommen. Es ist leicht, an etwas zu glauben, das mit dem übereinstimmt, was man ohnehin schon weiß. Du musst glauben, du musst bis ans Ende glauben.

Ich sah auf den blinden alten Mann mit den langen Haaren und den silbrigen buschigen Augenbrauen, der seit dem vergangenen Tag im Lotussitz saß. Wenn mich nicht alles täuschte, war da ein leichtes Lächeln auf seinen Lippen. Und es konnte nicht nur an den weißen Haaren liegen, dass sein Kopf zu leuchten schien.

– Du glaubst doch, dass wir Tedeisha da rausholen werden, oder?

– Ja.

– Siehst du.

Ich zog ein frisches T-Shirt an und erzählte Elia, wo ich gewesen war. Und was ich erfahren hatte. Ich verschwieg, dass ich auf dem Heimweg am Krankenhaus vorbeigefahren war.

– Vielleicht sollten wir die Polizei rufen, sagte ich.

– Und dann? Was soll das helfen? Wir brauchen mehr Informationen. Woher hat dieser Sue die Tropfen? Wer hat sie geträumt? Gibt es ein Gegenmittel?

Das Telefon klingelte. Tedeisha und Mahadev hingen fest, es konnten eigentlich keine guten Nachrichten sein, aber ich ging ran.

– Nesta, die Leute rennen uns hier die Bude ein, kannst du zeitiger zur Schicht kommen? Am besten sofort.

– Mein Boss, sagte ich zu Elia, er will, dass ich eher arbeiten komme.

Es war Dienstag, der Tag, an dem die Neuerscheinungen herauskamen, und da STs nicht mehr sicher waren, kauften wohl alle in der Traumathek. Oder fast alle. Es gab sicherlich Vierzehn-, Fünfzehnjährige, die keine legalen Tropfen bekommen konnten und das Risiko gering schätzten.

– Vielleicht stecken ja die Traumfirmen dahinter, sagte ich, sie wollen ihren Umsatz steigern.

– Möglich, meinte Elia, gut möglich. Ich hole dich heute Abend ab, und dann sehen wir weiter. Das Problem läuft ja nicht weg, und vielleicht ist es ganz gut, wenn du mal ein wenig abgelenkt bist.

Ohne Hast zog ich mir die Schuhe an. Wahrscheinlich hatte Elia Recht. Als ich mein Rad aufschloss, dachte ich daran, wie Tedeisha an diesem Morgen ausgesehen hatte in den weißen Krankenhauslaken. Ich hatte sie allein sehen wollen, hatte an ihrem Bett gesessen und meine Hand auf ihre gelegt, wie in schlechten Filmen, auf ihre linke Hand, die, an der kein Tropf angeschlossen war. Ich hatte mir ihre Augen unter den Lidern angesehen und versucht, ein Muster zu erkennen, ich hatte versucht zu erkennen, ob der Traum irgendwann wieder von vorne anfing. Erfolglos.

Und ich hatte mit ihr gesprochen, weil ich hoffte, sie könne meine Worte irgendwie wahrnehmen. Ich hatte mit ihr gesprochen wie in noch schlechteren Filmen, und als Krönung hatte ich mir vorgestellt, dass der Klang meiner Stimme sie dazu bewegen würde, die Augen zu öffnen.

Alles hatte ich ihr erzählt: wie sehr ich sie vermisste, wie schlecht es mir immer nach ihren Anrufen gegangen war, wie groß meine Freude war, ihre Stimme am Telefon zu hören und wie tief die Verzweiflung darüber, dass sie jetzt unerreichbar war. Ich hatte mich in Fahrt geredet, hatte ihr gesagt, dass wir zusammengehörten, dass sie ein Teil von mir sei und ich ein Teil von ihr, dass wir verbunden seien, auf ewig.

Da war mir zum ersten Mal die Idee gekommen, doch ich hatte sie sofort verdrängt. Jahrelang hatte ich nur ihre Stimme hören und ihre Träume träumen können, jetzt konnte ich an ihrem Bett sitzen, ihre Hand halten und ihr über das Haar streichen. War das etwa kein Fortschritt? Jetzt konnte ich sie sehen, sooft ich wollte.

Sie würde eines Tages wieder aufwachen.

Eines Tages wirst du aufwachen, nicht wahr, Tedeisha. Eines schönen Tages werden wir wieder nebeneinander-sitzen, und ich werde dir nicht nur in Träumen begegnen, sondern wir werden uns ständig berühren. Ich werde an deinem Atem hören, wie dein Tag war, und an deinem Blick erkennen, wie tief ich heute in diese Augen hinein-fallen kann. Tedeisha.

Zum Abschied hatte ich sie auf die Stirn geküsst.

Die Menschen standen Schlange im Laden, die Liefe-rung vom Morgen war noch nicht in die Regale geräumt worden, wir verkauften sie direkt von der Palette. Donna war vor kurzem zu Atlantis gewechselt, und nun kam ihr erster Traum bei dem neuen Label heraus. Alle sprachen von einem großen Comeback, obwohl sie nie weg gewe-sen war. Ihre wenigen treuen Fans hatten sie auch in den mageren Jahren getropft und verehrt, das Licht in ihren Träumen genossen, die Erfüllung der Sehnsüchte, die unendlich schienen. Doch jetzt habe Donna etwas völlig Neues zu bieten, hieß es in allen Traummagazinen, einen

Bankraub, einen, wie man ihn noch nie geträumt hatte. Die Traumtester hatten allesamt derartige Lobeshymnen angestimmt, dass ich schon argwöhnte, sie seien bestochen worden.

Donna überfiel eine Bank, doch alle Bonnie-und-Clyde- und sonstige Outlaw-Romantik konnte man vergessen gegen das, was einem hier geboten wurde. Der liebevollste Banküberfall der Traumgeschichte. Ein Meisterwerk. Volle Punktzahl. Zwei Daumen nach oben. Ein kleiner Rausch voller Poesie. Der Schmetterling unter den Raubüberfällen.

Selbst Menschen, die Donnas Namen längst vergessen hatten, wollten diesen Traum, das Marketing funktionierte, und ich legte mir eine kleine Flasche beiseite, für den Fall, dass er ausverkauft werden würde.

Es war gegen zehn Uhr, als wir die Sirenen hörten. Im Grunde nicht Ungewöhnliches, aber der Polizeiwagen hielt direkt vor der Traumathek, und zwei Polizistinnen kamen in den Laden gestürmt. Sofort wurde ich nervös. Ich hatte häufig STs getropft, ich rauchte ab und zu einen Joint, hatte mehr als einmal Pillen genommen – das war's schon. Doch das war illegal.

Alle drehten sich zu den beiden Frauen hin, die einfach in der Mitte des Raumes stehen geblieben waren.

– Bitte alle herhören, sagte die kleinere. Ihre Stimme war außergewöhnlich tief und rauchig.

– Ab sofort werden keine Träume mehr verkauft. Einige Neuerscheinungen von Atlantis stehen im Verdacht, kontaminiert zu sein. Seit heute Morgen sind zahlreiche Menschen nicht mehr aufgewacht. Diese Traumathek wird wie alle anderen bis auf weiteres geschlossen. Es werden keine

Tropfen mehr verkauft. Nirgends. Bitte legen Sie die Ware zurück ins Regal, und gehen Sie nach Hause.

62

– Da ist nicht mal mehr Wasser im Becken, lass uns abhauen.

– Da ist was?

– Da ist nicht mal mehr Wasser im Pool. Es hat keinen Sinn, hier nach etwas zu suchen.

Ich stand im Schlafzimmer, Mr. Nos nehme ich an, und leerte den Inhalt der Kommode auf den Boden, in der Hoffnung, etwas zu finden, das uns weiterhelfen könnte.

– Alles umsonst?

– Vergeblich, verbesserte Elia mich.

Hundertfünfzig Tracks an einen dubiosen Hacker, der es geschafft hatte, die Stromversorgung in dieser Straße für etwa eine Viertelstunde außer Kraft zu setzen. In der Dunkelheit in Tarnfarben über eine Mauer, durch ein Kellerfenster in die Villa. Ich hatte gezittert vor Angst, richtig gezittert.

Es war seine Idee gewesen.

– Wir steigen da einfach ein, noch mal wird er uns nicht freiwillig reinlassen. Er hat die ewigen STs, da muss noch irgendetwas anderes sein – ein Hinweis, eine Hilfe, eine Lösung.

– Und wenn er uns erwischt?

– Dann können wir mit ihm reden.

Er hatte eine Pistole hervorgeholt, möglicherweise die gleiche, die Esthers Sohn Matteo an meinen Kopf gehalten hatte. Woher sollte ich das wissen? Ich kannte Knarren nur aus Filmen und konnte eine Beretta nicht von einer Smith&Wesson unterscheiden. Als Elia mein Gesicht gesehen hatte, war sein Lächeln verschwunden.

– Keine Angst. Du glaubst doch nicht, dass ich jemandem wehtun würde?

Das machte die Sache nicht weniger gefährlich.

– Er hat auf jeden Fall etwas zu verlieren. Das bringt uns in eine günstige Situation.

Erst als Elia in der Villa feststellte, dass niemand da war, entspannte ich mich etwas. Ich begriff zunächst nicht, dass das auch hieß, dass wohl nichts zu finden sein würde.

Wir hatten uns aufgeteilt. Elia suchte unten und ich oben. Als Erstes hatte ich mir dieses Zimmer vorgenommen. In dem begehbaren Kleiderschrank hingen jede Menge Seidenkimonos in verschiedenen Farben, auch froschgrüne und karminrote, die ich mir an Mr. No nicht vorstellen konnte. Gerade als ich die Kommoden leerte, kam Elia.

Wir gingen zusammen runter. Als ich mit meiner Taschenlampe ins leere Becken leuchtete, hielt ich einen Moment inne. So wie man innehält, wenn man aus der Haustür tritt, aus einem Bus aussteigt, um eine Ecke biegt und völlig unerwartet einen Sonnenuntergang sieht, der den Himmel in Blut taucht. Ich war erstaunt über die Schönheit des leeren Beckens. Erst nach einigen Sekunden begann ich damit, den Boden des Pools systematisch mit dem Lichtstrahl meiner Lampe abzusuchen.

– Was machst du da?

– Würdest du, wenn du abhaust, das Wasser aus deinem Pool lassen? Da muss irgendetwas sein. Er muss dort etwas versteckt haben.

Elia leuchtete auch ins Becken, doch wir konnten nichts erkennen, egal, wie sehr wir die Augen zusammenkniffen. Ich setzte mich auf den Beckenrand und ließ mich vorsichtig hinab. Jede einzelne Kachel leuchtete ich an. Elia stieg auch herunter und half mir.

Ich wusste nicht, wonach wir suchten, aber es fühlte sich irreal an, in einem leeren Schwimmbecken zu stehen und den Boden mit einer Taschenlampe abzusuchen. Ich hatte ein Déjà-Vu. Mir war, als hätte ich diese Szene schon mal geträumt. In einem Traum, in dem ich mich in langen gekachelten dunklen Korridoren verlor, in dem jeder meiner Schritte widerhallte. Ja, ich hatte so eine Situation tatsächlich schon mal geträumt, in einem dieser Träume, die mit meinen Traumtagebüchern verbrannt waren, verbrannt, aber nicht ausgelöscht.

Es war derselbe Traum, in dem ich mit jemandem einen Abhang herunterschlittere und wir uns hinterher gegenseitig die Kiesel herauspulten, die sich in unsere Rücken hineingedrückt hatten. Kiesel wie in der Einfahrt der Villa. Ich versuchte mich genauer an den Traum zu erinnern. Hatte er etwa prophetische Züge? *Achte nicht auf deine Träume, solange sie nicht vom Allerhöchsten gesandt sind.*

Die Kiesel hatten sich in Alufolie verwandelt, und als ich die Alufolie aus dem Rücken meines gesichtslosen Genossen geklaubt hatte, waren Teile von Brathähnchen darin eingewickelt gewesen.

– Träumst du?

Ich versuchte, die Erinnerung abzuschütteln.

– Schon zwölf Minuten, sagte Elia, wir müssen hier raus. In drei Minuten geht die Alarmanlage los.

Wir wollten zur Eingangstür hinaus, und auf einem alten Eichenholzschrank bei der Garderobe lag ein Laptop, als sei er in Hast vergessen worden. Elia lächelte über das ganze Gesicht.

– Dann klauen wir eben etwas.

61

Als wir die Tür aufschlossen, hoffte ich, dass Mahadev aufgewacht sein würde. Während Elia als Erstes in die Küche ging und den Rechner hochfuhr, schaute ich sofort in das Zimmer, in dem Mahadev saß. Die einzige deutliche Bewegung war die seiner Augen, das Auf und Ab seiner Bauchdecke war kaum wahrnehmbar.

Soweit ich wusste, hatte er fast nie getropft – außer Tedeishas Träume. Jetzt erst, erst jetzt fragte ich mich, wie es wohl sein musste, nur in seinen Träumen sehen zu können. Wie lange saß er nun schon so da? Jahrelang hatte er nichts gesehen, nur Dunkelheit, und dann hing er in einem Traum voller Bilder fest. Vielleicht war es gar nicht schlecht.

Bilder? Ich ging davon aus. Die einzigen Träume, die keine Bilder gehabt hatten, waren die Bims gewesen. Doch auch bei denen hatten sich die Augen unter den Lidern bewegt. Als hätte Elia nur darauf gewartet, dass ich an die Bims denke, fing er an zu singen – einen Dennis Brown Tune, der mir noch aus der Zeit, in der wir keine Party bei den drei Häusern verpassten, gut in Erinnerung war: *I know you want me girl, I really got a feeling girl, you got your eyes on me.*

Elias Stimme war der aus den Bims so ähnlich, wie die Stimme eines lebenden Menschen dieser Traumstimme nur sein konnte. Als ich rüberging, sah ich, dass er in ein Mikrofon sang, das er in den Laptop eingestöpselt hatte. Ich blieb im Türrahmen stehen und wartete, bis er fertig war. Seine Stimme klang süß und rau und versunken, als wäre sie nicht von dieser Welt. Ich konnte ihre Vibrationen in meinem Brustkorb spüren.

Elia drückte eine Taste am Rechner und drehte sich zu mir um.

– Da sind einige fertige Stücke und ein Programm drauf. Ein einziges Programm. Und weißt du, was das macht?

Ich schüttelte den Kopf.

– Es bastelt Arrangements zu Gesangsmelodien. Und es ist nicht mein Programm.

Er drückte noch eine Taste, und wir hörten die Musik aus den Lautsprechern des Laptops. Elia machte die Augen zu und legte den Kopf schief. Ich setzte mich auf einen Stuhl, zog die Beine an und gähnte. Draußen dämmerte es langsam. Die bunten Neonlichter, die für etwas warben, das es nun nicht mehr zu kaufen gab, hatten einen helleren Hintergrund, nicht schmutzig grau wie die Nacht, sondern aschfahl.

– Nicht schlecht, sagte Elia, als der Track verklungen war. Nicht übel. Aber ohne angeben zu wollen: Meins ist besser.

Im Moment war ich nicht in der Lage, den Unterschied zu hören. Das Adrenalin verflüchtigte sich aus meinen Adern, meine Anspannung löste sich. Zum ersten Mal in meinem Leben war ich irgendwo eingebrochen, war mit dem Fahrrad hin- und zurückgefahren, hatte gezittert und geschwitzt, und nun saß ich wieder zu Hause und war erschöpft. Mir war kalt. Hätte ich nicht euphorisch sein müssen, weil wir nicht erwischt worden waren?

– Ich glaube, ich muss mich hinlegen.

– Glaubst du, das ist das Programm, an dem Rahel mitgeschrieben hat?

– Kann gut sein. Sie hat ja gesagt, sie hätten es an Mr. No verkauft.

– Es ist nicht ganz so gut wie meins, aber es ist schon mehr als nur okay.

Es schien ihn zu ärgern, dass jemand anders das auch fertiggebracht hatte. Ich glaube, das war das erste Mal, dass ich ihn so sah.

– Na ja, es wäre besser gewesen, wenn wir irgendwelche privaten Daten auf dem Rechner gefunden hätten. Irgendetwas, das uns weitergebracht hätte. Aber sie haben es gut gemacht, das muss man ihnen lassen. Man kann das Programm nicht kopieren oder brennen, du kriegst es nicht mal von diesem Notebook runter. Ich werde gleich noch mal nachschauen, was vorher auf der Festplatte war.

– Jetzt sind wir also auch nicht schlauer.

Ich stand auf. Meine Beine fühlten sich zittrig an, und ich merkte, wie hart meine Kiefermuskeln waren.

– Mr. No ist abgehauen, er hat etwas zu befürchten.

Vielleicht, dachte ich, kann ich mich ja zuerst ein wenig unter der Haut der Träume ausruhen, bevor ich einschlafe. Da erst fiel mir ein, dass ich möglicherweise längere Zeit keine Tropfen mehr bekommen würde, zumindest keine offiziellen. Ich gähnte schon wieder.

– Lass uns noch im Netz schauen, ob es Neuigkeiten gibt, bevor du ins Bett gehst, sagte Elia.

Wir gingen in sein Zimmer, und er setzte sich an den Rechner. Ich fragte mich, ob man wohl ein Programm schreiben könnte, das eine Gesangslinie ausspuckte zum Rhythmus der Tasten. Ich legte mich auf das Sofa, während Elia mir die neuesten Informationen vorlas.

– Seit einigen Tagen kursieren auf dem Schwarzmarkt Traumtropfen, die dazu führen, dass der Konsument nicht mehr aufwacht. Schätzungsweise 15 000 Menschen sind den Tropfen zum Opfer gefallen. Seit gestern Morgen sind nun auch offizielle Tropfen kontaminiert. Betroffen scheinen im Moment vor allem die Produkte der Firma Atlantis zu sein. Die Regierung hat beschlossen, den Verkauf von Tropfen auf unbestimmte Zeit zu verbieten. Für die Opfer der kontaminierten Tropfen besteht nach Aussage der Ärzte zwar keine Lebensgefahr, solange sie künstlich ernährt werden, aber gleichzeitig weiß niemand, wie eine Beendigung des Traumzustands herbeizuführen ist.
Gegen den Marktführer Atlantis sind Untersuchungen eingeleitet worden. Der Aufenthaltsort des Firmeninhabers Murat Tatlici ist zurzeit nicht bekannt. Seine Pressesprecherin teilte in den frühen Abendstunden mit, dass das Unternehmen den Angehörigen der Betroffenen sein Mitgefühl aussprechen möchte. Man sehe sich als Opfer eines Sabotageaktes und unterstütze die Ermittlungen der Polizei und die Arbeit der Ärzte.
Eine zweihundert Mann starke Sonderkommission befasst sich mit dem Fall. Man sei zuversichtlich, bald auf eine heiße Spur zu stoßen, teilte der Leiter der Kommission der Presse mit.

– Murat ist also auch weg.

– O Mann, die Kacke ist ganz schön am Dampfen. Wenn

ihr nicht aufpasst, sitze ich bald allein hier. 15 000. Mahadev könnte sich mal ein wenig beeilen.

– Wenn sie aufwacht, werde ich ihr sagen, dass ich mit ihr zusammenbleiben will. Für immer.

Noch während ich sprach, merkte ich, wie ich wegdämmerte. Elia deckte mich zu, und ich hörte ihn leise den Song noch mal singen: *I really got a feeling girl, you got your eyes on me.*

Als Gedanken und Stimmen und Farbmuster sich schon zu einem Brei vermischten, tauchte in meinem Kopf ein Satz auf, ein ganz klarer Satz: Ich bin ihre einzige Hoffnung. Das brachte mich für einen Moment wieder an die Oberfläche. So wie ein Muskelzucken. Ich bin ihre einzige Hoffnung. Es war schön, jemanden zu haben, der einen in den Schlaf sang.

60

Weil ich meinen Augen nicht traute, tastete ich auch noch die Wand der Waschküche ab, doch die Tür zu den Gängen, die die Häuser unterirdisch verbanden, war verschwunden. Ich versuchte zu erkennen, ob sie vielleicht zugemauert worden war, doch überall war die gleiche abblätternde graue Wandfarbe.

Es gibt Momente, in denen du glaubst, du könntest aus der Welt herausgefallen sein.

Früher hatte ich sie zeitweise auf dem Weg zum Schuppen gehabt, besonders wenn ich mit Sal dort verabredet war. Mich hatte das Gefühl beschlichen, es könnte sich alles geändert haben in einem Augenblick, in dem ich der

Welt nicht genug Aufmerksamkeit geschenkt hatte. Oder sie mir.

Es könnte ein anderer Wochentag sein, eine andere Uhrzeit, ein anderer Schuppen, gar ein ganz anderes Leben. Ich befürchtete, ich könne einer unerklärlichen Veränderung oder gar Verschwörung zum Opfer gefallen sein, und alle Menschen, die ich zu kennen geglaubt hatte, würden nicht existieren. Meine Erinnerung an die Vergangenheit konnte falsch sein. Zuweilen beschlich mich dieses unbehagliche Gefühl auch, wenn ich zu lange alleine war und dann wieder raus auf die Straße ging.

Vielleicht ist es wirklich möglich, jeglichen Halt in Raum und Zeit zu verlieren, doch ich war immerhin noch in der Lage, mir einzureden, dass diese Ängste haltlos waren.

Und nun stand ich in der Waschküche, und die Tür war verschwunden. Ich hockte mich hin, mit dem Rücken an eine der Waschmaschinen gelehnt, hörte die Geräusche der Trommeln und fragte mich, wie das sein konnte.

Wie war ich hier gelandet? Ich hatte keine Arbeit mehr, weil Tropfen verboten waren. Ich hatte nichts zu tun, außer darauf zu warten, dass Mahadev aufwachte oder Elia etwas herausfand oder ich endlich eine zündende Idee hätte. Obwohl er so viele Leute kannte, fand Elia nicht heraus, wo Mr. No war. Die Sonderkommission war in den letzten beiden Tagen auch nicht weitergekommen, oder nichts davon war an die Öffentlichkeit geraten. Während Elia in den drei Häusern und in Kneipen abhing oder in der trostlosen Atmosphäre von Traumbars, die wohl nicht lange überleben würden, und Mahadev drinnen träumte, langweilte ich mich.

Ich rauchte Bassstaub, hörte Musik, zerschnippte auf dem

Sofa liegend klingende Minze, versuchte, in einem Buch zu lesen. Ich fuhr ins Krankenhaus und saß an Tedeishas Bett, hielt ihre Hand und bekam kein Wort heraus. Was hätte ich ihr noch zu sagen gehabt? Es machte mich krank, dieses Gefühl, dass es eine Möglichkeit gab, ihr zu helfen, dass ich nur zu blöd war, herauszufinden, wie.

Ich nahm mir vor, zu Hause zu tropfen. Eine kleine Auszeit zu nehmen. Es gab sonst nichts zu tun. Was sollte schlimm daran sein? Träume sind das Beste für jemanden, der nicht weiterweiß.

Auf dem Heimweg vom Krankenhaus trat ich schneller in die Pedale. Weg. Ich wollte nur kurz weg aus dieser Welt, die stillzustehen schien.

Niemand hatte STs. Ich traf einen der Rastas auf dem Gang, als ich gerade betrübt aus der Wohnung eines Tropfendealers kam. Er sagte:

– So sehr hat Babylon dich also geblendet. Nesta, es ist gefährlich zu tropfen. Das war es schon immer. Wach auf, du musst aufwachen.

Ich war erstaunt, dass er meinen Namen kannte.

Ja, es war gefährlich. Jahrelang hatten sie über Langzeitkonsum und mögliche Folgeschäden geredet, und ich hatte nie negative Begleiterscheinungen gespürt. Man durfte es nicht übertreiben, das war alles. Ich hatte seit Tagen nicht getropft und wollte nur einen Moment raus aus meinem Kopf. Ja, es war gefährlich, aber was war schon ungefährlich?

Raus aus meinem Kopf. Für einen kurzen Moment. Oder für immer.

– Liebe das Leben, das du lebst, und lebe das Leben, das du liebst, zitierte der Rasta mit Pathos und Inbrunst.

Es gab noch zu leben, es gab noch zu lieben. Hier. Ich ging in die Wohnung, packte die Schmutzwäsche in den Wäschekorb und nahm den Aufzug runter in die Waschküche. Stolz, einer Versuchung widerstanden zu haben. Ich würde einfach waschen und die Wohnung aufräumen.

Da bemerkte ich die fehlende Tür. Lange saß ich in der Waschküche, die Maschine war schon fast durch, als ich wieder hoch in die Wohnung fuhr. Ich setzte mich auf das Sofa, und in einer Art geistiger Lähmung wartete ich auf Elia.

Es dauerte Stunden, bis er kam. Ich ging noch mal runter, während ich wartete, um mich zu vergewissern. Ich hängte die Wäsche in den Trockenraum, und dann saß ich erneut auf dem Sofa, unfähig, meinen Gedanken eine Richtung zu geben.

Draußen wurde es dunkel, dunkler als sonst, weil nun auch die Leuchtreklamen für die Tropfen abgestellt waren. Als ich endlich den Schlüssel in der Tür hörte, war es, als würde sich das metallene Geräusch in meine Eingeweide bohren. Noch bevor ich ihn sehen konnte, rief ich ihm zu:

– Elia, die Tür in der Waschküche ist verschwunden.

– Wie verschwunden?

Wir standen uns nun im Flur gegenüber.

– Weg. Die Tür, durch die wir zu Esther gegangen sind, ist nicht mehr da. Ich war heute unten, weil ich waschen wollte, und habe die Tür nicht mehr gefunden.

– Das kann nicht sein.

Ich meinte Unsicherheit in seiner Stimme zu hören. Aber

vielleicht rührte sie daher, dass er an meinem Geisteszustand zweifelte.

– Hast du etwas genommen?

Ich schüttelte den Kopf.

Den ganzen Weg bis zur Waschküche sagten wir keinen Ton. Und als wir drinnen waren, auch nicht. Da war die Tür. Genau so, wie ich sie in Erinnerung hatte.

59

Elia sah mich an. Ich fuhr langsam mit der Hand über den Rahmen der Tür. Vielleicht waren meine Ängste nicht unbegründet, und eines Tages, von einem Moment auf den anderen, würde ich mich in einer Welt wiederfinden, in der ich völlig fremd und ohne Halt war. Einer Welt, die überhaupt nicht mehr mit der in meinem Kopf übereinstimmte. Und die einzige Möglichkeit, dem zu entkommen, war, mit jemandem zusammen zu sein, mit dem man selbst im Traum verbunden blieb.

Als ich mich zu Elia umdrehte, sah er ernst aus. Sehr ernst. Ich versuchte mich zu erinnern, ob ich ihn schon einmal so gesehen hatte.

– Ich bin nicht verrückt. Ich war vor ein paar Stunden hier, und die Tür war nicht da.

Sein sanftes Lächeln kehrte zurück. Wahrscheinlich hatte es sich unwohl gefühlt, weil es zu lange von einem Platz vertrieben worden war, an dem es sonst ganze Tage und Nächte verbrachte. Und vielleicht fühlte sich das Lächeln weiterhin unwohl, weil es wusste, dass es gerade übertrieben verständnisvoll wirkte.

– Es wird wohl eine Erklärung dafür geben, sagte Elia, wir werden herausfinden, was es mit der Tür auf sich hat.

Der Klang seiner Stimme war etwas zu weich, etwas zu wohlwollend. Erneut fuhr ich mit der Hand über den Türrahmen.

Elia steckte die Hände in die Hosentaschen, und ich betrachtete die Klinke, als könne sie mir etwas verraten, wenn ich nur lange genug daraufstarrte.

– Komm, sagte Elia, lass uns hochfahren.

Als ich nicht reagierte, fügte er hinzu:

– Ich habe ein paar Kleinigkeiten herausbekommen.

Er muss gedacht haben, dass ich ihm folgen würde. Aber ich konnte mich nicht von dem Anblick losreißen. Ich fragte mich, ob das die Folge von Langzeitkonsum war, dass man Dinge nicht sah, die da waren. Ich fragte mich, ob ich vorhin wirklich unten gewesen war. Ich fragte mich, ob ich aus der Welt herausgefallen war, ohne es zu merken.

Elia war halb aus der Tür, als die Klinke anfing zu verblassen. Als er über die Schwelle trat, löste sich die Tür vor meinen Augen auf. Da war nur noch die graue abblätternde Wandfarbe.

– Elia, rief ich, während die schwere Eisentür schon hinter ihm zufiel, Elia komm bitte noch mal rein.

Mit seinem Eintreten erschien die Tür wieder. Ich drehte mich zu ihm.

– Du wirst es nicht glauben, aber die Tür ist nur da, wenn du in der Waschküche bist.

Sofort war da wieder dieses verständnisvolle Lächeln. Er holte eine klingende Minze aus der Tasche und zerschnippte sie. Ich hatte das Gefühl, die Tür würde mit dem Klang vibrieren.

– Komm, sagte er, wir sprechen oben darüber.

Ich schüttelte den Kopf, als würde es etwas ändern, wenn wir unten blieben.

– Woher kennst du Esther eigentlich?, fragte ich, um Zeit zu gewinnen. Als könnte er mir die Frage beantworten. Als hätte ich sie nicht schon mal gestellt.

Das Lächeln verschwand wieder aus seinem Gesicht. Wenn er so weitermachte, würde es bald schmollen, dass es so oft vertrieben wurde.

– Darf ich bitte?, hörte ich eine Frauenstimme, und als Elia die Tür freigab, kam eine junge Schwarze herein, die mir und Elia freundlich zunickte.

Sie war schwanger und hielt einen Wäschekorb vor ihrem Bauch, den sie auf einer der freien Maschinen abstellte. Sie öffnete die Tür der Waschmaschine, hielt inne, ohne den Kopf zu bewegen, dann glitt ihr Blick nach schräg oben, und ihre Augenbrauen zogen sich zusammen. Langsam drehte sie sich in meine Richtung und sah auf die Tür, neben der ich stand. Sie schüttelte den Kopf und murmelte etwas vor sich hin.

Als sie ihre Wäsche in die Maschine gestopft und sie angestellt hatte, schaute sie noch mal zu mir. Dann nahm sie ihren Korb und ging mit schnellen Schritten hinaus. Ich hätte mich auch unwohl gefühlt, wenn ich in eine Waschküche gekommen wäre, in deren Tür schweigend ein Mann gestanden hätte, ohne dass es einen ersichtlichen Grund dafür gab. Und wenn ich hätte schwören können, die andere Tür noch nie zuvor bemerkt zu haben.

– Hast du ihren Blick gesehen?, wollte ich fragen, aber aus irgendeinem Grund, blieb ich stumm.

Elia sah zu Boden und schien nachzudenken. Ich legte

meine Hand auf die Klinke, drückte sie langsam herunter und schob die Tür einen Spaltbreit auf. Dahinter sah ich den spärlich beleuchteten Gang. Der, durch den wir zu Esther gegangen waren?

– Geh doch noch mal raus, sagte ich, und Elia ging langsam aus der Tür, ließ sie aber nicht zufallen.

Nichts passierte. Ich ließ die Tür vor mir los, und sie fiel zu. Ich hatte doch genau gesehen, wie sie vor meinen Augen verschwunden war. Ich blickte zu Elia, der schon über die Schwelle getreten war, allerdings rückwärts, er hatte die Tür noch im Auge.

– Dreh dich bitte um, sagte ich, und während die Tür aus seinem Blickfeld glitt, verschwand sie wieder.

– Wenn du nicht im Raum bist und nicht hinsiehst, verschwindet die Tür, sagte ich. Du musst mir glauben. Ich werde es dir nicht beweisen können.

Er drehte sich mit dem Gesicht zu mir, und die Tür erschien wieder.

– Du musst immer glauben, du musst bis zum Ende glauben, sagte er, und sein Lächeln war zurück. Wo immer es gewesen war, es schien keinen Schaden genommen zu haben.

– Lass uns Esther fragen, woher sie dich kennt.

Ich öffnete die Tür wieder. Dieser Gang zog mich an. Er zog mich an mit der gleichen Kraft, mit der die Tropfen an mir gezogen hatten, bevor ich sie das erste Mal genommen hatte. Er zog mich an wie das Licht in Donnas Träumen.

Er schien sich einen Ruck geben zu müssen, doch Elia nickte und kam auf mich zu. Er legte mir eine Hand auf die Schulter und sagte:

– Ich glaube dir.

Erst als die Tür hinter uns ins Schloss fiel, wurde mir bewusst, dass ich Angst hatte. Angst, nie mehr zurückzukönnen. In eine Welt, in der ich auch Angst hatte.

58

Sie trug einen roten Rock statt der Hose und darunter Stiefel in der Farbe ihrer Haare, die ihr bis zu den Knien gingen. Ansonsten war alles wie beim letzten Mal – die grünen Wände, die bunten Kissen, der Junge, der an der Konsole spielte, der Schwarze im Arztkittel, der auf die Lavalampe starrte, der leicht süßliche Geruch nach Räucherstäbchen. Die Musik, die Musik war auch anders, dieses Mal lief einer von Elias Tracks.
– Was führt euch zu mir?, fragte Esther, als wir unsere Dosen Balsam aufmachten.
Elia nahm einen langen Schluck.
– Esther, wie lange kennen wir uns eigentlich schon?
– Eine ganze Weile.
Der Rasta fing an, sich einen Joint zu drehen.
– Weißt du, wie lange genau?
Sie schaute auf ihre Hände, die in ihrem Schoß lagen, die Fingernägel waren blau lackiert. Blau und Rot schienen ihre Farben zu sein. Dann sah sie kurz rüber zu dem Jungen, der in sein Spiel versunken schien, bei dem er auf der Jagd nach irgendetwas durch endlose, beängstigende Gänge laufen musste.
– Weißt du es nicht mehr?
Elia schüttelte den Kopf. Esther fiel eine Strähne vor die Augen, sie strich ihr Haar wieder zurück.

– Warum machst du das? Warum kommst du hierher und stellst mir solche Fragen?

– Keine Ahnung.

Esther blickte hoch und sah ihm in die Augen. Aus den Augenwinkeln konnte ich wahrnehmen, wie auf dem Monitor das Pausezeichen aufleuchtete. Der Junge hatte aufgehört zu spielen, sah aber weiter auf den Bildschirm. Mit unbewegter Miene erwiderte Elia den langen Blick. Der Rasta hörte auf zu drehen, und ich hielt die Luft an.

– Ich scheine mein Gedächtnis verloren zu haben, sagte Elia. Eines Tages war ich in einer Wohnung in diesem Haus, und daran, was vorher war, kann ich mich nicht erinnern.

Esthers Augen glänzten. Sie schlug die Lider nieder.

– Du bist hier aufgetaucht ... Du bist das erste Mal durch diese Tür gekommen in einer der Nächte, in denen alle Donnas Traum getropft hatten, in dem sie diesen Mann küsst, der sagt: Bin ich eigentlich öfter hier? Hast du von diesem Traum gehört?

– Ich kann mich nicht erinnern.

– Er war eine Zeitlang groß in den Clubs, sagte ich. Ich habe ihn das erste Mal getropft, als Sal seinen ersten Abend als DJ im Bass&Klang hatte. Es ist so eine Sehnsucht und eine Erfüllung in diesem Traum. Die Leute haben sich danach in die Augen gesehen und sich getraut, ihre eigene Sehnsucht zu offenbaren. Sie sind ganz mutig geworden, so habe ich Rahel kennen gelernt, ich habe es dir erzählt.

– Sie haben den Traum wahr gemacht in diesen Nächten, sagte Esther, und in einer dieser Nächte kamst du rein, hast geklopft, die Tür aufgemacht und uns angesehen.

Vom ersten Moment an habe ich gespürt, dass du eines Tages gehen würdest. Doch das war egal.

Sie lächelte, und es war das gleiche Lächeln, das Elia immer hatte. Ein Lächeln, das einer inneren Freude zu entspringen scheint, der Freude, nicht an Wünsche gebunden zu sein.

– Und ... wann bin ich gegangen?

– Als alle die Bims träumten, bist du verschwunden.

Der Rasta riss ein Streichholz an, und kurz darauf mischte sich der Grasgeruch in die süßliche Luft.

– Und so lange war er hier?, fragte ich.

– Nein, sagte sie, so lange ist er jeden Tag gekommen. Und seitdem kommt er sehr unregelmäßig. Aber so ist das, die Leute kommen, bleiben eine Weile und gehen dann wieder, manche kehren nie zurück. Die Leute und die Dinge.

Sie klaubte eine golden glänzende Münze vom Boden auf.

– Die war gestern noch nicht hier. Und morgen ist sie vielleicht schon weg.

Es klopfte an der Tür, und kurz darauf kamen zwei junge Frauen herein, etwa Anfang zwanzig, beide mit breiten Hintern und rundem Bauch. Der Schwarze stand auf. Die mit dem größeren Arsch ließ die Hose herunter und legte sich bäuchlings auf die Liege. Sie hatte einen Tanga an, der ihr zu klein war.

– Eine tanzende Göttin über dem Steißbein, sagte der Rasta, als würde er die Tätowierung schon dort sehen. Er spannte eine Nadel in sein Gerät, während die andere Frau danebenstand und zusah.

– Was weißt du über ihn?, fragte ich Esther, da Elia nichts sagte.

– Er kann singen. Er heißt Elia. Er ist immer gut zu mir

gewesen … sehr gut. Eines Tages kam er durch diese Tür, und als die Bims ihre große Zeit hatten, ist er gegangen, das ist alles.

Der Schwarze stellte sein Tätowiergerät an.

– Sue No ist verschwunden, sagte Elia nun. Wir hatten seine Wohnung verwanzt, aber wir konnten kein einziges Gespräch belauschen. Nur Schritte und das Klirren von Eiswürfeln im Glas und ein Kaminfeuer, aber keine Worte. Dann sind wir bei ihm eingebrochen, weil wir wussten, dass er die Tropfen hat, auf denen man hängen bleibt. Wir wollten etwas finden, etwas, das Tedeisha helfen könnte und Mahadev, ihrem Vater. Und all den anderen. Sue war weg und sein Schwimmbad seltsamerweise leer. Weißt du noch irgendetwas über ihn, das uns helfen könnte?

– Nichts. Gar nichts, beeilte sie sich zu sagen. Und fügte nach einer Pause hinzu: Ich habe ihn noch nie in meinem Leben gesehen.

– Du hast doch gesagt, du hättest die Tropfen von ihm.

Der Junge legte sein Controlpad aus der Hand und drehte sich mit seinem Sessel so, dass er uns im Blick hatte.

– Ich weiß, dass sie von ihm kommen. Er bringt sie aber nicht selber.

– Sondern?, fragte ich.

– Wohin ist er verschwunden?, fragte sie.

– Woher sollen wir das wissen? Wer bringt die Tropfen?

– Unterschiedliche Leute, aber sie kommen alle in Mr. Nos Auftrag. Manche bringen die Tropfen, andere holen sie wieder ab oder kaufen sie. Mehr wissen wir nicht. Wenn Mr. No erfährt, dass wir geredet haben, schickt er vielleicht jemanden hierher, und wir müssen gehen. Und wir wissen nicht, wohin. Wisst ihr tatsächlich nicht, wo er ist?

– Nein, sagte Elia.

– Hat er ein Gegenmittel?, wollte ich wissen.

– Ich weiß es nicht, sagte Esther, wirklich, ihr müsst mir glauben. Aber es gibt Schlimmeres, als auf Träumen hängen zu bleiben. Diese Leute müssten nicht mal ins Krankenhaus, die Träume ernähren einen. ... Wenn ihr mehr wissen wollt – sie warf Elia einen Blick zu, den ich nicht deuten konnte –, wenn ihr mehr wissen wollt, müsst ihr euch auf einen Weg machen. Den linken Gang entlang immer weiter, bis ihr jemanden seht, der religiöse Handlungen vornimmt. Und jetzt geht bitte.

Sie stand auf. Wir erhoben uns ebenfalls, blieben aber unschlüssig stehen. Sie schob uns zur Tür hinaus und machte zu. Ich machte die Tür wieder auf, der Kleine hatte seine Hand hinter dem Rücken.

– Du hast nicht zufällig ein paar saubere STs hier?, fragte ich.

– Nein, sagte Esther, es war schon seit Tagen niemand mehr mit einer Lieferung hier.

57

Wir gingen den linken Gang entlang, mehrere Minuten. Es gab nur ein diffuses Licht, von dem man nicht sagen konnte, woher es kam.

– Dieser Gang verbindet nicht die Häuser, oder?, fragte ich.

– Ich weiß nicht, wo er hinführt, antwortete Elia.

– Kaufen alle Dealer in den drei Häusern bei Esther?

– Ja, soweit ich weiß. Sie hat immer alle STs.

– Wie sehen die Dealer die Tür?

– Die meisten von den Jungs sind doch im letzten Jahrzehnt nicht mehr nüchtern gewesen, vielleicht muss man so verstrahlt sein. Vielleicht ist es auch eine besondere Gabe.

Warum auch immer sie die Tür sehen konnten, es erklärte, warum Großdealer wie Esther nie aufflogen – die Bullen konnten sie nicht finden. Es erklärte, warum niemand wusste, woher die STs kamen.

Es gibt Momente in Träumen, in denen man glaubt, etwas sehr Wichtiges verstanden zu haben. Etwas, das einem weiterhelfen wird. Doch wenn man erwacht, ist es entweder banal oder nicht mehr greifbar.

Wie wir es aus den Träumen gewöhnt sind, stellte ich meine Wahrnehmung nicht in Frage. Es gab eine geheime Tür, es gab einen Gang, dem wir folgten, ohne zu ahnen, was uns erwartete.

Nach einiger Zeit erblickten wir einen Mann, der leise murmelnd die Stirn einer Messingfigur berührte, die auf einer Art Altar stand. Unsere Schritte waren nicht zu überhören, doch falls er uns bemerkte, ließ er sich nichts davon anmerken. Unbeirrt fuhr er mit seinen rituellen Handlungen fort. Wir blieben einige Schritte vor ihm stehen. Ich wusste nicht, ob man den Mann unterbrechen durfte, und überließ es Elia, die Initiative zu ergreifen.

Der Mann schien nun fertig zu sein und wandte sich uns zu. Er hatte ein hageres Gesicht mit eingefallenen Wangen, kurze, schwarze Haare und eine dünne, stark vorstehende Nase.

– Guten Tag, fing ich an, da Elia immer noch nichts sagte, Esther hat uns geschickt. Wir wollten etwas über Mr. No erfahren und über diese Tropfen, auf denen man hängen bleibt.

– Wenn ihr diesen Gang weitergeht, werdet ihr auf den Grund eines Brunnens stoßen, sagte der Mann. Seine Stimme war ungewöhnlich hoch, aber ruhig. Dort ist eine Leiter, die müsst ihr hochsteigen, bis ihr in einem runden Zimmer seid, in dessen Mitte eben dieser Brunnen steht. Dort müsst ihr in den Büchern lesen. Vielleicht können die euch helfen.

Ich glaubte ihm. Deswegen stellte ich die Frage:

– Wo sind wir hier?

– Die ganze Welt besteht aus zwei Teilen, von denen der eine sichtbar und der andere unsichtbar ist. Der sichtbare ist nur der Abglanz des unsichtbaren. Gerne würde ich glauben, dass wir hier im unsichtbaren Teil sind. Wenn du in den Spiegel siehst, erblickt du eine Welt, die dir real zu sein scheint, die du aber nicht betreten kannst. Vielleicht sind wir auch auf der anderen Seite des Spiegels, der aber trotzdem nicht der sichtbare Teil ist. Wir wissen es nicht genau. Es muss auch etwas geben, wo alles eins ist, sichtbar, unsichtbar, Spiegel, alles. Etwas, wo es keine Teile mehr gibt. Dort kann niemand hin, denn dann wären da wieder zwei. Das ist alles, was wir genau wissen.

Ich sah dem Mann in die Augen, und für einen Moment war er Tedeisha. Er veränderte nicht sein Aussehen, doch er war Tedeisha. So wie man in Träumen einen Ort als einen ganz bestimmten erkennt, obwohl er völlig anders aussieht.

Doch das dauerte nur diesen Moment, dann war er wieder er selbst. Oder jemand anders. Aber nicht mehr Tedeisha.

– Früher habe ich gedacht, das hier wäre der unsichtbare Teil, der, den du nur in deinen Träumen sehen kannst. Aber das Tor ist aufgegangen, und seitdem bin ich nicht mehr sicher.

Der Mann verschwand. Er verblasste nicht so wie die Tür, er war einfach von einer Sekunde auf die andere nicht mehr da.

– Er kam mir so bekannt vor, sagte Elia, ich bin mir sicher, dass ich ihn schon mal gesehen habe, vor meiner Amnesie wahrscheinlich. Er ist eine Art Priester, aber er hat auch keine Ahnung, sonst wäre er sich sicher. Jede Suche nach Wahrheit ist Religion, aber wenn du die Wahrheit gefunden hast, brauchst du die Relgion nicht mehr.

Ich betrachtete die Messingfigur. Sie hatte nicht ein Gesicht, sie hatte alle Gesichter, die ich je gesehen hatte. Sie wirkte nicht wie das Abbild einer Gottheit, sondern wie ein Abbild aller Gottheiten. Sie sah aus, als könnte man das gesamte Universum erfassen, wenn man lange genug hinsah. Ständig veränderte sie sich und blieb dennoch dieselbe Figur.

In dem stetigen Wandel versuchte ich Tedeishas Gesicht zu sehen, und es blitzte wirklich immer wieder für Bruchteile von Sekunden auf. Wenn ich lange genug die Figur ansah, würde ich auch den unsichtbaren Teil der Welt erblicken, glaubte ich.

Den unsichtbaren Teil und Mr. No und den Traum, der kein Ende fand, Elias Vergangenheit. Ich würde Sal sehen und Esther, ich würde alles erfassen und alles bewegen können, wenn sich diese Figur nur langsamer wandelte, wenn ich nur eine Gelegenheit bekam, diese rasenden Bilder vor meinen Augen zu verlangsamen oder zumindest nacheinander zu sehen. Alles passierte zugleich.

Die Figur schien das Ende der Religion zu sein.

Wie von Ferne hörte ich Elia.

– Lass uns in dieses runde Zimmer gehen.

– Gleich, murmelte ich.

Gleich wird sich mir alles erschließen, dachte ich, gleich. Elia legte mir eine Hand auf die Schulter, ich konnte sie spüren, obwohl ich glaubte, ich sei schon nicht mehr in meinem Körper.

– Komm. Ich glaube, du darfst da nicht so lange hinsehen.

Ich wollte etwas sagen, aber es kamen keine Worte aus meinem Mund. Ich konnte mich auch nicht mehr bewegen. Der Anblick der Figur hatte mich gefesselt. Ich konnte sogar durch Elias Hände hindurchsehen, als er sie mir vor die Augen hielt. Bald würde ich alles zugleich schauen können, auch wenn es das Gefühl gab, dass ich mich auflöste.

– Komm, wir müssen weiter. Komm.

Wie willst du ein Geheimnis verstehen, dessen Teil du bist?, schoss es mir durch den Kopf, doch es schien zu spät, ich konnte meinen Blick nicht lösen, es gab kein Zurück. Der Sog der Figur wurde immer stärker, alle Grenzen lösten sich auf, bald würde es nur noch eins geben, was auch immer das war. *Dort konnte niemand hin.*

Vielleicht wäre ich einfach verschwunden wie der Mann, vielleicht wäre auch etwas anderes passiert, wenn Elia nicht eine klingende Minze zerdrückt hätte. Der Klang erfasste meinen Körper und holte mich zurück. Ich schloss die Augen, spürte meine Füße auf dem Boden, machte den Mund auf und zu, mein Kiefer gehorchte mir.

– Es war wie Fallen, nur dass man nicht aufkommt, sagte ich mit brüchiger Stimme. Hast du das nicht, wenn du die Figur ansiehst?

– Nachdem ich dich so gesehen habe, möchte ich es nicht ausprobieren. Halt die Augen geschlossen, komm hier entlang, sagte er und nahm mich am Arm.

Ich gehorchte ihm, obwohl ich wusste, dass ich mir noch oft wünschen würde, so aus mir herauszufallen.

Es hätte auch anders kommen können, ging mir später auf, die Minze hätte mich auch in die andere Richtung bewegen können, Richtung Auflösung. Richtung Wahrheit. Vielleicht ist ja auch beides dasselbe.

56

Alles kam mir bekannt vor, während wir den Gang heruntergingen: die Wände, die in einem Rot gestrichen waren, das wie getrocknetes Blut aussah, der dunkelgrüne Fußboden, der aussah wie Teppich, sich aber unter den Füßen anfühlte wie Linoleum, die Türen links und rechts. Ich kannte mich aus, alles war mir vertraut. Aber nicht wie in einem Déjà-Vu. Ich erinnerte mich an diese Sachen, weil ich sie in der Messingfigur gesehen hatte. Eine heitere Gleichgültigkeit überkam mich. Ich hatte fast alles schon geschaut, und alles, was jetzt noch geschah, würde eine belanglose Wiederholung sein.

Auch wenn ich nicht in die Zukunft blicken konnte, weil alles auf einmal geschehen war und ich keine Reihenfolge in die Bilder hineinlesen konnte, glaubte ich von nun an, allem mit demselben Gleichmut begegnen zu können.

Im Vorbeigehen irritierte mich etwas, weil es mir bekannter vorkam als der Rest. Ich blieb stehen und wendete den Kopf. Die Tür. Da war eine Tür, die genauso aussah wie Elias Tür zu Hause, die gleiche grün lackierte Tür, das gleiche Flatland-Poster darauf, der gleiche Aufkleber, auf dem

Rhythmus, Bass und Klang stand, sogar die Nase links unterhalb des Schlüssellochs war die gleiche.

Auch Elia war stehen geblieben und sah sich die Tür an. Diese Situation kam mir ebenfalls bekannt vor. Ich war immer noch heiter, und vielleicht legte ich deshalb meine Hand auf die Klinke und drückte sie herunter.

Es sah so aus wie Elias Zimmer, haargenau. Nur hatte es kein Fenster. Da saß sogar Mahadev im Lotussitz, genau wie wir ihn zurückgelassen hatten, seine Augen bewegten sich unter den Lidern. Elia und ich sahen uns an. Elia schloss die Tür, machte sie dann langsam wieder auf und lugte hinaus.

– Und?

– Immer noch der Gang.

– Was glaubst du, wo wir sind?

– In meinem Zimmer.

– Und wo ist dann das Fenster?

– Woher soll ich das wissen?

Er zog ein Buch aus dem Regal und blätterte darin herum, stellte es zurück, nahm eine der Origamifiguren von seinem Schreibtisch und betrachtete sie aufmerksam, während ich mich hinsetzte und den Rechner hochfuhr. Mit einem Schwan in der Hand kniete Elia sich neben Mahadev und sah ihn achtsam an.

– Ich kann ins Netz.

– Ich sag doch, wir sind in meinem Zimmer.

– Oder in einem Abbild deines Zimmers. … Ich habe eine Mail von Sal.

Sal schrieb mir selten, und diese Nachricht schien mir ein Hinweis darauf, dass wir uns nicht in der realen Welt bewegten, sondern in einem Trugbild. Ich öffnete die Mail.

Hy, Nesta, wie geht's? Ich sitze auf Key West und tippe mit zwei Fingern Mails. Vor fast drei Wochen wollten wir tauchen gehen, und als ich ins Boot steigen wollte, bin ich dumm ausgerutscht und habe mir den Arm gebrochen. Ich musste alle Termine absagen und sitze hier nun mit einem Gips fest. Die ersten Tage waren schön, doch jetzt wird es langsam langweilig, und ich bekomme Entzugserscheinungen. Seit achtzehn Tagen habe ich nicht mehr aufgelegt, das ist mir seit Jahren nicht mehr passiert. Meine Managerin ist auf diesem Traum hängen geblieben, und ich muss mir nun jemand Neues suchen. Ich denke oft an dich und hoffe, es geht dir gut. Sei umarmt, Salomon.

Ja, klar, wenn er mit einem Gips in Florida festsaß und die Hitze nicht mehr von Monotonie unterscheiden konnte, dachte er an mich. Falls er festsaß. Falls er sich den Arm gebrochen hatte. Falls er geschrieben hatte.

– Komm mal her, sagte Elia, der noch immer neben Mahadev kniete, komm her und sieh dir das an.

Ich ging neben den beiden in die Hocke.

Elia deutete auf eine Stelle über Mahadevs Kopf, und ich erkannte, was er meinte. Da war ein feiner, durchsichtiger Faden, kaum dicker als Nähgarn, ein Faden, der aussah, als sei er aus schwachem Licht. Er verschwand in der Decke.

Als Elia seine Hand vorsichtig über Mahadevs Kopf hielt, schien der Lichtstrahl durch seine Hand hindurch.

Elias Lächeln wurde breiter.

– Er ist nicht in seinem Körper, das heißt, dass er zurückkommen wird. Die Tropfen können ihm nichts anhaben.

– Vielleicht heißt das auch, dass er tot ist.

Elia schüttelte langsam den Kopf und zog seine Hand zurück. Ich versuchte mich zu erinnern, wie ich Mahadev in der Messingfigur gesehen hatte. Dabei merkte ich, dass ich nicht mehr so gleichgültig heiter war.

Wenn man aufwacht, glaubt man manchmal, dass man seine Träume festhalten kann, doch wenn man nur kurz abgelenkt ist, verschwindet die Erinnerung. Es schien mir, als seien die Bilder in der Messingfigur genauso zu nichts zerfallen. Doch da war immer noch die süße Gewissheit, ein Licht gesehen zu haben.

Elia hielt mit der linken Hand Mahadevs weißes Hemd fest, mit der rechten riss er einen Knopf ab. Während er ihn in die Hosentasche steckte, sagte er:

– Wir werden ja sehen, ob wir in meinem Zimmer waren oder nicht.

55

Das Zimmer, in dessen Mitte der Brunnen stand, war kreisrund, wie der Priester es beschrieben hatte. Ringsum befanden sich Regale, die sich vom Boden bis zur Decke erstreckten, doch möglicherweise gab es keine Decke. Nach oben hin schien sich der Raum endlos auszudehnen. In den Regalen standen verschiedenfarbige Kladden in unterschiedlicher Dicke. Es gab eine Leiter aus dem gleich dunklen, fast schwarzen Holz, aus dem die Regale waren, und die mindestens ebenso lang schien.

Der Brunnen, aus dem wir gestiegen waren, hatte einen Durchmesser von etwas mehr als einem Meter, das Zimmer war groß, gut dreißig Schritte von einem Regal bis zum gegenüberliegenden. Es gab einen dunkelgrünen Sessel, dessen Samtbezug ein wenig fadenscheinig wirkte, und daneben eine Stehlampe. Ansonsten war der Raum leer.

Wir gingen die Regale entlang und sahen Namen auf den Rücken der Kladden, doch sie schienen nicht nach einem System sortiert zu sein. Ich nahm eine blassblaue Kladde heraus, auf deren Rücken Thilo Marl stand. Aufs Geratewohl schlug ich sie auf. Das leicht verblichene weiße Papier war mit einer bauchigen, akkuraten Handschrift beschrieben, die ich wegen ihrer Winzigkeit nur schwer lesen konnte.

Neben einem Datum stand etwas von Drachen auf dem Dach und Vulkanen unter dem Bett. Ich blätterte weiter. Umgedrehte Zirkuszelte in Miniaturformat dienten als Rettungsboote, die Schienen der Bahngleise träumten davon, als Schlangen wiedergeboren zu werden. Wieder einige Seiten später verlief sich jemand in einer Lagerhalle, in der mal Zeitungen gedruckt worden sein mussten. Vor jedem Eintrag stand ein Datum, es waren keine Tage ausgelassen.

Ich stellte das Buch zurück und nahm mir das nächste, ein grasgrünes. Die gleiche Handschrift, dasselbe System. Als ich bei den hinteren Seiten war, erschienen die Buchstaben einzeln nacheinander vor meinen Augen, bevor ich sie zu Wörtern zusammenfügen konnte, als würde der Text gerade erst geschrieben. Noch weiter hinten sahen die Zeichen aus wie Buchstaben, doch sie schienen sich vor meinen Augen ständig zu verändern, so dass ich die Worte nicht entziffern konnte.

Ich nahm das blaue nochmals heraus, und auch dort konnte man die Schrift auf den letzten Seiten nicht lesen.

Auch bei den nächsten Kladden war es so, die gleiche Handschrift, das gleiche System und spätestens auf der letzten Seite die tanzenden Buchstaben.

Elia blätterte genauso wie ich wahllos in einigen Kladden. Wir sahen uns an.

– Traumbücher?, fragte er.

– Traumbücher, sagte ich, obwohl ich mir nicht sicher war.

– Und die Träume, die noch nicht geträumt sind, kann man nicht lesen?

– Glaubst du, das sind alle Träume von allen Menschen? Er schaute nach oben und hob die Schultern.

– Vielleicht können wir hier den Traum finden, aus dem niemand mehr erwacht.

Und mein Traumtagebuch. Hier ist es nicht verbrannt.

– Erkennst du irgendein System, nach dem die Kladden angeordnet sind?

– Nein.

Elia stieg auf die Leiter, während ich mich auf die Lehne des Sessel setzte und hochsah. Ein Zimmer voller Traumtagebücher, alle aufgezeichnet in der gleichen Handschrift. Ich konnte mir die Freude vorstellen, die ich empfunden hätte, wenn das hier alles Tropfen gewesen wären. Aber die Freude und Ehrfurcht, von diesen Büchern umgeben zu sein, wirklich umgeben zu sein, waren größer, viel größer.

Dann war ein Knacken zu hören. Zunächst dachte ich, es käme von der Leiter, und sah hoch zu Elia. Er verharrte regungslos, in der Rechten ein Buch, die Linke auf einer Sprosse. Noch ein Knacken, als würde ein Ast brechen, dieses Mal lauter. Es schien von einem Ort unterhalb des

Zimmers zu kommen. Elia lag wie immer die Andeutung eines Lächelns auf den Lippen, das beruhigte mich irgendwie. Dann hörte man noch ein Knacken, wie von Holz in einem Kaminfeuer, nur lauter, viel lauter, und dann gab es einen lauten Rumms, und ich sah, wie das Regal um eine Buchreihe tiefer sackte. Der Boden zitterte.

Elia ließ vor Schreck die Kladde in seiner Hand fallen und klammerte sich an die Leiter. Er befand sich gut zwei Meter über dem Boden, sein Lächeln erstarb. Nach einer kurzen Weile der Stille lockerte sich sein Griff sichtlich.

– Was war das?, fragte er.

– Keine Ahnung. Als wäre die untere Regalreihe auf einmal im Boden verschwunden.

Ich erhob mich vorsichtig und horchte mit angehaltenem Atem. Schließlich hob ich das radieschenrote Buch auf, das Elia hatte fallen lassen. Eine Ecke war angestoßen, *Ria Jois* stand auf dem Rücken. Ich schlug es auf und blätterte darin herum. Mir fiel auf, dass die Schrift bereits auf dem letzten Drittel nicht mehr zu lesen war. Das brachte mich auf die Idee. Ich reichte Elia das Buch hoch, damit er es zurückstellen konnte.

– Gib mir mal bitte eins von noch weiter oben. … Nein, am besten noch weiter.

Er musste einige Sprossen herunterklettern, bevor er mir das Buch reichen konnte. Bald nach der Hälfte konnte man nichts mehr lesen. Ich beugte mich herunter und nahm ein Buch aus dem untersten Regal. Nur die letzten zwei Seiten waren nicht entzifferbar.

– Chronologisch, sagte ich, sie sind chronologisch geordnet, nach …

Ich stockte. Und nahm eine besonders dünne Kladde aus

dem untersten Regal. Ein Schwimmbad voller Speise-
eis, ein Ventilator auf dem Rücken, mit dem man fliegen
konnte, ein dunkler Ritter, die Gebrüder Löwenherz, ein
Drache, der adoptiert werden will.

– ... nach Todesdatum.

– Na, klasse, sagte Elia unbeeindruckt. Das bringt uns
auch nicht weiter, oder?

Ich wollte gar nicht mehr wissen, wo mein Buch der Träume war. Oder wollte ich es doch? Wie das Tagebuch seiner Geliebten in einem unbeobachteten Moment in der
Hand haben und wissen wollen, was darin steht. Und
sich gleichzeitig davor fürchten. Wie nicht mit Tedeisha
telefonieren wollen, obwohl ihre Stimme meine Knochen
wärmte. Wie seine Traumtagebücher verbrennen, obwohl
man weiß, dass man den Traum nicht aufgeben kann.

Es zerreißt dich, wenn du all deinen Wünschen und Be-
gierden folgen willst. Aber wem sollst du sonst folgen?

Wäre es Pech oder Glück oder Gottes Hand, wenn wir
mein Traumbuch fanden?

– Lass uns ein Buch suchen, in dem dieser verdammte
Traum drinsteht. So viele Menschen sind darauf hängen
geblieben, das kann doch nicht so schwer sein, sagte Elia.
Er war im Begriff, einen ganzen Stapel Kladden aus dem
Regal zu nehmen.

– Nicht, sagte ich, und er hielt inne, sah mich fragend an.

– Wir dürfen sie nicht durcheinanderbringen. Lass sie uns
nur einzeln herausnehmen.

Er grinste, und ich konnte sehen, dass ihn das belustigte.
Doch er tat mir den Gefallen.

In der nächsten Stunde zogen wir wahllos mal hier, mal
da eine Kladde aus dem Regal und blätterten bis zum letz-

ten leserlichen Traum. Ich wurde Zeuge, wie eine Frau namens Alice Blun davon träumte, im Bett eines Trapezkünstlers kleine schlafende Elefanten unter der Decke zu finden. Die verschwommenen, undeutlichen Zeichen wurden vor meinen Augen zu lesbaren Buchstaben. Als würde der Dampf auf einem beschlagenen Spiegel langsam verschwinden. Fasziniert sah ich zu, wie die Worte sich formten.

Als Alice zu Ende geträumt hatte, blieb ich mit der aufgeschlagenen Kladde sitzen. Hatte Tedeisha auch ein Traumbuch hier? Wenn ja, warum konnte sie dann nicht mehr träumen? Und wenn nein, wie hatte sie dann je träumen können? Hatte jemand ihr Buch der Träume gestohlen? Hatte jemand die hinteren Seiten herausgerissen und damit ihre Karriere beendet? Was war mit Donnas Traumbuch? Und was mit Rahels? Warum konnte sie träumen, wenn ich bei ihr schlief? Lieh sie sich dann Seiten aus meinem Buch? Oder fand auf wundersame Weise ihr eigenes wieder? Ich erinnerte mich an ihren Traum von der Traumvorführerin. Wie passte das nun zusammen? Und was war mit Elia, würde er ewig leben, nur weil er kein Traumbuch hatte, das bei seinem Tod eine Etage tiefer sacken konnte?

Wie gerne hätte ich Donnas Buch gefunden und all die Träume gelesen, die sie nie veröffentlicht hatte. Weil sie ihr zu mickrig vorkamen oder den Leuten bei ihrem Label zu abstrus, zu unausgegoren, zu privat, zu gewagt, zu verträumt, zu düster, zu rau. Ich konnte ihr näher sein, wenn ich ihre Träume kannte, die zu sehr irgendwas waren.

Wenn ich Tedeishas Traumbuch fände, könnte ich ihr dann helfen?

Erst jetzt kam mir ein anderer Gedanke. Ich blätterte in Alice' Buch, überflog die Träume, nahm ein weiteres, tat genau dasselbe. Hektisch zog ich ein Buch nach dem anderen aus dem Regal, blätterte darin und stellte es zurück, bevor ich das nächste herausnahm. Und wieder das nächste. Ich suchte nun nach etwas Bestimmtem. Elia, der viel gemächlicher arbeitete, hörte auf und sah mich an.

– Wir werden nichts finden, sagte ich. Es stehen keine Tropfen drin. Wie viele Bücher habe ich nun durchgeblättert? Und wie viel habe ich getropft in meinem Leben? Das hier sind alles echte Träume, keine aus Flaschen, sonst hätte ich doch einen erkennen müssen. Wahrscheinlich gibt es, wenn überhaupt, nur ein einziges Buch, wo dieser Traum drinsteht, auf dem man hängen bleibt.

– Hier stehen keine Tropfen drin? Wieso sagst du das nicht früher?

– Ich bin nicht drauf gekommen.

– Aber von dem hier hast du mir doch erzählt.

Elia stand auf der Leiter, hatte eine goldgelbe, besonders dicke Kladde in der Hand und las mir den Traum vor, in dem eine Frau kopfüber in ein gelbes Meer springt. Während er vorlas, suchte ich die Stelle in dem Regal, wo es hingehörte. Nicht sonderlich hoch oben, stellte ich fest.

– Wessen Buch ist es? Donnas?, fragte ich.

– Donna Roth.

Ich sprang auf.

– Gib her.

Er reichte mir das Buch.

– Das sind doch Tropfen, oder?

– Nein, das ist das Original.

Ich strich mit den Fingern über den Einband. Gerade hatte ich mir das noch gewünscht. Und kurz davor hatte ich mir noch Gedanken darüber gemacht, dass es einen zerreißt, wenn man seinen Wünschen folgt.

Ich schlug es auf, nur das letzte Fünftel war nicht zu lesen. Donna schien gerade anzufangen zu träumen. Sie ging durch einen üppigen, subtropischen Wald und summte dabei eine kleine Melodie vor sich hin.

Ich setzte mich in den Sessel und schlug die erste Seite auf. Donnas Buch. Das Buch des Lichts.

– Was machst du, du willst es doch nicht etwa jetzt lesen, oder?

– Warum nicht?

– Weil wir aus einem bestimmten Grund hier sind. Glaubst du, in dem Buch stehen die Antworten?

Das glaubte ich nicht. Oder doch. Aber auf eine Weise, die uns nicht weiterbrachte. Hier mussten irgendwo andere Antworten sein. Wir waren von allen lebenden Träumern umgeben, und es half uns keinen Deut. Ich lehnte mich zurück, schloss die Augen und atmete seufzend aus. Dann schlug ich nochmals die Seite auf, auf der sich die Buchstaben voneinander trennten. Donna war bei der alten Indianerin. Sie sagte: Wer kein Buch besaß in der Bibliothek der Träume, der ward nicht geschrieben ins Buch des Lebens. Doch wenn die Pforten geöffnet sind, wird jeder hinabsteigen können in die Bibliothek der Träume und Feuer legen können an die heiligen Bücher, da wird auch der Brunnen nicht helfen. Alles wird werden zu einem feurigen Pfuhl und die, die aufbegehrt haben gegen die ewigen Gesetze, werden für immer verloren sein.

Ich hatte jegliches Zeitgefühl verloren. Waren es schon Stunden, die wir die Leiter emporkletterten, oder gar Tage? Schon lange traute ich mich nicht mehr hinunterzusehen, während wir immer mehr Bücher unter uns ließen. Ganz oben schien ein Licht zu leuchten, aber das hatte ich schon vor einiger Zeit gesehen, und es schien nicht näher zu kommen.

Wir kletterten die Leiter hoch, bis ich mich nicht mehr getraut hätte, herunterzuklettern, weil der Weg vor uns unmöglich so lang sein konnte wie der Weg hinter uns.

Der Durchmesser der Bibliothek wurde mal größer und dann wieder kleiner, aber vielleicht kam mir das auch nur so vor. Auf einmal, so als wäre das Licht nicht allmählich näher gekommen, sondern angeknipst worden, waren wir draußen. Wir standen auf einer Lichtung in einem Wald, und Elia schaute in dieses Loch hinab, aus dem wir geklettert waren. Anerkennend legte er den Kopf schief.

– Das geht ganz schön tief runter.

Obwohl ich unterwegs gezweifelt hatte, konnte ich nun meinen Stolz nicht unterdrücken.

– Siehst du, ich habe gesagt, dass da oben noch ein Ausgang ist. In die Bibliothek hinabsteigen, hat die Indianerin gesagt.

– Wenn du alles glauben würdest, was in diesen Büchern steht, hättest du viel zu tun.

Vielleicht gönnte er mir diese Bestätigung nicht. Ich sah ihn an. Es gibt diesen Moment, in dem einem etwas so vertraut ist, dass es schon wieder fremd wirkt, wenn man es ansieht. Wer ist dieser Mann? Ist das mein Freund?

Was weiß ich über ihn? Aber ich bin dumm, ich fragte mich nicht: Was wäre ich ohne ihn?

Etwas irritierte mich und lenkte mich von diesen Gedanken ab. An den Bäumen waren leuchtend gelbe Automaten. Ich war hier schon mal, im Traum.

– In den Automaten da vorne sind Tropfen, sagte ich zu Elia, und wie ferngesteuert ging ich auf einen zu. Erst unterwegs fiel mir ein, welcher Traum das gewesen war, diese Osmonds, die Tedeisha mitgebracht hatte.

Vor dem Automaten kramte ich in meinen Hosentaschen, nichts. Ich hatte mein Geld oben in der Wohnung vergessen. Oben? Unten?

Elia, der mir gefolgt war, steckte eine Karte in den Schlitz des Automaten. Wie bei ganz alten Kondomautomaten hatte man die Wahl zwischen verschiedenen Griffen, die man ziehen konnte. Über den Griffen waren keine Namen für Tropfen, sondern nur farbige Punkte: rot, blau, orange, grün, weiß, gelb.

Elia zog an dem Griff mit dem gelben Punkt, in der Schublade lag auf einem Schaumstoffbett eine Einwegpipette. Er nahm sie heraus und schob die Lade wieder rein. Fragend sah er mich an. Alle Fremdheit war verschwunden. Er legte den Kopf zurück und tropfte sich erst ins linke und dann ins rechte Auge.

In meinem Kopf tauchte das Bild auf, wie Elia verschwand, ähnlich wie die Tür in der Waschküche. Ich konnte mich nicht gegen dieses Bild wehren. Elias Augen flackerten, das typische Flackern eines Tropfers. Ich fasste ihn an den Handgelenken, als könnte ich ihn so am Verschwinden hindern. Seine Augen gingen wieder auf, und er lächelte mich an.

– Soll ich noch welche für dich ziehen?

Elia zog Rot, Orange und Grün, und als er im Begriff war, Weiß zu ziehen, sagte ich ihm, dass es reiche. Er nahm die Pipette noch heraus, sah sie an und schmiss sie dann schulterzuckend weg. Sie kam unter einem Pilz zu liegen. Die anderen Pipetten hielt er mir hin, und ich suchte mir eine aus.

Mich ausruhen unter der Haut der Träume. Ein wenig Geborgenheit. Eine andere Welt. Tedeisha. Der Traum, in dem ich sie nackt gesehen hatte. All die Träume, in denen wir uns begegnet waren. All die Zeit, die ich ohne sie gewesen war. Das Krankenhauszimmer. Hängen bleiben in einem Wald über den Büchern der Träume.

– Lass uns weiter, sagte ich.

– Hast du Angst, dass du hängen bleibst?

– Ja. . . . Nein, das ist es nicht. Ich will weiter.

– Wohin?

– Weiter.

Elia steckte die Pipetten in seine Hosentasche, und ich ging einfach der Nase nach in den Wald hinein. Äste knackten unter meinen Füßen, Vögel zwitscherten, ein Bach plätscherte, und die Sonne schickte ihre Strahlen durch das Blätterdach, als würde sie dafür bezahlt werden. Ein Schweißfilm bildete sich auf meiner Haut.

Nach einigen Minuten wurde die Luft heißer, es war eine feuchte Hitze, die die Haut ganz geschmeidig macht. Wir befanden uns in einer Art Urwald, und ich ahnte, dass alle Pflanzen ein Bewusstsein hatten und durcheinandermurmelten. Es war nur eine Ahnung, aber ich glaubte sie fast zu hören. Eine kosmische Symphonie.

– Teonanacatl, sagte Elia und deutete mit dem Kopf auf

eine Gruppe weißer Pilze mit braunem Hut. Das Fleisch der Götter.

Ich sah die halluzinogenen Pilze nicht nur, ich glaubte sie zu hören, ein wenig heller als die Pflanzen, ein wenig klarer und schneidend im Klang.

Auf einmal schienen die Pflanzen und Pilze zu verstummen. Elia und ich blieben stehen, um zu lauschen. Links von uns hörten wir ein paar trockene Zweige knacken, und als wir den Kopf drehten, sahen wir die Indianerin aus Donnas Traum.

– Grüß Gott, sagte sie mit einer sehr tiefen, aber fraulichen Stimme.

– Grüß Gott, erwiderte Elia, aber ich sagte nur Hallo.

Die Indianerin schien sehr alt, doch sie ging aufrecht. Ihre klaren, neugierigen Augen bildeten einen starken Gegensatz zu ihrem zerfurchten Gesicht, als hätten sie sich geweigert, mitzualtern.

– Wie seid ihr an der Gottheit vorbeigekommen?, fragte sie.

Nicht, dass ich eine Antwort gewusst hätte, aber sie ließ uns keine Zeit für eine Erwiderung. Mit einem kurzen Blick auf Elia sagte sie:

– Ah, ich verstehe. Die Pforten. Wenn nur niemand Feuer legt. Es ist nicht wahr, fuhr sie fort, ihr seid nicht auf der Welt, um zu leben, ihr seid dort, um zu schlafen und zu träumen. Doch ihr sollt nicht in euren Träumen gefangen sein wie in der Welt.

– Was können wir tun, um die Menschen aus diesem Traum zu befreien?, fragte ich. Wie selbstverständlich nahm ich an, dass sie den Traum meinte, auf dem man hängen blieb, und dass sie ein Gegenmittel kannte.

– Ich weiß es nicht, sagte sie, die Pforten haben sich geöffnet. Aus Liebe. Du bist hier, und er war drüben, die Welten sind aus dem Gleichgewicht geraten bei so viel Liebe. Keiner außer dem Allmächtigen kennt die Gesetze der Welten.

– Wissen Sie etwas über Sue No?, fragte Elia.

Die Indianerin schüttelte amüsiert den Kopf.

– Den Namen habe ich noch nie gehört.

– Kennen Sie den Traum, in dem man gefangen bleibt?, fragte ich.

– Ja, sagte sie, ich kenne einen, in dem man gefangen bleibt. Er ist sehr, sehr alt. Die meisten hier kennen ihn.

53

Pedro träumte, er sei in einem Garten, der genau dem seines Hauses glich. Sollte es möglich sein, dass es einen Garten gibt, der genauso aussieht wie meiner?, fragte er sich.

Eine junge Frau kam auf ihn zu, und Pedro dachte verblüfft: Sollte jemand eine junge Geliebte haben, die genau wie Mara aussieht?

Mara rief:

– Da ist ja Pedro. Wie ist er hierhergekommen?

Pedro dachte, die Frau habe ihn erkannt.

– Ich war unterwegs, sagte er, und zufällig bin ich hier vorbeigekommen. Gehen wir doch ein Stück zusammen.

Mara lachte.

– Was für ein Unsinn, sagte sie, ich verwechsle dich mit Pedro, meinem Geliebten, aber du bist nicht so stattlich wie er.

Sie war die Geliebte eines anderen Pedro.

– Meine Teuerste, sagte er, ich bin Pedro. Wer ist der Mann Eurer Träume?

– Es ist Pedro, erwiderte Mara. Wer bist du, dass du dir seinen Namen aneignest?

Sie ging lachend fort.

Niedergeschlagen blieb Pedro zurück. Er dachte, Mara hatte ihn ärgern wollen. Oder sollte es tatsächlich einen anderen Pedro geben? Von dieser Frage geplagt, betrat er die Veranda eines Hauses, das ihm bekannt vorkam. Er ging hinein und stieg die Treppe hinauf zu seinem Zimmer. In seinem Bett sah er einen jungen Mann liegen, neben ihm saß Mara. Der junge Mann seufzte.

– Was hast du geträumt, Pedro? Bist du bekümmert?, wollte Mara wissen.

– Ich hatte einen sehr sonderbaren Traum. Ich träumte, ich wäre in einem Garten und du hättest mich nicht erkannt und allein gelassen. Ich bin dir gefolgt und stand vor einem anderen Pedro, der in meinem Bett schlief.

Als Pedro dies hörte, konnte er sich nicht länger beherrschen. Er rief:

– Ich kam, um einen gewissen Pedro zu suchen. Du bist es.

Der junge Mann erhob sich, kam auf ihn zu, umarmte ihn und schrie:

– Es war kein Traum, du bist Pedro.

Aus dem Garten erklang eine Stimme:

– Da ist ja Pedro. Wie ist er hierhergekommen?

Die beiden Pedros zitterten. Der, der geträumt hatte, ging fort, der, der gekommen war, schlief ein und träumte. Als er erwachte, fragte Mara ihn:

– Was hast du geträumt, Pedro? Bist du bekümmert?

– Ich hatte einen sehr sonderbaren Traum. Ich träumte, ich wäre in einem Garten und du hättest mich nicht erkannt und allein gelassen. Ich bin dir gefolgt und stand vor einem anderen Pedro, der in meinem Bett schlief.

Bei den letzten Worten wurde die Stimme der Indianerin immer leiser, als würde jemand sachte einen Regler herunterziehen. Und mit abnehmender Lautstärke schien sie auch ein wenig kleiner zu werden. Dachte ich zunächst. Erst dann erkannte ich, dass ihre Füße während der Erzählung nicht den Boden berührt hatten. Ganz sanft setzte sie wieder auf.

– Es ist ein sehr alter Traum, sagte sie, es gibt ihn in verschiedenen Versionen, aber eigentlich ist es kein Traum. Zuerst war es eine Geschichte wie viele andere auch. Eine Geschichte, die erzählt, wie zwei Liebende nicht zueinanderfinden. Wir wissen nicht, wie sie zum Traum geworden ist.

Zur Realität, dachte ich. Der Traum oder die Geschichte war zur Realität tausender Menschen geworden, die immerzu träumten, sie seien Pedro, ohne zu begreifen, wer Pedro war. Vielleicht eine Realität wie jede andere. Ständig glaubte ich, Nesta zu sein, ohne zu wissen, wer Nesta war. Nesta, ein siebzehnjähriger Jüngling, der den großen Traum hatte, Träumer zu werden, der Freund von Sal. Nesta, der Tedeisha in ihren Träumen sehen konnte. Nesta, der auf einer Couch lag und wahllos auf dem Boden verstreute Flaschen aufhob, um in eine andere Welt zu versinken. Nesta, dem der Schmerz den Halt nahm, dem der Schmerz die Füße bröckeln ließ, als seien sie aus Mürbeteig, nachdem Mahadev ihm gesagt hatte, Tedeisha würde nicht mehr aufwachen. Nesta, der Elias Hilfe brauchte, Nesta, der nicht mehr weiterwusste, der noch nie etwas gewusst hatte, am wenigsten, wer er war. Nesta, dessen Namen fast niemand kannte.

Mein Leben war auch nur eine Geschichte, eine von vielen möglichen Versionen, die Nesta sich zusammengesponnen hatte, um zu verstehen. Wie aus einem schreienden Säugling ein achtundzwanzigjähriger Arbeitsloser werden konnte, der durch eine Tür gegangen war, die es nicht gab, um von einem Traum zu hören, den es offensichtlich sehr wohl gab.

Als würde sie meine Gedanken lesen können, sah mich die Indianerin weise lächelnd an.

– Weißt du vielleicht noch etwas, das uns weiterhelfen könnte, oder kennst du noch jemanden, der mehr weiß?, fragte Elia, und es kam mir richtig vor, dass er die alte Frau duzte, obwohl ich mir nicht erklären konnte, warum.

– Ich lebe nun schon lange, sagte die Indianerin, aber ich weiß noch sehr wenig. Ich weiß nicht, wie man in Pedros Haus gelangt und ihn wirklich aufweckt. Vielleicht müsst ihr auf der Straße der Erlösung wandeln. Viele haben dort schon ein Licht gesehen, manche aus der Ferne, manche von Nahem, manche aus Sehnsucht, andere aus der Güte ihres Herzens heraus.

– Wie kommen wir auf diese Straße?

– Folgt diesem Pfad da vorne. Und vertraut.

Elia lächelte, die Indianerin lächelte, und fast hätte ich auch gelächelt. Ich spürte schon den Impuls in den Mundwinkeln, als die Indianerin sich an mich wandte:

– Pass gut auf, Nesta, mein Sohn. Dieser Weg ist gefährlich, einige kehren nie zurück.

Nach diesen Worten drehte sie sich um und ging in den Wald. Ich konnte ihren Rücken noch sehen, als ich endlich rief:

– Warum nur ich? Warum muss Elia nicht auch aufpassen?

Sie drehte sich nicht um und gab keine Antwort. Ich lief hinterher, doch sie verschwand vor meinen Augen. Auf einmal war sie nicht mehr da.

52

Der Pfad führte uns aus dem Wald, und bald gingen wir durch die Ruinen einer Stadt. Die Häuser waren grau und leer, die Fensterscheiben fehlten ganz oder man konnte gezacktes Glas in den Rahmen sehen. Einige Mauern sahen so fragil aus, dass du dich nicht mal dagegengelehnt hättest. Auf Balkonen und Dächern waren verwitterte Satellitenschüsseln zu sehen, doch die Häuser waren leer. Nirgendwo sah man Möbel, bestenfalls Teppiche oder Tapeten, meistens jedoch nackte Wände und Böden, matschig grau.

Es gab eine Tankstelle mit traurigen Zapfsäulen, von denen der Lack abblätterte. Bis auf ein paar streunende, abgemagerte Katzen sahen wir keine Lebewesen. Die Welt war zwar nicht schwarz-weiß, aber es schien auch keine Farben zu geben. Besser kann ich es nicht erklären. Elia summte leise eine Melodie vor sich hin.

Plötzlich hörte er auf und sagte:

– Ich war schon mal hier.

– Ein Déjà-Vu?

– Nein, nein. Das muss vor meiner Zeit in den drei Häusern gewesen sein.

Wir blieben an einer brachliegenden, unbebauten, vielleicht unbebaubaren Stelle stehen. Elia sah sich genau um, als könnte die Realität Dinge zurückholen, die von den Tiefen seines Gedächtnisses verschluckt worden waren.

Auch ich betrachtete aufmerksam die Umgebung, als könnte ich ihm helfen. Dabei fielen mir kleine Farbpunkte auf. Als hätte der Graufilter über der Stadt an einigen Stellen Löcher. Hier hatte ein Fensterrahmen einen kleinen pastellblauen Fleck, dort schimmerte die Ecke einer Tür rot, weiter drüben ein Klecks Grün auf einer Plakatwand, hier ein Placken Teerschwarz auf der Straße. Kleine Farbflecken, wie Sterne am Nachthimmel, nur viel weniger.

– Siehst du die Farben?

Elia nickte.

– Ich war schon mal hier, aber da muss es noch anders ausgesehen haben.

– Sieh mal, da. Da ist ein ganz blaues Fenster.

Auf dem Weg zu dem Haus mit dem blauen Fenster folgte uns eine Katze in sicherem Abstand. Nach einigen Schritten blieb Elia stehen. Gemeinsam drehten wir uns um.

Die Katze war auch stehen geblieben. Die großen, weit auseinanderstehenden Augen und das Kinn bildeten die Eckpunkte in ihrem dreieckig wirkenden Gesicht. Sie sah irgendwie orientalisch aus und machte einen leicht verwirrten Eindruck. Als hätte sie jahrelang in den geheimen Gängen einer Pyramide gehaust und sich dort von Mäusen ernährt, um nun zum ersten Mal zu sehen, dass es noch eine andere Welt gab. Lese ich etwas zu viel in eine Katze hinein? Sie miaute.

Elia imitierte den Laut. Die Katze kam vorsichtig einige Schritte auf uns zu. Miaute erneut. Elia ging in die Hocke, streckte eine Hand aus. Die Katze kam langsam und vorsichtig näher, schnüffelte an der Hand.

Und dann, ohne erkennbaren Grund fauchte sie Elia an, der erschrocken zurückwich. Die Katze sah aus, als würde sie zu einem Sprung ansetzen.

Mich packte eine Angst, eine namenlose Angst, dunkel und unverständlich wie diese Stadt, und ich fing an zu rennen, als ginge es um mein Leben. Vielleicht ging es das auch.

Als ich mich kurz umdrehte, sah ich drei schwarze Katzen, die mich verfolgten.

Ich rannte, und einen Moment lang blitzte die Erinnerung auf an diesen Traum, in dem Tedeisha und ich uns das erste Mal begegnet waren, den Kindertraum, in dem das Mädchen vor dem Teufel floh. Genauso fühlte ich mich jetzt, nur gab es weder ein Garagentor noch eine Sackgasse, die mich retten konnten. Vielleicht war ich in einem Traum. Vielleicht konnte ich mich umdrehen und die Katzen fragen, wer sie waren und was sie von mir wollten. Vielleicht konnte mir nichts passieren. Vielleicht aber doch.

Ich rannte, ich rannte vorbei an Hügeln, die bei näherem Hinsehen aus Leichen bestanden, aus Menschenleichen. Die Indianerin hatte gesagt, dass einige nie zurückkehrten. Ich wollte nicht sterben. Nicht jetzt, nicht hier. Hatte ich nicht Angst gehabt, als wir durch die Tür in der Waschküche gegangen waren? War das eine Vorahnung gewesen? Wir versuchen, einen Sinn hineinzudeuten in das Leben und die Ereignisse.

Meine Panik dehnte die Zeit, es passten zu viele Gedanken

zwischen zwei Schritte. Wie hatte ich ohne Elia loslaufen können? Wieso hatte ich solche Angst vor diesen Katzen? Wieso hatte die Indianerin nichts über sie gesagt?

Ich rannte einfach geradeaus, die Katzen dicht auf meinen Fersen. Der Weg wurde schmaler und führte zwischen zwei Leichenbergen hindurch. Ich sah zerkratzte Arme. Und durchgebissene Kehlen. Das getrocknete Blut hatte braunrote, krustige Flecke auf der Kleidung hinterlassen. Ich spürte etwas an meiner Wade und versuchte noch schneller zu laufen, nur noch auf den Boden vor mir zu sehen.

Bald lagen die beiden Hügel hinter mir, und die Straße war nur noch ein unbefestigter Weg. Ich fühlte mich, als würde ich Blut schwitzen, kaltes Blut, und als wäre die Luft ein Metall, das schmerzte, sobald es in meine Lungen gelangte. Ich war versucht aufzugeben. Einfach stehen zu bleiben. Stehen zu bleiben und mir die Kehle durchbeißen zu lassen. Einfach stehen zu bleiben, wie jemand, der sich entkräftet im Schnee schlafen legt.

Bilder tauchten in meinem Kopf auf. Vielleicht wäre das Leben anders, wenn man wüsste, woher und warum. Ich sah Tedeishas Gott. Ja, es konnte damit zu tun haben, dass ich mich an den Traum erinnert hatte. Aber diese Erklärung erleuchtete gar nichts. Ich sah Tedeishas Gott vor mir, sein Grinsen, seine lockigen Haare. Wo im Kopf sind diese Bilder, die man mit offenen Augen sieht, die aufblitzen, sich irgendwo formen, während man keucht und das Gefühl hat, gezackte Messer einzuatmen?

Ich rannte weiter, ich wollte Tedeisha und ihren Gott nicht enttäuschen. Wenn ich jetzt aufgebe, dachte ich, muss er mich vielleicht zu sich nehmen, und das will er nicht. Und ich auch nicht. Ich lief, aber nicht mehr für mich.

Ich lief, als ich auf einmal einen Schrei hörte. Hätten die Häuser noch Fenster gehabt, wären sie gesprungen. Ich hatte das Gefühl, durch den Schrei würde meine Schädeldecke Risse bekommen. Ein Schrei, laut und kräftig und völlig fremdartig, doch gleichzeitig mit einer vertrauten Note. Ein Schrei wie klingende Minze, nur dass er die Luft mit Missklang füllte, ein Schrei wie das Gegenteil von Musik, ein Schrei, der sich an der Haut rieb, als könnte er Schürfwunden verursachen.

Ich sah Elia mit geöffnetem Mund auf mich zulaufen. Dann wurde ich ohnmächtig.

51

Als Erstes sah ich eine rote Kehle. Aus vier Punkten rann sanft das Blut heraus. Es tropfte mir auf das Kinn. Ich lag auf dem Rücken, und Elia kniete über mir, eine Hand unter meinen Kopf gelegt. Ich sah die Striemen der Krallen auf seiner Wange, sah, dass er mich anlächelte, und sah, wie sich der nächste Tropfen an seinem Kehlkopf formte. Der Kragen seines T-Shirts war ganz schwer von Blut. Ich spürte, wie sich mein Magen zusammenzog und die Haut an meinem Sack sich kräuselte. Ich wusste nicht, ob ich mich übergeben würde oder erneut das Bewusstsein verlieren. Keins von beidem geschah. Elia wischte sich mit dem Handrücken über die Kehle.

– Alles in Ordnung?, wollte er wissen.

Ich suchte meine Zunge in meinem Mund. Als ich sie gefunden hatte, erschien mir das Sprechen zu schwer, zu verfrüht, und ich deutete ein Nicken an. Dann schloss ich die Augen. Wie lange war ich ohnmächtig gewesen? Wo waren die Katzen? Was war das für ein Schrei gewesen? Wie hatte ich Elia allein lassen können? Wie schwer war er verletzt? Mit einem Ruck richtete ich mich auf.

– Langsam.

– Bei dir alles in Ordnung? Was ist passiert?

Ich wollte dich nicht allein lassen, es tut mir leid. Der Satz formte sich in meinem Kopf, aber ich schämte mich, ihn auszusprechen.

Elia sagte, zunächst habe er keine Angst gehabt, aber die Katze sei ihm aus dem Stand an die Kehle gesprungen, und er habe sich befreit und sei losgerannt, mir hinterher, wie er annahm. Aber bald schon sah er mich nicht mehr. Die Katzen hatten auch ihn verfolgt, er war immer wieder abgebogen und hatte immer mehr Angst bekommen.

– Aber die Angst hat mir nicht die Kehle zugeschnürt, sie hat mir einen Schrei entlockt, wie ich ihn noch nie gehört habe. Und auf einmal habe ich dich gesehen, und die Katzen sind fortgelaufen.

Sie sind vor dem Schrei geflüchtet, dachte ich. Wir saßen auf dem Boden, und während Elia redete, rann aus der Bisswunde weiterhin Blut, sachte, aber stetig.

– Wir müssen irgendwie die Blutung stoppen, sagte ich. Ich stand auf, ohne zu wissen, was ich tun sollte. Elias Lächeln machte mich wütend. Er schien nicht zu begreifen, dass es um sein Leben ging.

– Wir müssen etwas tun.

Ich zog mein T-Shirt aus und wickelte es ihm um den Hals, machte einen Knoten hinein. Elia beugte sich vor, griff den Kragen seines T-Shirts und wrang ihn aus. Zähe Tropfen Blut fielen auf den Boden.

– Ja, sagte er, das nervt total.

– Wie fühlst du dich?

– Mir geht es gut.

Hatte die Katze vielleicht Tollwut gehabt? Oder eine andere Krankheit? War Elia dabei, durch irgendetwas zu sterben, das kurz vor dem Tod noch Wohlbefinden auslöste?

– Mir geht es sogar sehr gut. Ich war wirklich schon mal hier, nur sah die Stadt damals noch bunter aus. Sie war beliebter. Und an die Katzen kann ich mich auch erinnern. Sie waren friedlich und anschmiegsam. Wusstest du, dass Katzen viel träumen? Ich war schon mal hier, und es muss mir gut gegangen sein.

– Hallo, Elia. Haben die Katzen euch angegriffen?

Erschrocken drehte ich mich um, ich hatte niemanden kommen hören. Da stand ein Mann mit Dreadlocks, die ihm bis zu den nackten Füßen reichten. Seine Kleidung war zerschlissen und verfärbt, und in seinem Mundwinkel glimmte ein Joint. Er hielt mir die Hand hin und stellte sich vor:

– Ich bin Marcus.

– Nesta, sagte ich und sah ihn grinsen.

– Wie Marley?

Es war keine Frage. Wenn ich Jesus geheißen hätte, hätte er wohl gesagt: wie der Prophet?

Er sah mich genauer an und tat wieder so, als würde er eine Frage stellen, aber es war eine weitere Feststellung.

– Du bist nicht von hier?

Ich schüttelte trotzdem den Kopf.

In der Glaskugel blubberte das Wasser, als Marcus inhalierte. Er unterdrückte ein Husten und ließ dann langsam den Rauch aus seiner Lunge strömen. Dann reichte er die Pfeife weiter, und Elia nahm einen Zug. Als ich dran war, verspürte auch ich einen Hustenreiz, doch er verging schnell und machte einer angenehmen Wärme Platz. Ich fühlte mich, als sei mein Körper ein Puzzle, und als ich ausatmete, passten auf einmal alle Teile zusammen.

– Du hast also dein Gedächtnis verloren?, fragte Marcus, legte die Fingerspitzen seiner langen, knochigen Hände aneinander und sah Elia an. Sein spärlicher Bart war von grauen Strähnen durchzogen. Er wandte sich an mich.

– Und du bist gar nicht vor hier. Dann fangen wir ganz vorne an. Das ist die Stadt der verlassenen Träume. Zumindest nennen wir sie so. Früher hatte sie keinen Namen, sie brauchte keinen. Da ging es allen gut, mehr oder weniger. Jeder, oder fast jeder, hatte hier eine Wohnung, ein Apartment, ein Zimmer, eine Villa, einen Unterschlupf. Dort waren ihre Seelen, wenn sie träumten. Nacht für Nacht wurden die Wohnungen bevölkert, und manchmal ging ich einfach in eine hinein und erschien jemandem im Traum. Ich weiß von der Musik, von Gottes Existenz, von Brüderlichkeit, Liebe, Freiheit, Schicksal, ich weiß von der Erlösung der Unterdrückten, und ich weiß auch von den Dingen, die in der Welt geschehen.

Damals lebten wir in Frieden mit den Katzen. Doch es kam der Tag, an dem einigen Katzen in der anderen Welt, wo Nesta zu Hause ist, in einem Labor die Nervenstränge durchgeschnitten wurden, die dafür sorgen, dass die

Muskulatur während der Träume gelähmt ist. Diese Katzen sprangen und fauchten, machten einen Buckel, ihr Fell sträubte sich, sie wichen vor unsichtbaren Angreifern zurück, während sie schliefen. Katzen schlafen viel. Hier, bei uns, wurden die Katzen aggressiv. Sie waren hier in ihren Träumen, aber gleichzeitig konnten sie ihre Körper nicht verlassen. Sie waren aber noch zu scheu, um die Menschen anzugreifen.

Vor einiger Zeit fingen die Menschen dann an, aus den Häusern auszuziehen, sie träumten ihre eigenen Träume nur noch nebenbei. Meistens liefen sie fremden Träumen hinterher, die alle außerhalb der Stadt liegen. Wenn ihr dorthin kommt, werdet ihr sehen, dass sich einige Landschaften prächtig entwickelt haben. Es gibt Städte, die strahlen in ungeahntem Glanz, als seien sie das neue Jerusalem, aber diese Stadt hier verfällt, und die Katzen übernehmen die Herrschaft. Sie jagen die Menschen, die hierherkommen.

– Was passiert, wenn die Katzen jemanden erwischen?, fragte ich.

– Dann wacht man auf.

– Und wenn man nicht schläft?

– Das weiß nur der Allmächtige.

– Und die ganzen Leichen auf den Straßen?

– Die Dinge sind weder so, wie sie scheinen, noch sind sie anders. Man weiß es nicht.

– Und Elia ist nicht aufgewacht, weil er nicht schläft?

Elia saß auf einer Matratze, seine Augenlider hingen herab, und er schien uns nicht zuzuhören. Er schien aber auch nicht abzudriften, vielmehr sah er so aus, als würde er sich konzentrieren.

– Keiner weiß, was mit Elia ist. Eines Tages, als die Menschen anfingen, fremden Träumen hinterherzurennen, tauchte er hier auf. Einige Wochen lang sah man ihn überall, er schien an mehreren Orten gleichzeitig sein zu können. Und auf einmal war er verschwunden.

Marcus stopfte den Kopf der Wasserpfeife erneut. Die Farbe des Klumpens Haschisch auf dem Holzbrett vor ihm erinnerte mich an Karamell. Erst nachdem Marcus noch einen tiefen Zug genommen hatte, sprach er weiter.

– Hier gab es nicht das System Babylons, nicht bevor die Menschen anfingen, fremden Träumen hinterherzurennen. Jah gibt einem jedem seinen Traum. Und niemandes Traum sollte zu stark werden. Hier waren alle gleich. Aber nun sind sie es nicht mehr. Nur die Kinder Jahs, die nicht infiziert sind von fremden Träumen, nur die Rechtschaffenen, sind noch in der Stadt der Träume. Wir werden siegen.

Er warf seine Dreads zurück und streckte die Faust in die Luft. Ich hatte ein wenig Angst vor ihm und seinem Wortschwall, trotzdem fragte ich:

– Weißt du von dem Traum, aus dem man nicht mehr aufwacht? Kennst du Pedros Traum?

Er lächelte.

– Pedro? Der weiße Mann hat die Schwarzen mit Glasperlen in dunkle Schiffsbäuche gelockt, uns verkauft, versklavt, ausgebeutet. Er hat das babylonische System über sie gebracht, so wird es berichtet. Und nun versucht er, Babylon auch hierherzubringen. Pedro? Wir sind Riesen, die von Zwergen zu Zwergen erzogen werden. Pedro?

Er brüllte jetzt.

– Diese Welt, wie wir sie sehen, ist genau so, wie wir sie sehen. Aber nur weil wir sie so sehen, wie wir sie sehen. Verstehst du?

Ich warf Elia einen Blick zu, doch er schien abwesend. Marcus schüchterte mich immer mehr ein. Er nahm einen weiteren Zug aus der Pfeife, das Wasser blubberte Unheil verkündend. Er legte den Kopf in den Nacken und stieß Rauch aus. Einige Momente lang glaubte ich, ein Gesicht darin zu erkennen, was mich nur noch mehr ängstigte.

Nicht nachdenken, sagte ich mir, und erstaunlicherweise funktionierte es. Mein Mund ging wie von allein auf, und ich war erstaunt, als die Worte sich in den Rauch mischten.

– Was weißt du über die Straße der Erlösung?

– Es gibt keine Abkürzungen zu Orten, die es wert sind, gesehen zu werden. Die Straße der Erlösung ist lang und steinig und voller falscher Schilder. Und Schlangen. Du wirst stolpern, wenn du auf ihr wandelst. Du wirst stolpern, verstehst du?

Er schrie mir ins Gesicht.

– Verbrennen sollen die Schlangen, verbrennen sollen die Babylonier, verbrennen soll die Korruption und die Lüge. Brennen im Höllenschlund. I and I, Jah Rastafari Haile Selassie I.

Dann beruhigte er sich wieder.

– Warum kommst du hierher und stellst mir Fragen über Träume?, fragte er. Warum glaubst du, es gäbe Antworten? Wenn ich zu dir käme und dich nach dem Leben fragte, wüsstest du etwa Antworten? Warum schlafen wir?, wollen die Leute wissen. Sie fragen nie: Warum sind wir wach?

Er nickte, als sei er stolz auf sich.

– So, das war meine Lektion für heute. Zeit, dass ihr geht.

Busse, Motorräder, Autos, Rikschas, Fahrräder, Roller kamen nicht vorwärts, sondern standen dicht an dicht. Die Luft war staubig und erfüllt von dem stetigen Hupen und den Motorgeräuschen, von Gesprächen und Gebrüll, von blechernen Musikfetzen, die aus altersschwachen Lautsprechern kamen. Viele Menschen waren zu Fuß unterwegs. Sie schoben sich langsam an den Fahrzeugen vorbei, während die, die darin saßen, hofften, sie würden diese Pilger überholen, sobald der Verkehr wieder floss.

Elia und ich saßen in einer Fahrradriksca, und ich versuchte, mich an das Gesicht unseres Fahrers zu erinnern. Eben noch, als wir die Riksca bestiegen, hatte ich es gesehen, aber nun starrte ich auf einen schmalen Rücken in einem fleckigen, blau-weiß gestreiften Hemd und wusste nicht mehr, wie er ausgesehen hatte. Elia schien der Geräuschpegel zu stören, zumindest war das Lächeln aus seinem Gesicht verschwunden. Vielleicht war er sogar genervt und musste sich beherrschen, um nicht zu schreien.

Schreien. Mir fiel der unmenschliche Schrei aus seinem Mund ein, aber ich verscheuchte den Gedanken. Als sich eine Lücke auftat und unser Fahrer sich in die Pedale stemmte, um Fahrt aufzunehmen, lehnte ich mich zurück. Es war, als würde der Lärm leiser, wenn man sich entspannte.

Ich wusste genau, wie die Stadt, zu der wir fuhren, aussehen würde. Die weißen Häuser hatten flache Dächer, und die tief stehende Sonne verlieh ihnen einen goldenen Glanz. An jeder Ecke, an jeder Straße, hinter jeder Biegung entdeckte man heilige Stätten, der Klang der Tempelglocken glich dem Klang der Minze. Alles, alles war gut. Die Menschen waren erfüllt vom Klang, von Dankbarkeit, Güte und Vergebung. Überall war Entzücken. Jeder betete, aber nicht für sich. Jeder feierte auf stille Art, aber nicht sich selbst. Sondern die anderen Menschen, uns alle. Auch die Götter.

Fast konnte ich die dünnen Fäden sehen, mit denen jeder und alles verbunden war, dünne Fäden aus Licht.

Die Geräusche und das Gewusel verblassten, als es langsam heller wurde. Die Helligkeit schien keine Quelle zu haben. Elia kniff die Augen zusammen.

Manchmal legt ein DJ ein Stück auf, und die ersten Takte sind einem vertraut auf eine Art, dass man sofort weiß: Das Stück habe ich zu Hause. Aber es will einem nicht einfallen, wie es heißt, noch, von wem es ist.

So war es mit dem Licht. Ich kannte es. Ich kannte es, als hätte ich es zu Hause.

Helles, gleißendes Licht, das mich nicht blendet, sondern in meine Augen drang, als wollte es von innen mein Hirn streicheln. Ein Licht, das mühelos durch die Knochen schien und das Mark warm und weich macht.

Ich hatte es zu Hause. In einer Schublade, in einer Flasche. Meine letzte Flasche, meine heilige Flasche. Es war das Licht aus Donnas Träumen, und nun war es so hell, dass man fast nichts mehr sehen konnte, so hell, dass Donna aufwachen würde, so hell wie das Ende ihrer Tropfen.

Waren wir schon in der Stadt? Ich sah hinüber zu Elia, doch er schien sich in Licht aufgelöst zu haben. Ich wollte ihn berühren, aber meine Hand griff ins Leere. Und dann konnte ich einen Moment lang wirklich nichts mehr sehen.

Ich fragte mich, ob ich möglicherweise tot war. Aufgelöst vom Licht.

In schneller Folge tauchten Bilder auf von der Art, wie du sie manchmal vor dem Einschlafen siehst. Hypnagoge Bilder sagen sie dazu, Bilder, die aus dem Nichts zu kommen scheinen und die sofort verschwinden, wenn man versucht, sie festzuhalten.

Doch genau das versuchte ich, ich versuchte die Bilder festzuhalten, weil ich wusste, dass in ihnen eine Lösung lag.

Mahadev im Lotussitz, der Schwarze aus meinen ersten Tropfen mit erigiertem Glied, Tedeisha nackt, wie ich sie in den Osmonds gesehen hatte, die Pipetten, die noch in Elias Tasche sein mussten. Ich sah Tropfen vom Himmel regnen und Menschen mit aufgerissenen Augen auf den Straßen stehen, den Kopf in den Nacken gelegt, ich sah das Schwimmbecken von Mr. No, eine Menge Leute, eine Party, jemand lag am Boden und zuckte konvulsivisch, seine Knöchel waren weiß, weil er sich an etwas festhielt, das ihm mehr als sein Leben bedeutete. Dann sah ich einen Rüssel und Millionen träumender Augen, ich sah die Tür in der Waschküche und einen Mann mit blondierten Haaren. Und ich sah Elia, ein Lächeln im Gesicht, als wäre es aus Licht.

Und noch sehr viel mehr Dinge. In meinem Kopf formten sich Gedanken wie Bilder. Ich sah, wie die Träume aller Menschen sich überschnitten, und da, wo die Überschneidungen waren, blieb, wenn sie aufwachten, ein Land zurück, dem Meer der Träume abgewonnen.

Wo sonst die Meere die Inseln umschließen, umschlang dieses Land das Meer der Träume. So wie das Wasser zu

Festland werden konnte, konnte das Land zu Menschen werden oder zu Träumen von Menschen wie Marcus. Wenn die Träume genug Nahrung bekamen, wurden sie zu Wirklichkeit.

Doch Pedros Traum war wie die Schlange, die sich in den Schwanz beißt, keine Nahrung, für niemanden.

Ich sah Pedros Traum von außen und hörte eine Liedzeile in meinem Kopf: *Das sind keine Sterne, das sind nur Löcher im Papier.* Da sind Löcher auch im Traum, sagte das Licht. Es sagte es mit dem Klang der Minze.

Ich spürte, dass ich schwerelos gewesen sein musste, weil ich nun anfing zu sinken. Zu fallen. Die Tür in der Waschküche. Donna. Elia. Tedeisha und ich. Die Löcher überschneiden sich wie die Träume. Vergiss das nicht. Gleich wirst du aufwachen. Aber nun hast du es endlich verstanden. Die Löcher überschneiden sich wie die Träume. Tedeisha. Ich. Vergiss das nicht, Nesta. Vergiss das nicht. Löcher, Träume, überschneiden, Land.

Wir fallen aus der Stadt der weißen Häuser, weil kein lebender Mensch dort ein Haus hat, obwohl wir alle von dort kommen. Wir fallen ins Leere. Eine Unhöhle. Es erscheint mir logisch, eine Unhöhle, ein Hohlraum umschließt einen Fels.

48

Als Sal jeden Tag woanders auflegte und wir noch regelmäßig Kontakt hatten, hatte er erzählt, wie er mal in einem Hotel aufgewacht war und nicht gewusst hatte, wo er war. Welcher Tag, welche Woche, welche Stadt, welche

Uhrzeit. Das passiert wahrscheinlich jedem mal, aber an diesem Tag hatte Sal nach zehn Sekunden immer noch keinen Anhaltspunkt und war panisch geworden. Damals hatte ich ihn beneidet. Zehn Sekunden die Welt wahrnehmen, ohne von einem Wissen beschwert zu sein, zehn Sekunden, ohne sich verankern zu müssen, zehn Sekunden reines Bewusstsein. Wonne.

Doch so war es nicht. Ich kam zu mir auf einer Fahrradrikscha sitzend, links und recht von uns üppige Reisfelder, vor uns eine endlos lange Straße, aber nichts davon hätte ich einen Namen geben können. Ich kam zu mir, aber ich kam nicht zur Welt. Ich wusste nicht, wo ich war, wann ich war, wer ich war. Im ersten Moment war es tatsächlich ein angenehmes Gefühl, aber weder der Rücken des Rikschafahrers noch Elias Anblick halfen mir, zurückzufinden.

Ich wusste, ich hatte beides schon mal gesehen, doch ich konnte mich nicht entsinnen, wann und wo. Und welche Bedeutung es hatte.

Nicht mal mein eigener Name fiel mir ein. Ich war, und es gab Wahrnehmungen, aber nichts konnte benannt werden. Ich versuchte mich zu erinnern, ein Bild zu finden, das vorher in meinem Kopf gewesen sein musste.

Nichts. Ich schaute wild umher und bekam nicht den Mund auf, um zu fragen. Langsam kamen Worte, aber die Bilder, mit denen ich sie verbunden hatte, der Sinn, den sie zu beinhalten schienen, war verschwunden. Unhöhle. Tedeisha. Überschneiden. Löcher. Traum.

Dann kam alles zurück, alles, was Eindruck auf mich gemacht hatte, was mich bewegt, berührt, abgestoßen und angewidert hatte. Mit einem Mal war ich wieder ein

Mensch, in dessen Geist es zahllose Eindrücke und Bilder gab, jemand, der alles, was er wahrnahm, einordnete.

Und erst da wurde mir klar, wie schön es gewesen sein müsste, dieser Last entkommen zu sein. Es musste schön gewesen sein, so wie ich es mir vorgestellt hatte, als Sal es erzählte, aber auch ich war nur in Panik verfallen und hatte versucht, meinen Platz in der Welt schnell wiederzufinden. Ich sah Elia an. Sein Lächeln war verschwunden. Seine großen, dunklen Kinderaugen wirkten wie die eines alten Mannes, der versucht, seinen Frieden mit der Welt zu machen, obwohl der Schmerz, der zwar durch die Jahre abgenommen hat, immer noch zehrend nagt.

Er drehte sich um, und ich tat es ihm nach. Am Horizont war ein strahlender weißer Fleck, etwa so groß wie eine Sonne, die sehr bald untergegangen sein wird.

– O Gott, nein. Halt, halt, sagte Elia.

Unser Fahrer hörte auf zu treten und drehte sich zu uns um. Er hatte kein Gesicht, da war nur eine grob geformte Masse, als hätte eine vernunftlose Gottheit versucht einen Menschen zu erschaffen. Ich erschrak. Aus irgendeinem Grund wusste ich, dass er einen Mund hatte und in diesem Mund Goldzähne.

Wir rollten weiter vorwärts.

– Wir wollen zurück, sagte Elia, und ich schaute weg, damit mir nicht schlecht wurde von dem Anblick. Aus den Augenwinkeln erkannte ich, wie der Fahrer den Kopf schüttelte und sich wieder nach vorne drehte, um weiterzufahren.

– Halt, rief Elia, doch der Fahrer ignorierte ihn und setzte gemächlich unseren Weg fort.

– Du willst zurück?, fragte ich.

– Ja. Du etwa nicht? Die Stadt des Lichts. Eine Stadt wie klingende Minze. Eine Stadt, in der ich sicherlich schlafen kann. Ich muss schon mal dort gewesen sein, das Licht kam mir so bekannt vor.

– Aus Donnas Träumen, sagte ich, ohne nachzudenken.

Elia lächelte traurig.

– Komm, sagte er und sprang von der fahrenden Rikscha. Ich schaute nach vorne, dann sah ich zurück zu Elia, der mich herunterwinkte, ich musste mich entscheiden. Mitfahren, ohne zu wissen, wohin, oder zurückgehen mit Elia. Ich wusste, dass ich nicht in der Stadt bleiben konnte, selbst wenn ich gewollt hätte. Bei Elia war ich mir da nicht so sicher.

– Ich will nicht in die Stadt, ich will zu Tedeisha, rief ich. Ich glaubte nun zu wissen, wie ich sie aufwecken konnte. Doch wo war nun der Weg in die Waschküche?

– Komm, schrie Elia.

Ich war zu feige, es allein zu versuchen. Das ist leider die Wahrheit.

47

Wann die Reisfelder aufhörten und wie wir in diese Wüste gerieten, kann ich nicht sagen. Bis zum Anbruch der Dämmerung waren wir in Richtung Stadt gegangen, und als die Sonne sich neigte, hatte ich mich zum ersten Mal gefragt, wie lange es her war, dass wir durch die Tür der Waschküche gegangen waren. Stunden, Tage, gar Wochen? Aber es wurde zum ersten Mal Nacht, oder?

In weiter Ferne leuchtete die Stadt immer noch, wir

schienen ihr keinen Deut näher zu kommen. Als die ersten Sterne funkelten, merkte ich, wie müde ich war, müde und hungrig.

Unterwegs waren wir niemandem begegnet und hatten auch kaum geredet. Elia war zügig vor mir hergegangen. Wenn er sich umdrehte, hatte ich ein Glitzern in seinen Augen bemerkt, das ich genauso wenig kannte wie die Melancholie vorher.

– Warte, rief ich nun, warte, ich kann nicht mehr. Ich brauche etwas zu essen. Und ich bin müde.

Elia blieb stehen und drehte sich um. Erst als ich stand, merkte ich, wie meine Beine vor Schwäche zitterten. Vorsichtig setzte ich mich in den Sand. Meine Wade juckte, und als ich mich kratzen wollte, merkte ich, dass es genau die Stelle war, an der die Katze mich mit ihren Krallen erwischt hatte. Ich piddelte mit den Nägeln die Kruste ab, doch der Juckreiz ließ nicht nach. Elia kam auf mich zu und ging vor mir in die Hocke.

– Ich habe Hunger, ich habe Durst. Ich kann nicht mehr.
Er nickte.

– Ich würde gerne zurück.

– Ich auch.

– Nein, ich würde gerne zurück in die Waschküche.

– Hast du es nicht gespürt? Die Stadt verlangt nach uns.

– Nach dir vielleicht.

– Wenn du von herzlosen Fremden umgeben in einer Hochhaustriade wohnst und nicht weißt, was du mit deinem Leben anfangen sollst, wenn deine Freunde auf und davon sind, deine Träume versandet und niemand deinen Namen kennt und du dann die Möglichkeit hast, in der Stadt des Lichts zu leben - Nesta, was tust du?

Jemand, der mutig ist oder zumindest romantisch, hätte wohl geantwortet.

– Ich versuche, Tedeisha zu retten.

Ich kratzte die Wunde blutig und sagte kein Wort, schüttelte nur den Kopf, kämpfte mit den Tränen. Elia nickte.

– In Ordnung, sagte er. Aber ich weiß nicht, wie wir von hier aus zur Tür kommen, wir müssen zum Licht. Hier ist nichts. Komm.

Ich versuchte aufzustehen. Es wäre übertrieben zu behaupten, dass meine Beine mir nicht gehorchten, doch sie zitterten jetzt so sehr, dass ich auf halbem Weg einfach aufgab und mich wieder in den Sand sinken ließ.

Wieder nickte Elia, und da war sein Lächeln, wie ich es kannte.

– Ruh dich aus, ich besorge etwas zu essen.

Ich legte mich hin, bettete meinen Kopf auf meinen Unterarm. Einen Moment fühlte ich mich, als läge ich wieder auf Elias Sofa, während sein Rücken in der Dunkelheit verschwand, die vom Abglanz des Lichts erhellt wurde.

Wenn du einen Menschen hättest, der immer gut zu dir ist, ohne dass du dir erklären könntest, warum, einen Menschen, von dem du wüsstest, dass er dich nie im Stich lassen wird, würdest du ihn allein lassen wollen auf dem Weg in eine Stadt, aus der womöglich auch du kommst? Würdest du nach Liebe suchen? Nach Auswegen aus Träumen? Würdest du wollen, dass viele deinen Namen kennen? Und wenn die Antworten ja wären – würdest du dich schlecht fühlen deswegen?

Als ich erwachte, ging die Sonne über der Stadt des Lichts auf, und es sah aus, als würden zwei Sonnen wetteifern,

welche die schönere war. Elia saß neben mir und sah sehn-
süchtig nach Osten. Ohne den Kopf zu wenden, sagte er:
– Guten Morgen. Balsam ist keins da. Und mit dem Früh-
stück kann man kleine Kinder erschrecken.
Da erst sah ich es. Zwei armlange, dicke Schlangen, einige
Käfer und die hintere Hälfte einer Eidechse.
– Ich glaube, mir ist der Appetit vergangen.
– Okay, sagte Elia, wie du willst, und stopfte sich das
Frühstück achtlos in die Taschen seiner weiten Hose.
Meine Beine fühlten sich, als ich aufstand, nicht mehr
so schwach an wie am Tag zuvor. Wir gingen, ohne dass
die Stadt des Lichts näher zu rücken schien. Wir gingen
viele Tage oder einen einzigen ungeheuer langen Tag, den
Sonne, Durst, Furcht und Hunger dehnten.
Ich delirierte, dauernd tanzten Sterne und rote Lichter vor
meinen Augen, der Sand schien eine zähe Masse, die unser
Fortkommen verhinderte, aus meinen Beinen schienen
die Knochen verschwunden zu sein, so dass das Fleisch
jeden Moment in sich zusammenfallen konnte.
Als ich zusammenbrach, betupfte Elia meine Lippen mit
Schlangenblut und biss die Schlagader eines Tieres auf,
das wie eine Art Hamster aussah. Ich wusste nicht, wo er
es gefangen hatte. Mühsam schluckte ich das warme Blut,
das in meinen Mund rann.
Als ich etwas später in eine Schlange biss, musste ich
würgen, und als ich das Fleisch dann hinunterschluckte,
nochmals. Doch der Hunger war stärker als alles, was ich
über Ekel gelernt hatte.
– Es ist nicht mehr weit, hörte ich Elia, aber ich ahnte, dass
er das nur sagte, um mich zu beruhigen. Doch als ich zur
Stadt sah, glaubte ich schon die weißen Mauern erkennen

zu können, die sie umgaben und die ein unwirkliches Licht ausstrahlten.

– Löcher, Träume, überschneiden, sagte ich in einer Art Wahn, doch wenn mich dieser Wahn nicht täuschte, war in Elias Augen wieder diese melancholische Sehnsucht, die das Lächeln von seinen Lippen vertrieb.

– Halt durch, sagte er.

Es fühlte sich an, als würde sich die Schlange in meinem Magen zusammenfügen und zu neuem Leben erwachen. Vor Schwäche schon den Trugbildern ausgeliefert, hatte ich einen Moment der Hellsichtigkeit. Ich verstand, dass Elia und mich noch viel mehr voneinander unterschied als der Schlaf und die Träume. Ich verstand es, aber ich konnte nicht benennen, was es war, genauso wenig, wie ich die Gesetze des Kosmos benennen kann.

46

Wir begannen, die Stadt zu umrunden. Nirgendwo in den weißen hohen Mauern gab es ein Tor oder eine noch so kleine Lücke. Wir trafen auf unserem Weg eine blasse Frau, in deren Gesicht sich tiefe Falten eingegraben hatten und deren Lippen in einem unpassenden grellen Rot geschminkt waren. Regine erzählte uns, dass sie schon seit Tagen erfolglos um die Stadt herumlaufe. Sie schien verbittert darüber, dass sie so kurz vor dem Ziel nicht mehr weiterkam. Elia bot ihr eine Schlange an, die sie mit der Begründung ablehnte, Gewaltlosigkeit sei eine der Grundbedingungen, um in die Stadt aufgenommen zu werden, und Fleisch essen beinhalte Gewalt. Gewaltlosigkeit, Leidenschaftslosigkeit, Ruhe, Güte, Toleranz, Vergebung, Demut, sie zählte uns die Tugenden auf, als wären es Visabestimmungen, die sie längst erfüllt zu haben glaubte. Als ich sie fragte, wovon sie lebe, bedachte sie mich mit einem mitleidigen Blick und behauptete, Gott würde für sie sorgen. Wir trennten uns ohne Bedauern.

Einige Stunden später trafen wir Joseph, einen ausgemergelten Mann, dessen Hose und Hemd derart zerschlissen waren, dass sie ihn kaum mehr vor der Sonne schützten. Er war barfuß, sein Haare waren ebenso struppig wie sein Bart. Ein Lächeln umspielte seine Lippen, doch das schien nichts damit zu tun zu haben, dass er auf andere Menschen traf.

Freundlich begrüßte er uns, und wir erfuhren, dass er seit drei Jahren vor den Mauern der Stadt lebte. Er führte uns zu seiner kleinen, jämmerlichen Hütte, die er aus Tierknochen und mit Blut gehärtetem Sand gebaut hatte. Er bot uns Felshasenblut als Getränk an und zum Essen Skorpione, die er getrocknet hatte. Elia steckte einige in seine Tasche, während ich dankend ablehnte. Das Blut tranken wir.

Der Mann fragte uns, ob wir Einlass begehrten. Das war genau seine Formulierung, und ohne eine Antwort abzuwarten, erzählte er von seinen Versuchen, einen Tunnel unter der Mauer durchzugraben oder ein Loch in die Wand zu kratzen. Er schien sich mit der Situation angefreundet zu haben und schätzte sich glücklich, in der unmittelbaren Nähe des Lichts leben zu dürfen. Er fragte uns, wem das sonst beschieden sei. Als ich Regine erwähnte, lächelte er, hielt einen Kommentar aber wohl für überflüssig.

Als wir uns auch von ihm verabschiedet hatten, setzten

wir unseren Weg fort, weil Elia sich mit eigenen Augen von der Torlosigkeit dieser Mauer überzeugen wollte, die keine Ecken und Kanten hatte, sondern die Stadt kreisförmig umschloss.

– Das ist nicht sonderlich sinnvoll, was wir hier machen, oder?

– Soll der, der sucht, weitersuchen, bis er etwas findet. Wenn er etwas findet, wird er beunruhigt sein. Wenn er beunruhigt ist, wird er staunen, und er wird alles beherrschen.

Ich sah Elia an.

– So steht es im Thomasevangelium. Du wirst doch nicht aufgeben wollen, nur weil Joseph es nicht geschafft hat? Die Stadt des Lichts, die Stadt, in der alle ihre Wünsche vergessen. In dieser Stadt ist das ganze Universum enthalten, da hört die Rätselhaftigkeit ein für alle Mal auf. Ich habe dort gelebt, ich kann es fühlen. Und ich will zurück.

Elia schien etwas anderes gesehen zu haben als ich, während wir irgendwie durch diese Stadt fuhren. Sie schien eine ähnliche Wirkung auf ihn zu haben wie die Messingfigur der Gottheit auf mich. Was mich auf die Idee brachte, dass ich möglicherweise in der Stadt gelandet wäre, hätte ich mich beim Anblick der Statue tatsächlich aufgelöst.

– Und ich?, fragte ich. Was ist mit mir? Ich will nicht in die Stadt.

– Dich nehme ich mit hinein. Wenn wir drinnen sind, gibt es keine Fragen mehr, dann wirst du wissen, was zu tun ist, um Tedeisha zu retten. Glaub mir. Es muss eine Tür geben, wie in der Waschküche.

Jetzt erst verstand ich, warum er sich Chancen ausrechnete, und wir wanderten weiter. Elia sah nach der Sonne und behauptete, dass wir gegen Abend die Stadt umrundet haben würden. Die endlosen weißen Mauern hatten mir jegliche Orientierung geraubt, ich hätte ihm geglaubt, wenn er gesagt hätte, wir würden bereits das dritte Mal um sie herumgehen.

Es war später Nachmittag, als wir ein junges Paar überraschten, das im Schatten der Mauer ein Schäferstündchen hielt. Sie lagen in einer Art Graben direkt an der Mauer, so dass wir sie erst sahen, als wir schon fast vor ihnen standen.

Der Mann, fast noch ein Junge, sprang auf, als er uns bemerkte, und zog sich hastig seine Unterhose an. Die Frau setzte sich auf, bedeckte ihre Brüste und zog eine Jacke über ihren Schoß. Der Junge schüttelte den Kopf und lachte befreiend, während sie verlegen zu sein schien.

– Entschuldigung, sagten Elia und ich wie aus einem Mund und drehten uns um, damit sie sich in Ruhe etwas anziehen konnten. Aus irgendeinem Grund glaubte ich genau zu wissen, wie ihr Hintern geformt war. Als hätte ich ihn schon mal irgendwo gesehen. Oder sie.

– Mein lieber Shiva, sagte der Junge, da habt ihr uns mit heruntergelassenen Hosen erwischt, was? Na ja, euch wird schon gefallen haben, was ihr gesehen habt. Wir waren so frei, es kommt ja nicht so oft jemand vorbei. Zumindest haben wir euch noch nie vorher hier gesehen. Man kennt sich ja. Habt ihr Regine und Joseph schon gesehen? Ach so, Verzeihung, das ist Jolene, und ich heiße Ben.

– Elia.

– Nesta.

Nun lachten die beiden, aber nicht über meinen Namen,

glaube ich, sie lachten wie Menschen, denen Lachkicks von Drogen in Fleisch und Blut übergegangen sind.

– Wir sind nicht wie Regine und Joseph, wir kommen nur auf Tropfen hierher. Und ihr, seid ihr auch auf Tropfen hier?

Er kniff die Augen zusammen und sah uns genauer an.

– Auf Tropfen?, fragte ich.

– Ja. Ist ein Trick. Ist nicht so einfach, auf Tropfen hierherzukommen. Ist auch gut so, da hat man seine Ruhe. Ist doch nice hier, gute Vibes und all das Licht, Alter, da fühlt man sich gleich ganz groß. Du weißt zwar, dass du träumst, aber das ändert doch nichts. Ich habe mich noch nie so frei bewegt in Tropfen. Und wenn du fickst und dann aufwachst, dann kannst du gleich noch mal, das ist so derbe geil.

– Auf Tropfen?

– Ja. Pass auf, verrat's nicht weiter, okay? Euch kann ich es ja verraten, ihr gehört ja quasi zur Familie, nicht wahr? Die Osmonds, kennst du die Osmonds? Ich habe 'ne Literflasche, Alter. Da liegt 'ne Pipette neben dem Pilz, die sieht ja jeder, aber die ist nicht so der Bringer, du brauchst die blauen Tropfen, Alter, das ist so adventuremäßig, du musst die Augen aufmachen, aber nicht aufwachen, ne? Hehe. Da ist ein Loch im Baum von 'nem Specht oder was, der Baum direkt hinter dem Automaten. Da drin liegen die blauen Tropfen, du musst tief hineingreifen, und dann kommst du hierher. Das Loch ist so vier Meter über dem Boden. So einfach ist das.

Ich sah ihn an. Jemand, der in seinen Träumen auf Bäume klettert und in Spechtlöcher hineingriff.

– Und gleich werden wir wieder aufwachen.

Er grinste über das ganze Gesicht. Seine Freundin und er verschwanden. Es fing bei den Füßen an, dann verschwanden die Beine und der Rumpf, und zuletzt blieb nur noch sein Grinsen einige Sekunden in der Luft. Bis sich das auch auflöste.

– Komisch, ich habe ihn gar nicht gesehen, aber sie hatte einen schönen Hintern, sagte Elia.

Als es dunkel wurde, hatten wir laut Elia die Stadt umrundet, aber keine Tür gefunden.

45

– Du willst Mahadev im Stich lassen?, fragte ich am nächsten Morgen.

– Er wacht auch ohne mich wieder auf. Er wird aufwachen, so wie ich in diese Stadt gelange. Du wirst sehen.

Es kränkte mich, mit welcher Leichtigkeit er das sagte. Als sei unsere Trennung eine beschlossene Sache, um die man nicht viel Aufheben zu machen brauchte. Mir fiel nichts ein, um ihn zum Bleiben zu bewegen, er wollte in die Stadt und war überzeugt davon, dass er einen Weg finden würde, auch ohne Tür.

Ich wollte nicht in die Stadt, so schön sie auch war. Aber ich wollte auch nicht aufs Geratewohl in die Wüste. Allein.

Ich fragte mich, ob es immer so war in meinem Leben, ob immer alle gingen, wenn sie etwas sahen, das ihnen wichtiger war als meine Gesellschaft. Ob mich immer alle im Stich ließen, wenn sie an ein Glück in Reichweite glaubten. Und ich fragte mich, ob ich anders wäre. Ob ich anders war. Ich wollte zu Tedeisha, ich war derjenige, der ging, und trotzdem fühlte ich mich zurückgelassen.

Elia gab mir Schlangen, Eidechsen, Käfer und die Tropfen aus dem Automaten, blaue hatten wir natürlich keine.

– Mögen die Wege dir offenstehen, sagte er, obwohl ich noch nicht bereit war und den Abschied noch hinauszögern wollte.

Er umarmte mich. Er umarmte mich richtig, das war keine bloße Berührung der Oberkörper, ich konnte seinen breiten Brustkorb spüren und seine Hüften. Ich konnte seinen Hals riechen, und seine Wärme schien auf mich überzugehen. Nachdem wir uns voneinander gelöst hatten, drückte er mir noch einige klingende Minzen in die Hand.

– Werden wir uns wiedersehen?, fragte ich.

– Ja, du musst nur daran glauben.

Ich nickte, obwohl ich nicht wusste, ob ich dazu fähig sein würde. Als ich mich umgedreht hatte und schon einige Schritte gegangen war, sagte Elia:

– Sei mir nicht böse, Nesta.

Ich blieb stehen und drehte mich um.

– Ich weiß, ich habe schon mal in dieser Stadt gelebt, sie ist ein Teil von mir, den ich vergessen habe. Ich würde dich gerne begleiten, glaub mir. Bei dir hatte ich immer das Gefühl, du könntest mich verstehen, du könntest etwas an mir sehen, das ich selbst nicht sehe. Ich weiß nicht genau, was. Ich habe mich immer fremd gefühlt unter euch, weil ich nicht schlafe und träume. Aber bei dir war es anders. Du scheinst dich genauso wenig zu Hause zu fühlen wie ich. Mir hat es wahrscheinlich trotzdem weniger ausgemacht. Aber jetzt kann ich heim. Du wirst einen Weg finden, verzeih mir bitte, aber ich kann einfach nicht mit.

Ich wollte mich wieder umdrehen, damit er meine Tränen nicht sah, doch ich unterdrückte den Impuls.

– Möge auch dein Weg offen sein. Grüß das Licht von mir.

Dann zwang ich mich zu gehen. Ich wollte nicht nochmals zurückschauen, doch mir kam der Gedanke, dass Elia sich vielleicht genau das wünschte, und als ich mich doch noch umdrehte, hatte er seine Hand schon erhoben. Ich ahmte die Geste nach. Und das war das.

44

Der Schweiß lief mir zwar die Achsel herunter bis zu den Hüften, doch die Windböen ließen mich frösteln. Ich hatte noch etwas zu essen, aber die Schlangen und Eidechsen waren schon bis auf den letzten Tropfen ausgesaugt. Meine Füße taten weh, meine Schädeldecke schien zu glühen. Meine Beine fühlten sich schon wieder weich an.

Ich hatte mich einfach für eine Richtung entschieden und war gegangen. Es war wohl kurz nach Mittag, als ich glaubte, in weiter Ferne ein Gebäude zu erkennen. Nach Stunden voller Durst, Zweifel, Angst, Hitze und Einsamkeit kostete es große Anstrengung, mich nicht zu freuen. Es könnte eine Fata Morgana sein, redete ich mir ein, immer wieder, bis ich schließlich in einem Torbogen stand und in einen viereckigen Innenhof blickte, in dessen Mitte sich ein Brunnen und eine aus Lehm geformte Statue befanden.

An allen vier Seiten wurde der Hof von zweistöckigen Häusern mit flachen Dächern begrenzt, drei Häuser an jeder Seite. Der Boden vor den Häusern war mit rotem Stein gepflastert. Vor einigen Eingängen saßen Menschen auf den Steinen. Alle Blicke richteten sich auf mich. Ich bekam es nicht fertig, zu lächeln oder zu nicken. Ich ging zum Brunnen, zwang mich, nicht zu rennen.

Es dauerte einige Zeit, bis ich das Geräusch hörte, als der Eimer ins Wasser tauchte. Meine Arme zitterten, als ich ihn wieder hochzog, ich dachte, meine Kraft würde nicht reichen, und fühlte mich den Tränen nahe. Mit zusammengebissenen Zähnen zog ich weiter. So nah war ich dran, doch ich fühlte schon, wie mein Griff um die Winde sich lockerte. Warum half mir keiner? Sahen sie mir immer noch zu?

Mir liefen wirklich Tränen herunter, als ich den Eimer auf den Rand des Brunnens stellte und meine gesprungenen Lippen auf die Wasseroberfläche legte.

Als ich den Kopf wieder hob, hatten die Bewohner der Siedlung einen Kreis um mich gebildet und sahen mich neugierig an. Etwa fünfzig Menschen, Greise, Kinder, Erwachsene. Bei den Jüngeren waren sie nicht so ausgeprägt, doch fast alle hatten lange, vorstehende Nasen. Mit ihrer braunen Haut, ihren kräftigen Augenbrauen und dunklen Augen sahen sie für mich aus wie Nordafrikaner. Sie hielten einen Abstand von einigen Schritten und schienen abzuwarten, was ich als Nächstes tun würde.

– Hallo, sagte ich, entschuldigt bitte, ich war am Verdursten.

Sie sahen mich an, als seien sie nicht nur der Sprache nicht mächtig, sondern als verursache sie einen Missklang in ihren Ohren. Dann sahen sie sich gegenseitig fragend an.

– Könnt ihr mich verstehen? Ich bin ein Freund, versteht ihr? Freund. Gut.

Wieder dieser Ausdruck in ihren Gesichtern. Als könne meine Stimme mit kreischenden Eisenbahnbremsen, dem Quietschen von Styropor oder einem Fingernagel auf einer Schultafel mithalten. Mein Blick blieb für einen Moment an der Statue hängen. Zunächst glaubte ich, es sei die Darstellung einer Frau mit großen Brüsten, doch man konnte es auch für eine Wildkatze im Sprung halten. Sie schien sich zu verändern, sobald man den Kopf nur wenige Millimeter bewegte.

Noch mal beugte ich mich über den Eimer und trank in langen, gierigen Zügen.

Während ich trank, hatte sich der Radius des Kreises verringert. Diese Menschen wirkten zu vorsichtig, als dass ich hätte Angst vor ihnen haben müssen. Doch mir kam auch der Gedanke, dass genau das mein Fehler sein konnte.

Es war nicht nur wegen meines Hungers, sondern auch wegen meiner Unsicherheit, als ich meine Hand zum Mund führte und fragend in die Runde blickte. Ich wollte einen Kontakt herstellen.

Einige nickten. Eine Frau verschwand in einem der Häuser und kam bald darauf mit einem großen Tablett wieder heraus, auf dem mehrere Schüsseln standen. Sie winkte mich zu sich. Erst als ich auf sie zuging, fiel mir auf, dass alle, einschließlich der Kinder, die gleichen bodenlangen Gewänder aus milchkaffeefarbenem leichtem Stoff trugen. Die Frau bedeutete mir, auf dem Steinboden Platz zu nehmen, setzte sich mir gegenüber und schob mir das Tablett mit den vielen kleinen glasierten Keramikschüsseln zu. Die anderen beobachteten aufmerksam jede meiner Bewegungen.

Ich erkannte Datteln und Oliven und nahm davon. Da lag auch Brot auf dem Tablett, doch ich konnte nicht sagen, was in den anderen Schüsseln war. Ich kostete von allen. In einer war Schlangenfleisch, das war eindeutig, den Geschmack werde ich nie wieder vergessen, aber es war gepökelt und schmeckte so eindeutig besser.

Die Menschen hatten sich ebenfalls auf dem Boden niedergelassen, einige direkt in meiner Nähe, andere weiter weg, manche vor den Eingängen von anderen Häusern. Keiner redete. Und als ich *köstlich* sagte und meinen Magen dabei rieb, erntete ich missbilligende Blicke und hatte wieder den Eindruck, meine Stimme würde ihnen Schmerzen verursachen.

Niemand hatte bisher ein Wort gesagt, sie schienen sich ab und zu durch Gebärden zu verständigen, die mir verschlossen blieben.

Nach dem Essen wurde ich schläfrig. Es war mir wohl so deutlich anzusehen, dass mir meine Gastgeberin ein Kissen brachte. Nach einigen Gesten, die sie mehrere Male wiederholen musste, glaubte ich verstanden zu haben, dass sie mich aufforderte, mich einfach auf den Boden zu legen, was ich auch tat.

Im Traum beherrschst du manchmal fremde Sprachen und Musikinstrumente, doch diese Fähigkeiten verlieren sich beim Aufwachen, und du weißt nicht, ob du auf ein verborgenes Wissen zurückgegriffen hast oder nur einem Trugbild erlegen bist. Im Traum wunderst du dich in lichten Augenblicken über die neuen Fertigkeiten. Und nun wunderte ich mich genauso darüber, dass ich diese Menschen nicht verstand. Menschen, die es anscheinend zu keiner Sprache gebracht hatten, deren Handzeichen aber so kompliziert waren, dass ich sie nicht durchschauen konnte.

Kurz bevor ich einschlief, sah ich die Lehmstatue in einer völlig anderen Umgebung vor mir, es mochte ein südamerikanischer Regenwald sein. Dann verschwand das Bild und Dunkel hüllte mich ein.

Als ich wieder erwachte, dämmerte es bereits. Die Anwohner der kleinen Siedlung saßen vor der Statue, von der ich immer noch nicht sagen konnte, was sie darstellte. Sie erinnerte mich an Gesichter und Formen, die man in Wolken entdeckt.

Einige Minuten verharrten die Menschen reglos, bis sie gleichzeitig, wie auf ein geheimes Zeichen hin, anfingen zu singen. Auch wenn ich die Sprache nicht einordnen konnte, so schien es doch eine zu sein, wenn auch eine, deren Sinn möglicherweise sogar den Sängern verborgen blieb.

Ein Chorgesang mit einer lieblichen Melodie erfüllte den Hof. Vielleicht dankten sie einer Gottheit für den Tag, den er ihnen geschenkt hatte, vielleicht halfen sie der Sonne beim Untergehen, ich wusste es nicht, aber sie sangen mit so viel Gefühl, dass es mich schier überwältigte. Natürlich mussten sich meine Worte in ihren Ohren wie Missklang ausnehmen.

Jeder Einzelne von ihnen schien singen zu können wie Elia. Wäre er dabei gewesen, er hätte sich bestimmt mit diesen Menschen verständigen können.

Hier und da brannten Fackeln, es war bereits dunkel, als der Gesang schließlich verstummte. Die Menge löste sich auf, und diejenigen, die auf dem Weg in ihre Häuser an mir vorbeikamen, lächelten mir zu. Meine Gastgeberin ging ins Haus und kam erneut mit einem Tablett heraus, auf dem wieder Gerichte in kleinen Schüsseln angerichtet waren. Zwei Männer und vier Kinder setzten sich an das Tablett, ich wurde auch herangewunken, und wir begannen zu essen.

Auch vor den anderen Häusern saßen Menschen in Gruppen und nahmen Mahlzeiten ein. Überall schien es zwei Männer, eine Frau und mehrere Kinder und ein oder zwei Alte zu geben.

Nach dem Essen wurden die Fackeln gelöscht, und alle gingen in die Häuser. Da mich niemand aufforderte zu folgen, blieb ich draußen sitzen. Die Nacht war dunkel und still. Einer der Männer kam aus einem Haus und brachte mir zwei Decken.

Menschen, die keine Sprache kannten und abends einen überirdisch schönen Gesang anstimmten. Ich wünschte, Elia hätte das hören können. Ich wünschte, wir hätten den Chor in sein Programm einspielen können. Ich wünschte, ich wäre nicht allein. Die Sterne funkelten, um mir klarzumachen, dass ich kleiner war als sie. Die Gedanken wollten meinen Kopf nicht verlassen, machten, was sie wollten, fragten nach Antworten, bei denen ich kaum die Frage formulieren konnte. Es dauerte lange, bis ich wieder einschlief.

43

Wir telefonieren, seit er nicht mehr in der Stadt wohnt. Kommt selten vor, dass wir uns mal vier Tage nicht sprechen. Hin und wieder gibt es diese Tage, an denen er anruft, und im Hintergrund läuft ein Album, *Closer*. Dann gehe ich zum Regal, suche auch das Album heraus und lege es ein. Nach ein, zwei, drei Versuchen läuft die Musik synchron, unsere Worte werden in Klang gebettet. Das sollte jeder mal machen, wenn er jemanden hat, mit dem er gerne telefoniert.

Er erzählt dann, wie es ist, umgeben von Menschen zu sein, die stolz sind auf ihre schlechte Laune, umgeben von Menschen, die gestresst sind von ihrem Job, die aber arbeiten, weil sie Geld brauchen für Dinge, die ihnen helfen zu vergessen, dass die Arbeit sie nicht befriedigt. Umgeben von Menschen, die nicht zu merken scheinen, dass es keinen Halt gibt, keine Wahrheit, keinen sicheren Grund, den man finden könnte, und oft genug nicht mal Liebe. Aber vielleicht gibt es den Halt ja für die anderen, nur er findet ihn nicht. Er sitzt da wie unter einer Glaskuppel und kann niemanden berühren. Er sieht die Welt, aber es ist sinnlos, die Hand auszustrecken. Oder er erzählt von Mutlosigkeit, oder von Gier, von Sehnsucht, von Ausweglosigkeit, von irgendetwas, das zu Schmerz geworden ist.

Er spricht dann manchmal wie jemand, der nachts um drei zugedröhnt nach Hause kommt, einsam, und bereit, einem Wildfremden sein ganzes Leben zu erzählen, um wenigstens für kurze Zeit diese Wand nicht mehr zu spüren, die ihn von allem trennt.

Wir sind zusammen in der Musik, und ich bin froh, dass ich derjenige bin, den er anruft.

Nach vierundvierzig Minuten und dreizehn Sekunden wechseln wir langsam das Thema oder lassen das Album von vorne laufen. Es geht ihm dann besser, die Dinge haben sich nicht geändert, sondern sind für kurze Zeit auf seltsame Art leichter geworden. Seit Jahren haben wir nun dieses Ritual. Hin und wieder gibt es Tage, an denen ich derjenige bin, der das Album auflegt, bevor er die Nummer wählt.

In dieser Nacht war ich in meinem Traum ein Schriftsteller wie mein Großvater und schrieb diese Geschichte. Gesang weckte mich. Die Sonne ging gerade auf, und alle waren wieder vor der Statue versammelt und sangen, eine andere Melodie mit einem anderen Text, vielleicht auch mit demselben, ich konnte nicht ausmachen, was für Worte das waren.

Mir fiel ein kleiner Junge mit Locken auf, vielleicht zwölf Jahre alt. Wie alle sang er , als gelte es, die Götter zu ehren. So schön. Die Musik war da. Doch einen Freund wie in dem Traum hatte ich nicht. Hatte ich nie gehabt.

42

Als die Menschen wieder in ihre Häuser gingen, kam der Junge auf mich zu. Er setzte sich neben mich und grinste mich an. Ich verstand nicht genau, warum ausgerechnet er meine besondere Aufmerksamkeit erregte, vielleicht weil seine Haare etwas heller waren als die der anderen. Die Frau vom Tag zuvor brachte mir ein Frühstück nach draußen.

– Guten Morgen, sagte ich. Weil ich unsicher war, sagte ich es leise. Der Junge schüttelte seine Locken und legte einen Zeigefinger auf die Lippen. Ich fragte mich, wo ich ihn schon mal gesehen haben konnte.

Ich aß Brot und Oliven, es gab Omelett mit Chili, kleine Reisbällchen, die man in eine würzige Sauce tunken konnte, und stark gesüßten Matetee. Der Junge aß mit mir gemeinsam.

Nach dem Frühstück bedeutete er mir, ihm zu folgen. Zögerlich blieb ich stehen, als er kurz darauf durch das Tor nach draußen schritt. Ich hatte nicht den Eindruck, dass mir Gefahr drohte, aber drinnen hatte ich mich sicherer gefühlt.

Der Junge ging ein Stück voraus, drehte sich dann nach mir um und wartete. Er winkte mich nicht zu sich, sondern sah mich an, als wüsste er, dass ich ihm folgen würde.

Welchen Grund gab es, sich sicher zu fühlen? Vielleicht huldigten diese Leute mitten in der Wüste Göttern, denen sie Menschenopfer darbrachten. Vielleicht wollten sie mich nicht mehr unter sich haben, weil ich redete. Doch früher oder später musste ich mich auf den Weg machen, auf die Suche nach der Tür in der Waschküche.

Ich wollte dem Jungen vertrauen, aber vielleicht wollte ich das nur, weil ich mich allein fühlte.

Ich setzte mich in Bewegung, und als der Junge das sah, drehte er sich um und ging weiter. Die erste Viertelstunde ließ ich stets fünf, sechs Schritte Abstand zwischen uns. Es war früh am Morgen, doch es war schon heiß, und ich wusste nicht, wohin wir gingen. Ich kam mir noch kleiner vor als der Junge, der zielstrebig voranschritt, als wüsste er, wohin. Ich blieb stehen. Als ich ihn dann kleiner werden sah, fühlte ich mich noch einsamer und beeilte mich, wieder aufzuschließen.

Noch eine weitere halbe Stunde später hatte ich mir alle möglichen Sachen ausgemalt, wohin er mich wohl führte, hier in der Wüste, und je mehr Zeit verging, desto düsterer wurden meine Visionen. Dann blieb der Junge stehen, setzte sich hin, holte aus der Tasche seines Gewandes eine kleine silberne Flasche, schraubte den Verschluss auf und hielt sie mir lächelnd entgegen.

Als ich die Flasche nicht nahm, trank er selbst einen Schluck und reichte sie mir erneut. Es schmeckte nach gesüßter Milch mit Gewürzen, schon nach drei kleinen Schlucken fühlte ich mich gestärkt. Als ich ihm die Flasche wiedergab, legte er den Kopf zurück auf eine Art, dass ich Lust bekam, in seine Locken zu greifen. Er trank noch einen langen Schluck, schraubte den Verschluss auf die Flasche und ließ sie wieder in seinem Gewand verschwinden.

– Es ist nicht mehr weit.

– ...

– Gleich kommen wir zu den Labyrinthen, und gegen Abend kannst du schon durch die Tür gehen.

Als bemerke er mein Staunen nicht, stand er auf.

Wenn er beunruhigt ist, wird er staunen, und er wird alles beherrschen.

Mit der Wirklichkeit finden wir uns leicht ab, vielleicht weil wir spüren, dass nichts wirklich ist.

– Von dieser Seite aus ist sie leicht zu sehen.

– Warum ...?

– Von dieser Seite ist es eine normale Tür, aber auf der anderen Seite eine Art Spiegel. Du kannst nur sehen, was schon in dir ist. Zumindest erzählt man sich das. Ich habe die Tür nie von der anderen Seite gesehen.

– Warum ... Warum habt ihr nicht mit mir gesprochen?

Er sah mich an, als hätte ich ihn gefragt, warum man mit den Augen nicht riechen kann. Und dann, als würde er es einem Kind erklären, sagte er:

– Wir entweihen den Ort nicht durch Worte.

– Und wozu dient dieser Gesang?

Jetzt lächelte der Junge gutmütig, als hätte ich einen Witz gemacht, der ihn nicht zum Lachen brachte.

– Wir machen die Musik, sagte er. Wir helfen der Musik, in die Welt zu kommen, indem wir sie herbeisingen, jeden Morgen und jeden Abend. Es gibt unendlich viele Melodien, aber was wir nicht singen, kommt nicht in die Welt. Wir singen die Musik herbei, und mit der Musik kommt die Sonne. Und sie geht auch mit der Musik. Wenn wir aufhörten zu singen, dann ginge die Sonne nicht mehr auf. Das ist unser Dienst.

Ich steckte meine Hand in die Hosentasche, holte eine klingende Minze hervor und zerdrückte sie. Wahrscheinlich nur, um anzugeben.

Der Junge lächelte.

– Wir wussten, dass du kommen würdest. Und dass du die klingende Minze haben würdest. Sie gedeiht bei uns am besten, heißt es. Es wird jemand kommen und die klingende Minze in der Tasche haben, lautet die Prophezeiung. Vor vielen, vielen Jahren, es ist schon so lange her, dass ich keine Erinnerung daran habe, wurde die klingende Minze aus unserem Dorf gestohlen, von Alchemisten, die auf der Suche nach der absoluten Melodie waren. Seitdem haben wir keinen Baum mehr, der Schatten spendet. Doch es heißt, eines Tages wird jemand kommen, dessen Namen die wenigsten kennen. Er wird uns die klingende Minze zurückbringen, die zu einem stattlichen Baum wachsen wird, auf dass wir uns im Schatten des Baumes sammeln können, jeden Morgen und jeden Abend.

Wenn das stimmte, was der Junge sagte, wären Sal und Elia ohne sie arbeitslos. Mr. No in seinen frühen Tagen und Rahel auch. Es hätte nie das Bass&Klang gegeben oder die Veranda. Ich hätte nie Rahel kennen gelernt, und es hätte auch keine Partys bei den drei Häusern gegeben. Ohne Musik hätte sich das alles nie ereignet. Ich gab ihm alle klingenden Minzen, die ich noch hatte.

41

Ein seltsames Bild, wenn jemand mitten in der Wüste stehen bleibt, auf die Knie sinkt und anfängt zu graben. Ich stand daneben und schaute zu, aber anstatt ihn zu fragen, was er machte, oder ihm zu helfen, wollte ich auf einmal seinen Namen wissen.

– Ich höre auf alle Namen. Such dir einen aus.

Unter Simons Händen kam bald ein silberner Türknauf zum Vorschein. Er erhob sich und öffnete anscheinend mühelos eine Tür, die in den Boden eingelassen war und nach oben aufging. Sie war aus schwarzem Holz gearbeitet, mit Schnitzereien, die Menschen, Tiere und geometrische Figuren darstellten. Je länger ich hinsah, desto mehr konnte ich erkennen.

Simon schien meinen Blick zu bemerken.

– Die Schnitzereien sind so alt wie die Stadt des Lichts.

– Warst du schon mal dort?

– Sie gewähren uns Einlass, aber wir verlassen unser Dorf nur selten. . . . Komm.

Hinter der Tür führte eine steile Holztreppe nach unten.

– Mach die Tür hinter dir zu, bat mich Simon, während er

eine Fackel, die an einer Halterung an der Wand gehangen hatte, anzündete.

Die knarrende Treppe mündete schon bald in einen Gang, der gerade hoch genug war, dass ich aufrecht gehen konnte. Trotzdem zog ich den Kopf ein.

Der Gang verzweigte sich wieder und wieder, doch Simon zögerte bei keiner Abzweigung, als kenne er den Weg schon seit Jahren. Auch wenn ich das Gefühl hatte, dass wir immerzu im Kreis gingen, wusste ich, dass ich diesem Gefühl nicht trauen konnte.

Die Gänge veränderten sich. Aus einfachen Gängen, die in die Erde gegraben zu sein schienen, wurde solche mit Holzboden und dann welche mit Betonwänden. Als nach einer Gabelung auch noch Neonröhren von der Decke leuchteten, machte Simon die Fackel aus. Der nächste Gang hatte Kunststofftüren mit Metallgriffen. Manchmal öffnete Simon eine. Wir gingen durch und befanden uns in einem Korridor, der geringfügig anders aussah. Das Grau war grauer oder das Licht greller, oder es war in Schulterhöhe eine grüne durchgehende Linie gemalt. Oder eine rote in Kniehöhe. Oder über unseren Köpfe waren Rohre, Gasleitungen vielleicht.

– Wo führen all die anderen Türen hin?

– In Sackgassen, in Büros, in denen schon seit Generationen nicht mehr gearbeitet wird, in Ablenkungen.

Wie um es zu beweisen, öffnete er die Tür zu seiner Linken, und ich sah zu meinem Erstaunen einen Mann in einem grauen Anzug. Der Reißverschluss seiner Hose war geöffnet, vor ihm lag rücklings auf dem Schreibtisch eine Frau mit hochgeschobenem Rock und zur Seite geschobenem Slip, die Füße auf den Schultern des Mannes. Sie schienen gar nicht zu bemerken, dass die Tür aufgegangen war. Um auf ihren Gesichtern einen Widerschein von Lust zu sehen, brauchte es viel Fantasie. Vielleicht fesselte mich der Anblick gerade deshalb.

Ungerührt zog Simon die Tür wieder zu. Als er die nächste aufmachte, sah ich ein Zimmer mit einem riesigen Flachbildschirm. Enorm große Boxen, eine Spielkonsole und ein Regal voller Filme nahmen eine ganze Wand ein.

Die Tür dahinter führte zu einem Gang, doch auch die schloss Simon wieder, direkt nachdem er sie geöffnet hatte.

Erneut änderte sich nach einiger Zeit das Aussehen der Gänge, sie wirkten bedrohlich, als habe man sie entworfen, um in einem Science-Fiction-Film Menschen hindurchzuhetzen, die von Aliens verfolgt wurden. Wir gingen durch Korridore, die mich mit ihren kahlen, tropfenden Wänden und ihrer feuchten Kälte an Kellerverliese erinnerten.

Als ich Hunger verspürte, blieb Simon stehen, als habe er es gemerkt, und reichte mir die Flasche aus seinem Gewand. Zwei Schlucke und ich fühlte mich erquickt.

Kurz darauf erkannte ich den Mann, der religiöse Rituale vollführte, doch ich konnte beim besten Willen nicht sagen, wie wir dorthin gelangt waren.

– Danke, sagte ich zu Simon, von hier aus müsste ich den Weg alleine finden.

– Falsch, sagte er. Bis hierher hättest du den Weg allein gefunden. Aber für das letzte Stück brauchst du Hilfe, oder?

Ich sah ihn an.

– Wie bist du an der Gottheit vorbeigekommen?

Ich zuckte mit den Schultern.

– Hast du sie angesehen? Du wärst fast hineingefallen, oder? Irgendjemand oder irgendetwas muss dich gerettet haben. Menschen können nicht an der Gottheit vorbei, weil sie alles in den Augen der Figur sehen können. Alles, was ist, alles, was war, alles, was sein wird. In den Augen der Gottheit konzentriert sich die ganze Welt, alles existiert gleichzeitig. Wenn die Zeit aufgehoben ist, merkst du, wie klein du bist, so klein, dass du dich einfach auflöst.

Es leuchtete mir ein, was er sagte. Deshalb suchten wir uns Dinge aus, die größer waren als wir selbst, wenn wir uns nicht auflösen wollten. Deshalb hatte ich mir die Träume ausgesucht, Sal hatte die Musik gefunden, jeder brauchte etwas, das größer war als er selbst, etwas, das ihn zusammenhielt.

– Hältst du mir nun die Augen zu?

– Die Gottheit kann durch meine Hände hindurchsehen. Wenn sie dich sieht, siehst du sie auch.

Er steckte eine Hand in die Tasche seines Gewandes und holte die klingende Minze hervor.

– Mit einer bringe ich dich an der Figur vorbei, den Rest brauchen wir zu Hause.

Der Priester verschwand, noch bevor wir in seine Nähe gelangt waren. Simon gewährte mir nur einen kurzen Blick auf die Gottheit, bevor er mich mit dem Klang der Minze für einige Augenblicke von dem Sog erlöste und weiterschob.

Als wir uns verabschiedeten, hob ich ihn hoch und drückte ihn an mich. Ich gab ihm einen Kuss auf die Wange, ich konnte nicht anders. Er kam mir nicht vor wie ein Kind, aber ich musste ihn küssen wie eines. Ich bedankte mich,

er lächelte, schüttelte sachte seine Locken, als wollte er
Keine Ursache sagen, drehte sich um und ging. Erst da
fragte ich:
– Warum?
Er blieb stehen und sah mich an.
– Warum hast du mir geholfen?
– Musik, sagte er.
Ich starrte ihm noch lange hinterher.

40

Ohne anzuklopfen, trat ich ein. Esther lackierte gerade ihre
Fingernägel passend zu ihrer Haarfarbe, Matteo saß an der
Spielkonsole, der Rasta kauerte in seinem Arztkittel im
Schneidersitz auf dem Boden und starrte auf die Lavalampe. Esther und Matteo drehten sich nach mir um. Nachdem ich einige Zeit mit Simon verbracht hatte, erschien
mir der Junge kindlich und unsympathisch. Vielleicht
stammte meine Abneigung auch daher, dass er immer an
der Spielkonsole saß wie mein Vater.
Esther sah überrascht aus, mehr noch erschrocken. Ohne
ein Wort schloss ich die Tür und sah sie an. Sie blickte mir
zwar direkt in die Augen, doch ich konnte sehen, dass sie
Angst hatte. Das machte mich mutig. Ich merkte, wie sich
ein Lächeln auf meine Lippen legte.
– Wie …?
Ich ging an den Kühlschrank und nahm mir eine Dose Balsam. Nachdem ich die Dose geknackt und einen Schluck
genommen hatte, wandte ich mich an Esther.
– Wie ich an der Gottheit vorbeigekommen bin?

Sie schüttelte den Kopf, doch ihre Augen sagten für den Bruchteil einer Sekunde ja. Ich bemerkte, wie der Junge vorsichtig nach etwas tastete, wahrscheinlich nach der Pistole.

– Was weißt du über die Gottheit?

Esther schüttelte wieder den Kopf.

– Nichts.

– Was ... weißt ... du?

Mir hatte mal geträumt, ich wäre nicht hilflos und einge-schüchtert, sondern könnte mich der Gegner erwehren, die mich verprügeln wollten. Erstaunt über meine Kräfte hatte ich einen Schädel zertrümmert, indem ich den Kopf an den Haaren gepackt und immer wieder gegen einen Rinnstein geschmettert hatte.

Und so fühlte ich mich in dem Augenblick. Ich war be-rauscht von meiner Kraft und Macht. Nicht mal vor der Pistole hatte ich Angst, als ahnte ich, dass der Junge sie nicht benutzen würde. Ich fühlte mich, als könnte ich etwas dazu, dass ich zurückgekommen war, als hätte ich es mir selbst erarbeitet.

– Kein ... kein Mensch kommt an ihr vorbei.

– Du wolltest mich also in den Tod schicken.

Sie schüttelte erneut den Kopf. Vielleicht war Tod einfach nur das falsche Wort. Doch das interessierte mich gerade nicht. Der Tätowierer drehte sich unbeeindruckt gemäch-lich einen Joint.

– Hat Mr. No dir gesagt, dass du uns zur Gottheit schicken sollst?

Wieder Kopfschütteln. Woher sollte ich wissen, wann sie log und wann nicht?

Ich konnte mir die Geschehnisse nicht zusammenreimen.

Vielleicht hatte sie etwas mit Elia gehabt, vielleicht war sie in ihn verliebt gewesen, vielleicht steckte sie auch mit Mr. No unter einer Decke. Vielleicht war sie nur eine Dealerin, die ihren Job so gut machte, wie sie eben konnte.

Ich hörte das leise Klicken, als die Pistole entsichert wurde, aber ich drehte mich nicht um. Hätte mich eine Kugel getroffen, mitten ins Herz – ich wäre einfach nicht gestorben.

– Wo ist Elia?, fragte Esther vorsichtig und schraubte die Nagellackflasche zu. Ihre Hände zitterten nicht.

– Er wartet vor der Tür.

Sie schüttelte den Kopf, langsamer dieses Mal.

– Es waren nur neununddreißig Tracks, die er mir gebracht hat, einen ist er mir noch schuldig, sagte Matteo.

– Warum hörst du eigentlich so gerne diese Tracks?

– Weil ich dann diesen Raum vergesse. Ich bin dann woanders. Ich bin woanders, wenn ich zocke, und wenn ich gute Musik höre.

Er hielt die Pistole hinter seinem Rücken versteckt.

– Es gibt ein Dorf da vorne, sagte ich und machte eine Kopfbewegung, als sei es um die Ecke, da machen sie Musik, wahre Musik. Sie bringen sie in die Welt.

– Ich weiß, sagte der Junge, aber ich kann nicht dorthin. Ich kann nur hier leben, zwischen den Welten.

Er schien noch etwas sagen zu wollen, doch Esther sah ihn streng an, und er verstummte.

– Mr. No lässt die STs hierherbringen, und wir verteilen sie weiter. Dafür bekommen wir alles, was wir wollen, und er lässt uns hier wohnen. Matteo kann nicht hinaus in eure Welt. Er kann auch nicht an der Gottheit vorbei. Als Elia aufgetaucht ist, dachte ich, es gäbe Hoffnung für

Matteo, aber Elia scheint eine Ausnahme gewesen zu sein. Und jetzt ist er dortgeblieben, richtig?

Ich nickte.

– Ich war auch dort, aber dann kam ich kurz hierher, und nun will ich Matteo nicht allein lassen.

Ich warf einen Blick auf den Schwarzen.

– Don Ras? Don Ras ist gerne hier, solange sich ein paar junge Mädchen herverirren und sich von ihm tätowieren lassen. Das ist alles, was ich weiß, Nesta. Ich habe euch rübergeschickt, weil ich dachte, es sei die einzige Möglichkeit. Ich habe ehrlich gesagt nicht geglaubt, dass du es schaffst. Aber was hätte ich sagen sollen? Hätte ich dir von dem Priester und der Gottheit erzählen sollen? Damit du Angst bekommst? Hätte ich dir gesagt, dass es eigentlich aussichtslos ist, wärst du dann umgekehrt? Ich wollte dich nicht ins Verderben schicken, bitte glaub mir. Ich bin hier, weil Matteo hier sein muss. Ich versuche auch einfach nur zu leben, ohne mir einen Haufen Probleme aufzuhalsen.

Eine Weile sagte Esther nichts, dann fragte sie mich:

– Weißt du jetzt, wie du sie retten kannst?

Ich nickte, obwohl ich mir nicht sicher war.

39

Mahadev saß noch genauso da, wie wir ihn verlassen hatten. Fast genauso. An seinem Hemd fehlte ein Knopf. Vielleicht hatte er vorher schon gefehlt, vielleicht trug Elia ihn in der Stadt des Lichts in seiner Hosentasche mit sich herum. Ich fuhr den Rechner hoch und rief meine Mails ab. Von Sal war keine dabei.

In der Waschküche gab es keine Tür mehr, die ich sehen konnte, ich hatte keine Mail von Sal, der Knopf fehlte. Konnte ich alles nur geträumt haben? Ich versuchte mich zu erinnern, ob ich getropft hatte. Oder geschlafen.

War ich mit Elia durch die Tür gegangen, welcher Tag war das gewesen? Donnerstag? Was ist heute für ein Tag?, fragte ich mich. Ich sah im Kalender des Rechners nach. Es war Montag, Montagabend. Fast fünf Tage. Ich musste tatsächlich weg gewesen sein. Doch es kam mir nicht wirklich vor. Die Wohnung, die ich nun so lange mit Elia geteilt hatte, der Rechner, das Poster an der Wand, Mahadev im Lotussitz, die akkurat aufgeräumte Küche, all das war mir vertraut, und ich stellte es nicht in Frage. Genauso wenig wie die Welt hinter der Tür, die nun, da ich zurück war, so wirkte, als sei sie von einem Geist erschaffen worden, dem man zu wenig Grenzen gesetzt hatte.

Gleichzeitig erschien mir unsere Wohnung aber auch irreal. Ich hatte so lange nicht daran gedacht, mich nicht damit beschäftigt, dass sie genauso gut eine Erfindung hätte sein können.

Möglicherweise erscheinen uns die Dinge nur wirklich, weil wir uns an sie gewöhnen. Deshalb war Tedeisha so viel gereist, deshalb waren ihre Träume so lebendig geworden, weil die Grenzen verschwammen, wenn man ständig neue Dinge sah.

Vielleicht fühlte ich mich, wie sich Menschen fühlen, die nach einem Urlaub in einem fernen Land wieder nach Hause kommen. Ihnen ist alles gleichzeitig vertraut und fremd. Schon bald glauben sie selbst kaum noch, dass sie so lange weg gewesen sind. Im alten Leben hätte sich eigentlich etwas ändern müssen, wenn man so lange nicht darin war, doch man findet sich immer als den gleichen Menschen wieder, egal wo man gewesen ist.

Das hatte Elia wohl erkannt, als er sagte, die Tropfen würden uns nicht helfen, uns zu ändern. Doch wir änderten uns. Einige waren gefangen in einem Traum, in dem es keine Schönheit gab, geschweige denn Freude oder Wonne.

Ich nahm Mr. Nos Tropfen aus dem Kühlschrank, und als ich sie in die Tasche steckte, tastete ich nach den Pipetten aus dem Automaten, die Elia mir gegeben hatte. Sie waren nicht mehr da. Ich hätte gerne gewusst, ob ich sie verloren hatte oder ob sie verschwunden waren, als ich in die Waschküche trat.

Auf dem Fahrrad dachte ich, ich wüsste, was ich tue. Ich ging durch die Notaufnahme ins Krankenhaus, um mir nicht vom Pförtner erzählen zu lassen, dass die Besuchszeit schon vorbei war. Ein Junge, der mit seinen nackten Füßen durch Scherben gelaufen zu sein schien, wurde von zwei Frauen festgehalten, die ihn davon überzeugen wollten, dass er keine Angst vor Neonröhren zu haben brauchte. Es sei nur Gas darin. Sie seien nicht die Brutstätte kleiner Dämonen, die hinter ihm her waren.

– Gleich platzt sie, gleich platzt sie, rief der Junge, dessen Pupillen so geweitet waren, dass seine Augen ganz schwarz aussahen.

Einige Schritte weiter saß eine Frau mit vorgebeugtem Oberkörper, die Unterarme in den Bauch gepresst, als habe sie große Schmerzen.

Im Aufzug war ich noch ganz ruhig, aber als ich dann an Tedeishas Bett saß, hatte ich Angst. Es dauerte einige Zeit, bis sich meine Augen an das spärliche Licht gewöhnt hatten, das durch das Fenster fiel, und ich die Bewegung von Tedeishas Augen wahrnehmen konnte, die leichte Bewegung ihres Bauchs und Brustkorbs. Jetzt, da ich wusste, was sie träumte, fühlte ich mich ihr näher.

Die Flasche mit Pedros Traum hielt ich in meiner verschwitzten Hand. Ich weiß nicht, wie lange ich dort gesessen und sie angesehen habe. Vielleicht eine halbe Stunde, vielleicht aber auch nur ein paar Minuten. Schließlich tastete ich unter der Decke nach Tedeishas freier Hand, nach der ohne Infusionsnadel.

Du musst glauben. Du musst bis zum Ende glauben. Wenn es nicht der Glaube ist, was bewegt uns dann?

Da sind Löcher im Papier, und unsere Träume überschneiden sich.

Das Leben ist voller Möglichkeiten, und die eine oder andere versucht man zu verwirklichen. Manchmal vergeblich. Ich wollte mit Tedeisha zusammen sein.

Das war kein Mut. Ich hatte keine Wahl.

Ich schraubte die Flasche auf, mein Herz klopfte, die Pipette in meiner Hand zitterte, als ich den Kopf zurücklegte. Die Idee war mir erst in der Stadt des Lichts gekommen. Oder vielleicht auch früher, aber dann hatte ich sie aus Angst verdrängt.

Ein Tropfen ins linke Auge, einer ins rechte. Ich umklammerte Tedeishas Hand, während meine Lider flackerten. Treffen, nahm ich mir vor, treffen.

38

Ich bin in einem Garten, der genau dem meines Hauses gleicht. Sollte es möglich sein, dass es einen Garten gibt, der genauso aussieht wie meiner?, frage ich mich.

Eine junge Frau kommt auf mich zu, und ich denke verblüfft: Sollte jemand eine junge Geliebte haben, die genau wie Mara aussieht?

Mara ruft:

– Da ist ja Pedro. Wie ist er hierhergekommen?

Ich denke, sie hat mich erkannt.

– Ich war unterwegs, sage ich, und zufällig bin ich hier vorbeigekommen. Gehen wir doch ein Stück zusammen.

Mara lacht.

– Was für ein Unsinn, sagt sie, ich verwechsle dich mit Pedro, meinem Geliebten, aber du bist nicht so stattlich wie er.

Sie ist die Geliebte eines anderen Pedro.

– Meine Teuerste, sage ich, ich bin Pedro. Wer ist der Mann Eurer Träume?

– Es ist Pedro, erwidert Mara. Wer bist du, dass du dir seinen Namen aneignest?

Sie geht lachend fort.

Niedergeschlagen bleibe ich zurück. Ich denke, dass Mara mich ärgern wollte. Oder sollte es tatsächlich einen anderen Pedro geben? Von dieser Frage geplagt, betrete ich die Veranda eines Hauses, das mir bekannt vorkommt. Ich gehe hinein und steige die Treppe hinauf zu meinem Zimmer. In meinem Bett sehe ich einen jungen Mann liegen, neben ihm sitzt Mara. Lackiert sich die Fußnägel. Der junge Mann seufzt.

299

– Was hast du geträumt, Pedro? Bist du bekümmert?, will Mara wissen.

– Ich hatte einen sehr sonderbaren Traum. Ich träumte, ich wäre in einem Garten und du hättest mich nicht erkannt und allein gelassen. Ich bin dir gefolgt und stand vor einem anderen Pedro, der in meinem Bett schlief.

Als ich das höre, kann ich mich nicht länger beherrschen. Ich rufe:

– Ich kam, um einen gewissen Pedro zu suchen. Du bist es.

Der junge Mann erhebt sich, kommt auf mich zu, umarmt mich und schreit:

– Es war kein Traum, du bist Pedro.

Aus dem Garten erklingt eine Stimme:

– Da ist ja Pedro. Wie ist er hierhergekommen?

Pedro und ich zittern. Pedro geht, und ich schlafe ein und träume.

Ich bin in einem Garten, der genau dem meines Hauses gleicht. Sollte es möglich sein, dass es einen Garten gibt, der genauso aussieht wie meiner?, frage ich mich.

Eine junge Frau kommt auf mich zu, und ich denke verblüfft: Sollte jemand eine junge Geliebte haben, die genau wie Mara aussieht?

Mara ruft:

– Da ist ja Pedro. Wie ist er hierhergekommen?

Ich denke, sie hat mich erkannt.

– Ich war unterwegs, sage ich, und zufällig bin ich hier vorbeigekommen. Gehen wir doch ein Stück zusammen.

Mara lacht.

– Was für ein Unsinn, sagt sie, ich verwechsle dich mit Pedro, meinem Geliebten, aber du bist nicht so stattlich wie er.

Sie ist die Geliebte eines anderen Pedro.

– Meine Teuerste, sage ich, ich bin Pedro. Wer ist der Mann Eurer Träume?

– Es ist Pedro, erwidert Mara. Wer bist du, dass du dir seinen Namen aneignest?

Sie geht lachend fort.

Niedergeschlagen bleibe ich zurück. Ich denke, dass Mara mich ärgern wollte. Oder sollte es tatsächlich einen anderen Pedro geben? Von dieser Frage geplagt, betrete ich die Veranda eines Hauses, das mir bekannt vorkommt. Ich gehe hinein und steige die Treppe hinauf zu meinem Zimmer. In meinem Bett sehe ich einen jungen Mann liegen, neben ihm sitzt Mara. Lackiert sich die Fußnägel. Tedeisha lackiert sich die Fußnägel. Sie sitzt auf einem Bett, Sanjay liegt neben ihr. Sein dunkler nackter Hintern sieht klein und fest aus. Der junge Mann seufzt.

– Was hast du geträumt, Pedro? Bist du bekümmert?, will Mara wissen.

Bevor Tedeishas Bild verblassen kann, springe ich heraus.

Tedeisha lag immer noch genauso da. Doch ich war raus. Ich war raus aus Pedros unendlichem Traum. Weil ich Tedeisha getroffen hatte. Weil ich Bilder gesehen hatte, die nicht in den Traum gehörten. Das war das Loch im Traum. Und irgendwo mussten sich diese Löcher überschneiden. Noch einmal legte ich den Kopf zurück, nun wusste ich, worauf ich achten musste.

Tedeisha sitzt auf einem Bett und lackiert sich die Fußnägel in einem Grün, das zu ihren Augen passt. Sanjay liegt nackt neben ihr und schläft.

Beim nächsten Durchgang sah ich noch mehr.

Tedeisha ist nackt bis auf eine weiße Strickjacke. Sie sitzt auf ihrem Bett und lackiert sich die Fußnägel in einem Grün, das zu ihren Augen passt. Ich weiß nicht, ob sie glücklich ist, aber in ihren Gedanken ist sie nicht bei ihren Fußnägeln. Neben ihr liegt Sanjay und träumt.

– Was hast du geträumt, Pedro?

Der Traum geht weiter, ich will die Worte nicht sagen, bin mir bewusst, dass ich träume, doch wie die Puppe eines Bauchredners bin ich gezwungen, die Sätze zu sprechen: Ich hatte einen sehr sonderbaren Traum. Ich träumte, ich wäre in einem Garten und du hättest mich nicht erkannt und allein gelassen.

Ich ließ mich herausfallen mit einem Gefühl der Freude, als hätte ich ein Licht gesehen. Doch Tedeisha lag immer noch auf dem Bett und träumte. Dass die Träume eine Brücke waren, die unser Innerstes miteinander verband, hieß nicht, dass sie diese Brücke beschreiten musste. Noch einmal legte ich den Kopf zurück. Ich war trübseliger als Pedro, wenn Mara ihn lachend verließ. Es muss doch funktionieren, verdammt, dachte ich. Ich wischte mir eine Träne weg, bevor ich diesen verwirrenden Traum zum dritten Mal tropfte.

Tedeisha ist nackt bis auf eine weiße Strickjacke. Sie sitzt auf ihrem Bett und lackiert sich die Fußnägel in einem Grün, das zu ihren Augen passt.

Ein Teil von mir geht in dieses Bild hinein. Vielleicht der Teil, der Rahel zum Träumen gebracht hat. Irgendetwas an mir, das ich nicht verstehe. Nie verstehen werde. Ich setze mich neben Tedeisha, die mich nicht wahrzuneh-

men scheint. Meine Lippen berühren ihr Ohr, als ich
flüstere:
– Wach auf, wach bitte auf. Ich bin gekommen, dich zu
holen.

37

Es war halb fünf. Ich stand auf dem Balkon, in der einen
Hand eine Bassstaubtüte, in der anderen einen Blechbecher mit Balsam. Ich hatte die drahtlosen Kopfhörer auf,
hörte Sals zweites Album und fragte mich, ob ich glücklich war. Momente, in denen ich zu schweben schien,
wechselten mit Momenten der Niedergeschlagenheit.
Zwischen diesen Momenten konnte ich die Angst klar
und deutlich spüren. Ich wusste nicht, ob ich einen Fehler gemacht hatte. Was mir fehlte, war der Glaube. Der
Glaube bis ans Ende. Das war schon immer so. Oder doch
nicht? Ich wusste nicht, was von dem geblieben war, was
mich mal getrieben hatte.
Was hätte ich darum gegeben, wie Sal sein zu können. Mit
jedem sprechen können, mit allen DJs bekannt sein, bevor
man überhaupt das erste Mal selbst auflegt. Jemand sein,
der gute Stimmung verbreitet und dem man auch dann
noch gerne zuhört, wenn er keine Platten auflegt. Was
hätte ich darum gegeben, wie Mahadev sein zu können,
jemand, der nicht an Sinnesfreuden gekettet war, der sein
Leben dem spirituellen Weg gewidmet hatte und keine
Zweifel zu haben schien, ob er aus diesem Traum zurückkehren würde, ob das, was er tat, richtig war oder nicht.
Der diszipliniert war, ohne dabei starr zu wirken.

Was hätte ich darum gegeben, wie Tedeisha sein zu können, die immer genau gewusst hatte, dass sie ihren Träumen folgen musste wie einer inneren Stimme, die sie nie irreleiten würde. Oder wie Elia, der über alles lächeln konnte, solange wir nicht durch die Tür der Waschküche gegangen waren. Ein Lächeln, das beweisen mochte, dass die Welt nichts wog, dass man sie sich mit einem Lied auf den Lippen auf die Schulter laden konnte. Elia, der schöner singen konnte als irgendjemand sonst und nicht mal stolz darauf war.

Alle glaubten an irgendetwas, vielleicht auch nur an ihre eigenen Fähigkeiten. Selbst mein Vater glaubte, dass die nächste Version seiner Sportspiele besser sein würde und noch mehr Spaß machte.

Das Schlimmste war nicht, dass ich mich wie durch eine Wand von diesen Menschen getrennt fühlte. Das Schlimmste war, dass ich befürchtete, diese Wand wäre kaum dicker als Zigarettenpapier und ich konnte sie trotzdem nicht durchbrechen.

Alle glaubten, und ich war nicht mal in der Lage gewesen, mir den Irrglauben meines Vaters abzugucken. Ein Mann, der in die Küche ging, und dem am Kühlschrank siedend heiß einfiel, dass er seine Knarre nicht dabeihatte. So sehr vertiefte er sich in die Welten auf dem Bildschirm, in denen man Feinde erschießen musste, dass er glaubte, dort zu Hause zu sein und in seiner eigenen Küche nicht ohne Knarre überleben zu können.

Tedeisha war der einzige Mensch, mit dem ich auf irgendeine Weise verbunden war. Oder verbunden gewesen war. Oder der einzige Mensch, von dem ich nicht getrennt war. Und nun lag sie in meinem Bett und schlief, als hätte sie die letzten Wochen nicht genug geschlafen, schlief einen wahrscheinlich traumlosen Schlaf.

Vielleicht hatte ich einen Fehler gemacht, vielleicht hatte ich diese Verbindung aufs Spiel gesetzt. Ich stand auf dem Balkon und sah auf die Stadt herab. Je mehr ich mir bewusst machen wollte, dass ich glücklich sein konnte, weil meine Wünsche in Erfüllung gegangen waren, desto schlechter fühlte ich mich seltsamerweise.

Tedeisha war aufgewacht, das war doch schon ziemlich viel, oder? Sie hatte die Augen aufgeschlagen und hatte mich angesehen, verwirrt und ein wenig ängstlich. Ich hatte gelächelt. War glücklich gewesen. Oder auch nur so stolz, dass es sich schon nach Glück anfühlte. Ich hatte an das Grün des Nagellacks gedacht. Mutig vor Freude oder Stolz oder Glück hatte ich Tedeisha sanft übers Haar gestrichen und geflüstert:

– Alles ist gut.

Nur ein Wort hatte sie gesagt: Nesta.

Und es hatte geklungen, als wäre die ganze Welt darin enthalten.

Ich hatte den Tropf von ihrer Hand gelöst, hatte ihr Kleid und ihre Schuhe aus dem Schrank geholt und sie durch die Notaufnahme aus dem Krankenhaus gelotst. Wer brauchte schon Formalitäten?

Im Taxi hatte ich meinen Arm um ihre Schulter gelegt, und sie hatte aus dem Fenster geguckt, als würde sie die Stadt zum ersten Mal sehen, während ich ihr leise von dem Traum erzählte, den vielen, die darauf hängen geblieben waren, der Tür in der Waschküche, wie Elia dageblieben und ich zurückgekommen und ins Krankenhaus gefahren war.

– Wie lange …?, hatte sie gefragt, als wir ausgestiegen waren.

– Fast zwanzig Tage.

– Alles kommt mir so irreal vor, selbst meine Stimme.

Ich weiß nicht, warum ich dem Taxifahrer meine Adresse genannt hatte. Als wir oben angekommen waren, war ich froh, dass ich die Tür zu Elias Zimmer geschlossen hatte und Tedeisha ihren Vater nicht sehen konnte.

– Danke, dass du mich geholt hast, hatte Tedeisha gesagt. Es ist schön, wieder bei dir zu sein. Es ist schön, wieder eine Frau zu sein.

Vielleicht weiß ich doch, warum ich dem Taxifahrer meine Adresse genannt habe. Aber warum sagte sie auch so etwas?

Ich ging ins Zimmer, setzte mich an den Rechner, um mich ein wenig abzulenken, surfte ohne Ziel im Netz. Es kam mir vor wie ein billiges Bild für mein Leben, das nicht mal ein schlechter Schreiber verwenden würde. Als die Mail kam, war ich mehr als verwirrt.

Hy, Nesta, wie geht's? Ich sitze auf Key West und tippe mit zwei Fingern Mails. Vor fast drei Wochen wollten wir tauchen gehen, und als ich ins Boot steigen wollte, bin ich dumm ausgerutscht und habe mir den Arm gebrochen. Ich musste alle Termine absagen und sitze hier nun mit einem Gips fest. Die ersten Tage waren schön, doch jetzt wird es langsam langweilig, und ich bekomme Entzugserscheinungen. Seit achtzehn Tagen habe ich nicht mehr aufgelegt, das ist mir seit Jahren nicht mehr passiert. Meine Managerin ist auf diesem Traum hängen geblieben, und ich muss mir nun jemand Neues suchen. Ich denke oft an dich und hoffe, es geht dir gut. Sei umarmt, Salomon.

Hallo Sal, gute Besserung. Komm doch vorbei, würde mich sehr freuen, Nesta, war meine Antwort. Sie hätte länger ausfallen können, doch ich war zu verstört. Während ich nach einer Erklärung suchte, die mir einleuchtete, hörte ich Schritte. Auf irgendeine Weise wusste ich, dass es nicht Tedeisha war.

Ich drehte mich um. Er stand lächelnd in der Tür, das Gesicht mir zugewandt, als wisse er genau, wo ich sitze. Ich musste meinen Blick senken, ich konnte ihn einfach nicht ansehen. Während er noch versuchte, seine Tochter zu retten, hatte ich mit ihr geschlafen. Ohne ihr vorher zu erzählen, wo ihr Vater gerade war und was er tat.

– Schön, dass du wieder zurück bist, sagte ich. Ich hatte das Gefühl, als verrate meine Stimme alles andere.

Ich fühlte mich beschissen.

Was gäbe ich darum, wenn die Geschichte hier enden würde.

III

Der Schlaf ist eine dieser langen Geschichten mit
fragwürdigem Ausgang.

Ulrike Almut Sandig

36

– Hast du Tedeisha aus dem Traum geholt?, fragte Mahadev.

– Ja, sagte ich.

Er nickte.

– Ich konnte sie nirgends mehr entdecken. Mir kam schon der Gedanke, sie könnte gestorben sein, aber es hat sich nicht so angefühlt, als sei sie tot.

Er kam zu mir und legte mir zielsicher die Hand auf die Schulter.

– Sie liegt in meinem Zimmer und schläft, sagte ich.

Die Hitze meines Gesichts muss bis zu seiner Hand ausgestrahlt haben.

– Ich habe die anderen geweckt, sagte er.

– Du hast die anderen geweckt?

– Ja. Und jetzt würde ich gerne etwas essen.

– Ich mach dir was.

Ich sprang auf. In der Küche riss ich die Schränke auf, machte sie wieder zu, ohne richtig hineingesehen zu haben. Mahadev ging in mein Zimmer. Dann kam er wieder heraus, zog leise die Tür zu und kam auch in die Küche.

– Mein Mädchen. Fühlt sich an, als ginge es ihr gut.

– Falafel?, fragte ich.

– Ein Schluck Milch, sagte er, und etwas Obst.

– Wir haben kein Obst. Ich war lange nicht zu Hause. Möchtest du vielleicht eine Suppe?

Mahadev setzte sich an den Tisch und trank das Glas Milch, das ich ihm einschenkte.

– Danke, sagte er. Danke, dass du Tedeisha geweckt hast. Ich weiß, was sie dir bedeutet.

Es entstand eine Pause. Roch es nach Sex in meinem Zimmer? Wusste er, was geschehen war? Hatte ich alles falsch gemacht?

– Wo ist Elia?

Ich war ihm dankbar, dass er das Thema wechselte, aber ich bekam den Mund nicht auf. Wie sollte ich das nun erklären?

Während ich eine Suppe kochte, versuchte ich ihm zu erzählen, was geschehen war, während er auf einem Stuhl saß, schon wieder im Lotussitz. Draußen dämmerte es, ein trübes Grau kündigte einen neuen Tag an.

– Du hast es nicht leicht, Nesta, sagte Mahadev, nachdem er einen Löffel Suppe gekostet hatte.

Die Worte drückten mir die Tränen in die Augen.

– Aber so ist das Leben für uns alle von Zeit zu Zeit. Das ist normal. Alle leiden.

Der frühe Morgen schien mir lebendiger als sonst, es waren mehr Autos unterwegs, mehr Menschen auf den Straßen, es lag ein anderes Gefühl von Leben in der Luft.

– Wie bist du eigentlich aus diesem Traum herausgekommen?, fragte ich Mahadev, nachdem er den Teller gekippt und den letzten Rest Suppe gelöffelt hatte.

– Ich habe versucht, Herr über Pedro zu werden, indem ich eins mit ihm geworden bin. Ich habe mit seinen Augen gesehen, mit seinen Ohren gehört.

Das tut man doch sowieso, wenn man tropft, dachte ich. – Ich habe wirklich mit seinen Augen gesehen, nicht wie in einem Traum, das ist ein Unterschied. Dann bin ich eins geworden mit seinem Körper, ich habe ihn beherrscht. Erst habe ich geblinzelt, wenn er nicht geblinzelt hat, dann habe ich seine Finger bewegt, seine Zehen, seine Hände, sein Füße, seinen Kopf, man muss langsam vorgehen, damit die Dinge nicht auseinanderfallen. Aus Langsamkeit entsteht Vertrauen. Und dann habe ich mir einen Tempel vorgestellt mit riesigen Säulen und zahlreichen Statuen. Jede Statue, jedes Detail, jede Verzierung an den Säulen, jede Stufe, jede Farbe, jeden Schatten habe ich mir vorgestellt. Ich habe meinen Geist in diesem Tempel bewegt wie in der realen Welt, und schließlich bin ich aus dem Garten hinaus in den Tempel gegangen. Dort hat der Priester an eine Klangschale geschlagen, und der Klang war für alle das Zeichen zum Aufwachen.

– Für alle? Wieso für alle?

– Ich war alle Pedros, ich habe mich mit jedem Pedro verbunden, den ich sehen konnte. Es waren so viele, und ich konnte auch ihre Träumer sehen, doch kurz bevor ich aus dem Traum rausging, ist Tedeisha verschwunden.

Ich sah Mahadev an. Was er gemacht hatte, schien mir übermenschlich.

– Ich bin müde, sagte er, erlaube, dass ich mich hinlege.

Er stand auf und ging in Elias Zimmer.

Nun war ich wieder allein. Um nicht nachdenken zu müssen, setzte ich mich erneut an den Rechner. Im Netz las ich, dass alle, die auf dem Traum hängen geblieben waren, auf wunderbare Weise gleichzeitig erwacht waren. Sie berichteten alle von einem Tempel, der an Schönheit alles übertraf, was sie bisher gesehen hatten.

Ich rauchte noch etwas Bassstaub und versuchte, Musik zu hören, doch ich war zu unruhig, die Töne fanden mich nicht. Ich fieberte dem Augenblick entgegen, in dem ich vor Tedeisha stehen würde. Auch wenn ich Angst davor hatte.

35

Als ich erwachte, spürte ich eine Hand auf meinem Kopf. Ich lag auf dem Sofa und suchte nach der Tageszeit, dem Tag, der Woche, versuchte mich zu erinnern, wie ich eingeschlafen war.

Die Hand gehörte Tedeisha, die vor dem Sofa kniete. Sie zog sie langsam zurück und lächelte. Wie ein Kühlschrank, der unvermittelt anfängt zu brummen, kamen meine Gedanken in Gang. Ruckartig richtete mich auf. Rieb mir die Augen, um Zeit zu gewinnen. Tedeisha setzte sich neben mich.

– Alles in Ordnung?, fragte sie.

– Ich habe so seltsam geschlafen.

– Ich habe wunderbar geschlafen, ganz ohne Träume. Hast du es schon gehört, es sind alle aufgewacht. Nicht nur ich.

– Ich hab's im Netz gelesen.

Sie wäre auch aufgewacht, wenn ich zu Hause gesessen und in Trübsal versunken wäre. Und den Tempel hatte sie auch nicht gesehen.

– Warum bist du nicht bei mir geblieben?

Ich drehte den Kopf und sah sie an. Weil ich Angst hatte,

einen Fehler gemacht zu haben. Weil ich Angst hatte, dich zu verlieren, dieses Mal für immer.

Wer hätte das sagen können, wer wäre so mutig gewesen? Ich zuckte mit den Schultern.

– Ich fahr nach Hause, sagte sie, und obwohl nach diesen Worten keine Pause kam, hatte ich das Gefühl, die Zeit würde stillstehen. Und du kommst heute Abend einfach nach, ja?

Ich lächelte unwillkürlich. Sie legte eine Hand auf meine Wange und küsste mich leicht auf die Lippen.

– Ich habe auch Angst, Nesta, sagte sie etwas später in der Tür, aber wir müssen es versuchen. Es gibt kein Zurück mehr.

Als Antwort nahm ich sie in den Arm, und jetzt küssten wir uns richtig.

Nachdem sie weg war, räumte ich die Wohnung auf, leise, um Mahadev nicht zu wecken, und dabei stieß ich auf die Tropfen, die ich noch hatte – alle von Tedeisha, nur einer von Donna, einer, den ich unbedingt zusammen mit Tedeisha sehen wollte. Selbst in Zeiten, in denen wir nicht miteinander telefoniert hatten, in Zeiten, in denen ich nicht an sie gedacht hatte, diesen Traum hatte ich immer wenigstens einmal gemeinsam mit Tedeisha tropfen wollen.

Tedeishas Tropfen hatte ich mir für schlechte Zeiten aufgehoben. Aber, dachte ich, die werden nun wohl nicht kommen, oder?

Ich setzte mich hin und tropfte sie alle der Reihe nach.

Die Träume klangen noch lange in mir nach. Ich fühlte mich leicht, erfüllt, warm, als würden Kohlen in mir glimmen. Da es mich nicht mehr in der Wohnung hielt, ging ich raus. Unten wurden Boxen aufgebaut für eine Straßenparty. Ich wunderte mich, es konnte noch nicht Freitag sein. Ich fragte einen der Jungs, der gerade ein Case von einem Laster lud, ob das schon die Wochenend-feier war.

– Nein, sagte er, nein, heute feiern wir, dass unsere Brüder und Schwestern alle erwacht sind. Sie haben die Augen geöffnet, und nun werden sie sehen, sie werden alle sehen, dass Babylon sie dumm halten will. Gepriesen sei Jah.

Ich entfernte mich von den drei Häusern, doch auch im angrenzenden Viertel bereitete man sich schon darauf vor, zu feiern. Girlanden hingen in den Straßen, die Menschen waren fröhlich, und ich war dankbar, dass ich jeden anlächeln konnte, ohne dass jemand glaubte, ich wollte etwas von ihm.

Als ich an einer Traumathek vorbeikam, blieb ich stehen. Würden sie jetzt bald wieder Träume verkaufen? Oder würden wir in ein paar Jahren von den Zeiten schwärmen, als es noch Tropfen gab? Ich ging beschwingt weiter, ich hatte noch Donnas Traum in einer Flasche.

Ich beschloss, in die Traumbar zu gehen, in der ich Elia kennen gelernt hatte. Dort trank ich ein Glas Balsam auf ihn und wünschte ihm alles Gute. Außer mir war kein einziger Kunde im Laden. Der Barmann sagte:

– Tja, das war's wohl. Vorhin haben sie im Radio gesagt, dass sie die Tropfen nicht mehr legalisieren wollen. Keiner kann erklären, warum alle gleichzeitig aufgewacht sind, keiner weiß, warum sie überhaupt hängen geblieben sind, nichts. Ich schätze, die Tropfen werden mir fehlen, ich habe gerne hier gearbeitet. Aber ich bin auch froh, dass meine Cousine wieder aufgewacht ist. Als sie heute Morgen von diesem Tempel schwärmte, bin ich ja fast neidisch geworden.

Er stützte sich mit den Ellenbogen auf der Theke auf, beugte sich zu mir und fragte:

– Du weißt nicht zufällig, wo man ein paar STs auftreiben kann, oder?

Ich schüttelte den Kopf.

Nachdem ich gezahlt hatte, schlenderte ich langsam nach Hause. Es herrschte eine angenehme Stimmung auf den Straßen, und ich grinste, als wollte ich mit Elia konkurrieren.

Mahadev war nicht mehr da. Ich duschte, rasierte mich, zog mir frische Sachen an und sang dabei vor mich hin. Ich fühlte mich, wie man sich einen Sechzehnjährigen bei seiner ersten Verabredung mit einer Freundin vorstellt. Ich habe mich damals allerdings nie so gefühlt, man macht sich viele falsche Bilder.

Es klingelte, und ich dachte, es sei Tedeisha, die gekommen war, weil sie es nicht mehr ausgehalten hatte oder mir eine Überraschung bereiten wollte. Ich drückte den Summer, und als es kurze Zeit später klopfte, riss ich freudig die Tür auf. Vor mir stand Sal, den rechten Arm trug er in einer Schlinge. Ich wusste gar nicht, wie ich reagieren sollte. Er grinste.

– Du hast geschrieben, ich soll kommen, und da bin ich. Möchtest du mich nicht reinlassen?

Ich gab die Tür frei, und er ging an mir vorbei ins Wohnzimmer. Ich machte die Tür zu und folgte ihm.

– Lass dich umarmen, Nesta.

Er drückte mich mit seinem gesunden Arm gegen seine Brust, ich spürte den Gips an meinen Rippen.

– Wie geht es dir?

– Gut, sagte ich zögerlich, ziemlich gut.

Glaubt er, einfach so hereinspazieren zu können, als wäre er nie weg gewesen?

Er setzte sich auf das Sofa.

– Heute ist ein Tag zum Feiern, wie? Alle sind aufgewacht, auch meine Managerin. Zu schade, dass ich nicht auflegen kann. Hast du schon etwas vor?

– Ich bin verabredet.

Er sah mich an.

– Du hast eine neue Freundin, stellte er fest.

– Ja.

– Tedeisha?

– Ja.

– Das wurde aber auch Zeit.

Es war so, als wäre er nie weg gewesen.

34

– Du musst rausgehen und den Menschen erzählen, dass du sie gerettet hast, sagte Sal.

Wir saßen im Dunkelrestaurant, es war spät, die letzten Gäste waren längst gegangen. Mahadev hatte sich zu uns gesetzt. Wir waren satt, entspannt, und wahrscheinlich waren wir uns näher, als man es im Licht sein konnte.

– Nein, sagte Mahadev, das haben Tedeisha und Nesta auch schon vorgeschlagen, das möchte ich nicht.

– Du tust es nicht für dich, sagte Sal, oder für die Leute, die du gerettet hast. Obwohl die gerne jemanden hätten, dem sie dankbar sein können. Nein, du tust es für uns, für uns alle, für die Menschen. Wenn du es offenbarst, werden alle wissen, dass es Wege und Möglichkeiten gibt, die Gefahren der Tropfen auszuschalten. Sie werden verstehen, dass es nicht nötig ist, sie zu verbieten. Wenn du nicht an die Öffentlichkeit gehst, werden so viele Menschen nie mehr tropfen können, ist dir das klar? Du bringst die Leute um ihre Freude, wenn du den Mund hältst.

– Ich bringe sie um ein Vergnügen, das sie jahrhundertelang nicht vermisst haben.

– Aber du willst doch, dass die Leute sich freuen, dass es ihnen gut geht.

– Ja. Aber wohin sollen die Tropfen führen, Sal? Du tropfst und fühlst dich gut. Also tropfst du mehr und fühlst dich besser. Und wie fühlst du dich, wenn du den ganzen Tag tropfst? Tropfen machen dich nicht glücklich. Sie sind ein Vergnügen, wie Eis essen oder ins Kino gehen oder ins Dunkelrestaurant. Das ist nur Zeitvertreib, niemand braucht diese Tropfen.

– Wir drei, sagte Sal und zeigte dabei wahrscheinlich auf Tedeisha, sich und mich, wir wären ganz andere Menschen, wenn wir nie mit den Tropfen in Berührung gekommen wären. Die Träume haben uns die Augen geöffnet für den Reichtum unserer Seelen. Jetzt tu doch nicht, als sei das nur eine Droge, mit der man Zeit totschlägt.

– Hätte es nicht auch etwas anderes sein können, das euch die Augen öffnet? Sind die Menschen früher immer nur mit geschlossenen Augen durch die Welt gegangen? Sal, selbst wenn ich erklären würde, dass ich es gewesen bin, warum sollte mir jemand glauben? Warum? Genauso gut könnte irgendjemand anders erklären, es sei sein Werk gewesen. Es gibt keine Beweise.

– Aber du kannst es doch wenigstens versuchen, sagte Tedeisha.

Ich war mir sicher, dass Mahadev nun seinen Kopf zu seiner Tochter drehte.

– Du hast gesehen, was passieren kann, wenn die Menschen alle das Gleiche träumen, fuhr Tedeisha fort. Es ist doch schön, wenn sie sich ihre Sehnsüchte und Ängste eingestehen können. Wenn sie so sehr träumen, dass die Dinge anfangen, sich in der Welt zu realisieren. Alles, was da ist, ist doch zuerst in einem Kopf. Papa, überleg's dir.

Für einige Momente herrschte Stille. Ich war froh, dass wir im Dunkeln saßen, so musste ich niemanden ansehen und brauchte nicht mal auf die Tischplatte zu starren. Es kostete mich keine Mühe, meine Gedanken zu verbergen. Ich hoffte, Mahadev würde standhaft bleiben.

Als Tedeisha am Morgen aufgewacht war, hatte sie mir strahlend ihren Traum erzählt. Sie saß auf dem Gepäckträger eines Fahrrads, das ich fuhr. Es ging bergab, und wir wurden immer schneller. Schließlich hielt sie sich nur noch mit einer Hand am Gepäckträger fest, sie schwebte waagerecht in der Luft, ihr Körper war weich und leicht.

Ich kann wieder träumen, hatte sie gesagt. Ich hatte sie in den Arm genommen und geküsst. Und gehofft, dass es an mir lag.

Wenn die Tropfen wieder legal würden, dann bestand die Möglichkeit, dass sie erneut ins Geschäft einstieg. Ich redete mir zwar ein, dass ich alles wollte, was zu ihrem Glück beitrug, aber ich wollte nur fast alles. Ich wollte nicht, dass sie wieder anfing, einzuträumen.

– Ich denke darüber nach, sagte Mahadev, und es klang so, als würde er es wirklich meinen.

Ich würde lieber nie wieder tropfen, als von Tedeisha getrennt werden, dachte ich.

– Wann kommt der Gips ab?, wechselte Mahadev das Thema.

– Vier Wochen habe ich noch, und so langsam kann ich die Zeit genießen. Mir wird jetzt erst klar, dass ich süchtig danach war, aufzulegen. Nach drei off-days bin ich schon total hibbelig geworden, weil ich dachte, ich käme aus der Übung. Aber jetzt geht es mir gut. Ich habe Nestas Wohnung für mich, weil er die ganze Zeit bei Tedeisha ist. Jeden Morgen wache ich im gleichen Bett auf. Das ist genauso grandios, wie es am Anfang war, jeden Morgen woanders aufzuwachen.

– Jetzt tu nicht so, als würdest du ohne Musik leben, sagte ich.

– Ja, sagte Sal, Nesta hat da ein paar Nummern auf einem Laptop, die müssten uns unsere Altersversorgung sichern. Das ist Musik, das ist die Essenz von Musik.

Er hatte vor, sie für sein nächstes Album zu verwerten.

Als ich an diesem Abend schließlich mit Tedeisha im Bett lag und wir wohlig entspannt hinüberdämmerten, wusste ich, dass ich mit Tedeisha zusammen sein wollte. Koste es, was es wolle. Und selbst wenn sie wieder anfing, ihre Träume zu verkaufen. Ich lag da und war mir mit einem Mal ganz sicher. Vielleicht, weil wir so lange im Dunkeln gesessen hatten. Die Hektik, die Fragen, die Ablenkungen, ihre grünen Augen, ihre Schönheit waren für eine Weile unsichtbar, und ich konnte klarer denn je sehen, dass wir zusammengehörten. Diese Erkenntnis machte mich wach. Ich lächelte lange vor mich hin, bis ich einschlief.

Es war etwas geblieben von Elia. Das Lächeln.

33

Die ersten acht Wochen, in denen wir zusammenwohnten, waren ein wenig wie meine ersten Straßenpartys bei den drei Häusern. Da wurde es auch auf einmal Morgen, und man wusste nicht, wo die Zeit geblieben war. Mit Tedeisha musste ich nicht eine Woche warten, bis es wieder eine Party gab, mit Tedeisha feierte ich jeden Tag ein Fest. Wir hatten eine Dreizimmerwohnung in der Nähe von Mahadev, mit dem Fahrrad war es gerade mal eine Viertelstunde bis zu den drei Häusern, wo Sal sich nun in meiner und Elias Wohnung eingerichtet hatte. Er hatte einen satten Vorschuss für sein nächstes Album kassiert und mir einen Teil des Geldes gegeben, weil der Laptop ja mir gehörte. Oder vielmehr, weil ich ihn gestohlen hatte. Beziehungsweise Elia. Na ja, es war Geld, und ich hatte keinen Job und nahm es.

Es wird noch mehr werden, hatte Sal versprochen, du wirst sehen, wir werden ganz oben in den Charts sein, wir werden eine Platte machen, die weggeht wie Bims.

Tedeisha hatte auch noch Ersparnisse, und so hatten wir den ganzen Tag für uns. Wir lagen stundenlang im Bett, bevor wir aufstanden und uns ein üppiges Frühstück bereiteten oder gleich ausgingen, in einen Laden, wo sie Frühstück bis in den Nachmittag hinein servierten.

Der Kühlschrank war voll, Mozzarella, Käse, Oliven, Brotaufstrich, Haselnusspaste, Eier, Lachs, Meerrettich. Basilikum, Schnittlauch und Petersilie auf der Fensterbank. Es mangelte uns an nichts. Wenn wir kochen wollten, gingen wir einkaufen, und selbst der Gang in den Supermarkt war ein Abenteuer. In Tedeishas Gegenwart sahen sogar

Kühlregale schön aus. Wir suchten uns gerne die längste Schlange an der Kasse aus und alberten herum, machten uns lustig über die Leute, die es eilig hatten und deren Mundwinkel Richtung Geldbörse zeigten. Wir lachten über alles und jeden, der es sich schwerer machte, als es sein musste.

Wir sahen Filme aus der Onlinevideothek, lagen dann auf dem Sofa unter einer fadenscheinigen roten Decke, die Tedeisha seit über zwanzig Jahren überallhin begleitete. Wir aßen Chips und Schokolade vor dem Bildschirm. Oder zauberten in der Küche Klöße und Rotkohl, Palak Paneer, Linseneintopf, Quarkbuletten, Falafel. Wir machten Salate, frittierte Rote Beete, experimentierten herum und drehten die Musik laut auf. Wir hörten viel Ska in diesen Wochen, und ich vermisste weder die klingende Minze noch Elias Stimme noch die Tropfen. Ich vermisste nichts. Auf einmal brauchte man nicht mal mehr ein Album, das man parallel hören konnte, weil es keinen Schmerz gab, den man durch die Musik vergessen wollte.

Wir machten es auf dem Küchentisch, im Badezimmer, Tedeisha stützte sich auf das Waschbecken, und unsere Blicke trafen sich im Spiegel, wir machten es im Bett, auf dem Sofa, dem Fußboden, und falls wir mal ausgingen, nahmen wir auch schon mal das Klo eines Clubs. Ständig waren wir geil oder gerade dabei, uns von einem Orgasmus zu erholen. Wenn Tedeisha keinen BH anzog und ich ihre Brüste in ihrer Bluse schaukeln sah, konnte ich mich kaum noch halten. Sie brauchte bloß im Türrahmen zu erscheinen und ihren Slip unter dem Rock auszuziehen, und ich war wieder bereit. Ich brauchte ihr beim Treppensteigen nur zwischen die Beine zu fahren oder ihr unanständige Sachen ins Ohr zu flüstern, und schon kurz darauf fanden wir uns wieder ineinander. Wir lebten in einem pornografischen Paradies.

Ich konnte mir gar nicht vorstellen, dass es noch ein Leben außerhalb dieser Idylle gab. Wenn uns nach einer Abwechslung war, gingen wir ins Kino oder auf ein Konzert, trafen uns mit Sal oder gingen bei Mahadev essen. Das Leben war leicht. Wenn wir abends im Bett lagen, redeten wir manchmal bis zum Morgengrauen, als hätten wir uns nicht den ganzen Tag gesehen.

– Wann hast du eigentlich das erste Mal gedacht, dass das was werden könnte mit uns?

– Manche Sachen legt man sich ja hinterher zurecht, sagte ich, aber als wir uns das erste Mal bei Joysom auf dem Gang begegnet sind, wusste ich, dass da irgendetwas ist. Und spätestens als wir uns in den Tropfen begegnet sind, war es ja klar, oder?

– Ja, sagte sie. Ich saß manchmal zu Hause und habe mich gefragt, warum ich nicht eifersüchtig bin auf Rahel. Und gleichzeitig dachte ich immer: Das, was wir haben, bekommt sie sowieso nicht.

– Ich war manchmal eifersüchtig auf Sanjay. Besonders, als du dann bei Atlantis unterschrieben hast.

– Es war schnell aus mit uns, als ich bei Atlantis anfing. Ich hatte weniger Zeit für ihn, und er konnte mit meinem Erfolg nicht umgehen. Er war es gewöhnt, selbst im Mittelpunkt zu stehen. Da hat er eben eine andere gefunden, die seine Bedürfnisse erfüllen konnte. Es hat mir wehgetan, wie leicht es für ihn offenbar war. Ich hätte gerne mit dir darüber geredet, aber du warst meist so komisch am Telefon, als würdest du gar nicht reden wollen.

– Wollte ich auch nicht. Es hat mir immer bewusst gemacht, wie weit du weg bist, es war wie in einer offenen Wunde stochern. Mir war einfach lieber, wenn du nicht in meinem Kopf warst. Es war einfacher, wenn ich an etwas anderes denken konnte.

– Jetzt bin ich ja hier, sagte sie, und wir bleiben zusammen.

– Wenn ich dich sehe und fühle, weiß ich, dass das Leben da ist, um es zu leben, um es wirklich zu leben. Und wenn ich dich nicht sehe, dann schlafe ich meistens. Ich träume oft von uns, weißt du das?

– Ich träume auch. Schön und tief. Wenn ich dann morgens aufwache und du schläfst noch, sehe ich dich an, und manchmal glaube ich, ich verstehe genau, warum ein Vogel im Käfig singt. Wir gehören zusammen, Nesta.

Wie alle Verliebten waren wir offen und ehrlich, wiegten uns in Sicherheit und merkten nicht, wie wir oft nur gegenseitig unserer Eitelkeit schmeichelten. Schutzlos standen wir voreinander, ehrlich, ließen die Masken fallen, und uns gefiel, was wir sahen.

Schutzlos, nackt? Da war noch ein Feigenblatt. Ein letztes Schild. Eine Frage, die ich nicht stellen konnte, weil ich die Antwort nicht wissen wollte, egal, wie sie lautete.

Warum bist du überhaupt gegangen? Warum war es dir wichtiger, Karriere zu machen?

Manchmal redete ich mir ein, ich hätte genau dasselbe getan, dann schmerzte mich, dass diese Liebe nicht alles war. Und wenn ich mir einredete, ich hätte es nicht getan, dann schmerzte es, dass meine Liebe größer war als ihre. In guten Augenblicken war mir klar, dass es auch an mir gelegen hatte, an meiner Art, Distanz zu halten. Ich hatte

Angst gehabt und hatte immer noch welche. Möglicherweise ist das bei allen so, die nie festen Grund unter ihren Füßen spüren, die nie sicher sind. Und möglicherweise ist diese Angst ein Keim, ein Keim für etwas anderes.

Seit acht Wochen schliefen wir jede Nacht nackt im selben Bett, und wenn wir aufwachten, erzählten wir uns manchmal unsere Träume. Eines Morgens lag ich da, und mir fiel ein, dass ich am Abend zuvor beim Schmusen einen Pickel gefühlt hatte. Aber ich wusste nicht mehr, ob auf meiner oder auf Tedeishas Haut. So gingen die Tage.

32

Mit zwei Eis am Stiel, die noch in Zellophan eingepackt waren, kam ich aus der Küche. Tedeisha lag bäuchlings nackt auf dem Sofa und blätterte in einem Bildband mit Fotos von Schriftstellern. Ich drückte ihr ein Eis auf eins der Grübchen über ihrem Po, sie schrie auf und drehte sich um. Ich versuchte, sie mit einer Hand aufs Sofa zu pressen, mit der anderen drückte ich ihr das Eis auf den Unterleib. Sie kreischte und wand sich. Dabei fand eine ihrer Hände zielsicher die einzige Stelle, an der ich kitzelig war. Ich bog mich zurück und versuchte, ihre Hand zu fassen zu kriegen. Das Eis wurde zwischen uns eingeklemmt, und ich spürte, wie die Schokoladenhülle zersplitterte. Wir balgten uns auf dem Sofa, schrien, baten den anderen aufzuhören, schließlich kullerten wir auf den Boden und blieben schwer atmend nebeneinander auf dem Teppich liegen. Die Sonne knallte ins Zimmer, ein Eis war noch ganz geblieben, wir lachten beide, es war Nachmittag, wir hatten den Tag wieder vertrödelt.

Diese Tage glichen sich so sehr, dass ich sie nun kaum mehr auseinanderhalten kann, die Tage waren ein langer, ruhiger Fluss, und wir versuchten nicht mal, die Ufer zu erkennen. Wir trieben dahin wie zwei Stücke Holz, die glaubten, sie wären schon ein Floß.

Als unser Atem sich beruhigt hatte, riss Tedeisha die Zellophanhülle vom Eis, das noch ganz geblieben war, und hielt es mir hin. Wir sahen uns in die Augen.

– Ich wusste, dass es dich gibt.

Ich sagte nichts. Am Rand meines Blickfelds irritierte mich etwas, und als ich hinsah, blieb mein Mund wohl offen. Tedeisha schob das Eis hinein, doch ich reagierte nicht. Mein Blick war an Tassen hängen geblieben.

Nach fast zwei Monaten fühlte sich diese Wohnung immer noch ein wenig so an, als wären wir hier nur zu Besuch. Als wäre sie ein Ort, wo wir tun konnten, was Kinder tun, wenn ihre Eltern sie allein lassen. Filme gucken, herumtollen, lange schlafen, das Zähneputzen auslassen, eine ganze Flasche Ketchup über die Nudeln schütten.

Ich hatte noch keinen Überblick über den gesamten Haushalt. Die Sachen, die Tedeisha mitgebracht hatte, waren mir nicht so vertraut, mir war aber in den letzten Tagen aufgefallen, dass wir viel weniger Tassen hatten, als ich geglaubt hatte.

Doch dem war nicht so, wir hatten jede Menge. Mindestens ein Dutzend standen unter dem Sofa.

Tedeisha folgte meinem Blick und lachte auf.

– Die Tassen.

– Ja. Wie kommen die dahin?

– Na, wenn du sie nicht dahingestellt hast, werde ich es wohl gewesen sein.

– Wieso stellst du deine Tassen unters Sofa?

Ich kletterte über sie und zog einige hervor. In manchen waren noch Kaffee- oder Teereste, andere hatten einen dunklen, eingetrockneten Belag auf dem Boden.

– Eine Angewohnheit.

– Eine Angewohnheit?

Erst wohnte ich mit einem Schlaflosen zusammen, der seinen Laptop im Kühlschrank deponierte, und nun mit einer Frau, die gewohnheitsmäßig ihre gebrauchten Tassen unters Sofa stellte anstatt in die Spüle. Ich konnte nichts dafür, aber ich musste daran denken, was Rahel wohl dazu gesagt hätte.

– Ja, eine Angewohnheit. Ich habe jahrelang mit meinem Vater zusammengewohnt, da kannst du nicht hier und da und dort Tassen stehen lassen, wenn du nicht willst, dass er über sie stolpert und sich ihr Inhalt überallhin ergießt oder er in die Scherben tritt.

– Na, in die Spüle wäre er nicht gestolpert, oder?

– Richtig, aber wieso sollte ich halb volle Tassen in die Spüle stellen?

– Und wieso solltest du sie unter dem Sofa stehen lassen?

– Stört dich das?

– Schön ist das nicht. Und auch nicht appetitlich.

– Bisher ist es dir gar nicht aufgefallen.

Das wunderte mich auch. Und überhaupt, hatte ich nicht in einem Chaos gelebt, nachdem ich bei Rahel ausgezogen war? Aber dann wiederum hatte ich damals auch kein schönes Leben gehabt.

– Komm, sagte Tedeisha, wir spülen sie gemeinsam. Es sind nur Tassen.

Zuerst teilten wir das Eis, das heil geblieben war, puhlten dann mit den Händen das andere aus der Packung. Danach leckten wir uns gegenseitig die Finger und brachten die Tassen in die Küche. Als Tedeisha mit nacktem Po vor der Spüle stand, wurde ich heiß auf sie. Noch bevor wir anfingen zu spülen, saß ich auf dem Küchenstuhl und sie auf mir drauf.

Fast wäre es passiert, dachte ich, fast hätten wir es wie die anderen gemacht und nicht darüber gelacht.

Tedeisha war auf der Toilette, während ich später die Tassen abtrocknete und in den Schrank stellte. Vielleicht hatte der Sex mein Hirn verspult, vielleicht hatte ich Hunger, auf jeden Fall machte ich mit der letzten Tasse in der Hand die Kühlschranktür auf. Eigentlich wollte ich sie in den Schrank stellen.

Was will ich hier eigentlich?, fragte ich mich. Mir fiel mein Vater ein, wie er in der Küche stand und ihm aufging, dass er die Knarre vergessen hatte. Vielleicht war ich genau wie er. Nur dass ich nicht begriff, warum ich den Kühlschrank aufgemacht hatte.

Die Tage vorher hatten sich alle geglichen, doch an dem Tag, an dem ich die Tassen unter dem Sofa entdeckte, an dem Tag fingen Tedeisha und ich an, langsam zusammenzuwohnen. Zusammenzuwohnen und uns nicht mehr wie Kinder zu benehmen, die man zu Hause allein gelassen hat.

Vielleicht hatte das Feigenblatt eine Bedeutung, vielleicht auch nicht. Die Tassen hatten eine, auch wenn wir darüber gelacht hatten.

Das Album kam nicht in die Top Ten. Sal saß bei uns und schüttelte den Kopf.

– Es verkauft sich doch gut, sagte Tedeisha.

Das tat es tatsächlich, Sal hatte mir noch etwas Geld überwiesen. Jahrelang Jobs mit wenig Geld und nun kein Job mit viel Geld.

– Ja, aber es verkauft sich weit unter Wert. Wenn ich das alles selbst geschrieben hätte, würde ich ja jetzt sagen, dass es meine Eitelkeit ist, aber diese Stücke sind einfach der Hammer, die sind besser als jeder legendäre Abend, an dem ich aufgelegt habe, und die sind … nicht mal in den Top Ten.

Ich wünschte, ich hätte ein Album draußen gehabt, und wenn es sich nur hundertmal verkaufte. Ich wünschte, ich hätte etwas gehabt, das ich vorweisen konnte.

In den letzten Tagen hatte ich immer wieder das Verlangen zu tropfen, ein wachsendes Verlangen, und Tedeisha ging es nicht anders. Ihre eigenen wollte sie nicht tropfen, und von Donnas Traum hatte ich nichts erzählt, noch nicht. Ich wollte ihn aufbewahren für einen besonderen Moment. Es schien, als würde er der letzte Traum sein, den wir gemeinsam tropften.

Es hätte eigentlich noch hier und da Reste geben müssen, aber auch bei den drei Häusern gab es nichts zu kaufen, alle Welt schien auf dem Trockenen zu sitzen. Die Tropfen gehörten der Vergangenheit an. Weder Tedeisha noch ich wussten, in welche Richtung wir uns bewegen sollten. Und so ein Leben muss doch eine Richtung haben, oder?

– Wann fängt heute Abend dein Set an?, wollte Tedeisha
wissen.

– So gegen halb eins. Ich habe euch auf die Gästeliste gesetzt. Ihr kommt doch?

– Sicher, sagte ich.

Wir hatten ja sonst nichts zu tun, und ich war schon lange
nicht mehr auf einer Party gewesen, auf der Sal auflegte.
Seit Tagen gab es überall in der Stadt Flyer, ab diesem Freitag würde Sal wieder jede Woche in der Veranda auflegen.
Er meinte, es würde ihm besser gehen, wenn er weniger
unterwegs war.

– Das ist jetzt durch, sagte er, ich muss niemandem mehr
etwas beweisen. Ich bleibe hier wohnen und fahre nur
noch ab und an mal raus.

Da war eine lange Schlange vor der Veranda, wie in alten
Tagen, doch wir konnten einfach vorbei, weil wir auf
der Liste standen. Drinnen war es bereits voll, ich spürte
die Bässe im Bauch, und nachdem ich an der Theke zwei
Balsam gekauft hatte, machte ich eine Kopfbewegung in
Richtung Traumecke. Tedeisha nickte.

Es war kein Platz auf den Sofas, also lehnten wir uns an
eine Wand. Die meisten Leute rauchten Bassstaub, das in
dicke Tüten gerollt war. Es hing auch ein leichter Grasgeruch in der Luft. Da es in der Traumecke leiser war, konnte
man sich gut unterhalten. Als ein Pärchen aufstand, setzten Tedeisha und ich uns, ich drehte eine Tüte Bassstaub,
ließ mir von meiner Nachbarin Feuer geben und nahm
einen tiefen Zug. Ich spürte die Vibrationen der Musik
in meinen Oberschenkelknochen, als ich ausatmete. Ich
gab die Tüte Tedeisha, die auch tief inhalierte. Ihre Augen

leuchteten auf, als hätte sich die Melodie in ihr Blut gelegt.

– Komisch, sagte ich.

– Ja, sagte sie und nahm noch einen Zug. In der Traumecke saßen immer nur Menschen mit geschlossenen Augen, die kein Wort redeten.

– Wie lange noch?

Sie sah auf die Uhr.

– Weniger als eine Viertelstunde.

Sie gab mir die Tüte, und als die nächste Ladung Bassstaub mich durchflutete, fühlte es sich ein, zwei Sekunden so an, als hätte ich die klingende Minze gehört, danach begannen meine Venen im Takt der Musik zu pulsieren.

Nicht viel später gingen Tedeisha und ich auf die Tanzfläche. Der Bass klang, als hätte ihn jemand mit einer rostigen Heckenschere zurechtgestutzt, er brummte aus den Boxen und schickte sich an, die Herrschaft über unsere Körper zu übernehmen. Die Gitarre klang wie ein Liebhaber, der die richtigen Griffe gefunden hat, um eine Frau in Ekstase zu versetzen, und sie nun ewig wiederholt, ohne dass sie langweilig werden. Zwei Stimmen sangen dazu: ein Mann, neben dem sich Leonard Cohen wie ein Kastrat angehört hätte, und eine Frau, die unser Zwerchfell zum Vibrieren brachte, als wäre es aus hauchdünnem Glas. Kurz darauf war es, als würde Sal die Nadel mit seiner goldenen Hand auf eine Platte setzen und den Sound in flüssiges Licht tauchen.

Wir tanzten, wir tanzten alle, und ich glaube, es war noch schöner als früher. Es war der Weg aus unserem Alltag, der Weg aus den Geldsorgen, dem Stress, der Langeweile, der Einsamkeit, Eifersucht, Leid. Ärger, Zorn, Sorgen, nichts davon existierte auf der Tanzfläche. Es war der Weg, den wir alle gemeinsam beschreiten konnten, nachdem uns die Tropfen abhanden gekommen waren. Unsere Körper bewegten sich wie Marionetten der Musik. Die Dubeffekte, die Sal einbaute, waren die Drogen der Marionetten. Der Hall benebelte sie, und sie vergaßen ihre Fäden. Es blieb nicht mal mehr Platz für einen Gedanken wie: Das ist so schön, das müsste man öfter machen.

Einen Moment lang sah ich Tedeisha in die Augen, und ich konnte es kaum glauben. In meinem Kopf war ein Bild, wie sie als Elfjährige in einem weißen Nachthemd auf ihrem Bett herumspringt, ihr scheppernder CD-Player ist bis zum Anschlag aufgedreht, und sie singt begeistert mit, während sie auf und ab hüpft und die Arme in die Luft wirft. Ich wusste genau, sie konnte mich auch sehen, etwa genauso alt, in einer Silvesternacht vor dem Fernseher, wo ich das erste Mal getanzt hatte. Meine Cousine war so hemmungslos gewesen, dass ich mich plötzlich auch getraut hatte.

Wir lächelten. Ein Moment oben auf der Welle. Du glaubst, dass alles möglich ist.

30

Die Tage bekamen langsam ein Gesicht, eine Form, wir entwickelten Gewohnheiten. Morgens standen wir auf, frühstückten, kauften ein fürs Essen, räumten ein wenig in der Wohnung herum, lasen vielleicht etwas, hörten Musik, vertrödelten die Stunden, bis wir schließlich kochten. Dann gingen wir bummeln, immer wieder, jeden Tag, gaben unser Geld für Schnickschnack aus, den wir nicht brauchten. Der Fußabtreter hier ist doch viel schöner als unser jetziger. Diese Balsamgläser sind echt toll. Hast du schon mal so eine schöne Küchenuhr gesehen? Ein Film von Fred Ecken. Praktisch, so eine winzige Luftpumpe. Es hätte nicht viel gefehlt, und ich hätte mir auch noch eine Spielkonsole zugelegt.

Abends gingen wir ins Kino oder sahen uns Filme aus der Onlinevideothek an, wir gingen tanzen oder mit Sal in eine Bar.

Die Traumbars machten eine nach der anderen zu. Sie konnten sich nicht als Cafés oder Kneipen halten, vielleicht verbanden die Leute einfach zu viele Erinnerungen mit den Orten.

Gegen ein, zwei Uhr lagen wir im Bett. Mal hatten wir morgens Sex, mal abends, aber tagsüber nur noch selten, und manchmal auch einige Tage gar nicht.

Es war über ein halbes Jahr her, dass ich Tedeisha aus dem Traum geholt hatte. Manchmal ging mir auf die Nerven, wie sie ihr Messer hielt und dass sie fast jeden Morgen Honig auf den Tisch kleckerte, weil sie ihren Löffel zu voll machte. Lass mich doch, sagte sie, ich mache es wieder weg. Was sie fast nie tat.

Doch wir konnten auch an einem Schaufenster vorbeigehen und wie aus einem Mund sagen: Das ist ja ein toller Teppich. Und dann gingen wir in den Laden und kauften ihn. Stellten den Rest des Tages die Möbel um und kamen auf die Idee, dass wir noch ein Sitzkissen gebrauchen konnten, das zum Teppich passte. Wir fanden Dinge, die uns davon ablenkten, was man alles auf sie draufkleckern konnte.

An einem dieser Tage riss kurz vor der Haustür der Bremszug von Tedeishas Fahrrad. Sie ging hoch, ich fuhr einen neuen Bremszug kaufen und reparierte dann das Fahrrad im Hof.

Als ich hochging, hörte ich schon vor der Tür, dass drinnen gesprochen wurde. Wahrscheinlich telefoniert sie, dachte ich. Im Hausflur standen Turnschuhe, die weder mir noch Tedeisha gehörten, und aus dem Wohnzimmer kam eine Männerstimme, die mir bekannt vorkam, zu der mir aber kein Gesicht oder Name einfiel.

Auf dem Tisch stand eine Vase mit Schnittblumen, Murat fläzte sich auf dem Sofa, in der Hand eine Tasse Tee, während Tedeisha mit angezogenen Beinen auf dem Sessel saß. Als ich hereinkam, richtete Murat sich auf.

– Hallo, Nesta.

– Hallo, Murat, äh, ich habe gerade Tedeishas Rad repariert, ich wasche mir nur schnell die Hände.

Im Bad fragte ich mich, woher er kam, was ihn zu uns geführt hatte und wie wohl sein Verhältnis zu Tedeisha war. Sie war dankbar, dass er ihr damals eine Chance gegeben hatte und sie sich so zu einer erfolgreichen Träumerin entwickeln konnte. Er hatte noch an ihr festgehalten, als sie schon lange nicht mehr träumen konnte. Das waren die Fakten. Möglicherweise hatte er etwas mit dem Ende der Tropfen zu tun. Er sah gut aus. Doch das reichte nicht aus, um eifersüchtig zu sein, oder? Mir gefiel nicht, wie er sich auf dem Sofa gefläzt hatte.

Als ich wieder hereinkam, gab ich ihm die Hand. Er saß jetzt aufrecht, und ich setzte mich auch auf das Sofa.

– Man hat mir geflüstert, dass ihr zusammengezogen seid, da wollte ich euch mal einen Besuch abstatten.

– Murat arbeitet jetzt im Marketing bei Emka, wo Sal sein neues Album herausgebracht hat.

– Ah, daher, sagte ich.

– Ja, daher, sagte Murat, und dann entstand eine Pause.

Mir wurde klar, dass die beiden nicht wussten, worüber sie reden sollten, nun, da ich auch im Raum war.

– Das Album läuft gut, oder?

– Ja, es läuft ganz gut. Wenn du mich fragst, wird das einer dieser Fälle, wo ein Album sich über ein halbes Jahr in den Charts hält, ohne jemals eine hohe Platzierung zu bekommen.

– Du hast also gleich einen neuen Job gefunden?

– Ja. Beziehungsweise bin ich zu dem alten zurückgekehrt. Ich habe ja schon vorher bei einer Plattenfirma gearbeitet, mit meinem Cousin, Sue. Ihr kennt euch, soweit ich weiß.

– Ja. Was macht der eigentlich?

– Keine Ahnung, ich habe schon länger nichts von ihm gehört. Er wurde ja in Zusammenhang gebracht mit diesen Pedro-Träumen, und dann ist er verschwunden. Als ich das letzte Mal mit ihm telefoniert habe, meinte er, er wolle selbst ein Album herausbringen, aber nun habe ich schon seit Monaten nichts mehr von ihm gehört.

Ich fühlte mich nicht mal unbehaglich, die Sache mit Mr. No schien mir weit weg.

– Unter uns, sagte Murat, Sue hat echt ein paar Macken. Zuzutrauen wäre es ihm, dass er mit diesen Träumen zu tun hatte.

– Und du? Du hattest doch auch Ärger deswegen.

– Es muss Sabotage gewesen sein. Es ist nicht herausgekommen, wer dahintersteckte.

– Was hast du eigentlich mit den Recordern gemacht, wenn ich fragen darf.

– Die sind eingestampft worden. Das war mal, es gibt keine Rüssel mehr. Schade eigentlich, zumal Tedeisha wieder träumen kann, wie sie mir erzählt hat.

Ich nickte. Zu gerne hätte ich mir einen ihrer jetzigen Träume getropft. Nun verstand ich genau, warum Rahel das Bedürfnis gehabt hatte, sich meine Träume anzusehen. Auch wenn ich mit Tedeisha verbunden war wie mit niemandem sonst, hatte ich immer noch das Gefühl, nicht tief genug in ihre Seele zu können. Ich wollte sie. Ganz.

– Hast du etwas von Donna gehört? Weißt du, was sie macht?, fragte Tedeisha.

– Keine Ahnung.

– Kannst du ihre Adresse herausfinden? Wir könnten mal gemeinsam hinfahren.

– Gute Idee.

Nachdem Murat gefahren war, ließ ich Tedeisha von den wenigen Malen erzählen, die sie Donna getroffen hatte.

– Der Eindruck, den man auf Träumereien von ihr bekommen hat, täuscht ein wenig. Sie ist schüchtern und redet nicht viel. Und wenn sie redet, gibt sie wenig von sich preis. Sie ist ein verschlossener Mensch.

– Dafür sieht man in ihren Träumen immer so viel.

– Komisch, wie schnell das jetzt alles ging. Heute redet kein Mensch mehr über sie. Mit dem Bankraub hätte sie wieder richtig berühmt werden können. Wer weiß, wie sie sich fühlt.

– Gut, sagte ich. Ich nehme an, es geht ihr gut. Das Licht kann ihr niemand nehmen.

– Ich wünschte, du hättest Recht.

Es entstand eine Pause, es wäre eine Gelegenheit gewesen, Donnas Tropfen hervorzuzaubern. Dann sagte Tedeisha: – Es ist immer ganz komisch, neben Murat zu stehen. Weil er so groß ist, fühle ich mich kleiner. Als würde sich die ganze Welt ändern, wenn er bei dir ist. Und irgendwie ist es nicht schön, sich kleiner zu fühlen.

Ich verschob das mit den Tropfen.

29

Sie sah viel älter aus, als ich gedacht hatte. Ihre schwarzen Haare waren glanzlos, ihre Haut fahl, ihre Augen wirkten wie ein Schwimmbad, in dem zu viel geschwommen wurde. Besser kann ich es nicht sagen. Da war kein Feuer, kein Glanz. Das Licht in ihrem Inneren spiegelte sich nicht. Dass da ein Licht war, stand für mich außer Frage.

Auch in ihrem Lächeln, als sie uns begrüßte, sah ich es nicht. Sie umarmte zuerst Tedeisha, dann Murat. Mir gab sie die Hand. Nachdem wir die Schuhe ausgezogen hatten, führte sie uns ins Wohnzimmer.

Fast vier Stunden waren wir mit Murats Auto zu diesem kleinen Haus gefahren, das einsam auf einem Hügel stand. Man konnte das Meer sehen, die nächste Ortschaft schien ein ganzes Stück entfernt zu sein.

Die großen, schweren grauen Steine, aus denen das Haus gebaut war, vermittelten den Eindruck einer Burg oder Festung. Die Räume waren in hellen Farben gestrichen, der bernsteinfarbene Teppich schmeichelte den Füßen.

Im Wohnzimmer gab es eine Sitzecke mit vielen Kissen, auf denen Donna seltsam steif wirkte.

Murat erzählte von dem strahlenden Sonnenschein, der uns die ganze Zeit über begleitet hatte. Tedeisha versuchte Worte für das Blau des Himmels zu finden, wir sprachen über das Wetter. Das heißt, die drei sprachen. Ich war zu sehr damit beschäftigt, mir das Wohnzimmer und Donna anzusehen. Ohne sie wäre ich nie mit Rahel zusammengekommen, ich wäre Tedeisha vielleicht nicht begegnet, ich hätte wahrscheinlich Angst bekommen, als Elia und ich durch die Stadt des Lichts fuhren. Ohne sie und ihre Träume wäre ich ein anderer Mensch.

Und nun saß ich hier. Die Bahnhofsuhr an der Wand wollte nicht so recht zum Rest der Einrichtung passen, in einem Regal standen unzählige kleine Figuren, die aus verschiedenen Ländern zu stammen schienen, an einer Wand hing ein Teppich, auf dem eine Berglandschaft zu sehen war.

Wie viele andere Menschen auch hatte ich mich so lange mit Donnas Träumen beschäftigt, dass ich glaubte, sie zu kennen, zu wissen, wie sie fühlte. Aber da war nur eine korpulente Frau um die fünfzig, deren Wohnung etwas seltsam eingerichtet war, die aber keine Sehnsucht ausstrahlte, keine Ruhe, keine Wärme. Sie sah aus wie jemand, der sich jeden Morgen überlegen muss, ob er aufstehen will. Ich fragte mich, wie lange sie wohl noch zu leben hatte. Ein Fünftel in ihrem Buch der Träume war noch leer gewesen. Hieß das wirklich etwas? Und wenn ja, wie viel war das in Jahren?

– Möchtet ihr Tee?, fragte Donna und sagte dann, ohne eine Antwort abzuwarten: Ich gehe Teewasser aufsetzen.

Als sie aus dem Raum war, gafften wir drei in der Gegend herum.

– Sie wirkt abwesend, flüsterte Tedeisha mir zu, und ich nickte.

Murat stand auf und nahm eine Holzfigur aus dem Regal, einen Reiter mit krummem Rücken auf einem abgemagerten Pferd. Er drehte die Figur in seinen Händen.

Aus der Küche hörte man ein Klirren und dann einen Schrei. Wir hielten inne und lauschten, doch es folgten keine weiteren Geräusche.

– Ich geh nachschauen, sagte ich und stand auf.

Donna saß auf einem Stuhl und starrte auf den Tisch. Tränen liefen ihr langsam und lautlos am Nasenbein hinunter. Auf dem Boden lag ein zerbrochenes Glas. Ich blieb im Türrahmen stehen, unsicher, steckte die Hände in die Hosentaschen, dann machte ich ein paar Schritte auf sie zu.

– Alles in Ordnung?, fragte ich.

Donna nickte, ohne den Kopf zu heben. Dann wischte sie vorsichtig die Tränen von ihrer Nasenwurzel nach außen hin weg, damit die Wimperntusche nicht verschmierte.

– Alles ist in Ordnung. So ist die Welt gebaut. Du machst den Schrank auf, und ein Glas fällt heraus. Die Dinge kommen von außen und wollen mit aller Macht in dein Leben hinein. Das Tischbein will gegen deinen Zeh, der Hammer auf deinen Finger, ein Mann will in dein Herz, ein Kind in deinen Bauch, ein Geruch in deine Nase, ein Essen in deinen Mund. Alles kommt von außen und will in dein Leben hinein. Das Einzige, was rausmöchte, sind deine Träume.

Ich murmelte verlegen etwas Zustimmendes. Es war doch

nur ein Glas, hätte ich gerne gesagt, das kann passieren, aber ich glaubte nicht, dass es nur ein Glas war.

Donna. Die Heldin meiner Träume.

Als sie sich nicht bewegte, sondern auf die Tischplatte starrte, als sei sie in einer Art Trance, fragte ich:

– Hast du ein Kehrblech?

Sie machte eine Kopfbewegung in Richtung Mülleimer. Ich machte einen großen Bogen um die Scherben, nahm den Handfeger und ging in die Hocke, um die Scherben zusammenzukehren.

– Tee, sagte Donna, stand auf und holte mit mechanischen Bewegungen den Tee, eine Kanne und Gläser aus dem Schrank.

– Träumst du noch vom Licht?, fragte ich sie, als ich die Scherben in den Mülleimer kippte. Ich musste einfach fragen.

Ohne mir den Kopf zuzuwenden, sagte sie:

– Ja. Aber was hat es für einen Sinn, wenn du nur für dich alleine träumst?

– Das war früher doch immer so, rutschte es mir heraus.

Dass Donna zurückhaltender zu sein schien als ich, machte mich ganz mutig.

– Ja, sagte sie, früher. Bevor ich wusste, wie es ist, das Licht zu teilen.

Wieder steckte ich die Hände in die Hosentaschen. Donna stellte die Teegläser und die Kanne auf ein Tablett. Mir fiel auf, wie klobig und rau ihre Finger waren.

– Magst du Murat?, fragte sie.

– Ich glaube, er ist in Ordnung, sagte ich.

Dann warteten wir, bis das Wasser kochte. Ich wartete mehr als sie. Wenn es kocht, werde ich es sagen, nahm ich mir vor, egal wie unbeholfen es klingen wird. Und dann lachte das Wasser endlich einladend.

– Ich wollte mich bedanken für all diese Träume. Ich kann dir nicht sagen, was sie mir bedeuten. Sie haben mein Leben verändert, sie haben mir Kraft gegeben, weiterzumachen, wenn ich nicht mehr konnte. Sie haben mir einen Glauben geschenkt, den Glauben, dass es etwas Größeres gibt, ich bin mit dem Universum verschmolzen in deinen Träumen. Donna, du ahnst nicht, was du mir gegeben hast.

Sie sah mich an, traurig lächelnd.

– Und ich?, fragte sie. Was ist mit mir? Wer schenkt mir Kraft?

Dann schüttete sie das Wasser in die Teekanne, nahm das Tablett und ging ins Wohnzimmer. Ich folgte ihr stumm. Als wir ins Zimmer kamen, verstummte das Gespräch für einen Moment. Dann sagte Murat, er habe gerade die Geschichte erzählt, wie ein Schulfreund, den er seit Jahren nicht mehr gesehen hatte, auf einmal im Flugzeug neben ihm saß.

Wir blieben noch über eine Stunde bei Donna, das Gespräch war zäh, die meiste Zeit unterhielt Murat uns mit Anekdoten, die wirklich lustig waren, aber die Atmosphäre war nicht so richtig zum Lachen.

Auf der Rückfahrt redeten wir kein Wort. Als er uns zu Hause absetzte, sagte Murat:

– Sie überlegen nur, wie viele Leben sie schützen, sie wissen nicht, wie viele Leben sie zerstören, indem sie Träume verbieten. Es wird Zeit, dass es wenigstens wieder STs gibt.

– Ich war an einem Strand, es war so eine kleine Bucht, ganz einsam, ich hatte Leinenhosen an und eine Windjacke, war aber barfuß. Es war kühl. Auf einmal stand Donna vor mir, sie war ganz nackt, schien aber nicht zu frieren. Sie fragte mich, ob ich nicht mit schwimmen gehen möchte. Ich wollte nicht, weil ich dachte, das Wasser sei eisig. Sie sagte, sie sei schon so lange nicht mehr schwimmen gewesen und ich solle mich doch wenigstens ausziehen. Ich verstand nicht, was das für einen Sinn haben sollte, und konnte mich nicht entschließen. Doch sie meinte, ihr sei auch kalt und ich solle mir keine Sorgen machen. Komm, sagte sie und ging vor. Als sie schon bis zum Bauch im Wasser stand, dachte ich, ich müsse ihr folgen, aber ich war wie gelähmt. Ich sah ihr zu, wie sie ins kalte Wasser glitt. Ich habe meine Füße fast nicht mehr gespürt. Mehr weiß ich nicht.

Wir lagen noch im Bett. Ich hatte wirren Kram geträumt, in dem es um verschiedene Teesorten in einer Blechdose und rote Kakteen ging.

– Hast du eigentlich noch einen ihrer Träume?, fragte Tedeisha.

– Ja, sagte ich, genau einen.

Was hätte ich sonst sagen sollen? Das war sicherlich kein guter Zeitpunkt. Am Abend zuvor waren wir bedrückt schlafen gegangen, und am Morgen waren wir nicht viel anders aufgewacht.

Tedeisha sah mich an.

– Wo?

– Ich geh schon.

Donnas Traum. Der, in dem ich sie liebe, wie man nur im Traum lieben kann. Ein kleiner, philosophischer Traum, der sich nicht gut verkauft hatte. Sie saß in einem gelben Badeanzug am Strand, ließ den Sand durch die Finger rinnen, lächelte, sah hinaus aufs offene Meer. Ein Vogel flog vorbei – eine Möwe, ein Papagei, ein Adler, ein Falke, eine Schwalbe, ein Albatros, floss fliegend von einer Form in die nächste. Donna sah den Vogel an und verstand, was er ihr sagen wollte: dass alles im Wandel ist und man an nichts festhalten kann. Sie begriff, dass wir nur an unseren Wünschen, Vorlieben, Abneigungen, Sehnsüchten und Ängsten festhalten, weil sie uns eine Identität geben, weil sie uns das Gefühl geben, eine Person zu sein, ein Individuum. Dabei kamen und gingen Stimmungen ohne unser Zutun, sie waren unbeständig, sie machten uns nicht nur nicht aus, sie hatten auch keinerlei Bedeutung, so wie es für den Vogel keine Bedeutung hatte, in welcher Form er flog. Nur musste es eine Form geben, damit das Fliegen sich manifestieren konnte.

Die Wahrheit war, dass wir uns jeden Moment veränderten, aber dennoch das Gefühl brauchten, jeden Tag derselbe zu sein. Das verstand Donna, sie verstand es mit ihrem ganzen Körper, mit ihrem Sein, während sie den Vogel sah.

Und dann gab sie auf, sie gab das Bild, das sie sich von sich selbst machte, ansatzlos auf. Sie wurde schön, auf so eine absolute Art. Aus solcher Schönheit entsteht Liebe, eine tiefe grenzenlose Liebe, wie es sie nur im Traum gibt.

Vielleicht hatte ich auch deswegen so lange gezögert, den Traum mit Tedeisha zu tropfen. Eine Liebe größer als unsere.

Irgendwann werden wir rausgeholt aus der Zeit, existieren als Seele weiter, als Energie, als Licht, als irgendetwas, das wir nicht begreifen, etwas, das ohne Sehnsüchte, Hoffnungen, Ärger und Leid ist etwas, das uns beweist, dass wir mehr sind als das, wofür wir uns bisher gehalten haben. Aber dann ist es zu spät, Dinge mit anderen Menschen zu teilen. Vielleicht wäre jeder Tag ein guter Tag gewesen, um diesen Traum gemeinsam mit Tedeisha zu tropfen. Der Tod lässt uns keine Zeit für Feigheit.

– Es ist der letzte Traum, den ich noch habe, sagte ich, ich wollte ihn immer für einen besonderen Moment aufheben, er war ein Flop, ist aber einer der schönsten Träume der Welt.

Ich konnte Tedeisha nicht in die Augen sehen, als wir tropften. Ich weiß nicht, warum. Als wir im Traum waren, konnte ich sie überhaupt nicht mehr sehen. Ich sah den Traum, doch mehr nicht. Ich war hellwach, offen für das geringste Detail, das sich ändern konnte. Ich kannte den Traum auswendig, jede Abweichung in meinem Kopf wäre mir aufgefallen. Konnte sie mich sehen? Konnte sie sehen, wie sehr ich Donna liebte? Wir begegneten uns nicht. Und vielleicht hätte mir das nichts ausgemacht, aber als wir aufwachten, sagte Tedeisha:

– Kann ich verstehen, dass das ein Flop war. Sie sitzt am Strand und gibt all ihre Leidenschaften auf, sie vergisst, ein Mensch zu sein. Aber da ist keine Freude, kein Licht, nichts. Nicht mal Frieden oder Glück. Es ist langweilig.

Ich stand auf und ging an den Kühlschrank. Wahrscheinlich habe ich auch etwas rausgeholt, Saft oder so. Dann stand ich da. Es dauerte, bis Tedeisha kam.

– Alles klar?

– Ja, sagte ich, den Blick immer noch auf die Kühlschranktür geheftet.
– Ich fand ihn halt nicht so toll wie du. Ist doch nicht
schlimm, oder?
– Nein.
Den Rest des Tages ging ich ihr aus dem Weg. Es kam mir
vor, als habe ich bisher nur in einem Traum gelebt und
sei nun aufgewacht. Ich fand zwei, drei Tassen unter dem
Sofa und ging sie spülen.
Gegen Abend klingelte das Telefon. Ich hatte keine Lust,
ranzugehen. Tedeisha sah mich einige Sekunden an, prü-
fend, vielleicht missbilligend, ich weiß es nicht. Dann
seufzte sie und nahm ab.
– Ja ... Ja ... Ja ...
Die Farbe wich aus ihrem Gesicht. Sie legte auf.
– Donna ist tot.

27

– Oh Mann, scheiße. Rate mal, wer bei mir angerufen hat,
sagte Sal, noch bevor ich die Tür richtig aufgemacht hatte.
– Donna ist tot, sagte ich.
– Mr. No war am Apparat, und er sagt, ich hätte seine Stü-
cke geklaut, und er möchte ... Was hast du gesagt?
– Donna ist tot. Sie ist ins Meer hinausgeschwommen.
Sal ging ins Wohnzimmer, wo Tedeisha sich die Tränen
wegwischte und versuchte, ihn anzulächeln.
– Wann?
– Sie haben sie heute Mittag gefunden. Murat hat gerade
angerufen.

Ich setzte mich neben Tedeisha, nahm sie in den Arm, aber da war mehr als eine Handbreit Platz zwischen uns.

– Abschiedsbrief?

– Nein, sagte Tedeisha. Und wir haben sie gestern noch besucht.

Tränen erstickten ihre Stimme.

– Donna ... Meine Güte.

Sal setzte sich, stand dann wieder auf und kam mit drei Gläsern Balsam aus der Küche zurück. Zuerst gab er Tedeisha eins, dann mir, dann stürzte er seins in einem Zug herunter. Tedeisha schnäuzte sich und setzte ein Lächeln auf. Ich versuchte, meinen Schmerz nicht zu zeigen. Alles, was mir den Anschein von Überlegenheit gab, war mir recht. Tedeisha konnte mir größere Schmerzen zufügen als Donnas Tod. Jetzt saß sie hier und heulte, doch am Morgen hatte sie sich nicht mal die Mühe gegeben zu verstehen, was mich an diesem Traum so faszinierte. Was mich Donna so nah sein ließ.

– Meine Güte, sagte Sal, Donna. Mit Donna hat es angefangen. Weißt du noch, dieses Kanarienvogelgezwitscher an dem Abend, an dem ich das erste Mal im Bass&Klang aufgelegt habe? Mit ihr hat alles angefangen. Und vielleicht hört es auch mit ihr auf. ... Mr. No hat bei mir angerufen.

– Mr. No? Wie – Mr. No?

Sal holte eine kleine braune Flasche aus der Hosentasche und drehte sie nervös in seinen Händen hin und her.

– Keine Ahnung, Mr. Sue No eben. Spreche ich dort mit Salomon Cennet, dem DJ?, fragt er. Ich so: Ja. Und er: Du habgieriger, kleiner Wichser hast mir meine Stücke geklaut. Ich will Geld, oder du hast 'ne Klage am Hals, dass du nicht mehr froh wirst.

– Und was hast du gesagt?

– Ich habe gesagt, dass ich nicht weiß, wovon er spricht. Er: Klar weißt du das, ich habe doch dein Album gehört, du hast die Stücke von meinem Rechner. Da habe ich einfach aufgelegt. Was will der schon, habe ich gedacht, der wird immer noch gesucht, weil sie glauben, er hätte mit diesen Pedros zu tun. Zehn Minuten später ruft der Chef von der Veranda an und sagt, sie können mich nicht mehr buchen. Pete, sage ich, Pete, du hast niemanden, der so viel Publikum zieht wie ich. Ja, sagt er, trotzdem, es tue ihm leid, aber er könne nicht anders.

Er hielt die Flasche in der Rechten und klopfte sie auf den Daumennagel seiner Linken, als sei es eine Zigarette.

– Und was willst du jetzt machen?

– Er hat ja irgendwie Recht, es war ja sein Rechner, es waren seine Stücke, die ich bearbeitet habe. Ich habe gedacht, er würde verschwunden bleiben. Er war ein Mogul in dem Business, ist besser, wenn ich mich nicht mit ihm anlege.

– Er hat tausende Leute fast in die ewigen Traumgründe geschickt.

– Vielleicht auch nicht. Und die Stücke bleiben seine Stücke. Es war dumm von mir.

– Du hast Angst, oder?, fragte Tedeisha.

Sal senkte den Kopf und klopfte leise mit der Flasche gegen die Tischkante.

– Donna, sagte er, vielleicht ist das ein Zeichen, ein Omen. Die Zeiten, in denen alles lief, sind vorbei. Vielleicht ist auch das mit der Musik vorbei.

Die Zeiten, in denen alles lief. Für mich gab es nur die Zeit, in der ich geglaubt hatte, es könnte alles laufen. Die Zeit, in der ich Träumer werden wollte, und die ersten Wochen mit Tedeisha. Es war noch nie gelaufen. Donna hatte Recht. Die Dinge drangen von außen in dein Leben ein, hämmerten darauf herum und versuchten dich niederzudrücken.

– Wie viel wollte er?, fragte ich.

– Keine Ahnung, alles, nehme ich an.

– Du kannst doch bestimmt noch in kleinen Läden auflegen.

– Habe ich mir auch schon überlegt, er kann ja nicht überall seine Finger drinhaben.

– Abwarten, schlug ich vor.

– Abwarten, sagte Sal.

– Was ist das eigentlich für eine Flasche?, fragte Tedeisha. Sal sah die Flasche in seiner Hand an, als bemerke er sie erst jetzt.

– Die habe ich vorhin gekauft, dann bin ich hoch, weil ich mir noch eine Jacke überziehen wollte, und da hat das Telefon geklingelt.

Er lächelte, nicht ganz gelöst, aber er lächelte.

– Es gibt wieder STs bei den drei Häusern, sagte er.

Auch in Tedeishas Mundwinkel kam Bewegung. Ich tat ganz gelassen. Ich brauchte keine STs, nicht im Moment. Das letzte Mal Tropfen war keine zwölf Stunden her, und es war beschissen gewesen.

– Schweineteuer, sagte Sal und kramte in seiner Jackentasche. Er holte ein kleines Plastiktütchen heraus. Ich habe auch noch Grüne gekauft.

– Was ist es für ein Traum?, fragte Tedeisha, und ich hörte die Erregung in ihrer Stimme. Gib ihr Tropfen, und sie vergisst alles andere.

– Ich weiß es nicht.

Die beiden schlugen vor, wir sollten tropfen, auf Donna, auf die alten Zeiten. Wir träumten, wir träumten einen sinnlosen Traum, in dem die Figuren aus einem Buch lebendig wurden und den Autor dazu bewegen wollten, die Geschichte umzuschreiben. Tedeisha begegnete ich wieder nicht.

Hinterher legten wir Musik auf und rauchten Halb und Halb, halb Bassstaub, halb Gras, Sal meinte, wir sollten auch die Grünen nehmen.

Ich war nie ein großer Freund von Pillen gewesen, aber an diesem Tag war mir alles egal. Es machte mich fertig, Sal gegenüberzusitzen und so zu tun, als sei alles in Ordnung. Ich wollte diesen Gedanken loswerden, den Gedanken, der sich selbstständig gemacht hatte, der in einer Ecke meines Hirns hockte und einfach nicht aufhören wollte, mir zuzuflüstern, dass Tedeisha die Träume mehr liebte als mich, dass sie mich jederzeit verlassen könnte, wenn sie die Möglichkeit sah, einzuträumen. Ein Gedanke wie ein tropfender Wasserhahn, der jede kurze Stille nutzte, um in mich hineinzuwispern, dass sie mich noch nie verstanden hatte, dass ich allein war, dass nicht mal sie hatte sehen können, wie sehr ich Donnas Vogeltraum liebte. Ein Gedanke wie eine quietschende Diele, auf die man immer tritt, wenn man gerade leise sein will, ein Gedanke, der nicht loskam von den Tassen unter dem Sofa.

Ich hoffte, die Pillen würden die Ängste aus meinem Kopf räumen. Tedeisha und Sal mögen auch Sorgen gehabt haben, die sie aussperren wollten.

Die Grünen beginnen wie ein Feuerball in deinem Bauch und wärmen schon bald deinen ganzen Körper, du kannst sehen, wie die Energie in Lichtfäden aus deinen Händen herausschießt.

Ein Beben schlängelte sich vom Steißbein über die Wirbelsäule in den Kopf, und wir konnten nicht mehr still sitzen.

– Bass&Klang, sagte Sal nur.

Kurz darauf musste ich den Türsteher derart anlächeln, dass ich dachte, man würde mir den Eintritt erlassen. Drinnen war es voll für einen Dienstagabend, die Musik war gut. Glaube ich. Sie kann auch beschissen gewesen sein, aber für uns klang sie, als wollte sie unsere Seelen eincremen. Unsere Körper bewegten sich wie von selbst auf die Tanzfläche zu, und die Glieder fanden von allein den richtigen Rhythmus. Es war, als hätte uns jemand Musik injiziert. Lichter auf meiner Netzhaut, Menschen, die wogten, Augen, an denen man manchmal kurz hängen blieb, Augen wie Bergseen, Augen wie fremde, dunkle, einladende Welten. Arme und Beine, die sich bewegten, berührten, Schweiß, Fäuste in der Luft und am Kopf klebende Haarsträhnen.

Tedeisha brüllte mir etwas ins Ohr, und ich nickte einfach, weil ich kein Wort verstand und mein Körper sich bewegen wollte. Als ich mir ein Balsam holte, tropfte mir der Schweiß in die Augen.

Jemand klopfte mir auf die Schulter. Murat. Er grinste. Ich glaubte, er habe auch eine Grüne oder zwei oder vielleicht ein paar Rote oder Blaue oder einen ganzen Malkasten eingeschmissen. Ich verstand nicht genau, was er sagte, ich nickte wieder. Tedeisha winkte von der Tanzfläche, und ich winkte zurück. Ein paar Leute starrten Sal an. Ich bestellte noch ein Balsam.

Sal kam auf mich zu und zerrte mich aus dem Laden:

– Die gucken mich alle so seltsam an.

Er nahm einen Schluck aus der Flasche Balsam in seiner Hand. Er schwitzte noch mehr als ich und zitterte leicht.

– Du bist berühmt, das ist der Preis des Ruhmes, versuchte ich ihn zu beruhigen.

Doch die Blicke hatten nicht so gewirkt, als würden sie einen Prominenten erkennen. Sal atmete zu schnell und zu flach.

– Sie sehen mich an, als hätte ich etwas verbrochen.

Die Grünen hatten eigentlich kaum Nebenwirkungen, aber ehe ich mich versah, fiel Sal die Flasche aus der Hand, er verdrehte die Augen, so dass man nur noch das Weiße sah, seine Glieder zuckten unkontrolliert, und er fiel. Ich fing ihn auf, bevor er der Länge nach hinschlagen konnte und legte ihn dann vorsichtig auf den Boden. Ich hatte das Wort Krankenwagen noch nicht zu Ende gedacht, da schien er schon wieder zu sich zu kommen. Ich stellte die bescheuerte Frage.

– Alles okay?

Sal nickte.

– Was hast du genommen?

– Nur die Grünen. Den Halb und Halb. Das war's eigentlich.

Er lächelte schwach, sein Kopf lag in meinem Schoß. Langsam setzte er sich auf und rieb sich mit den Händen übers Gesicht.

– Das war vielleicht zu viel für mich: der Anruf, Donnas Tod, die Pillen, die Blicke, keine Ahnung.

Ich stand auf, reichte ihm die Hand und zog ihn hoch. Er schien etwas unsicher auf den Beinen. Ich legte ihm den

Arm um die Schulter und schlug vor, ein paar Schritte zu gehen. Nach etwa einem Block dachte ich, dass er nicht wieder umkippen würde. Ich winkte einem vorbeifahrenden Taxi und setzte ihn hinein. Zum Abschied gab er mir noch eine Grüne in den Mund.

Ich ging zurück, tanzen. Die zweite Grüne machte, dass ich meinen Blick kaum noch fokussieren konnte, die Augen meistens geschlossen hielt und mir die Bilder ansah, die der Tanz in mein Hirn malte.

Als die letzten Kohlen in meinem Bauch verglüht waren, konnte ich Tedeisha nicht mehr finden.

26

Wahrscheinlich sah Tedeisha glücklich aus, als sie die Haustür aufschloss. Ich saß schon einige Zeit auf dem Sofa, ohne mich zu bewegen. Immer wieder versuchte ich mir zu vergegenwärtigen, dass etwas Schlimmes passiert sein konnte, dass es nicht in ihrer Schuld lag, dass sie verschwunden war, dass es eine Erklärung gab.

Sie kam ins Zimmer, und ihr Lächeln verschwand augenblicklich, als sie mich sah.

– Wo warst du?

– Ich habe dir doch gesagt, dass ich mit Murat mitgehe.

– Wann?

– Gestern Nacht.

– Wo?

– Auf der Tanzfläche.

Und ich hatte genickt, obwohl ich kein Wort verstanden hatte. Wie gesagt, ich war kein Freund der grünen oder von sonstigen Pillen. Sie machten dich zu einem Idioten. Ich versuchte mir nicht anmerken zu lassen, dass ich die vergangenen sechs Stunden dort gesessen und gewartet hatte. Es gelang mir wahrscheinlich nicht.

– Wieso eigentlich mit Murat?

Sie sah mich erstaunt an.

– Du warst ganz schön verstrahlt, oder?

– Die Musik war sehr laut, sagte ich.

– Ich war am Rüssel.

– Was?

– Murat kennt jemanden, der einen Rüssel hat. Daher kommen wahrscheinlich die sts.

– Konntest du träumen?, fragte ich und war mir schon sicher, sie würde nein sagen. Sie träumte, wenn wir beisammen schliefen.

– Ja, sagte sie. Ja. Obwohl du nicht dabei warst. Ich hatte Angst, es würde nicht klappen, aber vielleicht wirkt deine Gegenwart ja noch nach in mir, ich weiß nicht. Aber es war ein schöner Traum. Wir hatten Maschinengewehre und wollten einen Typen umlegen, der vorhatte, die Musik zu vernichten. Wir waren im Foyer von einem Club, und du hast mir gesagt, dass ich Wache halten soll, dann bist du reingegangen. Als die Leute mein Gewehr gesehen haben, habe ich Angst bekommen und bin rausgegangen. Aber ich habe mich schrecklich gefühlt, weil ich dich im Stich gelassen hatte.

Wenn du dich im wirklichen Leben auch mal deswegen schlecht fühlen würdest, dachte ich.

– Draußen hat eine Frau mir erzählt, wie gefährlich der Typ unten im Club ist, und ich habe noch mehr Angst bekommen. Ich habe mich aber nicht getraut, wieder in den Club zu gehen, obwohl ich dir beistehen wollte.

Sogar ihre Träume sagten, dass sie nicht zu mir hielt.

– Dann sind plötzlich ganz viele Leute aus dem Club gestürmt, und die Frau wollte mich wegzerren zu ihrem Auto. Es brach eine richtige Panik aus, alles flüchtete blindlings irgendwohin, und ich stand wie angewurzelt da und habe auf dich gewartet. Du kamst erst als Letztes raus und warst stolz, weil du die Musik gerettet hattest. Und ich war auch stolz auf dich und habe dich in meine Arme geschlossen, als würden wir uns vereinigen.

Ich spürte einen Anflug von Stolz, als hätte ich tatsächlich etwas vollbracht. Aber ich konnte mich nicht freuen.

– Warum habt ihr mich nicht mitgenommen?

– Du und Sal, ihr wart auf einmal verschwunden, und Murat meinte, wir müssten los, wenn wir den Rüssel erwischen wollten. Es war meine Gelegenheit.

Ich suchte nach einem Fehler, einer guten Begründung dafür, dass ich sechs Stunden grollend auf dem Sofa gesessen hatte, unfähig, mich von diesen Gedanken an Verrat, Kränkung und Ablehnung zu lösen. Ich suchte so sehr, dass ich für das Offensichtliche eine Weile brauchte.

– Und was wird nun aus dem Traum?

Vorsicht lag in Tedeishas Stimme, aber ihr rechter Mundwinkel verzog sich leicht, sie freute sich darauf, zurück ins Geschäft zu kommen.

– Wahrscheinlich kommt er als ST heraus. Nesta, es ist schöner, seine Träume zu teilen. Es freut mich, aber ich will nicht mehr jeden Preis dafür zahlen. Ich werde bei dir bleiben, das weißt du, oder?

– Wo?

Tedeisha sah mich fragend an.

– Wo willst du mit mir zusammen sein?

– Hier.

– Tedeisha, wenn diese Tropfen rauskommen, stehen morgen die Bullen vor der Tür. Du bist bekannt, du bist nicht irgendjemand. Du kannst keine STs einträumen. Hast du auch nur eine Sekunde darüber nachgedacht, was du da tust? Hast du dich schon mal gefragt, warum die Träumer von STs alle unbekannt sind?

Sie schlug die Hand vor den Mund, wie ein kleines Mädchen, das sich verplappert hat.

– Ich ... Ich habe mich gefreut ... Warum hast du gestern Abend nichts gesagt?

Ich habe nicht zugehört, dachte ich.

– Wenn die Tropfen wirklich rauskommen, müssen wir uns verstecken. Die Träume machen dich blind, sagte ich, und ich hänge an deinen beschissenen Entscheidungen mit dran.

– Wo war der Rüssel?, fragte ich. Wir müssen hin.

– Scheiße ... Er war in einem Bus. Wir sind durch die Gegend gefahren, bis ich eingeschlafen bin.

– Und wo ist Murat jetzt?

Sie hob die Schultern. Unter seiner Mobilnummer klingelte es ewig, niemand ging ran, nicht mal eine Mailbox sprang an. Wir wussten nicht, wo er wohnte.

– Es tut mir leid, sagte Tedeisha, ich war noch auf den Grünen, und es war so verlockend. Ich habe es falsch gemacht, Nesta, entschuldige bitte.

Sie saß nun neben mir, und ich wusste, dass sie in den Arm genommen werden wollte. Doch ich blieb reglos sitzen. Ich wollte retten, was zu retten war. Mich, Tedeisha, uns, unsere Beziehung, unser Leben, irgendetwas davon oder alles auf einmal, ich wusste es nicht. Ich hatte das Gefühl, es läge nun an mir. Vielleicht hätte sich dieses Gefühl geändert, wenn ich sie umarmt hätte.

– Man kann nicht einfach nur seinen Träumen hinterherlaufen, sagte ich.

Und ich glaube, ich meinte es auch so.

25

– Im Taxi habe ich Schweißausbrüche bekommen, dicke Tropfen haben sich von meinen Augenbrauen gelöst, ich dachte, ich müsste kotzen. Mein ganzer Körper hat gezittert, und mir war kalt. Da habe ich dem Fahrer gesagt, er soll mich ins Krankenhaus fahren. Die haben mir den Magen ausgepumpt und mich über Nacht dabehalten. Das kann nicht nur an den Grünen gelegen haben, mir hat bestimmt jemand was ins Balsam gemischt. Die haben mich ja sowieso alle so seltsam angeguckt. Die sind hinter mir her, Nesta.

– Ich glaube, du bist gerade paranoid.

– Ach ja, blaffte Sal mich an, und weil ich so paranoid bin, ist jemand in meine Wohnung eingebrochen, während ich im Krankenhaus lag, ja?

Bass erstaunt sah ich ihn an. Er machte Musik, er wusste, wie man wirkungsvoll Akzente setzt. Und ich hatte sowieso ein schlechtes Gewissen, weil ich ihn in dem Taxi gelassen hatte.

– Sorry. ... Fehlt was?

Er drehte den Kopf weg. Seine Stimme war leise.

– Ich kann ja sowieso nirgendwo mehr auflegen.

– Scheiße. Wirst du zahlen, wenn er noch mal anruft?

– Fünfundzwanzig Riesen.

– Aber du hast doch Geld, oder?

Er schüttelte den Kopf und setzte sich auf einen Stuhl.

– Ich habe es immer mit vollen Händen ausgegeben, ich habe nie gespart. Geld muss im Fluss bleiben ... Könnten wir ... Könnten wir Tedeisha fragen?

Tedeisha, ich hatte tatsächlich einige Minuten nicht an sie gedacht.

– Wo ist sie überhaupt?

– Sie wollte mal raus.

Sal sah mich an.

– Habt ihr euch gestritten?

– Wie man's nimmt.

Ich erzählte ihm, was passiert war. Natürlich nicht alles, ich erzählte ihm nicht die Sache mit den Tassen, die Sache mit dem Vogeltraum und nicht, dass ich gekränkt war, weil sie auch ohne mich träumen konnte.

– Nesta, sie hat halt nicht nachgedacht. Das kann jedem mal passieren. Schau mal, hätte ich nachgedacht, hätte ich auch diese Stücke nicht benutzt. Sie wollte einträumen. Ich kann das verstehen. Ich mag mir nicht vorstellen, dass ich nie mehr auflegen kann.

– Du hast gesagt, es ging dir gut, als du den Gips hattest, du hast wieder zu dir selbst gefunden.

– Ja, aber ich wusste auch, dass dieser Gips wieder abkommt.

– Es ist dumm, sie hat nicht einen Schritt weitergedacht.

– Vielleicht war es auch dumm, den Laptop zu klauen. Es war dumm, dieses Album herauszubringen. Es war dumm, aufzulegen, als Sue angerufen hat. Was willst du? Ewig auf sie sauer sein, weil sie eine Dummheit begangen hat? Wir machen alle mal Fehler.

– Sie hat nur an sich gedacht, und das nicht mal gut genug, sagte ich.

Sal sah mir prüfend in die Augen, dann nickte er. Gerade als er ansetzte, etwas zu sagen, hörten wir den Schlüssel in der Tür. Tedeisha zog die Schuhe aus, ging durch den Flur, blieb im Türrahmen stehen. Sal stand auf, die beiden sagten Hallo und umarmten sich.

– Ich würde dir ja gerne etwas leihen, sagte Tedeisha etwas später, aber das Restaurant lief die letzten Jahre nicht mehr so gut. Und dann hatte mein Vater ja auch noch unvorhergesehen so lange geschlossen, weil … Auf jeden Fall habe ich es ihm gegeben. Fünftausend könnte ich dir vielleicht geben.

Ich saß mit den beiden Menschen zusammen, die mir am meisten bedeuteten. Sal, der mir gezeigt hatte, welche Welt wir betreten konnten, Tedeisha, mit der ich erlebt hatte, dass die Einsamkeit ein Ende haben konnte. Ich konnte niemandem helfen.

Ich hatte Rahel zum Träumen gebracht, doch dafür konnte ich nichts.

Ich hatte Tedeisha aus dem Traum geholt. Kurz bevor Mahadev sie sowieso gerettet hätte.

Ich konnte nicht mit ihnen sprechen. Tedeisha und Sal hatten keine Ahnung, wie es war, in einem Wust von Wünschen, Frustrationen, Träumen, Sehnsüchten und Niederlagen zu stecken, den ich als mein Leben betrachten musste. Ich fühlte mich fremd. Fremder als jemals zuvor.

Ich versuchte mich zu erinnern, was für ein Gefühl es gewesen war, Tedeisha in den Tropfen zu begegnen. Wie es sich angefühlt hatte, so verstanden zu werden.

Ich wusste, dass ich das erlebt hatte, aber die Erinnerungen schienen jemand anderem zu gehören, so weit weg waren sie. Warum hatte sie mich nicht im Vogeltraum gesehen?

Als Sals Mobiltelefon klingelte, merkte ich, dass ich nicht zugehört hatte, worüber die beiden redeten.

– Ja, sagte Sal, zwölftausend bis übermorgen. Ich versuche es zusammenzukriegen. … Ja … Kann ich dann auch meine Platten …

Er sprach den Satz nicht zu Ende, stattdessen holte er aus, als wollte er das Telefon gegen die Wand werfen, hielt dann aber inne.

– Aufgelegt, sagte er.

Mir fiel ein schlechtes Wortspiel ein, ich behielt es für mich.

24

Wenn ich einen Geldeintreiber für eine kriminelle Organisation gesucht hätte, hätte ich ihn gewählt. Groß, gewaltiger Brustkorb, Muskeln, die mit einer Fettschicht überzogen waren, die fest wirkte, die blonden Haare millimeterkurz. Von seinem rechten Ohr zog sich eine dicke Narbe herunter, die erst unterhalb des Kehlkopfes endete. Er stand allein an der Bushaltestelle in einer Haltung, als würde er vor der Tür eines Clubs stehen, in dem er für Sicherheit sorgte.

– Das muss er sein, sagte Sal.

Ich blieb vor der Auslage einer Kleintierhandlung stehen und beobachtete die Szene, die sich im Schaufenster spiegelte, während Sal weiterging. Er näherte sich dem Typen, begrüßte ihn, der Knochenbrecher nickte, ohne eine Miene zu verziehen. Die beiden wechselten ein paar Worte, Sal gab ihm einen Umschlag. Der Geldeintreiber steckte ihn, ohne reinzusehen, in die Innentasche seiner kurzen Lederjacke und wandte sich gerade zum Gehen, als Sal ihn am Arm festhielt. Er drehte sich um und sah Sal mit einem Blick an, der ihm wohl Angst machen sollte. Sal ließ sich nicht beeindrucken, was wiederum mich beeindruckte. Der Mann schüttelte Sals Hand ab und ging.

Drei Straßen später bog er in einen Hauseingang ab, und im Haus verlor ich ihn aus den Augen.

Ich war erleichtert. Natürlich hatte ich ja gesagt, als Sal mich gefragt hatte, ob ich dem Geldboten folgen würde. Mit Elia konnte ich in Mr. Nos Villa einbrechen, aber eigentlich war ich zu feige, um alleine jemanden zu verfolgen, der gefährlich sein konnte. Ich war aber auch zu feige, das Sal gegenüber zuzugeben. Nur damit er es nicht merkte, hatte ich nicht angefangen zu fragen, was er sich von einer solchen Aktion versprach. Und irgendwie fühlte ich mich auch schuldig, weil ich ja das Notebook gestohlen hatte. Beziehungsweise Elia. Aber das machte in diesem Fall keinen Unterschied.

Die Platten standen wieder in der Wohnung, als wir dort ankamen, sechs Kisten, im Flur, direkt hinter der Tür. Sals Augen leuchteten. Er ging in die Knie, schaute sich wahllos Cover an, zog einige Platten heraus und untersuchte sie auf Kratzer. Dann stand er lächelnd auf.

– Ehrlich gesagt habe ich nicht daran geglaubt, sagte er.

Ich wollte es unbedingt versuchen, aber ich hätte nicht gedacht, dass ich diese Platten wiederkriege. Er mag ein Arschloch sein, er mag kein Gewissen haben, er mag verantwortlich sein für Pedros Traum und sonstige Scheiße, aber er weiß bestimmt, wie heilig eine Plattensammlung sein kann.

Stunden später war ich immer noch bei Sal. Wir tranken Balsam, er legte Platten auf, wir redeten über dies und das, ich fühlte mich wohl in seiner Gegenwart. Mit Tedeisha schaute ich zwanghaft nach, ob sie Tassen unter dem Sofa ließ, den Kühlschrank nicht richtig schloss oder wieder Honig gekleckert hatte. Mit Tedeisha achtete ich auf die Unstimmigkeiten, aber mit Sal auf dem Sofa rumlümmelnd ging es mir gut. Wie lange waren wir schon befreundet?

Gut, es hatte schlechte Zeiten gegeben, und man konnte sich nicht auf ihn verlassen, aber wir konnten einfach Balsam trinken, aus dem Fenster auf die Stadt schauen, schweigen, Zeitschriften blättern. Wir hatten damals viel Zeit gemeinsam im Schuppen verbracht, und das schien immer noch nachzuklingen.

Es klopfte an der Tür, und Sal machte einem etwa fünfzehnjährigen Jungen auf, der einen Joint hinter dem Ohr hatte. Sein Haar war blondiert, die Augenbrauen schwarz gefärbt. Er trug eine schwarze Weste mit vielen Taschen und wirkte, als würde er auch in einem der drei Häuser wohnen. Er strahlte über das ganze Gesicht, als sei es ein Freitagnachmittag – kurz bevor die Party losgeht.

– Hallo Hector, sagte Sal.

– Mr. DJ, sagte Hector, Mr. DJ, du hast doch gesagt, ich soll Bescheid sagen, wenn etwas Neues kommt. Es gab ja einen Engpass, aber mein Mann sagt, ab heute fließt's wieder, keine Pampers mehr, wenn du verstehst, was ich meine ...

Er lachte, als hätte er einen guten Witz gemacht. Ich wunderte mich über seine Selbstsicherheit. Ich in seinem Alter ...

Aber dann wiederum, Sal war in dem Alter auch nicht anders gewesen als der Junge jetzt. Hector kam sich cool vor, hatte alles im Griff, und die Welt lag ihm zu Füßen. Vielleicht ist das das einzige Alter, in dem man so fühlen kann. Ich hatte die Chance verpasst.

– Ich bin stracks zu dir, weil ich wusste, dass das genau das Richtige ist, das ist näm ...

Er brach mitten im Wort ab und sah mich irritiert etwas genauer an. Dann nickte er anerkennend.

– Goldrichtig bin ich hier, Mr. DJ, das ist nämlich der Traum, in dem er die Musik rettet.

Meinen Namen hatte er schon wieder vergessen, nehme ich an.

23

– Das ist doch eine völlig unklare Gesetzeslage, sagte Tedeisha, die können mir doch überhaupt nichts. Es kann ja jemand gewesen sein, der träumt, er sei ich.

Ich nickte. Sie hatte Recht. Theoretisch.

– Möchtest du es drauf ankommen lassen? Möchtest du, dass sie dich mitnehmen, dir einen Haufen Fragen stellen, dich über Nacht dabehalten? Möchtest du dir einen guten Anwalt nehmen? Hast du schon mal etwas Gutes über

Bullen gehört? Und sie sind härter drauf, seit die Tropfen illegal sind. STs sind teuer, die Dealer verdienen gut, und sie schnappen fast nie einen, weil die Wege über die Tür in der Waschküche gehen. Möchtest du es drauf ankommen lassen, ob sie ihren Frust an dir auslassen?

– Sie können mir gar nichts, beharrte Tedeisha trotzig.

Aber es war klar, dass sie keine Lust hatte zu bleiben.

Ich lehnte an der Spüle, sie saß auf einem Stuhl und spielte mit dem Salzstreuer.

– Wie fandest du ihn?, fragte sie.

Sie brauchte nicht zu fragen, ob ich ihn getropft hatte. Was sollte ich sagen? Dass sie mich im Stich gelassen hatte? Dass ich der eigentliche Held des Traums war? Dass ich mich gefreut hatte, weil sie stolz auf mich gewesen war? Sollte ich sie loben, dass sie wenigstens dageblieben war, während die anderen flüchteten? Dass man den Traum so interpretieren konnte, dass ich mich nicht auf sie verlassen konnte und sie nur bei mir blieb, wenn ich erfolgreich war? Konnte ich es so interpretieren, dass sie sich wünschte, ich wäre ein Held? Was sollte ich sagen? Was? Die Wahrheit. Wir suchen immer irgendwo Wahrheit. Und weil so wenig auf dieser Welt einleuchtet, weil wir keine Wahrheit und keinen Sinn finden, glauben wir, sie wäre in unseren Seelen versteckt, die durch die Träume zu uns sprechen. Aber, verfickt noch mal, niemand versteht diese Sprache.

Ich hatte Tedeisha gesehen in diesem Traum, ich war ihr begegnet. Ohne dass wir zusammen getropft hätten. Sie träumte den Pedro-Traum und irgendetwas verriet mir, dass sie auf mich wartete. Dass ich ihre Hoffnung war. Aber wenn ich sie sah, wenn ich ihr begegnete in den Träumen, wie viel davon war sie wirklich, und wie viel spielte sich möglicherweise doch nur in meinem eigenen Kopf ab?

– Sag. Wie fandest du ihn?

– Ich weiß es nicht. Der Traum hat Kraft, weil er Erlösung verspricht, Rettung ...

Tedeisha streute Salz auf den Tisch und malte mit dem Nagel ihres Zeigefingers darin herum.

– Warum bist du nicht bei mir?, fragte sie.

– Bin ich doch, sagte ich.

Sie blickte auf, lächelte traurig.

– Ich bin hier. Der Vorschlag, zusammen die Stadt zu verlassen, kommt von mir, oder?

Vielleicht wollte sie, dass ich auf sie zuging, ihren Kopf an meinen Bauch drückte oder sie hochzog und umarmte. Vielleicht wollte sie auch etwas anderes, ich weiß es nicht. Ich konnte mich irgendwie nicht von dieser Spüle lösen.

– Mein Vater hat so eine Hütte im Wald, sagte sie, da waren wir früher manchmal zusammen, und manchmal hat er sich allein dorthin zurückgezogen. Da ist nichts drum herum, dort können sie uns nicht finden.

– Okay, sagte ich.

Dann ging ich aus der Küche, um meine Tasche zu packen. Wir gehörten zusammen.

22

Ich kam mir vor, als sei ich auf der Flucht, ich konnte mich nicht zurücklehnen und mich entspannen wie Tedeisha, die im Bus einfach ein Buch herausholte und las. Ich musste mir die anderen Fahrgäste ansehen, nervös aus dem Fenster gucken, mir zwanghaft ausmalen, was alles passieren konnte und wie dicht uns die Leute des Drogendezernats schon auf den Fersen waren. Es machte mich wahnsinnig, dass Tedeisha so ruhig war. Es ging hier doch um sie, oder? Warum zerbrach ich mir dann den Kopf?

Sie strich sich eine Strähne hinters Ohr, sah vom Buch hoch und sagte:

– Das musst du auch mal lesen, ja? Dieser Borell ist faszinierend. Ich frage mich oft, was der wohl so geträumt hat.

– Werden wir wohl nicht rauskriegen, sagte ich.

– Das letzte Mal, dass ich in dem Haus war, ist jetzt Jahre her, sagte sie. Wir waren oft zu dritt dort, als meine Mutter noch lebte. Komisch, solange sie lebte, habe ich immer Mama gesagt, und jetzt, wo sie weiter weg ist, sage ich meine Mutter … Auf jeden Fall war das Frühstück immer schon fertig, wenn ich aufwachte, mein Vater hatte seine Übungen schon gemacht. Ich war neidisch auf die anderen Kinder, weil sie erzählten, dass sie sonntags vor ihren Eltern aufwachten und noch mit ihnen im Bett kuschelten. Ich habe mich morgens nie zu meinen Eltern legen können, ich glaube, die standen immer schon um vier auf.

Sie lachte. Ich blickte mich um, ob uns jemand zuhörte, und wünschte, sie würde ihre Stimme etwas senken.

– Es ist schön dort, du wirst sehen. Mitten im Wald. Man kann wundervolle Spaziergänge machen, da ist ein Bach, aus dem man trinken kann, und nachts leuchten die Sterne, wie du es wahrscheinlich noch nie gesehen hast. Ich freue mich schon. Alles hat auch sein Gutes.

Es war unmöglich, dieses Feuer in ihren Augen zu sehen und nicht davon berührt zu werden. Tedeisha und ich in einer Hütte im Wald. Die Vögel singen, die Blätter rauschen, und wir müssen nichts tun. Gib dir einen Ruck, dachte ich, komm, gib dir einen Ruck, man kann es sich auch schön machen.

Wir mussten in einem Dorf aussteigen, wo wir uns in einem Laden mit Vorräten eindeckten. Als wir bezahlten, stellte ich mir vor, wie wir am Abend am Feuer sitzen würden. Ich hörte schon das Holz knacken und zischen und fühlte Tedeishas Haar in meinen Händen.

Kurz darauf standen wir mit vollbepackten Rucksäcken an einem Wanderweg. Tedeisha holte eine Karte heraus, warf einen Blick darauf und wir marschierten los. Nach einer Stunde fragte ich zum ersten Mal, wie weit es denn sei. Noch etwa eine halbe Stunde, war die Antwort. Na ja, sie hatte ja mitten im Wald gesagt. Das meiste unserer Einkäufe, Bohnen, Linsen, Reis, Nudeln, Konserven und etwas frisches Gemüse, hatte ich in meinen Rucksack gepackt, Tedeisha hatte die Gewürze, Zwiebeln, Knoblauch, Haferflocken, Schokolade, Nüsse und etwas Knabberzeug. Meine Ladung wurde mit jedem Schritt schwerer, mein T-Shirt klebte schon an meinem Rücken.

An jeder Weggabelung sah Tedeisha auf die Karte. Manchmal drehte sie sie, links herum, rechts herum, auf den Kopf, und ich musste daran denken, dass das nur Menschen tun, deren räumliches Vorstellungsvermögen schwach ausgeprägt ist.

– Lass mich doch auch mal sehen, sagte ich, obwohl ich die Karte mit Sicherheit auch gedreht hätte.

– Ich schau nur drauf, um mich zu vergewissern, sagte Tedeisha, wir sind hier oft gewandert, ich erkenne so einiges wieder.

Nach einer weiteren Stunde begegneten wir einer Gruppe von drei Frauen, die lange verfilzte Haaren hatten und aussahen, als würden sie im Wald heidnische Rituale vollziehen. Wir nickten uns kurz zu. Eine Hütte war immer noch nicht in Sicht. Meine Waden begannen zu schmerzen, und Tedeisha blieb ratlos stehen. Ein kleiner Pfad führte querfeldein.

– Mit der Karte stimmt was nicht, sagte sie.

Ich sah sie an.

– Weißt du, wo wir sind?

– Es kann nicht mehr weit sein, aber mit dieser Karte stimmt was nicht.

– Vielleicht hast du dich vertan, schlug ich vorsichtig vor.

– Ich glaube nicht, sagte sie.

– Kann ja jedem mal passieren.

– Ich meine, es liegt an der Karte.

Na klar, wieso sollte sie schuld sein?

Ich sagte kein Wort mehr. Ich sagte nichts, als sie zwei weitere Stunden später die Tür der Hütte öffnete. Meine Beine fühlten sich weich an, wie damals in der Wüste. Ich sagte nichts, als ich sah, dass wir direkt in einem Raum standen, der kleiner war als die kleinsten Apartments der drei Häuser und in dem außer einem Holztisch und drei Stühlen nichts stand. Ich sagte nichts, als ich die winzige Küche mit einem Holzofen darin und das Schlafzimmer sah, in das die verstaubte Strohmatratze gerade so reinpasste.

Ich hatte Hunger und war müde, aber es sah weder nach einem guten Essen noch nach einem bequemen Bett aus. War ich das vorhin gewesen, der sich vorgenommen hatte, es sollte eine schöne Zeit sein?

Scheiß auf die schöne Zeit, dachte ich. Ich würde es eben

einfach aushalten, ich hatte schon Schlangen gegessen, ich würde es mit Tedeisha aushalten bis … bis wann?

21

Dort im Wald fiel mir erst auf, dass ich die Natur nur aus Träumen kannte, den schneebedeckten Himalaja, die endlosen weißen Sandstrände der Karibik, selbst die Weite der Wüste, die einem den Atem verschlug, hatte ich nur hinter der Waschküche gesehen. Meine Eltern waren nicht mit mir in Wäldern spazieren gegangen oder an die See gefahren, ich hatte die Stadt, in der wir wohnten, nur selten verlassen.

Ich kannte die Natur nur aus Träumen, aber ich glaube nicht, dass ich sie deswegen weniger kannte. Ich war unzählige Male in Donnas Körper im offenen Meer geschwommen, ich war im Traum mit Tedeisha im Wald gewesen, ich hatte bei meinen ersten Tropfen die feuchte Luft der Tropen auf meiner Haut gespürt. Die Träume boten reale Erfahrungen, daran hatte ich nie gezweifelt und tat es auch jetzt nicht. Die Geräusche, selbst die Gerüche des Waldes, waren mir vertraut, das Zwitschern der Vögel am Morgen, das Knacken im Unterholz, der schwere erdige Duft nach dem Regen und der eher holzige Geruch bei Sonnenschein. Die Träume der Menschen, die das kannten, hatten mich mehr darüber gelehrt, als die eigene Vorstellungskraft es vermag, die sich oft genug auch nur aus Büchern und Erzählungen speist.

Doch dieser Traum hörte nicht auf. Es gab kein Flackern, kein Öffnen der Augen, keine Veränderung der Umgebung, in die man ein großes Gefühl hinüberrettete. Ich stand mit beiden Beinen auf dem Boden.

Die ersten Tage gefiel mir das, Tedeisha hatte gute Laune, dauernd fiel ihr eine andere Geschichte ein, die sie als Kind in der Hütte erlebt hatte, und schon nach kurzer Zeit ließ ich mich gegen meinen Willen von ihrer Freude anstecken.

Es kam mir seltsam vor, dass ich häufig Distanz zu Tedeisha suchte, um im nächsten Moment schon einem gegenteiligen Impuls, den ich manchmal als Schwäche empfand, nachzugeben. Ich begriff selbst nicht, was ich wollte.

Die ersten Tage versanken wir oft in einem Paradies. Wir lagen auf Lichtungen, stauten den Bach, bastelten Schiffchen aus Laub, suchten Pilze, die wir dann doch nicht aßen, weil wir befürchteten, sie könnten giftig sein. Wir sahen Eichhörnchen, Füchse und auch Falken, Bussarde, Habichte, Sperber, die für mich alle nur Vögel waren, doch Tedeisha konnte sie auseinanderhalten. Wir hackten Holz und sammelten Beeren, und es kam auch vor, dass wir einen Ausflug ins pornografische Paradies machten. Von Paradies zu Paradies. Menschen begegneten wir nicht.

Tedeisha erzählte, wie ihr Vater sie mal einen Nachmittag lang hatte Laub fegen lassen. Sie musste ungefähr zwölf gewesen sein, jeder Windstoß hatte das Laub aufgewirbelt, und erst als Tedeisha Tränen der Wut in den Augen hatte, hatte Mahadev ihr den Reisigbesen aus der Hand genommen und sie auf seinen Schoß gesetzt.

– Siehst du, hatte er gesagt, so wird es dein ganzes Leben lang sein, du wirst dich immer bemühen, Kontrolle über die Dinge zu bekommen, aber sie werden sich nie deinen Wünschen fügen. Deswegen musst du deine Wünsche nicht aufgeben, aber wenn es geht, deine Ziele. Es geht nicht darum, das Laub zusammenzubekommen. Du wirst es sowieso nie schaffen, und deshalb kannst du genauso gut lächeln bei der Arbeit.

– Es war grausam, sagte sie, ich wollte spielen, und dann stand ich mit diesem bescheuerten Besen im Wald, und als er es mir am Ende erklärte, war ich sauer auf ihn, aber es hat sich eingeprägt. Und ich glaube, es hat mir auch geholfen.

Es war eine schöne Geschichte, und vielleicht hatte sie ihr geholfen, aber ich fühlte mich manchmal, als hätte ich nicht mal einen Besen bekommen. Und selbst wenn ich einen gehabt hätte, hätte ich nicht gewusst, in welche Richtung ich kehren sollte.

Nach einer Woche kam ich mir vor, als müsste ich langsam aufwachen, als müsste ich raus aus diesem Leben. Mich in eine Traumathek setzen, auch wenn es die nicht mehr gab, die drei Häuser sehen, die Tasten des Rechners unter den Fingern haben, die Weite des Netzes vor mir oder zumindest Empfang auf Tedeishas Mobiltelefon.

Ich vermisste die Stadt, die Menschen, die mich nicht beachteten, das Gedränge, den Lärm, die Dealer an den Ecken, die Musik. Wir hatten ein kleines Radio, auf dem wir nur einen Sender empfangen konnten. Die Stücke, die sie spielten, hatten noch nie die Seele eines Menschen berührt, sondern höchstens sein Portemonnaie.

Nachts träumte ich von überfüllten Clubs, in denen die Tropfen des Abends jeden begeisterten, ich roch Bassstaub und Gras, die halb und halb gerollten Joints, ich bestellte Balsam in Halblitergläsern.

– Das bist du nicht, sagte Tedeisha, das sind nur Bilder, die man sich von sich selbst macht und die man nicht loslassen kann. Das sind nur Vergnügungen. Man braucht sie nicht, um sich so zu fühlen wie Donna in ihren Träumen.

Wahrscheinlich hatte sie Recht. Aber Donna hatte sich am Ende umgebracht, sie hatte nicht mal mehr das Leben gebraucht.

Tedeisha träumte viel von ihrer Kindheit und von Waldspaziergängen. Und vielleicht träumte sie auch von Menschen, die sie verfolgten, sie und mich. Vielleicht träumte sie von langen labyrinthartigen Gängen, in denen man sich auf der Flucht vor der Gefahr heillos verlief, aus denen man nicht herausfand, es sei denn in ein Gewirr enger Tunnel, in denen man auch keine Orientierung hatte und wo man dann unter Platzangst durch Reißzwecken und Spinnen kroch, Kakerlaken und stinkenden Schleim, der schlimmer an einem klebte als man selbst an der verzweifelten Hoffnung auf einen Ausweg.

Vielleicht träumte sie so wie ich solche Träume und verschwieg sie dann ebenfalls.

20

An jeder Abzweigung drehte und wendete Tedeisha stirnrunzelnd die Karte. Dieses Mal hatte ich keinen schweren Rucksack auf dem Rücken, aber ich war genervter als das letzte Mal.

– Es muss an der Karte liegen, behauptete Tedeisha.

Ich zuckte mit den Schultern. Wenn sie meinte. Ich freute mich auf das Dorf, als wäre es ein Jahrmarkt mit Attraktionen aus aller Welt, doch die Vorfreude machte mich ungeduldig.

Es ging oft bergab, aber wir brauchten wieder fast vier Stunden.

Ich fühlte mich erschlagen von dem Kaff, von den asphaltierten Straßen, auf denen man Menschen sah. Nach den ersten freistehenden Häusern am Rande des Dorfs kamen schon bald Reihenhäuser, und alles erschien mir fremd. Die Farben waren ungewohnt, der Boden unter den Füßen fühlte sich anders an, die Reklametafeln wirkten grell und unnatürlich. Die Geräusche der wenigen Autos, das Summen der elektrischen Rasenmäher, die Rufe von Kindern, die ein, zwei Straßen weiter spielten, wirkten auf mich wie Lärm und kosmische Symphonie zugleich.

Ich war erstaunt. Nur neun Tage waren wir im Wald gewesen, doch in dieser Zeit hatte sich meine Wahrnehmung der Welt bereits verändert. Sie erschien mir groß und faszinierend, ich sah sie, als würde ich sie zum ersten Mal sehen. Jeder Laternenpfahl schien eine Geschichte zu erzählen, war erfüllt von den Schwingungen des Dorfes. Auf einem Mäuerchen in einem Flecken Sonne zwischen den Schatten der Bäume lag zusammengerollt eine schwarz-weiße Katze und schien zu träumen. Bei ihrem Anblick fühlte ich zum ersten Mal wirklich, warum sich so viele Träumer in fremden Ländern aufgehalten hatten. Ich hatte es immer gewusst, aber jetzt fühlte ich es. Sie verschoben ihre Wahrnehmung, sie konnten Dinge sehen, ohne sie gleich in ein Raster in ihrem Kopf einzuordnen, sie konnten den Bildern den Platz lassen, der ihnen möglicherweise gebührte.

Ich sah Tedeisha an, und vielleicht begriff ich jetzt noch

mehr. Sie hatte so viel gesehen, die Bilder in ihrem Kopf würde ich nie alle träumen können. Ich fühlte mich klein neben ihr. Auch, weil ich wusste, dass sie mich verletzen konnte. Nicht weil sie es wollte, sondern weil ich sie liebte.

Nach diesem Moment der Klarheit oder der vermeintlichen Klarheit, fiel ich in meine alten Gewohnheiten zurück. Das Dorf war ein Dorf, und nichts schien Geheimnisse zu bergen.

Tedeisha wollte ihr Mobiltelefon nicht benutzen, damit man sie nicht orten konnte. Wir standen am wahrscheinlich einzigen Kartentelefon weit und breit, einem Apparat, der an der Rückseite einer Tankstelle an eine Wand montiert war. Nachdem Tedeisha die Nummer gewählt hatte, konnte ich die Stimme ihres Vaters am anderen Ende der Leitung zwar erkennen, aber ich konnte weder die Worte verstehen noch deren Sinn aus Tedeishas Antworten oder Reaktionen erschließen. Sie schien ruhig und gefasst.

– Und?, fragte ich sie, als sie aufgelegt hatte.

– Sie haben tatsächlich nach mir gefragt. Die Polizei sucht mich. Ansonsten gibt es wohl jede Menge STs auf dem Markt, Razzien, Dealer, die festgenommen werden. Sie wollen ein neues Gesetz zur Bekämpfung illegaler Träume verabschieden. Sieht nicht gut aus.

Ich wartete. Sie hätte sagen können, dass es ihr leid tat. Nachdem ich lange genug gewartet hatte, nahm ich den Hörer ab, schob die Karte in den Schlitz und wählte Sals Nummer.

– Shit, Nesta, wo auch immer ihr seid, bleibt da, sagte er, ich weiß gar nicht, wovon es im Moment mehr gibt, STs oder Bullen. Es sind ein paar geile Tropfen draußen, aber es war noch nie so gefährlich, sie zu kaufen. Wenn das so weitergeht, werden wir bald sogar in den drei Häusern Bullen haben.

– Und sonst? Irgendwas von Murat oder Mr. No gehört?

– Nichts, nichts mehr. ... Komisch, kurz nachdem wir das Geld übergeben haben, kam diese Welle STs auf den Markt. Als hätte Mr. No mit dem Geld irgendetwas in Bewegung gesetzt.

– Hmm, machte ich.

Ich fragte mich, was für Drogen er wohl im Moment nahm und welche Ausmaße seine Paranoia noch annehmen konnte. Da spürte ich, wie Tedeisha sich neben mir versteifte. Sie zupfte mich am Ärmel.

– Leg auf.

Moment, formte ich mit meinen Lippen. Von Sals nächstem Satz bekam ich nur die Worte *auch hinter mir her* mit.

– Leg auf, gerade ist der Bus, in dem ich eingeträumt habe, auf die Tanke gefahren.

– Moment mal, sagte ich in den Hörer.

– Bist du dir sicher?

– Ja.

– Vielleicht ist es nur das gleiche Modell.

Sie wandte mir das Gesicht zu und sah mir in die Augen.

– Nesta. Das ist der Bus, in dem ich eingeträumt habe.

– Ich rufe wieder an.

Ich hängte ein.

An der Zapfsäule stand ein mattgelber Kleinbus mit chromglänzenden Radkappen. Die hinteren Scheiben waren verspiegelt. Sie und die Radkappen standen in seltsamem Kontrast zu der stumpfen Farbe und der Karosserie voller Beulen, Dellen und Kratzer.

19

Während Tedeisha und ich uns an die Wand drückten, stieg ein junger Mann aus. Er hatte helle Haut, die wohl noch blasser wirkte, weil seine Haare blauschwarz gefärbt waren. Er nahm den Zapfhahn in die Hand, und ich sah Tedeisha an. Sie zuckte mit den Schultern. Zwischen uns und der Zapfsäule waren vielleicht zwanzig Schritte.
Ich wünschte, Tedeisha hätte den Bus nicht gesehen. Ich war kein Held, ich konnte nicht zu Schwarzhaar gehen und ihn über seinen Boss ausfragen und wohin er fuhr mit dem Bus und warum und überhaupt. Wir konnten ihm auch nicht einfach den Bus klauen, die Schüssel hatte er in der Hand. Nur die Jungs in den Filmen wissen immer, wie man ein Auto kurzschließt.
Als er hineinging, um zu bezahlen, löste Tedeisha sich von der Wand und sah mich an. Ich hob die Schultern.
– Irgendetwas müssen wir tun.
– Warten, bis er wegfährt, und zurück in die Hütte. Wir haben schon genug Ärger.
– Was macht der Bus hier?
– Woher soll ich das wissen?
Ohne Vorwarnung setzte Tedeisha sich in Bewegung.
– Wohin?, zischte ich.
Sie blieb stehen.
– Wenn ich nicht zurückkomme, warte in der Hütte auf mich.

– Bist du bescheuert?

– Ich muss es versuchen, sagte sie, und ich sah ihr hinterher, wie sie zielstrebig und entschlossen auf die Tankstelle zuging. Ich hätte sie zurückhalten sollen, aber ehe ich mich dazu durchgerungen hatte, war sie schon durch die Tür.

Unentschlossen folgte ich ihr einige Schritte, blieb dann aber ein ganzes Stück vor den Zapfsäulen stehen.

Tedeisha betrat den Laden, in dem Schwarzkopf gerade zahlte. Ich musste den Kopf ein wenig schräg halten, um zu erkennen, dass niemand auf der Beifahrerseite des Busses saß. Hinten konnten viele sein.

Als ich wieder durch die Glasfront der Tankstelle blickte, unterhielt sich Tedeisha mit dem Jungen. Sie gestikulierte und strahlte ihn an, während er sie misstrauisch musterte. Der Fahrer eines Busses, in dem eingeträumt wird – wahrscheinlich hatte er sie erkannt. Ich merkte erst, wie sehr ich die Kiefer aufeinanderpresste, als er schließlich lächelte. Tedeisha redete mit weit aufgerissenen Augen. Es war mir klar, dass sie ihm irgendetwas vorlog, und sofort war da ein kleiner Gedanke in meinem Kopf. Ein Gedanke wie ein Zahn, von dem gerade eine Ecke abgebrochen ist. Es ändert nichts, aber man kann es nicht lassen, immer wieder mit der Zunge über den kaputten Zahn zu fahren und sich auszumalen, wie groß der Schaden ist.

Der Gedanke, dass sie mich genauso anlügen könnte und ich es nicht merken würde.

Nun lachte sie, trat fast unmerklich näher an ihn heran und legte ihm kurz die Hand auf den Unterarm. Ich hatte sie schon in einem Kuss versunken gesehen mit Sanjay, was sollte ich mich also schlecht deswegen fühlen? Zum ersten Mal sah ich, wie sie sich verstellte. Was ginge in dir vor, wenn du siehst, dass deine Frau falsch sein kann?

Der Typ schüttelte den Kopf, und Tedeisha legte ihren schief. Sie zeigte auf den Bus, schien etwas zu fragen. Er lachte.

Sie näherte sich seinem Ohr, er legte eine Hand auf ihre Schulter – wahrscheinlich, um besser hören zu können. Ein Lächeln glitt über sein Gesicht, das dazu führte, dass meine Kiefermuskulatur sich wieder verhärtete.

Als sich die beiden Richtung Ausgang in Bewegung setzten, beeilte ich mich, wieder zum Telefon zu kommen. Ich nahm den Hörer in die Hand, und während ich so tat, als würde ich telefonieren, stieg Tedeisha mit diesem Kerl in den Bus, und sie fuhren los. Ihr Rucksack lag neben mir.

Ich steckte die Telefonkarte in den Schlitz und wählte Sals Nummer.

– Was war denn?, fragte er.

Ich erzählte ihm, was passiert war.

– Warum hast du nichts getan?

– Was denn? Was hätte ich tun sollen?

– Du hättest sie zurückhalten müssen. Ich sage dir, es sind echt harte Zeiten, sie machen Jagd auf ST-Dealer und auch auf die Träumer. Verstehst du, was ich sage: Jagd.

– Sie hört doch eh nicht auf mich, sagte ich, sie macht, was sie sich in den Kopf gesetzt hat.

– Soll ich Mahadev anrufen?

– Warte lieber noch. Vielleicht gibt es ja keinen Grund, sich Sorgen zu machen.

– Sie ist manchmal echt nicht einfach, sagte Sal, möglicherweise nur, um mich zu trösten, doch es wirkte.

Ich kaufte Fertiggerichte, Tütensaucen, Mehl, Reis, Linsen,

ich packte nur etwa einen halben Rucksack voll Zeug in den Einkaufswagen, während ich durch die Regalreihen ging. Wenn Tedeisha nicht wieder auftauchte, wäre zu den Problemen, die ich dann hatte, auch noch der Ärger gekommen, so einen schweren Rucksack geschleppt zu haben.

Es war Nachmittag, als ich mich auf den Rückweg machte. Die Karte aus Tedeishas Rucksack in der Hand, war ich fest entschlossen, den Weg dieses Mal in anderthalb Stunden zu schaffen.

Mit der Karte schien tatsächlich etwas nicht zu stimmen. Als es anfing, dunkel zu werden, hätte ich am liebsten die Rinde von den Bäumen gebissen.

Es war nach Mitternacht, als ich endlich die Hütte fand. Drinnen brannten Kerzen.

18

Tedeisha drehte nur kurz den Kopf in Richtung Tür, als ich eintrat. Sie sagte nicht *Hallo* oder *Schön, dass du da bist*, oder *Ich habe mir Sorgen gemacht*. Sie sagte:

– Es sind Lebewesen.

Sie saß auf einer Decke auf dem Boden, wandte sich wieder dem Ding vor ihr zu und legte eine Hand drauf. Das Ding war annähernd kugelförmig, etwas kleiner als ein Volleyball. Die Seite, mit der es auf der Decke lag, war etwas abgeflacht. Es schimmerte matt silbrig, und man konnte sich darin spiegeln. Der Rüssel, der aus dem Ding kam, war mir mehr als vertraut.

Ich legte den Rucksack ab, zog die Schuhe aus und kniete mich neben Tedeisha auf die Decke. Als sie den kugelförmigen Teil des Dings streichelte, veränderte sich die Farbe des Rüssels, changierte von einem Hellrot in ein Rostbraun. Der Rüssel schien mit geometrischen Mustern überzogen zu sein, die sich ständig veränderten. Aber vielleicht bildete ich mir das nur ein.

– Ich glaube, das gefällt ihr, sagte Tedeisha.

– Was ist das?, fragte ich, obwohl ich es natürlich wusste.

– Ein Rüssel. Also ein Rüssel und der Rest. Und ich habe jahrelang geglaubt, es sei eine Maschine.

Ich hatte ja schon beim ersten Mal Einträumen geglaubt, dass es ein Lebewesen war, aber es hätte unglaubwürdig geklungen, wenn ich das jetzt gesagt hätte. Ich sah mir mein Gesicht in der Spiegelung des Körpers an, auch mein Spiegelbild schien sich zu verändern, und zwar auf eine Art, die mich an die Gottheit erinnerte, an der Elia und ich vorbeigegangen waren.

Als ich meine Hand ausstreckte, um das Ding zu berühren, zog Tedeisha ihre weg. Es fühlte sich hautwarm an und schien weich zu sein. Es war, als berührte man die Oberfläche eines Puddings.

Als ich über das Ding streichelte, wurde sein Rüssel noch etwas röter, gleichzeitig schien der kugelförmige Teil weicher zu werden. Es schien ihm wirklich zu gefallen. Vorsichtig hob ich es hoch und legte es in meinen Schoß, wo es ein wenig wärmer wurde. Dann senkte ich den Kopf und führte den Rüssel sanft an meine Haare. Sobald er sie erfühlte, schien er sich zu verselbstständigen und saugte sich an der höchsten Stelle meines Kopfes fest.

– Die Spiegelung wird deutlicher, sagte Tedeisha.

Weiterhin streichelnd, löste ich den Rüssel sanft von meinem Kopf, woraufhin er einen leichten Blaustich bekam.

– Sie hatte sich schon auf deine Träume gefreut, sagte Tedeisha.

Ich wollte nicht sprechen, vielleicht hätte ich es auch nicht gekonnt.

Wie würdest du dich fühlen, wenn die Ursache der Welt, wie du sie kennst, auf einmal in deinem Schoß läge?

Ohne dieses Wesen – ich konnte es mir nicht vorstellen. Ich streichelte es, bis es wieder die Farbe von Blut hatte. Dann hob ich es vorsichtig hoch und küsste es. Es wurde noch röter. Irgendwie kam ich mir albern vor, da ich mein Gesicht in dem Ding sah. Als würde man sein Spiegelbild küssen.

Doch die Person im Spiegel bin nicht ich, wie ich mich kenne. Wer in den Spiegel sieht, sieht nur ein Bild. Mein Gefühl reicht über den Spiegel hinaus. Ich fühle mich nicht so, wie ich mich sehe. Das habe ich noch nie getan. Das Ding wurde noch etwas wärmer, und das Rot leuchtete nun.

– Sie schämt sich, mutmaßte Tedeisha.

Vorsichtig legte ich das Ding zurück auf die Decke und sah Tedeisha an. Am Rand meines Blickfelds bemerkte ich, wie das Ding violett wurde. Gegen meinen Willen, war ich nun milde gestimmt.

– Er hat mich gleich erkannt, sagte sie, Rufus heißt er. Manchmal gucken Menschen dich auf eine Art an, dass du genau weißt, sie haben viele deiner Träume getropft. Er hatte auch den ST gesehen, in dem du die Musik rettest. Er scheint erfolgreich zu sein. Na ja, ich habe ihm erzählt, dass ich in der Nähe in einer Hütte wohne, und er hat mich gefragt, ob er mich hinbringen soll. Ich habe ein wenig gezögert, und er hat gesagt: Ich fahre den Bus, an wen sollte ich dich verraten? Also sind wir gefahren, sonst war auch keiner im Bus. Ich habe ihm ein paar Fragen gestellt, wir haben uns über Murat unterhalten. Er wollte mir nicht sagen, wo er gerade ist. Aber ob ich abends einträumen möchte, hat er gefragt.

Fährst du also über die Dörfer und lässt Leute einträumen?, wollte ich wissen, und er hat einen kleinen Moment gezögert. Vielleicht habe ich ihn ertappt, aber dann hat er gesagt: Nein, nein, ich soll ihn nur irgendwo abliefern. Ich habe gefragt, ob er STs hat und ob wir gemeinsam tropfen wollen. Zuerst wollte er nicht, aber ich habe ihm gesagt, dass ich seit Ewigkeiten nicht mehr getropft habe und ein wenig gebettelt und geschmeichelt. Schließlich hat er am Wegrand gehalten, und er hat getropft. Ich nehme an, es war ein Porno, zumindest klang seine Ankündigung ein wenig so. Ich habe nur so getan als ob. Sobald er angefangen hat zu träumen, habe ich ihn aus dem Bus geschubst und bin losgefahren.

– Und wo ist der Bus jetzt?

– Versteckt, gut versteckt. Eine halbe Stunde von hier. Warum hast du so lange gebraucht?

– Ich habe mich verlaufen.

– Verstehst du das?, fragte sie, und ich glaubte, sie meinte die Karte, und überlegte, was ich sagen sollte.

– Warum haben sie immer so getan, als seien es Maschinen?

Jetzt dachte ich in eine andere Richtung.

– Weil es einfacher ist. Etwas Organisches, von dem niemand weiß, woher es stammt, da hätten sie Gesetze erlassen, Tierschützer hätten protestiert, Forscher das Ding untersuchen wollen, Theologen und Philosophen und

Ethiker hätten etwas gesagt, Ufo-Gläubige … Es hätte einen Riesenaufstand gegeben. Aber eine Maschine, eine weitere Unterhaltungsmaschine, darauf konnten sie eine ganze Industrie aufbauen. Sie haben die Dinger einfach in Kisten gepackt, den Rüssel rausgehängt, ordentlich Elektronik drum herum, und das war's.

– Sag nicht *Dinger*.

– Hat es sich dir vorgestellt?

– Es sind Traumfänger, sagte Tedeisha ganz selbstverständlich.

– Und wo kommen Traumfänger her?

– Aus den Träumen vielleicht?

Ich zog die Augenbrauen hoch und sah sie an.

– Und wie haben sie sich dann hier materialisiert?

– Das ist die Frage.

– Glaubst du, es kann uns verstehen?

– Ja, aber nicht, was wir reden, sagte Tedeisha.

– Mr. No oder Murat oder wem immer er gehört, wird seinen Traumfänger wiederhaben wollen. Jetzt ist nicht nur die Polizei hinter uns her.

– Böse?, frage Tedeisha.

– Nee, sagte ich, aber das war nicht die ganze Wahrheit. Nein, ich war ihr nicht böse; einen Traumfänger anfassen zu dürfen hatte mich versöhnlich gestimmt.

Doch sie ritt uns tiefer hinein. Ich hatte das Gefühl, dass wir auf eine Katastrophe zusteuerten und ich nichts dagegen tun konnte, weil meine Meinung in den entscheidenden Augenblicken nicht gefragt war.

Als wir schlafen gingen, legten wir den Traumfänger zwischen uns. Ich lächelte zufrieden, als der Rüssel sich meinen Kopf aussuchte. Tedeisha schien nicht enttäuscht zu sein, sie stützte sich auf, küsste mich noch mal und wünschte mir eine gute Nacht und süße Träume.

17

– Sie weint, sagte Tedeisha, nahm den Traumfänger, legte ihn auf ihre Brust und streichelte ihn sanft.

– Wie kann es ohne Augen weinen?

– Sieh doch.

Wir lagen noch im Bett, und Tedeisha hatte Recht, zwei Fingerbreit neben dem Rüssel trat eine Flüssigkeit aus, die auch mich an Tränen erinnerte. Ich tupfte vorsichtig einen Tropfen auf, der den Körper des Traumfängers hinunter-lief, da erst verstand ich.

– Das sind Tropfen, sagte ich, wir tropfen die Tränen der Traumfänger.

– Hol irgendetwas zum Auffangen, sagte sie.

Der Traumfänger lag zwischen ihren nackten Brüsten, der Rüssel war unter der Decke. Ich stand auf, mein Rücken schmerzte von der durchgelegenen Strohmatratze. Im Rucksack fand ich tatsächlich eine Pipette.

Während Tedeisha die Pipette füllte und gleichzeitig den Traumfänger streichelte, bemerkte ich die Ausbuchtung und schlug die Decke zurück. Der Rüssel lag zwischen Tedeishas Beinen, nur noch durch ihren Slip von ihrer Scham getrennt. Er bewegte sich fast unmerklich.

– Ich kann nichts dafür, sagte sie, sie ist von selbst da runter.

– Wieso sagst du immer *sie*? Sieht mir mehr nach einem Mann aus, der sich ein schönes Plätzchen sucht.

– Es ist eine Sie, glaub mir, das spüre ich. Wollen wir sie Merle nennen?

– Von mir aus.

Ich legte das Ende des Rüssels auf Tedeishas Bauch. Merle, der Traumfänger, das Ding, wie auch immer, bewegte den Rüssel wieder herunter und weinte dabei weiter.

– Sie ist ein bisschen größer als gestern Abend, findest du nicht?

Ich sah sie mir an, mein konzentrierter Blick spiegelte sich auf ihrer Haut.

– Könnte sein. ... Es kommt nicht mehr, oder?

– Richtig, sagte Tedeisha, viel ist das nicht.

– Ja, aber wenn man auch nur einen Tropfen in die Träger-flüssigkeit gibt, kann man ganze Schwimmbäder voller Träume bekommen.

– Glaubst du wirklich, dass die Tropfen so vervielfältigt werden?, wollte Tedeisha wissen.

Ich nickte.

– Du hast auch geglaubt, der Rüssel wäre eine Maschine.

Das hatte ich nicht geglaubt, aber ich sagte nichts. Ich wusste nicht, warum, doch mir leuchtete ein, dass die Tropfen in einer Trägerflüssigkeit verdünnt wurden und dennoch ihre volle Wirksamkeit behielten.

– Das reicht für uns beide, oder?

Sie hielt die Pipette hoch.

– Ich habe ihn ja schon gesehen, sagte ich.

– Ich würde gerne zusammen tropfen.

Ich sah die Einmalpipette an, sie war randvoll. Wenn wir vorsichtig und sparsam tropften, konnte es klappen.

Flackern.

Die Sonne geht auf wie eine feurige Wunde. Elia und ich gehen eine Straße entlang, die in einen Tunnel mündet. Ich weiß, dass ich mich in diesen Situationen oft verlaufe, doch ich bin ruhig, weil Elia den Weg kennt. Es wird immer dunkler im Tunnel, und Elia summt vor sich hin. Ich frage mich, ob er den Weg vielleicht doch nicht kennt und sich so Mut macht. Es wird noch dunkler, ich kann nichts mehr sehen. Ich weiß nun, dass Elia summt, damit ich ihn nicht verliere. Einen Moment flackert vor meinen Augen das Bild von Rufus und Tedeisha auf. Sie halten mit dem Bus am Wegrand, sie versucht, die nackte Panik, die in ihr aufsteigt, zu unterdrücken. Sie weiß, dass sie jetzt keinen Fehler machen darf.

Dann ist da ein schwaches Licht. An den Tunnelwänden liegen ineinander verknäult viele Traumfänger am Boden, die leuchten. Die kleineren sind kaum größer als ein Apfel, die Größeren sind fast so groß wie Medizinbälle.

Der Tunnel verzweigt sich, und Elia zögert an der Kreuzung. Er dreht sich zu mir um und lächelt: Wir gehen nach Hause, sagt er. Das war doch deine Frage, oder? Wohin es geht.

– Wohin nach Hause?, frage ich.

– Zur Musik, sagt er.

Flackern.

– Schön, sagte Tedeisha, schön …

Sie legte Merle auf die Bettkante und bettete ihren Kopf an meine Schulter.

– Wie entscheidet sie wohl, welchen Traum sie nimmt. Man träumt doch mehrere in der Nacht.

Ich zuckte mit den Schultern. Aber ich hatte gewusst, dass es der mit Elia sein würde, keine Ahnung, woher.

– Ich habe dich gesehen, sagte sie. Aber ganz komisch, ich habe gesehen, wie du Donnas Vogeltraum tropfst.

Ich wartete, doch sie sagte nichts mehr. Hatte sie die Liebe gesehen, die ich da empfinden konnte?

– Ich habe dich auch gesehen, sagte ich, du hattest Angst gestern, und sie erreichte ihren Höhepunkt, als ihr am Wegrand gehalten habt.

– Ich dachte, ich pinkel mich ein.

– Ich würde Sal gern noch mal anrufen, sagte ich, als wir uns kurz darauf in dem kalten Wasser des Bachs wuschen.

– Lass uns in die andere Richtung gehen, da ist auch ein Dorf, sagte Tedeisha. Hast du eigentlich eine neue Karte gekauft?

Ich schüttelte den Kopf.

– Ich habe dir doch gesagt, mit der stimmt was nicht.

– Könnten wir nicht fahren?

– Zu riskant, sagte sie, sie werden den Bus suchen.

– Warum hast du ihn dann geklaut?

– Vielleicht habe ich gespürt, dass wir Merle befreien müssen.

Befreien? Ich sagte nichts. Ich sagte auch nichts, als Tedeisha sie in ihren Rucksack packte, um sie mitzunehmen.

16

Es klingelte zwei Mal, dann ging er ran, sagte jedoch die ersten zwei Sekunden nichts. Und ich wusste nicht, wie ich anfangen sollte. Ich habe keine Ahnung, woran er mich erkannt hat, aber seine ersten Worte waren:

– Was hast du gemacht?

– Nichts, sagte ich.

– Ist Tedeisha bei dir?

– Ja.

– Gib sie mir mal bitte.

Er klang verärgert, und es freute mich, dass er offensichtlich sauer auf sie war, auch wenn diese Freude mich erschreckte. Wie klein ein Herz sein kann.

– Ja, hörte ich Tedeisha sagen, ja, ich habe einen Fehler gemacht. Es tut mir leid. Aber ich habe es aus Liebe getan, ich liebe die Träume, und ich liebe es, zu teilen. Das macht meinen Fehler nicht besser, aber wir machen alle mal Fehler, oder? Diese Leidenschaft für Träume hätte mich fast umgebracht, aber es ist mir mehr wert als mein Leben, weil es größer ist, und du weißt das, verdammt noch mal. Nesta weiß es, du weißt es, mein Vater weiß es.

Sie hielt inne. Ich konnte nicht verstehen, was Sal sagte, aber er klang aufgebracht.

– Entschuldige, sagte sie, entschuldige bitte.

Ihre Stimme war nun weicher.

– Ja, ich hätte es schlauer anstellen können. Beim ersten Mal konnte ich der Versuchung einfach nicht widerstehen. Ich war auf Pille, ich habe nicht nachgedacht. Und gestern hatte ich das Gefühl, ich muss irgendetwas tun. Der Bus mitten auf dem Land an einer Tankstelle, von der wir gerade telefonieren – klingt das wie Zufall für dich? Ich musste etwas tun. Ich konnte nicht ahnen …

Warum redete sie mit Sal ganz anders als mit mir? Warum versuchte sie nicht, auch mir die Sachen zu erklären, und warum entschuldigte sie sich bei mir nicht? Immerhin verschwieg sie Merle.

– Gut … gut, mache ich, sagte sie nun. Verzeih mir bitte.

Es war ein Flehen.

Sie hängte ein, und es sah so aus, als würde sie etwas unterdrücken. Ihre Stimme klang belegt, als sie sich mir zuwandte, und ihr stiegen Tränen in die Augen.

– Rufus … Rufus ist bei Sal aufgekreuzt und hat nach uns gefragt. Er hat gesagt, er hätte nichts von uns gehört. Sie haben Sal … sie haben ihn gefoltert, weil sie ihm nicht geglaubt haben. Sie haben … mit einem Hammer seine Zehen zertr…

Sie schluchzte auf und senkte ihren Kopf auf meine Schulter.

– O Nesta, bin ich das alles schuld?

Ich strich ihr über den Rücken.

– Pscht, machte ich, Pschscht.

Das Schluchzen schüttelte ihren Körper.

– Nein, sagte ich, da bist nicht du schuld, wir haben alle dazu beigetragen.

Sie holte tief Luft und wischte sich mit den Zeigefingern die Tränen aus dem Gesicht.

– Ich muss meinen Vater anrufen.

Sie wählte die Nummer. Ich hatte jede Menge Fragen, aber das war nicht der richtige Zeitpunkt.

– Gott sei Dank, Papa. Frag jetzt nicht, warum, aber ich habe den Bus geklaut, in dem ich eingeträumt habe. Mr. No sucht nach mir oder dem Bus oder …

Sie brach ab, setzte erneut an.

– Einer seiner Leute war bei Sal. Sie wollten rauskriegen, wo ich bin. Sie haben ihn gequält, weil sie dachten, er kennt unseren Aufenthaltsort. Du musst dich verstecken, Papa, ja? Versteck dich bitte irgendwo.

Ich konnte nicht verstehen, was Mahadev sagte.

– Ja, sagte sie, ja, du hast mich die Regeln gelehrt, ja. Nicht stehlen ist die dritte Regel, aber ich habe mich verleiten lassen. ... Danke, sagte sie, danke, pass gut auf dich auf, ja? Ich liebe dich. Du warst immer ein großartiger Vater. Sei umarmt.

Sie legte auf und schluchzte augenblicklich wieder los, doch es dauerte keine drei Minuten, bis sie sich wieder im Griff hatte. Ich war beeindruckt, als sie erneut die Tränen wegwischte und tief ausatmete. Ihre Schultern strafften sich leicht, doch sie sah zu Boden.

– Das wollte ich nicht. Ich wollte niemandem Kummer oder Schmerz bereiten. Auch dir nicht, Nesta. Das musst du mir glauben. Ich sehe, dass du oft genervt bist, ich bin ja nicht blind. Aber ich mache das alles doch nicht aus böser Absicht.

Sie sah hoch, zumindest so weit, dass sie mir ins Gesicht schauen konnte.

– Ich liebe dich, und das war schon immer so. Das solltest du wissen.

Es gibt keine Zeit und keinen Ort für die Wahrheit. Es gibt keine Zeit für die Momente im Leben, die wichtig sind. Der sichere Raum um dich herum bröckelt wie Traumbilder. An einer verlassenen Straßenkreuzung in einem Dorf, das gerade mal zwei Bäcker hat, an einem Mittwochnachmittag. Ich hatte das Gefühl, wir könnten neu anfangen. Alles stand offen.

Dann senkte Tedeisha wieder ihren Kopf und sagte:

– Aber wir haben ja Merle befreit. Bei uns geht es ihr doch besser als bei Rufus oder jemand anders. Die haben sie doch nur ausgebeutet. Es hat doch auch sein Gutes.

Vielleicht wäre ich auch so, wenn mir das Leben die Gelegenheit gegeben hätte. Egal, wie sehr sie ihren eigenen Kopf durchsetzte, egal, wie sehr sie andere damit kränkte, sie konnte etwas Gutes darin sehen. Sie wollte etwas Gutes darin sehen.

Warum sollte es Merle bei uns besser haben? Wenn ich das richtig sah, ernährte sie sich von Träumen, und waren unsere Träume etwa besonders erlesen und nahrhaft? Oder so besonders, weil wir sie gerne teilen wollten?

– Was schlägst du vor?, fragte ich.

Das Gefühl, dass alles offenstand, hatte sich schnell verflüchtigt.

– Lass uns eine vernünftige Karte kaufen, sagte sie.

15

Wir standen in einer Tankstelle in einem kleinen Städtchen, da es in dem Dorf außer den beiden Bäckereien keinen Laden gab. Zu Fuß hätten wir bestimmt eine gute Stunde gebraucht, aber Tedeisha hatte den Daumen rausgehalten, und ein Mann, der uns die kurze Fahrt über von den Problemen mit seiner Hühnerfarm erzählte, hatte uns mitgenommen.

Während wir nach der richtigen Karte suchten, fing die Frau hinter der Kasse an zu telefonieren. Sie mochte Ende zwanzig sein, wirkte jedoch verbraucht. Ihre dicken Wangen hingen herunter, ein Doppelkinn zeichnete sich bereits ab, und sie hatte einen Blick, als könnte sie sich nichts Schlimmeres vorstellen, als hier stehen zu müssen.

Im ersten Moment wusste ich nicht, ob das Geräusch

nur in meinem Kopf war, so entfernt und unbestimmt kam es mir vor. Doch Tedeisha schien es auch wahrzunehmen und sah mich fragend an. Es klang, als würde eine Biene ein Klagelied summen, und es kam aus ihrem Rucksack. Tedeisha drehte die Handflächen in Richtung Decke. Außer uns war niemand im Laden, die Kassiererin hatte aufgehört zu telefonieren. Sie blätterte gelangweilt in einem Magazin, in dem wahrscheinlich nur Klatsch stand.

– Schau halt nach, flüsterte ich.

Tedeisha nahm den Rucksack ab, stellte ihn auf den Boden, kniete sich hin und machte ihn auf. Ein Regal versperrte der Kassiererin die Sicht, aber vielleicht hatten sie Kameras. Das Summen wurde etwas lauter, Tedeisha griff in den Rucksack und streichelte Merle, die schnell leiser wurde und schließlich verstummte.

Ich legte den Kopf schief und schüttelte ihn fragend, als Tedeisha mich ansah. Sie hob die Schultern. Vorsichtig machte sie den Rucksack wieder zu. Merle blieb stumm.

Ich nahm die Karte und ging Richtung Kasse, als draußen ein Polizeiwagen hielt.

Der Mann, der ausstieg, hätte gut der Vater der Kassiererin sein können. Bald schon würde er nicht mehr hinter das Steuer seines Wagens passen. Ich fragte mich noch, ob seine Uniform wohl eine Sonderanfertigung war, dann erst wurde ich nervös. Die Glastüren glitten vor ihm zur Seite und ich versuchte, die letzten Schritte zur Kasse genauso zu gehen wie vorher, aber es war mir nicht möglich. Mein Gang wurde unsicher, ich traute mich nicht, mich umzudrehen, um zu sehen, wo Tedeisha blieb.

Der Bulle grüßte die Kassiererin mit *Hallo, Waltraud,* und sie sagte *Hallo* und blickte an mir vorbei, dorthin, wo Tedeisha sein mochte. Der Dicke änderte seine Richtung und ging auf sie zu.

Ich legte die Karte auf die Ablage für das Wechselgeld und sagte:

– Ich hätte gern die Karte hier.

Meine Stimme klang zu meiner Überraschung ganz normal. Die Frau nahm die Karte, ohne mich anzusehen, und hielt sie unter den Scanner. Ihr Blick war vermutlich auf die beiden in meinem Rücken gerichtet. Vergeblich versuchte ich zu erkennen, was sich in ihren Augen spiegelte.

– Guten Tag, junge Frau, hörte ich den Bullen nun sagen, während die Kassiererin kurz auf die Anzeige schielte und mir den Preis nannte.

– Wahrscheinlich liegt eine Verwechslung vor, aber ich würde gerne Ihren Ausweis sehen.

Er klang freundlich, aber so, als würde er sich nicht ganz wohl fühlen. Ich legte einen Schein auf den Tresen und drehte mich um.

– Natürlich, sagte Tedeisha, kein Problem.

Sie hatte den Rucksack wieder auf dem Rücken und kramte in ihren Hosentaschen. Was für eine Scheißidee, den Bus stehen zu lassen, weil er zu auffällig war. Wie sollten wir jetzt wegkommen?

– Worum geht es denn?, fragte Tedeisha unschuldig, während sie dazu überging, in ihren Jackentaschen zu schauen.

Ich hörte, wie die Kasse aufging und die Frau mein Wechselgeld auf die Ablage legte. In Momenten von Gefahr dehnt sich die Zeit. In die halbe Sekunde, nachdem man sein Gleichgewicht verloren hat und bevor man unsanft auf dem Boden landet, passen viele Gedanken, die alle den Aufprall nicht verhindern können. Aber in dem Moment war mein Hirn leer, kein Gedanke darin, keine Idee. Ich spürte die zwingende Notwendigkeit, mich zu konzentrieren, fand aber keinen Halt in der Leere in meinem Kopf.

– Es wird eine illegale Träumerin gesucht, Tedeisha Swenson. Vielleicht haben Sie von ihr gehört, sie war vor wenigen Jahren ganz bekannt.

– Natürlich habe ich von ihr gehört, sagte Tedeisha, und Sie, haben Sie auch ihre Träume getropft?

– Nein, sagte der Mann, von diesem modernen Zeug habe ich nie etwas gehalten. Zu Recht, wie sich jetzt herausgestellt hat. Es verleitete nur zu Gesetzlosigkeit. Ich war immer dagegen.

Tedeisha war mit ihren Jackentaschen durch und fing wieder bei den Hosentaschen an.

– Ich verstehe das gar nicht, sagte sie, vorhin hatte ich meine Börse noch ... Robert, hast du sie vielleicht eingesteckt?

Der Mann drehte sich zu mir um, und ich bekam eine lange Sekunde kein Wort heraus. Dann sagte ich:

– Glaube nicht, ich schau mal ...

Und noch während ich meine Taschen abtastete, erklang wieder das Summen aus dem Rucksack. Ich schaute auf. Tedeisha gab dem Bullen einen Schubs und sprintete los Richtung Ausgang. Ich war vor ihr da, aber die Tür ging nicht schnell genug auf, ich lief gegen das Glas.

– Oh, heilige Mutter Gottes, keuchte Tedeisha, es war wie in diesem Traum, als wir uns zum ersten Mal gesehen haben. Einen Moment dachte ich, ich müsste die Garagentür finden, die sich öffnet.

Die Assoziation war mir dieses Mal nicht gekommen. Sie atmete geräuschvoll durch den Mund aus, und als sie wieder einatmete, lächelte sie.

Zu Fuß hätte der Bulle uns nie bekommen, aber er war ins Auto gestiegen, um uns zu verfolgen. Wir waren gerannt wie verrückt, er kannte sich natürlich besser aus, wir hatten ihn auf diesen breiten Straßen nicht abschütteln können, und einige Male glaubte ich, er würde uns einfach auf die Motorhaube nehmen, indem er uns von hinten in die Beine fuhr. Ich sah uns schon auf der Wache sitzen. Am liebsten wäre ich einfach stehen geblieben, weil ich nicht wusste, wohin, und meine Lungen sich weigerten, Luft aufzunehmen. Und dann war da statt des Garagentors diese Schrebergartensiedlung aufgetaucht, wohin der Dicke uns mit dem Auto nicht folgen konnte.

Ich hatte Angst gehabt, aber es war nicht so schlimm gewesen, wie vor den Katzen zu flüchten. Wenn dir hinter der Waschküche das Schlimmste schon passiert ist, zählt das dann in dieser Welt? Ich weiß es nicht.

Ich glaube, ich lächelte auch, als ich die Beule auf meiner Stirn befühlte. Sie war jetzt schon steinhart, heiß und pochte unter meinen Fingerspitzen. Wir saßen im Gebüsch in einem Waldstück, das an die Schrebergärten grenzte.

– Wir müssen weiter, sagte ich, sie werden uns suchen.

– Gleich, sagte Tedeisha, machte ihren Rucksack auf, holte Merle heraus und nahm sie auf den Arm.

– Ganz schön durchgeschüttelt haben wir dich. Wie geht es dir?, fragte sie und gab ihr einen Kuss. Es sah aus, als würde sie ihr Spiegelbild küssen.

– Fühl mal, sagte sie dann und nahm meine Hand, sie ist ganz heiß, als wäre sie auch gelaufen.

Merle hatte die Temperatur von Badewasser, in das man nur langsam hineingleiten kann. Vielleicht bekamen ihr die Luft im Rucksack und das Rennen nicht.

– Wir müssen weiter, wiederholte ich ungeduldig.

– Ja, sagte Tedeisha.

– Wieso hast du Merle überhaupt mitgenommen?

– Wir konnten sie doch nicht allein lassen, oder?

– Vielleicht ja doch.

Ich erhob mich. Tedeishas Ruhe regte mich auf.

– Gib mal die Karte bitte, sagte sie.

– Die liegt noch im Laden.

– Die …? Nesta, die Karte war der einzige Grund, warum wir überhaupt hierhergekommen sind.

– Ja.

– Du hast sie bezahlt, aber liegen lassen?

– Es ging alles ziemlich schnell.

– Hätte ich dich vorher noch mal anrufen sollen, dass wir flüchten müssen? Das war doch klar, als der Bulle zur Tür reinkam.

– Es ist, wie es ist, sagte ich trotzig, sie liegt noch im Laden, ich war leider nicht so schlau wie du.

Sie stand auf und schaute durch die Baumwipfel nach oben, um zu sehen, wo die Sonne stand. Dann kniff sie die Augen zusammen. Ihr Blick wanderte nach links oben, und einen Moment später nickte sie.

– Ich denke, ich kann den Bus auch so finden. Und dann verschwinden wir …

– Wohin?, fragte ich, und es klang harscher, als ich beabsichtigt hatte.

Sie sah mich an, und ihre Lippen machten eine kleine Bewegung, als würde sie ein Lächeln unterdrücken.

– Vielleicht verlassen wir einfach das Land.

Ich glaube, ihr gefiel der Gedanke, mit mir auf der Flucht zu sein. Sie konnte Romantik darin entdecken. Eine Frau und ein Mann, zwei Liebende gegen das Gesetz, ein Paar, das sich durch nichts aufhalten lässt, eine Liebe, die alle Grenzen sprengt, ein Leben ohne Konventionen, ein Leben, als würde die Welt einem etwas schulden.

Jahrelang hatte ich mich bei den drei Häusern herumgetrieben, hatte guten Gewissens Dinge getan, die kriminell waren, und hatte mich nicht sonderlich darum geschert, weil ich keine Gefahr gesehen und meine Ruhe gehabt hatte.

Die klingende Minze, Elia, Balsam, Bassstaub, Clubs, Musik, Tropfen. Nur Tedeisha hatte gefehlt. Jetzt war Tedeisha da, aber wenn ich ehrlich war, hatte ich das Gefühl, mein Leben wäre damals schöner gewesen, auch wenn ich wusste, dass das nicht stimmte. Ich sah Tedeisha an.

Ein Teil von mir wollte gehen, wollte all diese Aufregung nicht, die Streitereien um eine beschissene Karte, verletzte Eitelkeit, weil sie den Vogeltraum langweilig fand, die Hilflosigkeit, wenn sie einfach einen Bus stahl. Ein Teil von mir wollte die Romantik und diesen Bonny-und-Clyde-Scheiß nicht. Ich hätte mich gerne von Tedeisha

befreit, hätte dann auf dem Sofa gelegen, vielleicht Trübsal geblasen, aber mich auf eine vertrackte Art doch entspannt gefühlt.

Ein anderer Teil von mir hielt mich da. Ein Teil, ein Gefühl,
eine Regung, eine Verpflichtung, eine Idee, ein Traum, ich
verstand nicht, was es war, aber es war stärker. Liebe sollte
nichts sein, dem man hilflos ausgeliefert ist. So habe ich
die Liebe in den Träumen nie verstanden.

Nach vier oder fünf Stunden zitterten meine Hände vor
Hunger und Anstrengung, das weiche Gefühl in meinen
Beinen und ich, wir waren fast schon Freunde, so gut
kannten wir uns mittlerweile. Merle, die keinen Ton mehr
von sich gegeben hatte, lag nun in meinem Rucksack. Tedeishas Angebote, nochmals zu tauschen, schlug ich einfach aus.

– Geh schon, sagte ich, find du nur den Weg.

Doch auch dabei war ich hin- und hergerissen. Einerseits
wollte ich endlich in diesem verdammten Bus sitzen, an-
dererseits fühlte ich mich bestätigt, weil Tedeisha sich
offensichtlich schon wieder verlief. Vier Mal hatte sie nun
schon gesagt, es könne nicht mehr weit sein.

– Hier sind schon die Reifenspuren, sagte sie und zeigte auf den Boden. Da vorne ist es, tut mir leid, dass es so
lange gedauert hat.

Sie blieb stehen und nahm mich in den Arm.

– Es wird alles gut, Nesta, sagte sie, es wird alles gut.

Ich fühlte mich so schwach, dass ich bereit war, ihr zu
glauben. Wir waren vielleicht noch fünfzig Schritte vom
Bus entfernt, als ich ihn endlich auch sah. Tedeisha hatte
ihn an einer Stelle abgestellt, wo er schwer zu entdecken

war, ihn auch noch mit Erde beschmiert und mit Blättern und Ästen getarnt. Ich musste lächeln, weil ich stolz auf sie war. Dann wurde ich von hinten zu Boden geworfen.

13

Es gibt Déjà-Vus, bei denen man glaubt, sie seien die Erinnerung an einen Traum oder ein vergangenes Leben. Und es gibt Momente, die man schon unzählige Male in Filmen gesehen hat, und wenn es in unserer Realität geschieht, weiß man nicht, ob die Menschen sich natürlich verhalten oder ob sie nur etwas imitieren, das sie zu oft beobachtet haben.

Tedeisha und ich waren Rücken an Rücken aneinandergefesselt, ein Seil war um unsere Oberkörper geschlungen, unsere Hände vor uns zusammengebunden, das Blut staute, meine Finger waren schon ganz dick. Wir saßen auf dem Boden des Busses, Mr. No auf der Bettkante, Merle in seinem Schoß. Er rauchte eine Zigarette mit Spitze und lächelte überheblich. Ein alter Film. Es rauchte ja niemand mehr Zigarette, und mit Spitze schon mal gar nicht. Ich hätte wütend an den Fesseln zerren und ausspucken können, doch dazu hätte ich wohl eine Figur sein müssen, die sich jemand ausgedacht hat. Meine Wut äußerte sich so, dass ich Mühe hatte, die Tränen zurückzuhalten.

Mr. No stieß den Rauch aus wie ein Bösewicht aus einem Thriller, der sich in Sicherheit glaubt. Gleich würde er uns darüber aufklären, was unser Fehler gewesen war. Tedeisha zerrte an den Fesseln, eine meiner unteren rechten Rippen schien sich in meine Lunge zu bohren, mir blieb vor

Schmerz die Luft weg. Und weil ich nicht atmen konnte, weder ein noch aus, liefen mir zwei Tränen herunter, was mich noch wütender machte.

– Mach uns los, schrie Tedeisha.

Mr. No nahm noch einen tiefen Zug von seiner Zigarette. Aus den Augenwinkeln konnte ich Rufus und einen stiernackigen Mann vor dem Bus stehen sehen.

– Das werde ich, sagte Mr. No. Ich werde euch losmachen.

Meine Wut verflog mit der Erkenntnis, dass wir nichts hatten und nichts wussten, das für Mr. No von Wert gewesen wäre. Nun hatte ich Angst. Nein, das war keine Filmsituation.

– Wie haben Sie uns gefunden?, fragte ich.

Ich siezte ihn immer noch.

– Das ist unser Bus, da steckt ein Vermögen drin, glaubst du, wir können den nicht orten? Der Bus war leicht zu finden, aber wir waren uns nicht sicher, ob ihr zurückkommt. Er legte Merle auf das Bett und stand auf, aber da er gebückt stehen musste, um nicht mit dem Kopf an die Decke zu stoßen, setzte er sich wieder. Er tätschelte Merle.

– Es gibt nicht mehr so viele davon, müsst ihr wissen. Die meisten sind krank geworden. Die Offiziellen hat die Regierung beschlagnahmt, aber die glauben ja immer noch, dass es Maschinen sind.

Er lachte.

– Was soll ich mit euch machen? Was schlagt ihr vor?

– Haben Sie mit Sals Geld die STs in Umlauf gebracht?

Die Frage kam aus meinem Mund, bevor ich darüber nachdenken konnte. Die Stiefelspitze traf meine Wange, ehe ich mein Gesicht wegdrehen konnte. Er trug Cowboystiefel unter seinem Kimono.

– Mein Geld, berichtigte er mich, meine Musik, mein Geld … Ja, ich habe mit meinem Geld die Dealer bezahlt. Das sind gute Jungs, aber leider teuer. Immerhin erledigen sie einen Job, den nur die wenigsten können.

– Arbeitet Murat mit dir zusammen?, fragte Tedeisha.

– Er ist mein Cousin, aber ohne mich wäre er nichts. Was glaubst du, warum Atlantis so erfolgreich war? Weil ich es so wollte.

– Und wo kommen die Traumfänger her?, wollte sie nun wissen, da er schon mal Antworten gab.

Mr. No lachte nur, nahm die aufgerauchte Zigarette aus der Spitze und flitschte sie durch die Bustür nach draußen.

– Ich stelle die Fragen, sagte er, und ich habe euch gefragt, was ich mit euch machen soll. Aus dem Bus rollen und liegen lassen? Aber vielleicht schafft ihr es, die Fesseln zu lösen und macht mir wieder Schwierigkeiten.

– Die Bullen sind hinter uns her, sagte ich.

– Na und?, sagte er. Hinter mir etwa nicht?

– Vielleicht haben sie uns verfolgt.

Mr. No stand auf, um mir besser ins Gesicht sehen zu können.

– Das hättest du auch nicht gedacht, sagte er, dass du dir einmal wünschst, das wäre die Wahrheit.

– Die STs, in denen die Musik gerettet wird, sagte Tedeisha, die verkaufen sich doch gut, oder?

Sie konnte nicht sehen, wie er nickte, doch sie fuhr fort:

– Vielleicht kannst du mich heute Nacht noch mal einträumen lassen, dann hättest du etwas, das dich für den Ärger entschädigt. Du weißt, die Menschen lieben meine Träume.

Er ging um uns herum, um Tedeisha anzusehen. Ich bemerkte, dass seine Stiefelspitzen mit Metall beschlagen waren.

– Und was machen wir mit deinem Freund?

– Ohne Nesta kann ich nicht träumen, sagte sie, du weißt, dass ich damals ausgestiegen bin, weil ich nicht mehr träumen konnte.

– Im Bus ging es, sagte Mr. No.

– Nur weil Nestas Gegenwart noch nachwirkte, sagte Tedeisha. Auch Rahel ist bei ihm geblieben, weil sie bei Nesta träumen konnte, das weißt du doch, oder? Aber wenn du mir nicht glaubst, kannst du es gerne drauf ankommen lassen.

12

Ein großes, gammeliges Futon auf dem Boden, grauweißer Putz an den Wänden, ein schmuddeliger, schmutzig grüner Teppich, und an dem winzigen vergitterten Fenster, durch das kaum Licht kam, konnte man erkennen, dass es sich um einen Kellerraum handelte. Trotz des Halbdunkels musste ich blinzeln, als mir die Augenbinde abgenommen wurde.

– Wenn ihr etwas braucht, klopft an die Tür, sagte Rufus eher zu mir als zu uns.

Er vermied es, Tedeisha anzusehen, die ihn unverwandt anstarrte.

– Kann allerdings dauern, bis ich euch höre.

– Was ist mit Merle?, fragte Tedeisha.

Rufus hatte schon die Klinke der grauen Stahltür in der Hand.

Er wandte sich noch mal kurz um und sah an Tedeisha vorbei.

– Merle?

– Die Traumfängerin.

– Du meinst den Rüssel? Den bringe ich später.

Er ging hinaus, und wir konnten hören, wie er die Tür abschloss.

Ich setzte mich auf die Matratze und massierte mir die Handgelenke. Tedeisha streckte sich, ihre Hände berührten die niedrige Decke.

– Er hat Angst vor mir, stellte sie fest.

– Mr. No?

– Quatsch. Rufus. Er weiß, dass ich ihn einwickeln kann.

Ich fragte mich, ob sie sich neben mich setzen würde. Sie verschränkte die Finger hinter dem Rücken, beugte sich mit durchgedrückten Knien vor und ließ ein wohliges Stöhnen hören. Als sie sich aufrichtete, fragte sie:

– Was glaubst du, wie lange wir gefahren sind?

– Keine Ahnung, 'ne Stunde?

– Ich würde schätzen, etwas länger.

Sie setzte sich neben mich und legte den Arm um meine Schulter.

– Ich bin froh, dass wir zusammen sind, sagte sie.

Ich war versucht zu fragen, ob es stimmte, dass sie nur geträumt hatte, weil meine Gegenwart nachwirkte. Doch ich sagte lediglich:

– Und jetzt?

– Ich weiß es nicht. Er hat uns, er hat Merle, er hat das Geld. Mein Vater und Sal sollten in Sicherheit sein.

– Und was ist mit uns?

– Gleich nehme ich Merle, und morgen sehen wir weiter…
Dein Traum mit Elia wäre auch gut gewesen, sagte sie, die
Leute in den Clubs wären voll drauf abgefahren.

– Den haben wir ja aufgetropft, sagte ich.

– Ja.

Tedeishas Armbeuge lag an meinem Nacken, ich lehnte
mich nach hinten, und gemeinsam ließen wir uns auf die
Matratze fallen.

– Glaubst du, er wird uns umbringen?

Tedeisha schnellte hoch, doch entspannte sich dann wieder.

– Nein, sagte sie, was hätte er davon? Und warum hätte er
uns dann die Augen verbinden sollen auf dem Weg?

Langsam legte sie sich wieder hin, den Kopf auf meiner
Brust.

– Wir sind ihm lästig, wir kennen das Geheimnis des Rüssels, wir haben ihn verärgert, er ist seltsam und unbere-
chenbar…

– Nein, sagte Tedeisha, nein. Ich träume irgendetwas Großes ein, etwas, das uns unentbehrlich machen wird.

– Wie kannst du dir sicher sein?, fragte ich.

– Weil du bei mir bist.

– Lass die Schmeicheleien.

Sie rückte ein Stück ab, ließ aber ihren Kopf an meiner
Brust.

– Und wenn du unentbehrlich bist, was machst du dann?
Dann hängen wir den Rest unseres Lebens in so einem
Kellerloch, und du träumst für ihn ein? Tedeisha, wir ste-
cken in der Scheiße.

– Mein Vater hat immer gesagt: Mach dir keine Sorgen
über eine Zukunft, die nur in deinem Kopf existiert. Nesta,

wir kommen hier raus, du wirst sehen, alles wird gut, ich kann es fühlen, wirklich, glaub mir.

Mein Tonfall änderte sich nicht, ich sprach mit der gleichen Leidenschaftslosigkeit und Antriebsschwäche, die sich in mir breitgemacht hatte, seit Rufus mir die Augen verbunden hatte. Oder hatte dieses lähmende Gefühl der Machtlosigkeit schon vorher angefangen, Besitz von mir zu ergreifen? Zum Beispiel, als ich erfuhr, dass Tedeisha im Bus eingeträumt hatte.

– Es fällt mir schwer, mich auf dich zu verlassen, sagte ich. Du hast mit Murat eingeträumt, du hast den Bus geklaut, du bist der Kassiererin an der Tanke aufgefallen, du hast uns geradewegs in Mr. Nos Arme geführt. Jedes Mal, wenn du eine Entscheidung fällst, hänge ich mit drin, und es sieht nie gut für mich aus.

Sie setzte sich wieder auf. Ich sah nicht hin, aber ich glaube, sie hatte Tränen in den Augen.

– Ja, sagte sie, ja, Nesta. Ich habe vielleicht Fehler gemacht. Na und? Ich habe auch alles getan, damit wir zusammenbleiben können, siehst du das nicht?

– Deswegen bist du in der Welt herumgefahren?

– Fang nicht damit an. Das ist längst vorbei. Die Vergangenheit kann niemand ändern. Lass uns nach vorne sehen.

– Wohin nach vorne? In ein Kellerloch? Du hast im Bus eingeträumt, damit wir zusammenbleiben? Tut mir leid, das begreife ich nicht.

Sie zog die Nase hoch, und ich starrte an die Decke. Da war ein kleiner Fleck, fast kreisrund und weiß, ich konnte mir nicht erklären, woher er stammte.

– Ist es nicht scheißegal, wo wir sind?, fragte sie. Ist es nicht scheißegal, ob wir Probleme haben, ist es nicht scheißegal, was Mr. No vorhat? Das zählt doch alles nicht, Nesta. Was wir hier und jetzt erleben, zählt nicht. Es gibt etwas, das wichtiger ist. Ich weiß, dass du das auch weißt. Jetzt sei nicht so verdammt stur.

Sie schlug mir mit der flachen Hand auf meinen Oberschenkel, nicht allzu fest, aber immerhin. Dieses Etwas hatte sie nicht gehindert, in den Bus zu steigen und wegzufahren.

Vielleicht waren es ja Krücken gewesen. Jemand hatte mit einer Krücke gegen die Decke gedrückt, um ihre Festigkeit zu überprüfen, und unter der Krücke war Farbe gewesen. Wenn ich tief Luft holte, stach die Rippe in meine Lunge, also versuchte ich, ganz sachte zu atmen.

11

Wir hörten Schritte vor der Tür und dann den Schlüssel im Schloss. Ich überlegte, ob ich mich aufrichten sollte, aber mein Blick hing an diesem Fleck. Möglicherweise hatte auch jemand einen Pinsel mit Farbe ausgeschlagen und ein einzelner dicker Tropfen hatte sich neben diesen Riss in der Decke verirrt.

Am Rande meines Gesichtsfeldes erkannte ich Rufus' dunkle Haare.

– Packt eure Sachen, wir ziehen um, sagte er.

Vielleicht kam er sich lustig vor.

– Bitte?, sagte Tedeisha.

Ich stemmte mich hoch, als käme ich aus einem schweren Mittagsschlaf.

– Hände auf den Rücken, wir müssen weg hier, sagte er.

– Die Bullen?, wollte Tedeisha wissen.

Der stiernackige Mann kam durch die Tür. Sein Kopf wirkte zu klein für seinen massigen Körper. Unsanft band Rufus Tedeisha die Hände hinter dem Rücken zusammen, während Stiernacken sich anschickte, das Gleiche bei mir zu machen.

– Die Bullen, Mädchen, du hast wirklich keine Ahnung, tönte Rufus. Seine Stimme klang fest und sicher.

Der Stiernacken zog die Augenbinde so fest, dass sie mir auf die Augäpfel drückte. Als er mich vorwärtsstieß, merkte ich, dass ich die Binde nass machte. Vielleicht war die Rippe gebrochen.

Wieder wurden wir in den Bus gebracht. Ich nahm an, dass es derselbe Bus war, ich konnte die kalte Zigarettenasche riechen. Der Motor wurde angelassen, und eine kurze Weile hörte es sich an, als würden wir über Kies fahren.

– Hat der Rüssel gesummt oder gesungen oder gestöhnt, solange er bei euch war?, fragte Mr. No.

Ich konnte Tedeishas Schulter an meiner spüren. Ich bereute es, dass ich so abweisend zu ihr gewesen war. Ich war froh, dass wir zusammen waren, ich war froh, dass ich nicht allein sein musste. Auch wenn ich ohne sie nie in diese vermaledeite Situation geraten wäre.

– Ich habe eine Frage gestellt.

Ich verkrampfte mich in Erwartung der Stiefelspitze, dann hörte ich Tedeisha:

– Sie hat gesummt.

– Scheiße. … Wann?

– Heute Vormittag.

War das wirklich erst am Vormittag gewesen? Es kam mir vor, als sei es Tage her.

– Vielleicht ist es noch nicht zu spät. Fahr schneller, sagte Mr. No.

– Was hat sie denn?, wollte Tedeisha wissen.

– Sie ist krank, sagte Mr. No.

– Was heißt krank?

– Wenn sie krank sind, produzieren sie Tropfen, auf denen man hängen bleibt. Die meisten sind krank. Fast alle eigentlich.

– Und wie werden sie krank?

Ich erinnerte mich an die Besuche im Dunkelrestaurant, an die Geräusche und Stimmen, an die Verbundenheit. Ich drehte meinen Kopf zu Tedeisha. Vielleicht wünschte ich es mir nur, aber ich hatte das Gefühl, als würde sie in diesem Moment auch an die Abende im Restaurant ihres Vaters denken.

– Sie werden eben krank, sagte Mr. No. Manchmal erholen sie sich, aber wenn es sie richtig trifft, summen oder stöhnen sie den ganzen Tag.

– Und wovon werden sie krank?

Tedeisha versuchte es noch mal.

– Ich fürchte, aus Liebe.

– Aus Liebe zu wem?

Die Eitelkeit flüstert einem abstruse Ideen ein. Sie bringt einen dazu, sich wegen jeder Kleinigkeit verletzt zu fühlen. Ich glaubte, Merle könnte sich in mich verliebt haben. Hatte Tedeisha nicht gesagt, sie sei weiblich? Hatte ich nicht Menschen zum Träumen gebracht? Es musste etwas an mir sein.

– Nicolas, sagte Mr. No.

– Nicolas?

Tedeishas Stimme.

– Nicolas.

Mr. No, der das Thema beendete.

Der Bus nahm eine scharfe Kurve. Tedeisha wurde gegen mich gedrückt, ich konnte ihre weiche Brust spüren und hielt die Luft an, damit meine Rippe sich nicht weiter in die Lunge bohrte. Dann schienen wir wieder geradeaus zu fahren.

– Vielleicht kann mein Vater sie heilen, sagte Tedeisha.

Rufus kicherte, und ich fragte mich, warum sie jetzt auch noch ihren Vater ins Spiel brachte.

– Dein Vater kennt ein Mittel gegen die Liebe?, fragte Mr. No sarkastisch.

– Nein, sagte Tedeisha, aber er hat immerhin die Menschen aus den Pedros geholt.

– Ach nein. Das war dein Vater?

Er glaubte ihr nicht.

– Ja, sagte sie, das war mein Vater.

– *Der* hat dich zurückgeholt.

– Nein, mich hat Nesta zurückgeholt, aber alle anderen hat mein Vater aufgeweckt.

– Wieso sollte ich dir das glauben?

– Wieso sollte ich lügen? Was hätte ich davon?

– Zeit schinden, sagte ich und fühlte mich schlecht, weil ich so Tedeisha in den Rücken fiel. Aber gleichzeitig wollte ich nicht, dass alles noch komplizierter wurde.

– Wie will dein Vater das denn gemacht haben?

– Er hat sich in Pedro hineinversetzt und ihn dann in den Tempel geführt, den er sich vorher ausgedacht hatte.

– Ach ja?

– Ja. Oder hast du eine Erklärung dafür, dass alle gleichzeitig aufgewacht sind, obwohl sie nicht gleichzeitig getropft hatten? Niemand hat eine. Aber ich weiß, wie es war.

– Du glaubst also, dein Vater könnte den Rüssel heilen?, fragte Mr. No.

Dass man so jemanden wie ihm Hoffnung anhören konnte, überraschte mich.

– Ich weiß es nicht genau. Aber siehst du noch eine andere Möglichkeit?

Ich konnte es nicht verhindern. Sie holte auch ihren Vater in dieses lecke Boot.

10

Es war in der Zeit vor den Tropfen. Sue No war einer der ganz Großen in der darbenden Musikindustrie. Er baute Menschen zu Stars auf und ließ sie wieder fallen, wenn ihre Verkaufszahlen nicht mehr stimmten, sie nicht nach seinen Vorgaben handelten oder er schlicht keine Lust mehr hatte. Es war eine Zeit, in der er viel Geld und Macht hatte und die berüchtigten Partys feierte, die die meisten nur vom Hörensagen kannten. Der Ruf seiner Feten war legendär, die Leute taten fast alles, um nur ein einziges Mal dabei zu sein. Wenn einer sich tatsächlich Zutritt verschaffen konnte, was bei Frauen häufiger vorkam als bei Männern, war er erstaunt, da die Ausschweifungen mit den kühnen Vorstellungen mithalten konnten.

Alle achteten auf den Boden, weil in den großzügigen Aschenbechern Kokain aufgehäuft war. Es war in der Zeit vor dem Bassstaub, aber das Haschisch, weich wie Marzipan, lag in großen gepressten Tafeln herum. Die bunten

Pillen in den Schüsseln hätte ein Unwissender mit Naschereien verwechseln können, doch die Karaffen mit LSD-versetztem Orangensaft waren gekennzeichnet mit der Aufschrift: *stark säurehaltig.* Es gab ein Büfett mit einzeln verpackten Köpfchen rauchbaren DMTs, es gab einen begehbaren Arzneischrank voller Psychopharmaka, Styroporboxen, aus denen man frische Pilze ernten konnte, Opiumkugeln groß wie Tennisbälle, reines MDMA und Meskalin in Zuckerstreuern, genug Viagra, um eine Armee zu versorgen, nahezu jede Droge, die der Menschheit bekannt war, konnte man in Sue Nos Villa finden.

Eine Blondine, die mit blankem Hintern bäuchlings am Rand des Schwimmbeckens lag, sich den großen Busen plattdrückte und ein Gespräch mit dem Wasser führte, während aus den Boxen ein ohrenbetäubendes Posaunensolo dröhnte, war ebenso normal wie ein Raum voller nackter Menschen, die zwar nicht mehr wussten, ob sie männlich oder weiblich waren, sich aber mit irgendjemandem körperlich vereinigen wollten. Oder schon vereinigt waren, ohne sich dessen bewusst zu sein.

Es gab eine mit Metall beschlagene Tanzfläche, auf der sich Leute, die sich von der Bürde, ein Mensch zu sein, befreit hatten, auf und ab hüpften, die Hüften kreisen ließen, sich ekstatisch wanden und in einigen besonders lichten Momenten dem Wort Tanz eine neue Bedeutung verliehen, dann und da, für diesen Augenblick.

Da waren Menschen, die mit geschlossenen Augen der Musik lauschten, die zu Hause waren, an Ufern, die nur aus Klang bestanden. Vielleicht hatten sie Erlebnisse, die die Wirkung der klingenden Minze vorwegnahmen.

Da war jemand, der in einer Ecke lauthals Verse von William Blake deklamierte und glaubte, den Schlüssel zu allem gefunden zu haben. Ja, der Weg des Exzesses führte tatsächlich zum Palast der Weisheit.

Die Ausschweifungen in Sue Nos Villa fingen freitagmittags an und gingen meist bis dienstagmorgens. Wenn es besonders wild war, sagten die Leute, wir haben einen Mittwoch gemacht. Einen Mittwoch machen wurde zum Synonym für die ultimative Steigerung. Stieg ein Album von null auf Platz eins in die Charts und hielt sich dort monatelang, sagte Sue: Mit dem Album haben wir einen Mittwoch gemacht.

Man könnte glauben, dass die Partys bei den drei Häusern gegen die Orgien bei Sue No ein Kindergeburtstag waren. Man könnte aber auch glauben, dass Sues Partys der blanke Irrsinn waren, dass wahre Freude dort nicht zu finden war und jeder nur gegen die eigene Leere und Verzweiflung ankämpfte. Man könnte glauben, dass alle Partyleute sich insgeheim solche Maßlosigkeiten wünschen, man könnte aber auch glauben, dass die Menschen erschöpft und ausgelaugt aus der Villa kamen und keinen Funken Lebensfreude oder Wonne mit nach Hause nahmen. Es gibt keine Droge gegen Einsamkeit.

Wir waren nicht dabei, entscheide selbst, was du glauben willst.

So oder so, ohne diese Partys würde ich das hier wohl nicht schreiben, doch wenn man schreibt, sucht man auch Halt in den Worten anderer.

Samuel Taylor Coleridge war es, der im 18. Jahrhundert in einem Opiumrausch das Gedicht *Kubla Khan* träumte. Das hatte ich damals in der Bücherhalle gelesen.

Bereits im 13. Jahrhundert hatte der mongolische Kaiser

Kubla Khan einen Palast errichten lassen, einen Palast, den er zuvor in einem Traum erblickt hatte.

Fünfhundert Jahre später hatte Coleridge etwas über diesen Palast gelesen, aber nicht gewusst, dass er einem Traumbild nachgebaut war. Und in seinem Traum hatte er ein Gedicht über ebendiesen Palast empfangen.

Der Palast, den Kubla Khan hatte erbauen lassen, war damals schon zerstört, doch das Gedicht existiert bis heute. Und das Vorbild des Palastes existiert möglicherweise auch bis heute, irgendwo, in einer nicht fassbaren Traumwelt. Er wurde von zwei verschiedenen Männern, zwischen deren Lebenszeit hunderte von Jahren liegen, auf verschiedene Weise in diese Welt geholt.

Samuel Taylor Coleridge war es auch, der schrieb: Wenn ein Mensch im Traum das Paradies durchwanderte und man gäbe ihm eine Blume als Beweis, dass er dort war, und er fände beim Aufwachen diese Blume in seiner Hand – was dann?

Nicolas war auf einer von Sue Nos Partys von einem riesigen Farbstrudel hinter seinen Augen hinabgezogen worden in eine Tiefe, wo er Kubla Khans Palast und den heiligen Fluss Aleph sehen konnte, an dem eine junge Frau saß, Langhalslaute spielte und sang.

Jedes einzelne ihrer Haare schien ein eigenes Leben zu haben und vergnügte sich in einem Spiel mit dem Sonnenlicht. In ihren Augen konnte man sich verlieren, als würde man durch eine Wüste irren, doch ihre Lippen schimmerten feucht und versprachen Labsal. Ihre Wangen glühten. Der Wohlklang ihrer Stimme fuhr Nicolas ins Herz, das anfing zu vibrieren. Er wusste nicht, ob es die Stimme war oder der Anblick oder beides, aber eine Hitze stieg von seinem Steißbein die Wirbelsäule hoch, dass er glaubte, sein ganzer Rücken stünde in Flammen. Seine Haare richteten sich auf, der Energieschub, den er fühlte, war so gewaltig, dass er glaubte, nie wieder atmen zu müssen. Die Maid blickte vom Fluss auf in seine Augen, als habe sie schon Jahrtausende auf ihn gewartet. Ihre Haare fielen ihr über die Schultern. Erst als sie aufstand und auf ihn zuging, bemerkte Nicolas, dass sie nackt war.

Kurz darauf waren beide nackt und vereinigt, und Nicolas fühlte, wie er aus dem Rausch herausfiel. Er wollte nicht zurück, um keinen Preis, er wollte für immer in Xanadu bleiben, für immer eins sein mit dieser Frau, die ihm die größte Wonne seines Lebens schenkte. Die Bilder entglitten ihm, und je blasser sie wurden, desto mehr verkrampfte er sich, versuchte den Körper der Frau festzuhalten. Nein, schrie er, nein, bitte, nein, nicht.

Als er zu sich kam, lag er am Rand des Schwimmbeckens, verschwitzt heulend, die Knöchel schneeweiß, kaum ein Herz lauter als seins. Sue kniete über ihm und hörte noch, wie er murmelte und stammelte: Ich war da ... Xanadu ... habe sie gesehen ... wir waren eins, müssen es für immer sein.

Dann bäumte sich sein Körper auf, zuckte wie der eines Epileptikers, von seinen Augen konnte man nur noch das Weiße sehen, er hatte Schaum vor dem Mund, seine Glieder versteiften sich und zitterten trotzdem unkontrolliert, dann fiel er ins Koma. In seinen Händen hatte er ihre Brüste.

Das ist nicht exakt die Geschichte, wie Mr. No sie erzählt hat, aber so oder sehr ähnlich muss es gewesen sein. Da bin ich mir heute sicher.

Rufus war in den Keller des Restaurants eingebrochen, wo Mahadev meditierend in der Speisekammer saß, wie Tedeisha vorausgesagt hatte. Er hatte ihm erklärt, dass seine Tochter Hilfe benötige.

Mr. No erzählte, wie er die Brüste mit in sein Schlafzimmer genommen und auf den Nachttisch gelegt hatte, während die Sanitäter Nicolas in ein Krankenhaus fuhren. Eine Weile versuchte er dann noch vergeblich, sich zu vergnügen, gab auf, nahm einen Drink und legte sich ins Bett.

Als er aufwachte, hatten die Nippel der Brüste sich an seinem Kopf festgesaugt, nur dass es keine Nippel mehr waren, sondern die Rüssel. Die Brüste waren zu einer Kugel mit spiegelnder Oberfläche geworden, fühlten sich aber immer noch an wie Brüste.

Nicolas lag im Koma und wurde künstlich beatmet. Die Ärzte gingen nicht davon aus, dass er noch einmal erwachen würde.

– Ich umarmte die Brüste und vergrub mein Gesicht darin, sagte Sue. Ich weine nicht, seit Jahrzehnten nicht, aber als ich die Flüssigkeit spürte, dachte ich, ich sei es. Dann flackerte es und ich fiel in meinen Traum. Es hat einige Zeit gedauert, bis ich verstanden habe, was passiert ist. Und dann habe ich Maschinen gebaut, die Rüssel hineingetan und der Rest ist Geschichte.

– Und die STs?, fragte ich.

– Die meisten habe ich einräumen lassen. Bis auf die Bims. Weiß der Teufel, wo die hergekommen sind.

– Wie werden die Tropfen vervielfältigt?

Mr. No lachte.

– Wie?, hakte Mahadev nach. Es könnte hilfreich sein, ich muss so viel wie möglich wissen.

– Man braucht Tränenflüssigkeit. Einen Tropfen in ein Schwimmbad echter Tränen, und du hast genug Stoff, um das ganze Land zu versorgen.

– Woher kommen die Tränen?, fragte ich.

– Es ist ein altes Spiel, sagte Mahadev, als Mr. No nicht antwortete. Damit es den einen gut geht, müssen die anderen leiden.

– Man kann die Tropfen auch in der Zwischenwelt vervielfältigen, sagte Mr. No.

– Esther, entfuhr es mir.

Mr. No sah mich lange und durchdringend an.

– Du bist ja gar nicht so dumm, wie ich dachte, sagte er schließlich.

Es ärgerte mich, dass mir das schmeichelte.

– Wer kann die Tür sehen?

– Türen, verbesserte er mich, Türen. Was glaubst du, warum meine Dealer so teuer sind. Einer von tausend Drogenkonsumenten kann die Türen sehen, wenn er drauf ist. Und einer von hunderttausend hat ein natürliches Talent dazu.

– Auf was sind denn die mit den Drogen?

Die einzige Reaktion war, dass Rufus, der am Steuer saß, kicherte.

– Nach dem, was Sie erzählt haben, dürfte es nur zwei Traumfänger geben, sagte Mahadev.

– Sie vermehren sich durch Teilung, erklärte Mr. No ungeduldig. Je mehr Träume sie aufsaugen, desto größer werden sie, und wenn sie so Doppel-D sind, teilen sie sich in zwei Hälften.

– Und wie genau werden sie krank?

– Krank werden sie, sobald Nicolas in ihre Nähe kommt.

– Er liegt also nicht mehr im Koma.

– Nein, er ist aufgewacht. Sie wollten ihn in die Geschlossene stecken, weil er angeblich unter Wahnvorstellungen und Realitätsverlust leidet, aber er ist einfach abgehauen. Sie haben ihn wiedergefunden, eingesperrt, und er ist erneut verschwunden.

– Wie das?, fragte Mahadev

– Keiner weiß es. Sie sagen, beim zweiten Mal hätten sie ihn in einer Zelle gehabt, aus der nicht mal ein Entfesslungskünstler entkommen könnte, aber Nicolas sei auf einmal weg gewesen.

Möglicherweise bildete ich es mir ein, aber in Mahadevs Mundwinkeln war eine Bewegung, als würde er ein Lächeln unterdrücken.

– Er sagt, er müsse zu ihnen. Er will die Rüssel sehen, doch danach sind sie zu nichts mehr zu gebrauchen. Er scheint eine Art Radar zu haben, er findet sie überall. Und selbst wenn er sie nicht sieht, seine bloße Nähe macht sie krank. … Nun, glauben Sie, Sie können helfen?

Mr. No legte Merle in Mahadevs Schoß. Mahadev streichelte sie, wackelte mit dem Kopf, wie ich es von anderen Blinden kannte, doch bei ihm sah ich es zum ersten Mal.

– Warum wollen Sie das?, fragte Mahadev.

– Damit die Menschen nicht krank werden und auf Träumen hängen bleiben. Tedeisha hat erzählt, Sie hätten die Menschen aus den Pedros geholt. Die Pedros sind entstanden, nachdem Nicolas das zweite Mal aus der Anstalt verschwunden war. Ich will keine Pedros mehr.

– Nein, nein, warum wollen Sie überhaupt Träume verkaufen?

– Ich war im Musikgeschäft, ich kenne die Gesetze des Marktes, ich kenne den schlechten Geschmack der Massen, ich kenne die Hoffnungen und Wünsche der jungen Musiker, ich kenne Partys und Maßlosigkeit, ich kenne die Pussy jeder Sängerin, die bei mir unter Vertrag war, ich kenne alles. Aber das hier, das ist etwas anderes. Ein junger Markt, schwer zu kontrollieren. Obwohl mir das mit Atlantis fast gelungen ist. Dennoch, es lebt, es pulsiert, hier sind echte Gefühle, die Träume der Menschen lassen sich nicht manipulieren, es gibt keine seichte Scheiße und kein billig ausgedachtes Zeug, mit dem man unter normalen Umständen nicht mal Zwölfjährige beeindrucken könnte. Dieses Geschäft hat meinen Zynismus gedämpft.

Er lachte und machte sich die Zigarette an, die in der Spitze steckte. Mahadev wackelte wieder mit dem Kopf. Mr. No schien Respekt zu haben vor ihm, doch er klang ungeduldig, als er seine Frage wiederholte:

– Können Sie den Rüsseln helfen?

Wenn Mahadev einfach nein gesagt hätte, wäre es wahrscheinlich leichter gewesen, doch er schwieg.

– Sie haben die Menschen aus den Pedros geholt, ist das die Wahrheit?

– Ja. Auch wenn ich nie wollte, dass es jemand erfährt.

Ich konnte spüren, wie dieser Satz Tedeisha traf. Mahadev wandte den Kopf in ihre Richtung und deutete ein versöhnliches Lächeln an.

– Dann können Sie also auch den Rüsseln helfen. Kennen Sie dieses Geräusch?

Er griff in seinen Stiefel, und ich hörte das metallische Klicken. Mahadevs Züge entglitten ihm für den Bruchteil einer Sekunde, dann lächelte er wieder.

– Sie werden schon eine Möglichkeit finden, sonst erschieße ich Ihre Tochter.

Mr. No lachte, lang und heiser.

– Ich sag's doch, fügte er hinzu, es ist ein aufregendes Geschäft. Diesen Nervenkitzel gibt es in der Musikindustrie schon lange nicht mehr.

Ich nahm Tedeisha in den Arm, als ich sah, wie ihr ohne das geringste Geräusch die Tränen runterliefen. Ich hoffte, sie würde nicht sagen: Ich wollte doch nur Merle helfen. Sie schwieg. Wir waren nach Westen gefahren und nun am Rand der Stadt. Der stumme Stiernacken verband Tedeisha und mir die Augen.

8

Ein anderer Kellerraum. Wieder musste ich blinzeln, als mir die Binde abgenommen wurde, wieder gab es einen schmutzig grünen Teppich, wieder war ich mit Tedeisha allein, doch dieses Mal gab es keine Matratze.

Tedeisha setzte sich mit dem Rücken gegen eine Wand, zog die Beine an und ließ den Kopf zwischen die Knie sinken. Ich setzte mich neben sie und strich ihr über den Oberarm.

Was hättest du getan? Wir hockten in einem beschissenen Kellerloch, genau wie vorher, nur hatte Mr. No nun auch noch Mahadev. Und der Grund für diesen entscheidenden Unterschied war Tedeisha.

– Ich wollte doch nur Merle helfen, flüsterte Tedeisha leise zwischen ihre Knie. Wahrscheinlich habe ich gespürt, dass es ihr nicht gut geht. Die Traumfänger haben mir so viel gegeben in meinem Leben, und wenn ich nun die Chance habe, mich zu revanchieren …

Sie brach ab. Ich hörte, wie eine Träne mit einem sanften Geräusch auf dem Teppich landete. Ich legte meine Hand in Tedeishas Nacken, fuhr ihr durch die Haare. Ich konnte sie verstehen, auch wenn ich das ungern zugab.

– Du hast Recht, sagte ich.

– Ich habe Angst, sagte sie.

– Es wird nichts passieren, Mr. No ist ein Arschloch, skrupellos, ohne Mitleid, ein Zyniker, er verachtet die Menschen, aber er ist kein Mörder.

Tedeisha hob den Kopf und sah mich an, als hätte ich etwas nicht verstanden.

– Sonst würde er Nicolas ja einfach umbringen, dann wäre er diese Probleme los.

– Er kann Nicolas nicht töten, sagte Tedeisha, sie sind eng miteinander verbunden, vielleicht verwandt. Du hast doch gehört, wie er über ihn redet.

Ich dachte darüber nach, aber ich konnte nicht sagen, ob sie richtig lag.

– Glaubst du, dein Vater kann Merle helfen?

– Zuerst habe ich das geglaubt, ja, sonst hätte ich ja nicht … Aber je länger ich darüber nachdenke … Er kann ihr nicht helfen, genauso wenig, wie ich einfach gehen könnte.

Stirnrunzelnd sah ich sie an. Ich wusste nicht, was sie damit meinte, wir waren eingesperrt. Sie reagierte nicht auf meinen Gesichtsausdruck, und es schien mir nicht der richtige Augenblick, nachzufragen.

Schweigend saßen wir nebeneinander, ich verlor das Gefühl für die Zeit. Das trübe Licht der nackten, schwachen Glühbirne drückte meine Stimmung. Irgendwann streckte Tedeisha sich einfach auf dem Teppich aus, und ich tat es ihr nach. Ein schwacher Modergeruch stieg mir in die Nase, ich schloss die Augen, ich war erschöpft.

Schon bald sah ich, wie ich die Schlingen des Teppichs einatmete und sie sich mit den Windungen meines Gehirns vermischten. Grüne Fraktale verschoben sich gegeneinander, ich konnte ein Licht sehen, ein Kerzenlicht in Zugluft, das mir etwas enthüllen wollte. In meinem Kopf formten sich unwillkürlich Wörter, Geständnis, Kaktus, Schlange. Und dann schien ich Satzfetzen zu hören, die ich nicht verstehen konnte. Schließlich muss ich eingeschlafen sein.

Ich schreckte auf vom Geräusch der Tür. Ich saß aufrecht auf dem Teppich, als Mahadev hereingebracht wurde. Ich war benommen, mein Kopf schmerzte, ich hatte Durst und fühlte mich kraftlos. Ich versuchte mich zu erinnern, wann ich das letzte Mal etwas gegessen hatte.

Mahadev hatte Merle auf dem Arm. Die Tür war längst wieder geschlossen, als ich auf die Idee kam, nach etwas zu essen und zu trinken zu fragen.

Tedeisha umarmte ihren Vater. Wann war sie aufgewacht? Hatte sie geschlafen? Wann war sie aufgestanden und zu ihm gegangen? Ich fuhr mir mit den Handflächen übers Gesicht und schüttelte den Kopf. Stöhnend stand ich auf.

– Was ist passiert, konntest du ihr helfen?, fragte ich. Mahadev schüttelte den Kopf, doch sein Lächeln schien den Raum zu erhellen. Ich stand neben den beiden, und da ich mit meinen Händen nichts anzufangen wusste, steckte ich sie in die Hosentaschen.

– Ich glaube nicht, dass ich ihr helfen konnte. Sue sagt, dass die Entfernung hilft. Vielleicht wird sie noch gesund, aber gegen die Liebe ist kein Kraut gewachsen. Sie möchte zu ihm, sie will wieder mit ihm vereinigt sein, und ihn zieht es zu ihr. Man ist machtlos dagegen. Diese Kraft kann man nicht beherrschen wie …

Er brach einfach ab.

– Ich würde mich gerne setzen.

– Die Stühle haben wir ins Pfandhaus gebracht, sagte ich, und Mahadev lachte wie über einen guten Witz. Tedeisha nahm ihm Merle ab, und er ließ sich in den Schneidersitz sinken.

– Sue möchte, dass du mit Merle einträumst, sagte er zu Tedeisha. Und dann wird er wohl einen von uns als Testperson benutzen, um herauszufinden, ob Merle gesund ist und die Tropfen sauber sind.

– Hast du ihm gesagt, dass du sie nicht heilen kannst?, fragte ich.

– Ja.

– Hat er dir geglaubt?

– Ja.

– Sind wir eigentlich in Sicherheit?

– Sue ist auf eine Art verrückter als dieser Nicolas, sagte Mahadev. Merle scheint die letzte gesunde Traumfängerin zu sein, und er ist entschlossen, dieses Geschäft fortzuführen. Um nahezu jeden Preis. Wir sollten einen Weg hier raus finden.

Dann wandte er sich an Tedeisha.

– Du hast nichts falsch gemacht, mein Mädchen, sagte er.
Die Geräusche der Tränen, die auf den Teppich tropften,
waren ihm nicht entgangen.

7

Es gab ein Gemüsecurry, Basmatireis, Samosas und Pako-
ras in Aluschalen, dazu Chapati und Papadam. Das Essen
hätte lecker sein können, aber es schien tagelang warm
gehalten worden zu sein, und wenn die Schärfe nicht gewesen wäre, hätte es gar keinen Geschmack mehr gehabt.
Es erinnerte mich an die Gerichte aus einem Imbiss bei
den drei Häusern.
Es gab Wasser aus einer Glasflasche und Pappbecher.
Rufus hatte auch noch Luftmatratzen, Decken und Kissen
mitgebracht. Als ich satt war, fielen mir im Sitzen schon
die Augen zu.
– Ich leg mich hin, sagte ich und ließ mich auf eine der
Matratzen fallen. Tedeisha würde einträumen, ich hatte
nichts zu tun.
– Warte, sagte Mahadev, wir brauchen einen Plan.
– Hmm, machte ich.
Ich glaubte schon, dass er bessere Pläne schmieden konnte als seine Tochter, aber in dem Moment wollte ich am
liebsten schlafen.
– Wir müssen hier raus, bevor sie dir die Tropfen geben,
Nesta, sagte er. Wer weiß, ob Merle krank ist, und wer
weiß, ob es wieder die Pedros sind und ob ich dich zu-
rückholen kann. Sie werden wahrscheinlich dich aussuchen. Tedeisha können sie gut gebrauchen, falls Merle

doch noch gesunden sollte. Und von mir versprechen sie sich wohl auch irgendetwas.

Ich richtete mich mühselig auf.

– Merle hat schon lange keinen Ton mehr von sich gegeben, sagte Tedeisha.

– Ja, sagte Mahadev, Nicolas scheint weit weg zu sein, und sie kann ihn nicht spüren. Aber wir müssen hier raus, so oder so. Dieser Sue ist ein gefährlicher Mann.

Mein Kopf knickte zur Seite, obwohl ich die Augen offen hatte. Ich versuchte, tiefer zu atmen, aber auch dafür war ich zu müde. Ich schüttelte den Kopf, gähnte. Und wenn ich auf Tedeishas Traum hängen blieb, was zählte das schon? War dieses Leben hier so viel besser? Was sollte ich anstellen, wenn wir Mr. No entkommen waren, wohin sollte ich mich dann bewegen? Schlafen, träumen, das wollte ich. Manchmal bist du so müde, dass nichts dir herrlicher erscheint als die Aussicht auf Schlaf, aber nie bist du so ausgeruht und voller Energie, dass du es kaum erwarten kannst, aufzuwachen.

Mahadev senkte die Stimme, und ich massierte meine Ohrläppchen, was mir für kurze Zeit meine Konzentration zurückgab.

– Wenn Rufus morgen früh hereinkommt, dann müsst ihr ihn ablenken. Auf mich wird er nicht achten, also nehme ich die Wasserflasche und schlage sie ihm über den Kopf. Dann nehmen wir die Schlüssel und raus hier.

– Hier raus?, fragte Tedeisha.

– Rechts, dann wieder rechts, die Treppe hoch, durch die Tür, dann links, dann kommt schon die Haustür.

– Und dann?, wollte ich wissen.

Möglicherweise war er doch nicht besser als seine Tochter.

– Wir sind nicht weit von den drei Häusern, wir könnten uns verstecken, aber ich weiß nicht, wo. Bei Sal werden sie uns suchen, bei mir und bei euch auch.

Ich musste aufstoßen, und es wunderte mich, dass der Geruch würziger als das Essen schien.

– Du willst Rufus mit der Flasche eins überziehen?

– Ja, auf mich wird er nicht achten.

Dass er treffen würde, stand also außer Frage.

– Und wenn Stiernacken kommt?

– Macht keinen Unterschied.

– Gewaltlosigkeit, sagte ich, ist das nicht die erste Regel, die ein Yogi befolgen soll?

Mahadev lächelte.

– Die Regeln sind für den Menschen, nicht der Mensch für die Regeln. Sue ist gefährlich.

– Woher weißt du, dass wir bei den drei Häusern sind?, wollte ich wissen.

– Wir sind aus der Stadt rausgefahren, sie haben euch die Binden aufgesetzt, dann haben sie gewendet und sind nach Osten gefahren, zurück in die Stadt. Kurz bevor wir hier ankamen, hörte es sich an, als würden wir auf der Kreuzung stehen, wo früher die Traumbars waren. Eine der Ampeln klingt seltsam.

– Sicher?, fragte ich.

– Nein, sagte Mahadev, ich kann mich auch vertun.

Ich sah Tedeisha an, die das nicht im Geringsten zu beunruhigen schien.

– Und wenn wir irgendwo auf einem Feld stehen, ohne die geringste Möglichkeit, uns zu verstecken?

– Wir müssen es versuchen. Also, wenn ich Recht habe, wisst ihr, wohin?

– Es gibt bei den stillgelegten Eisenbahngleisen so Schuppen, ich denke sie stehen noch.

– Gut, sagte Mahadev, dann müssen wir dort hin und auf Nicolas warten.

– Wir müssen was?

Tedeisha schien entsetzt, sie schrie es fast heraus.

– Psst. Wir müssen auf Nicolas warten, damit er Merle trifft.

– Aber sie wird dann krank, sagte Tedeisha.

– Ja. Nein. Früher oder später wird er sie sowieso finden. Dieses Tropfen wird ein Ende haben. Es ist die einzige Möglichkeit, die ich sehe. Sonst wird es immer wieder Menschen geben, die nicht aufwachen können.

Tedeisha senkte den Kopf. Auf der Luftmatratze hörten sich die Tränen viel lauter an als auf dem Teppich. Ich nahm sie in den Arm.

Tedeisha und ich rückten unsere Matratzen aneinander, und kurz bevor ich einschlief, meine Hand auf ihrem Bauch, wusste ich, was sie träumen würde. Es war, als könnte ich ihr begegnen, ohne dass wir im Traum waren. In einer einzigen Sekunde offenbarte sich mir ihr ganzer Traum. Ich zuckte, wie von einem Schreck, der dir manchmal in die Glieder fährt, bevor du in den Schlaf fällst.

6

Ich bin in einem Gefängnis, schuldlos. Es handelt sich um ein Missverständnis, einen Irrtum, aber ich weiß, dass niemand mir glauben wird. Es gibt keinen Ausweg. Jedes Geräusch eines Schlüssels, jedes Zuschlagen einer Tür kann ich in meinen Knochen fühlen. Es fährt mir ins Mark, wie um zu bekräftigen, dass es keine Hoffnung gibt.

Die Wände sind grau mit schwärzlichen Stockflecken, und ich komme mir klein vor zwischen den anderen Häftlingen. Ich bin hier falsch. Ganz falsch. Es ist ein Männergefängnis. Die Insassen haben breite Nacken, ausladende Schultern, riesige Brustkörbe und Arme dick wie meine Oberschenkel. Manchmal spüre ich schweren Tabakatem in meinem Nacken und an meinen Ohren. Die Männer lachen dreckig, und ich weiß, dass sie mich vergewaltigen werden, sobald sich eine Gelegenheit ergibt.

Ich sollte hier nicht sein, ich gehöre hier nicht hin, denke ich, es muss doch eine Möglichkeit geben, zu entkommen. Raus. Flucht. Draußen kann ich den Irrtum bestimmt aufklären. Und selbst wenn nicht. Freiheit. Weg von diesen angsteinflößenden Türstehern, Mafiagehilfen, Bodyguards und Killern. Weg. Es muss doch möglich sein. Was ist das für ein Loch in der Wand, da kann ich sicherlich durchkriechen. Wo der Gang wohl hinführt? Schon wieder dieser schwere Atem in meinem Nacken. Weiter hinein in den Gang, er wird enger, die Männer hinter mir bleiben stecken, aber in mir ist kein Triumphgefühl. Wenn der Gang eine Sackgasse ist, werden sie auf mich warten. Und falls er einstürzt, werde ich lebendig begraben. Meine Knie schmerzen, wahrscheinlich bluten sie.

Auf einmal stehe ich im Freien, mitten auf einer Hauptstraße, die riesigen bunten Leuchtreklamen erhellen die Nacht, überall sind Menschen, alle scheinen in Bewegung zu sein, lassen sich in Richtung ihrer Wünsche treiben. Sex, Tropfen, STS, Theater, Kino, Konzerte, Spielhöllen, Wettbüros, Pokerrunden, Roulettetische, Bars mit Alkoholausschank, Clubs, Drogen, Musik.

Eine Amüsiermeile in einer beliebigen Stadt, voll, laut, dreckig, pulsierend, verwirrt von der Vielzahl der Menschen, die in ihr Schutz, Heim, Halt und Vergnügen suchen. Es gibt in dieser Nacht nur die Wahl zwischen kurzlebiger Ekstase und Hoffnungslosigkeit. Ich stehe. Ich stehe als Einzige. Das muss ein Irrtum sein. Ich wollte raus. Raus. Weil ich dachte, es gäbe einen Unterschied zwischen drinnen und draußen. Ich glaubte, die Wahl wäre mehr als nur die Wahl zwischen Demütigung und unheilbarer Isolation.

Die Menschen sind hässlich, ihre Gesichter sind von Falten, Wünschen, verleugneten Ängsten, uneingestandenem Leid und eingebildeten Schmerzen völlig entstellt. Werbetafeln leuchten wie Götter, Götter, die sich wünschen, sie hätten einen Revolver, um ihre Schöpfung zu vernichten.

Mein Herz klopfte, ich muss wohl aufgestöhnt haben, Tedeisha gab einen Laut von sich, der mich beruhigen sollte. Ich wusste, ich würde es ihr nicht ersparen können, diesen Traum in seiner vollen Länge zu träumen, einen Traum, mit dem auch Mr. No nichts würde anfangen können.

Ich weiß nicht, warum, aber es erinnerte mich an den ersten Traum, den ich eingeträumt hatte. Da stand ich in einem Zimmer und erzählte einer gut aussehenden Frau, dass ich ein großer Träumer war. Sie hörte mir auch tatsächlich zu, schien aber kein Wort zu glauben. Ich tönte, dass ich bald bekannter sein würde als Donna, dass nichts und niemand mich aufhalten könne, keine Macht der Welt. Sie lächelte, glaubte mir nicht, drehte sich weg und schritt Richtung Tür. Sie durfte nicht einfach so gehen, sie musste mir glauben, es erschien mir dringend erforderlich, dass ich sie überzeugte, aber zunächst musste ich sie daran hindern, den Raum zu verlassen.

Da war ein Fleck auf ihrem Rock, knapp unterhalb ihres Hinterns. Ich stürzte hinter ihr her, sagte, dass sie einen Fleck auf dem Rock habe, den ich wegmachen könne. Ich fiel hinter ihr auf die Knie und strich mit meiner Hand über den Fleck, der nur noch größer wurde, und sie drehte den Kopf und sah mitleidig lächelnd auf mich herab, wie ich hinter ihr herkroch.

In diesem Moment kam ihr Freund ins Zimmer und fragte mich, was ich da tue. Ich stammelte etwas von Fleck und Wegwischen, immer noch auf den Knien, erschrocken und kleinlaut. Was hatte ich gerade noch geprahlt vor ihr, Scham erhitzte meinen ganzen Körper.

Er drohte mir Prügel an, weil ich seine Frau angefasst hatte. Ich blieb auf den Knien, ich hatte Angst vor ihm und flehte ihn nun an, mir nichts zu tun. Er lachte nur und befahl mir, die Hosen runterziehen. Ich gehorchte ohne die geringste Gegenwehr. Jetzt lachte auch die Frau, lachte und sagte: Ein wirklich großer Träumer bist du. Er kündigte an, er würde mich gehen lassen, sobald er mir ein Brandzeichen auf den Arsch gebrannt habe. Ich fing an zu weinen, flehte ihn an, mich gehen zu lassen.

Obwohl ich spürte, dass der körperliche Schmerz nicht schlimmer als die Demütigung durch das Betteln sein konnte, gelang es mir nicht, damit aufzuhören. Ich erwachte, als er mir einen glühenden Schaschlikspieß in den Hintern steckte.

Man träumt sich manchmal so klein.

Doch zum ersten Mal seit langem fühlte ich mich wieder mit Tedeisha verbunden. Ich war in eine Tiefe gefallen, wo unsere Seelen sich berührten oder unser Unterbewusstsein oder was immer es war. Ich hatte ihren eigenen Traum vor ihr gesehen.

Die Dinge existieren, bevor sie in Erscheinung treten, bevor jemand sie auf die Welt bringt. Wie der Palast des Kubla Khan. Wie Elia. Wie das elektrische Licht, dessen Prinzip lange vor der Glühbirne funktionierte. Die Idee, Träume aufzuzeichnen, existierte schon lange vor den Tropfen. Es ist alles immer schon da, es braucht nur seine Zeit, bis es sich in der realen Welt materialisiert.

Das Leben kann aus einem Meer von Möglichkeiten schöpfen, und einige davon versucht man zu verwirklichen. Ich wollte mit Tedeisha zusammen sein, weil wir in diesem Meer Nachbarn waren. Oder Matrosen auf demselben Schiff. Oder auch das ganze Meer. Ich verstand es nicht richtig, aber zögerlich breitete sich Frieden in mir aus.

Tedeishas Traum würde aufhören, sie würde aufwachen, betrübt, desorientiert. Die Enge des Gangs im Gefängnis würde sich um ihr Herz legen. Sie würde sich wahrscheinlich den Rest des Tages unwohl fühlen. Doch das würde vergehen. Nur dieses Meer verging nie.

5

Es war, als würde ich auf eine Leinwand starren. Ich war völlig unbeteiligt. Wäre Rufus aufmerksam gewesen, dann hätten meine Blicke vielleicht alles verraten. Ich sah, wie Mahadev einen Schluck aus der Flasche nahm, absetzte, mit dem Kopf wackelte, sich unauffällig hinter Rufus stellte, der gerade Merle von der Matratze heben wollte. Um sie zu melken, wie er sagte.

Es war eine schnelle, konzentrierte Bewegung, die Flasche traf Rufus' Hinterkopf, und er fiel vornüber. Ich war beeindruckt von Mahadevs Treffsicherheit.

Während Tedeisha Rufus die Schlüssel abnahm, stand ich immer noch da, als würde mich das alles nichts angehen.

– Nimm Merle, zischte mir Tedeisha zu.

Mahadev stand schon an der Tür. Als wir kurz darauf die Treppen hochstürmten, Mahadev vorneweg, fragte ich mich, ob er nicht vielleicht doch sehen konnte. Irgendwie.

Die Tür am Ende der Treppe war abgeschlossen. Tedeisha drängte sich vor ihren Vater und probierte hastig mehrere Schlüssel aus, ich hielt Merle auf dem Arm und war auf eine seltsame Art ruhig. Ich fühlte mich nicht verantwortlich für das, was passierte. Als sei ich nur eine Figur im Traum eines anderen.

Als Tedeisha die Tür endlich aufgeschlossen hatte, sah sie sich Mr. No gegenüber. Geistesgegenwärtig schubste sie ihn zur Seite und rannte nach links, zur Haustür. Mr. No torkelte rückwärts gegen die Briefkästen, während Mahadev an ihm vorbeilief. Ich blieb am Treppenabsatz stehen, und einen Moment lang sahen wir uns in die Augen.

Er sah so ungläubig aus, so verdutzt und verletzlich, für einen Moment überwältigt vom Leben. Auch wenn dieser Moment kaum eine halbe Sekunde gedauert haben kann. Ohne dass ich richtig begriff, was ich tat, hatte ich schon das Knie angewinkelt. Als würde ich die Präzision und Kraft von Mahadevs Schlag nachahmen wollen, traf mein Spann Mr. No genau zwischen die Beine. Dann rannte ich los.

Tedeisha hatte ihren Vater an der Hand genommen und lief nach links. Ich versuchte mich zu orientieren. Mahadev hatte Recht gehabt, wir waren nicht weit weg von den drei Häusern. Als ich mich umdrehte, konnte ich niemanden hinter uns sehen. Ich fragte mich, wo Stiernacken war.

– Rechts, rief ich, als wir an eine Kreuzung kamen.

Tedeisha drosselte das Tempo, ich drehte mich noch mal um, da war immer noch niemand. Die Leute auf der Straße starrten uns befremdet an, eine junge Frau mit einem alten Blinden an der Hand und ein Mann mit einem seltsamen Ball auf dem Arm, die vor irgendetwas wegzurennen schienen.

Nach ein paar Minuten – wir konnten immer noch keine Verfolger entdecken – verfielen wir in zügiges Gehen. Mahadevs Atem beruhigte sich schnell, aber ich keuchte. Schweiß lief mir die Achseln hinab, ich konnte spüren, wie die Tropfen bis zur Hüfte herunterrannen, mein ganzer Körper war verspannt. Jedes Mal, wenn ich einatmete, stach eine Rippe wie ein Schlachtermesser in meine Lunge. In meiner Magengegend machte sich ein ungutes Gefühl breit, die Muskeln meiner Beine waren hart, aber meine Knie fühlten sich an, als würden sie nachgeben. Tedeisha rang auch noch nach Atem.

Wann war mir bewusst geworden, dass ich nicht nur ein Zuschauer war, sondern mich in Gefahr befand? Ich hatte keine Ahnung. Aber ich sah die Flucht und Lauferei schon in meinen Träumen wiederkehren, potenziert, schrecklich, ausweglos. Dieses Leben würde mir meine Träume verderben.

Eine Viertelstunde später waren wir bei dem stillgelegten Eisenbahnwerk, fanden einen Schuppen, der nicht abgeschlossen war und gingen hinein. Ich setzte mich auf ein ausrangiertes Sofa, Merle auf dem Schoß, Mahadev setzte sich neben mich, und Tedeisha ließ sich in einen graubraunen Sessel fallen, dem die linke Armlehne fehlte.

Wir hatten unterwegs nicht gesprochen, ich hatte auch jetzt nicht das Bedürfnis. Ich schaute mich in dem Raum um. An den Wänden hingen Poster von Musikern, die ich nicht kannte, auf dem Boden lagen Stummel von Joints oder Bassstaubtüten, Balsamflaschen, Aluschalen, Pizzakartons, aber keine Einwegpipetten.

Ich fühlte mich zwölf Jahre zurückversetzt, in die Zeit, in der ich mit Sal einige Meter weiter, in einem Schuppen, vor dem jetzt ein Vorhängeschloss hing, getropft hatte. Vielleicht war es damals kein schönes Leben gewesen, doch es schien ein Paradies verglichen mit dem, was ich gerade erlebte.

– Gib sie mir mal, sagte Mahadev, und ich legte Merle in seinen Schoß. Er streichelte sie sanft und summte dabei leise.

– Kann man sich in ihr spiegeln?, fragte er.

– Ja.

– Der Traum spiegelt die Welt, aber anders, als wir es gewohnt sind. ... Sie weint.

Tedeisha sprang auf und zauberte aus ihrer Hosentasche eine Pipette. Mahadev gab mir Merle zurück.

– Was hast du eigentlich geträumt?, fragte ich.

– Irgend so einen Unsinn, wich sie mir aus.

– Was denn?

– Ich kann mich nicht mehr erinnern. Es war auf jeden Fall nicht schön.

Ich wusste nicht, ob sie log. Als Träumer hast du immer ein gutes Gedächtnis für die Geschehnisse der Nacht.

Noch während ich in ihre Augen sah, hörte ich draußen Stimmen, die schnell näher kamen. Tedeisha und ich hielten die Luft an, Mahadev schüttelte den Kopf, als wollte er uns sagen, dass es nicht Mr. No war. Dann ging die Tür auf.

4

– Was macht ihr denn hier?

Es waren drei Jungs, sie mochten ungefähr siebzehn sein. Tedeisha hatte ihre Pipette gefüllt und drehte sich zu ihnen um. Derjenige, der gefragt hatte, hatte streichholzkurze, zitronengelb gefärbte Harre, der zweite kurze, abstehende Dreadlocks und der dritte eine Glatze bis auf zwei Strähnen, die ihm von den Schläfen bis fast zu den Schultern herabhingen. Die drei waren kurz hinter der Tür stehen geblieben, der mit den gelben Haaren sah uns herausfordernd an.

Was machten die so früh morgens da? Wahrscheinlich schwänzten sie die Schule.

– Entschuldigt, sagte Tedeisha, wir wollten nicht in euer

Revier eindringen oder so. Wir haben gerade ein paar ernsthafte Probleme und brauchen einen Platz, wo wir uns kurz verstecken können.

Sie verriet zu viel, fand ich, aber ich hätte gar nichts zu sagen gewusst.

– Das hier ist mein Vater, Mahadev, fuhr sie fort, das ist Nesta, und ich heiße Tedeisha. Wir wären euch dankbar, wenn wir ein wenig bleiben könnten.

– Nix da, sagte der Gelbe, das ist unser Schuppen. Und überhaupt, was ist das denn da?

Er deutete mit dem Kinn auf Merle. Die Hände hatte er in die Hüften gestemmt, und ich fragte mich, woher er die Selbstsicherheit nahm.

– Das ist Nestas Spielzeug, er ist ein wenig zurückgeblieben, müsst ihr wissen. Wenn man ihm den Ball abnimmt, fängt er an zu weinen.

– Aha, ist das wahr?

Der mit den Dreadlocks machte einen Schritt auf mich zu.

– Nein, sagte ich mit einer Stimme, die Naivität vortäuschen sollte, nein, ich gebe Merle nicht her.

Als er noch einen Schritt näher kam, beugte ich mich mit dem Oberkörper vor, um Merle abzuschirmen. Er packte meine Kehle, dass ich glaubte, er würde sie rausreißen, zwang meinen Oberkörper hoch und riss Merle aus meinem Schoß. Ich fing an zu schreien, ließ mich zu Boden fallen und strampelte mit Armen und Beinen. Die ersten zwei Tritte machten mir nichts aus, der dritte traf meine kaputte Rippe, und ich brüllte noch mehr. Ich bekam mit, wie Tedeisha versuchte, den Jungen von mir wegzuzerren, doch er schaffte es, mir noch einige Tritte zu verpassen.

Ich strampelte nicht mehr, ich schrie auch nicht, ich fühlte mich erschöpft, gedemütigt und gab jegliche Selbstbeherrschung auf. Ich schluchzte hemmungslos.

– Halt's Maul, sagte der Gelbe, nahm dem mit den Dreadlocks Merle ab und warf sie mir an den Kopf. Halt's Maul, hab ich gesagt.

Tedeisha kniete sich neben mich und streichelte mir über den Rücken. Wie zu einem Kind sagte sie:

– Nesta, nicht weinen, der Junge wollte nur Spaß machen.

– Raus hier, sagte der Gelbe, das ist unser Schuppen.

– Wir respektieren das, sagte Mahadev.

Er hatte sich erhoben und stand nun direkt vor dem Jungen mit den gelben Haaren.

– Wir möchten uns dafür entschuldigen, dass wir ohne eure Erlaubnis hierhergekommen sind. Und dennoch möchten wir euch bitten, dass wir bleiben können. Es ist wichtig für uns. Natürlich könnten wir euch Geld dafür geben.

– Sehen wir etwa aus wie Nutten?, sagte der Dreadlockige.

Ich verstand, dass wir in ihrem Schuppen nichts zu suchen hatten. Das war ihre Welt, die sie sich erschaffen hatten. Wir kamen darin nicht vor, auch nicht gegen Bezahlung. Sal und ich wären genauso gewesen.

– Ich bitte euch im Namen des Allmächtigen, sagte Mahadev, ging auf die Knie und neigte seine Stirn zu Füßen des Gelbhaarigen.

Ich wusste nicht, wie er das hinbekam, aber es wirkte nicht unterwürfig, sondern vielmehr majestätisch, wie ein König, der sich bewusst ist, dass er nicht der Herrscher der Welt ist.

Der Gelbe war unangenehm berührt von dieser Geste, er machte zwei Schritte rückwärts.

– Steh auf, sagte er harsch. Wir wollten Bassstaub rauchen und Musik hören. Wenn ihr euch ruhig verhaltet, könnt ihr kurz bleiben.

Mahadev erhob sich.

– Danke, sagte er, wir wissen es zu schätzen.

Die Jungs boten Mahadev und Tedeisha auch etwas an, beide lehnten ab. Wir überließen ihnen das Sofa und den Sessel, setzten uns mit dem Rücken an die Wand gelehnt auf den Boden. Der Glatzköpfige hatte einen Gettoblaster dabei, und als er ihn anmachte, erkannte ich beim ersten Ton Sals Album. Ein Lächeln glitt über mein Gesicht.

Ich hätte auch gerne etwas Bassstaub geraucht, aber Tedeisha hatte mich zu einem geistig Behinderten gemacht, und dem bot man nichts an.

– Habt ihr eigentlich schon mal getropft?, fragte Tedeisha, und mein Magen zog sich zusammen. Wollte sie etwa einen als Testperson missbrauchen? Ich weiß nicht, was das über mich aussagt, dass mir als Erstes dieser Gedanke kam. Allerdings machte ich mir keine Sorgen um die Jungs, Merle hatte schon seit Stunden keinen Ton mehr von sich gegeben.

– Ja, sagte der mit den Schläfensträhnen, aber ich fand es nicht so toll.

– Stimmt, pflichtete der Gelbe bei, es gibt die roten, blauen und grünen Pillen, es gibt Bassstaub, es gibt so viele Sachen, die die Welt schön und einfach machen, da braucht man keine Tropfen. Davon wird alles nur komplizierter.

– Hm, sagte der Dreadlockige, was gehen uns die Träume

fremder Menschen an. Wir haben eigene, und die lassen wir uns nicht verwässern.

Sie werden doch nicht verwässert, hätte ich am liebsten gesagt.

– Das ist eine Einstellung, die mir gefällt, sagte Mahadev.

Vielleicht reden sie sich so etwas auch ein, weil es auf dem Markt nur noch teure STs gibt, mutmaßte ich. Die Tropfen waren das Zweitgrößte in meinem Leben gewesen, ich konnte nicht nachvollziehen, dass sie den dreien anscheinend nichts bedeuteten.

Wir schwiegen und lauschten dem Album. Ich konnte jeden Ton auswendig, aber es langweilte mich immer noch nicht.

Gleichzeitig richteten die Jungs und ich unsere Köpfe auf. Wir sahen nach oben, zogen die Augenbrauen zusammen und versuchten herauszukriegen, woher diese fremden Töne in der Musik kamen. Ich brauchte lange, um es zu verstehen, bestimmt, sechs, acht Sekunden. Merle machte ein Geräusch zwischen Summen und Stöhnen.

Der mit den Schläfensträhnen stand auf und drehte den Ton leiser. Jetzt konnten es alle hören.

– Es ist so weit, sagte Mahadev, als Merle lauter wurde.

3

Auch er war hager, lang, die Wangen wirkten eingefallen, die Nase stach aus dem Gesicht hervor, die Ähnlichkeit mit Mr. No war unverkennbar. An seinen Mundwinkeln war getrockneter Speichel, die Augen waren aufgerissen und die Pupillen geweitet, als sei er auf Drogen. Er

trug ein schwarzes Hemd, hellblaue Jeans und Cowboystiefel.

Einen kurzen Moment stand Nicolas im Türrahmen, sein
Körper schien verspannt. Der stiere Blick und diese Ausstrahlung, als sei er nicht ganz von dieser Welt, ließen uns
alle verstummen. Der Gelbhaarige hatte mir Merle aus der
Hand genommen, und als Nicolas einige Schritte auf ihn
zumachte, hielt er sie ihm bereitwillig hin. Merle hatte
aufgehört zu summen, kurz bevor sich die Tür öffnete.

Nicolas nahm sie entgegen und sank auf die Knie. Wir
hielten die Luft an. Nicolas' Körper schien sich zu entspannen, er streichelte Merle, die aufstöhnte, als sei sie
erregt. Ich warf Tedeisha einen kurzen Blick zu, sie hatte
Tränen in den Augen, ob vor Rührung oder Trauer oder
Angst konnte ich nicht sagen.

Als Nicolas aufhörte, Merle zu streicheln und sein Gesicht
auf ihrem Körper betrachtete, ahnte ich, dass er sah, was
ich gesehen hatte, als ich der Gottheit gegenüberstand.
Sein Gesicht in dem Spiegel nahm verschiedene Formen
an, zerfloss, änderte die Farbe, zerfaserte in geometrische
Muster, die sich in kaum fassbarer Bewegung ineinander
verschoben. Ohne zu blinzeln, sah er in das Spiegelbild,
in dem einzig seine Augen unverändert blieben. Je länger
er starrte, desto mehr bekam ich das Gefühl, dass sein
Blick sichtbar wurde, zwei irisierende Strahlen zwischen
Merle und Nicolas Augen.

In seinem Blick lag eine Konzentration, als habe er die
Fähigkeit, all seine Energien in einem winzigen Punkt zu
konzentrieren. Die Strahlen wurden stärker und schienen
einen Sog zu entwickeln, in Merle hinein.

Noch einmal wagte ich einen schnellen Seitenblick, dieses Mal auf Mahadev, dessen Gesicht zum Geschehen gewandt war, als könnte er alles mitverfolgen.

Als ich meinen Kopf wieder zu Merle und Nicolas wandte, sah ich Mr. No im Türrahmen stehen, hinter ihm Rufus und der Stiernacken. Alle drei starrten gebannt.

Nicolas begann sich von den Rändern her aufzulösen. Anders kann ich es nicht sagen. Die Konturen wurden unscharf, seine Finger, die Merle hielten, wurden immer dünner, bis sie ganz verschwanden, seine Füße, auf denen er saß, konnte man auch nicht mehr sehen. Merle stöhnte leise und anhaltend, es klang nun eher, als würde sie massiert.

Nicolas' Arme und Beine verschwanden vor unseren Augen, doch Merle behielt ihre Position auf seinem Schoß, als würde sie weiterhin gehalten. Ganz allmählich löste sich auch Nicolas' Rumpf auf.

Ich hatte vieles gesehen in meinen Träumen und in denen fremder Menschen, ich hatte vieles gesehen, als ich in die Gottheit blickte, ich war unzählige Male in Donnas Erlösung eingetaucht und war Tedeisha in Träumen begegnet. Es hatte viele Wunder gegeben, ich hatte gestaunt, das Leben bot Fülle. Kein Mensch war glückseliger als der, der aus diesem Reichtum schöpfen konnte. Hier wurde ich Zeuge eines Wunders, das alles, was ich bisher gesehen hatte, übertraf.

Nicolas' Körper schien durch seinen Blick in Merle hineingezogen zu werden. Es dauerte einige Minuten, bis schließlich nur noch seine Augäpfel in der Luft zu schweben schienen. Dann hörten wir ein leises Aaaah, das Nicolas' unsichtbarem Mund entwich, und auch seine Augen lösten sich auf, wurden in den Strahl hineingesogen.

Und gleichzeitig löste Merle sich auf.

Wo gerade noch ein Mann und eine Traumfängerin gewesen waren, war nun nichts mehr.

Nichts.

Niemand sagte ein Wort.

Es war Mahadev, der das Schweigen brach.

– Er beherrscht die Kunst des Verschwindens, sagte er. Mögen sie glücklich sein, wo immer sie nun sind.

Niemand fragte sich, wie er das Verschwinden hatte mitverfolgen können. Das war das geringere Wunder.

– Eigentlich sollte ich euch töten, sagte Mr. No, aber es klang erstaunlich kraftlos. Ihr habt mir den Rüssel und meinen Bruder genommen. Eigentlich sollte ich euch einfach abknallen.

Er holte tief Luft.

– Also geht, verschwindet, schrie er, ich will niemanden sehen. Niemanden.

Ich vermute, er hat geweint, als er allein war. Nicht um die Träume.

2

Saras Bauch wölbte sich schon deutlich vor. Wenn sie lachte, legte sie die Hände drauf. Und sie lachte viel. Sal saß grinsend neben ihr, blickte sie immer wieder an und schien glücklich zu sein. Ein Jahr waren sie nun zusammen. Sie hatten sich im Krankenhaus kennen gelernt, als Sal wegen seines Zehs da war.

– Ich bin Mr. No dankbar, wirklich, sagte er immer wieder.

Sara war die junge Assistenzärztin, die ihm sagen musste, dass der Zeh nicht mehr zu retten war. Doch als Sal sie gesehen hatte in ihrem weißen Kittel mit ihrer sommersprossigen hellen Haut, den rotblonden Haaren und der fülligen Figur, sei ihm der Zeh nicht mehr so wichtig gewesen, behauptete er. Sie sagte, sie habe sofort gewusst, dass der Mensch vor ihr mal eine wichtige Rolle spielen würde in ihrem Leben. Welche, habe sie aber nicht geahnt. Und nun erwarteten sie ein Kind.

Es war eigentlich ein schöner Abend. Tedeisha und ich hatten gemeinsam gekocht, Linsensuppe, Auberginensalat, Couscous, Guacamole, Tabuleh, Hommos, gefüllte Weinblätter und dazu frisches Fladenbrot.

Zwei Pärchen in einer Küche, Balsam, so viel man trinken mochte, Essen, Gespräche, Gelächter, Saras schöner Bauch, ein etwas träger, beruhigender Groove aus den Boxen, es war eigentlich ein schöner Abend.

Nur neidete ich Sal diese Frau. Sie wirkte einfach und unkompliziert, und Tedeisha und ich hatten uns beim Kochen nicht mal auf die richtige Menge Essig einigen können, die in den Auberginensalat gehörte.

Der Essig war nicht wichtig, aber ich hatte das Gefühl, dass Tedeisha bei allem, was nicht wichtig war, ihren Willen durchsetzte. Es war egal, ob wir rote oder grüne Servietten nahmen, also entschied sie sich für die grünen. Wahrscheinlich weil sie besser zu ihren Augen passten. Es war egal, ob man die Tür ein- oder zweimal abschloss, wenn man das Haus verließ, also schlossen wir sie immer zweimal ab. Es spielte keine Rolle, ob die Teller in der Spüle eingeweicht wurden oder abgespritzt und direkt in die Maschine getan. Nichts spielte eine Rolle, wir machten uns das Leben schwer mit Nichtigkeiten. Oft beschlich mich das Gefühl, dass ich mich anstellte, doch es ärgerte mich, dass ich bei all diesen Kleinigkeiten kein Mitspracherecht hatte.

Es gab auch schöne Momente, sicher, manchmal saßen wir abends allein zu Hause und pinkelten uns fast ein, so albern konnten wir werden. Manchmal reichte es mir auch, ihren Rock einfach hochzuheben, um ein Lächeln auf meine Lippen zu kriegen. Manchmal lagen wir auf dem Sofa und sahen einen Film, und es gab niemanden auf der Welt, mit dem ich diesen mittelmäßigen Streifen lieber gesehen hätte.

Es war mal so und mal so, aber wenn ich ehrlich bin, überwogen die Zeiten, in denen wir uns in den Haaren hatten. Bei Sara und Sal hingegen schien zumeist Harmonie zu herrschen.

– Wollt ihr eigentlich nicht auch ein Kind?, fragte Sara und nahm einen tiefen Schluck von ihrem Balsam. Ich mochte dieses Getränk immer lieber, der herbe, aber runde Geschmack erinnerte mich immer noch bei jedem Schluck an die Zeit der Tropfen, die nun Jahre her zu sein schien. Als Sara ihr Glas wieder absetzte, hatten weder Tedeisha noch ich ein Wort gesagt.

– Ich liebe Balsam, sagte Sara nun, es ist köstlich. Eine der besten Erfindungen der letzten zwanzig Jahre, findet ihr nicht auch?

– Ja, sagte ich, ich trinke eigentlich nie etwas anderes.

– Wenn du Halsschmerzen hast, tut es gut, wenn du heiser bist, müde, hungrig, durstig, wenn eine Erkältung im Anzug ist, Balsam ist irgendwie immer das Richtige, sagte Tedeisha.

Wir hatten das Thema umgangen. Sie wollte ein Kind. Ich auch, aber noch wichtiger erschien es mir, einen Job zu finden, der mir auch gefiel. Seit über einem Jahr lieferte ich wieder Pakete aus, aber jeden Tag sagte ich mir, dass ich etwas anderes finden musste. Tedeisha sagte, ich solle mich nicht um Geld sorgen, aber ihre Ersparnisse würden auch nicht mehr weit reichen. Außerdem wollte ich nicht auf sie angewiesen sein.

Das war unser Leben, und es war wahrscheinlich völlig normal mit seinen Streitereien und Versöhnungen, mit seinen Glücksmomenten und der Verbundenheit, die wir immer noch spürten. Vielleicht hätte es noch lange so weitergehen können, vielleicht hätten wir eines Tages Kinder bekommen können. Vielleicht.

Wenn mir an diesem Abend nicht die Zahnpastatube aus der Hand gefallen wäre.

Tedeisha war noch in der Küche und räumte die Teller in der Spülmaschine um, weil ich immer zu viel Platz verschenkte. Ich bückte mich, um nach der Zahnpasta zu tasten, die unter den Schrank gerutscht war. Es dauerte einige Zeit, bis ich sie fand. Beim Hochkommen stieß ich mit dem Kopf an den Spiegelschrank. Gegenstände regneten auf mich herab, ich hörte Tedeisha aus der Küche rufen.

– Ist etwas passiert?

– Nein, rief ich zurück, alles klar. Hab mich nur gestoßen. An meinen Fingern, die ich auf meinen Hinterkopf gepresst hatte, war Blut. Auf dem Boden lagen Tampons, Gesichtscremes, Deo, Puder, Binden, eine Nagelfeile, Q-tips. Und zwei Kondome. Ich war gegen Tedeishas Seite des Schranks geknallt.

Ich nahm die Kondome in die Hand. Wir benutzten keine. Was machte sie damit? Sollte ich sie zur Rede stellen? Oder sollte ich sie zurück in den Schrank räumen und kein Wort darüber verlieren? Belog sie mich? Ging sie fremd? Oder war das ein Andenken, ein Werbegeschenk, ein ... was weiß denn ich.

Vielleicht hätte es noch lange so weitergehen können, wenn ich mich entschieden hätte, sie zur Rede zu stellen. Man trifft Entscheidungen im Leben, jeden Tag, Entscheidungen, deren Tragweite man nicht erahnen kann.

Während ich alles zurück in den Schrank räumte, entdeckte ich die Pipette. Wir hatten nie wieder darüber geredet nach jenem Tag, als Merle und Nicolas verschwanden. Soweit ich wusste, waren das die letzten Tropfen, die eingeträumt worden waren. Soweit ich wusste, hatte Merle, bevor Tedeisha sie einträumte, keinen Ton mehr von sich gegeben. Was ich nicht wusste, war, was Tedeisha geträumt hatte. Warum hatte sie gesagt, sie könne sich nicht erinnern? Hatte sie geträumt, was ich gesehen hatte? Das würde bedeuten, dass wir zusammengehörten, egal, was passierte. Das würde bedeuten, dass es egal war, was diese Kondome in ihrem Schrank zu suchen hatten. Oder war ich einem Wahn erlegen, und sie hatte etwas ganz anderes geträumt? Oder war in dieser Pipette gar ein anderer Traum, den sie mir verheimlichte?

Dummheiten begeht man auch, weil man die Wahrheit herausfinden möchte. Dabei ist es wahrscheinlich die größte Dummheit zu glauben, es gäbe eine Wahrheit, die wir mit unserer beschränkten Wahrnehmung erfassen können.

Flackern.

Wie verblassende, schwer greifbare Bilder eines Traums sehe ich sie manchmal an meinem Bett stehen, Tedeisha, Sara, Sal. Meine Eltern sind auch da, sogar ziemlich oft. Sie sehen jedes Mal traurig aus. Auch Tedeisha sieht traurig aus. Mahadev sehe ich nie. Vielleicht möchte er mich zurückholen, vielleicht ist er tot, ich weiß es nicht.

Ich würde gerne zurück, ich würde sie gerne lächeln sehen, alle. Ich wäre gerne wieder bei Tedeisha.

Eine Chance. Ich hätte gerne noch eine Chance.

Obwohl ich weiß, dass ich träume, ist es mir nicht möglich, aufzuwachen. Die Traumwelt ist so, wie ich sie mir ausmale, der Fantasie sind keine Grenzen gesetzt, aber ich kann hier nicht heraus. Egal, ob ich mich überfahren lasse oder von Haien zerfleischen, mein Körper lebt weiter, und mit ihm leben diese Träume, die ich steuern kann, wie ich möchte, steuern bis zum Überdruss. Es ist so spannend, wie Schach mit sich selbst zu spielen. Im Traum bist du du selbst, aber gleichzeitig auch alle anderen. Doch wo ich mich befinde, muss ich mir die anderen selbst erschaffen.

Ich finde keinen Weg raus, ich bin gefangen in meiner Welt. Wenn ich nur Tedeishas Träume berühren könnte, wäre ich zufrieden mit diesem Los. Doch die einzige Verbindung zu anderen Menschen oder Welten sind diese blassen Bilder, wie sie an meinem Bett stehen. Ich kann sie sehen, wie man manchmal Bilder aus Träumen sieht, wenn man wach ist. Man weiß, man hat etwas geträumt, aber bis auf dieses eine Bild kriegt man es nicht zu fassen.

Wenn ich in diesem Traum hier ein Buch schreibe, jeden Tag, jede Stunde, wenn ich das Buch träume in all den Jahren, die ich wahrscheinlich nicht aufwachen werde, dann wird es vielleicht jemand in die andere Welt übertragen. So wie Kubla Khan den Palast in seinem Traum gesehen hat und ihn dann erbaut hat. So wie Coleridge den Palast gesehen und geschrieben hat. So wie Nicolas seine Geliebte nicht lassen konnte. Ich werde hier ein Buch schreiben und darauf hoffen, dass es jemand hinüberträgt zu Tedeisha, damit ich sie wenigstens so um Verzeihung bitten kann.

Das ist meine Hoffnung, dass jemand das Buch schreibt, das ich träume, dass dieses Buch dann meine Verbindung zu euch wird, damit ich mich weniger einsam fühle. Es ist besser, draußen zusammen gefangen zu sein als hier drinnen allein.

Und es gibt noch eine Hoffnung. Dass die reale Welt auch nur ein Traum ist. Dass wir alle der Traum eines höheren Wesens sind. Ich warte. Ich warte auf das Flackern.

Dank
an alle Erscheinungsformen des Einen.